ニューヨーク五番街の事件簿②

レディーズ・メイドと悩める花嫁

マライア・フレデリクス　吉野山早苗 訳

Death of a New American

by Mariah Fredericks

コージーブックス

挿画／坂本ヒメミ

謝辞

キャサリン・リチャードの編集上の判断とサポート、それにユーモアのセンスに、深く感謝します。彼女は情に厚く、本作のある登場人物のいのちを救いました（その人物を気に入ったなら、キャサリンにありがとうと言ってください）。また、ネッティ・フィンのみごとなアシストにも感謝します。

ほかには……

エージェントのヴィクトリア・スカーニックに。彼女にはだいたい月に一度、「神さま、このひとをわたしのエージェントにしてくれて、ほんとうにありがとうございます」と言っていました。

サラ・ショーフとアリソン・ジーグラーのふたりに。不可能なことを可能にし、宣伝活動を愉しいものにしてくれました。デイヴィッド・ロットスティーンは美しい表紙を描いてくれました。プロダクション・マネジャーのキャシー・トゥリアノと、編集者のクリシンダ・リンチに。それと、原稿整理編集者と校正者という職は最高だから――レイチェル・マンディックとローラ・ドラゴネットにも、心から感謝します。

そしていつものように、〈クウィーンズ・ライターズ・グループ〉のみなさんの友情と知性に――グループのカクテル・パーティのときは、とくに感謝の気持ちを強くしました。さまざまなリサーチでは、何人もの方やいくつもの団体に、はかり知れないほどお世話になりました。

マルベリー通りの〈イタリアン・アメリカン博物館〉はたいへん有用で、おかげで子どものころに父と訪れていた豚肉を売る店に、また行く機会ができました。

バーナード・ウェイレン警部補は、当時の警察組織についての情報源に導いてくれました。彼自身のすばらしい著書、*The NYPD's First Fifty Years* にもお世話になりました。

新聞各紙――とくに、《ニューヨーク・タイムズ》紙――にも感謝します。報道の自由に、神のお恵みを。

ロング・アイランド州オイスター・ベイにあるルーズヴェルト大統領の生家、サガモア・ヒルのすてきなガイドのみなさん、ありがとうございました。

スティーヴン・トールティの著書『ブラック・ハンド　アメリカ史上最凶の犯罪結社』と、スティーヴン・ビールのすばらしい文化史、*Down with the Old Canoe: A Cultural History of the Titanic Disaster* にも感謝します。

本作には、イタリア語で会話する場面がいくつかあります。わたしが話せない言語です。心からの〝グラッツェ〟を、アナ・クシュナーとアナ・シヴァザッパに。

パール・ハニグにも、特大のありがとうを贈ります。彼女ははやい段階で本作を読み、いろいろと質問をしてくれました。たとえば、こんな。「一九一二年当時、オイスター・ベイにはほんとうに遺体安置所があった？」

最後に、前作『レディーズ・メイドは見逃さない』を読んでくれた読者のみなさん、ありがとうございました。手紙をくれた方もいますし、書店や図書館でのイヴェントにきてくれた方もいます。ネット上の読書サイト、〈GOODREADS〉での討論に参加してくれた方もいます。本を書くことは何にもまさるよろこびです。読者のみなさんとの交流は、この仕事をして得られる、もうひとつのすてきな恩恵です。

世界中からやってきて、
クウィーンズのジャクソン・ハイツにたどりついた
友人や隣人のみなさんへ

レディーズ・メイドと悩める花嫁

主な登場人物

ジェイン・プレスコット……………………………ベンチリー家のレディーズ・メイド
ルイーズ・ベンチリー……………………………ベンチリー家の長女
シャーロット・ベンチリー……………………………ベンチリー家の次女
キャロライン・ベンチリー……………………………ルイーズとシャーロットの母親
アルフレッド・ベンチリー……………………………ベンチリー家当主
ウィリアム・タイラー……………………………タイラー家の長男。ルイーズの婚約者
フローレンス・タイラー……………………………ウィリアムの母親
チャールズ・ウィンズロウ・タイラー……………………………ウィリアムのおじ。警察委員
アルヴァ・タイラー……………………………チャールズの妻
メイベル・タイラー……………………………チャールズとアルヴァの娘
ソフィア・ベルナルディ……………………………チャールズ・タイラー家のナニー
アルドー・グリマルディ……………………………チャールズ・タイラー家の運転手
アナ・アルディート……………………………ジェインの友人
アレッサンドロ・アルディート……………………………アナの弟
マイケル・ビーハン……………………………新聞記者

それで、二万人を超える女性たちがトランペットの音色に合わせ、電飾のなか、五番街を行進していきました。良識のある男性はみな、自分の妻や母親や娘が通りをデモ行進するのをよしとしたなどと、デモの先導者たちは、ほんとうにそう考えていたのでしょうか？　あの行進は、女性が普遍的な参政権を持つことに対してこれまで示された反対意見のうちでも、最強のものに思えました。

《ニューヨーク・タイムズ》紙に届いた手紙、一九一二年

彼らは醜く、腐った土壌の悪臭を放つねばねばしたヘドロから、いいかげんにつくられた。輪郭のぼやけたピテカントロプス・エレクトスかアメーバかというほどだ。見えつ隠れつしながら、汚い通りをヘビのようにくねくねと進む。あるいは、群がる虫か、名前をつける価値もない深海の生き物を思わせるようすで、戸口から出入りする。

イタリア系やユダヤ系の移民に対する
作家H・P・ラヴクラフトの見解

結婚式はきのう、ロング・アイランドで行われた。きょうの朝刊によると、花嫁は六十七歳、人気テレビドラマのスター役者だ。二十五歳の花婿は最近、ウェイターとして働きはじめたばかりだという。ふたりは、アルコール依存症の治療で有名な診療所で知りあっていた。花婿ははじめて、花嫁は七回目の結婚だ。

式にはショー・ビジネス界から多くのひとが招待されていた。かつては役者だった、大統領選の候補も。指輪を運んだのはチンパンジーだ。トラブルもなく、ぶじに大役を務めたらしい。花嫁の成人した娘は式に参列しなかった。伝えられるところによると、彼女はこの結婚には賛成していないという。いちばんの理由は花婿の年齢。つぎに、〈ファンキー・ナッツ〉という、怪しげな店で働いていたという職歴があるから。

花嫁は個人的に親しくしている霊能者に導かれて、ヴァージン・ロードを歩いた。はれて夫婦となったふたりは、フランスの南部にハネムーンに出かけた。挙式の写真を売って得た収益は花嫁の希望で、クジラの安全確保と保護を行う団体に寄付された。

この記事に目が留まったのは、花嫁を知っていたからでも、花婿を知っていたからでもなく——それに、チンパンジーも——挙式が行われた場所を知っていたからだ。そこはいまや、多くのひとがゴルフを愉しむ場所になっているけれど、以前は個人の住まいだった。一九一二年、わたしはそこにいた。その年だったと、はっきり憶えている。というのも、千五百人もの乗船客とともに〈タイタニック〉号が沈んだ、すぐあとのことだったから。その年は、ほかのことでも記憶に残る年だった。一度は公職を退いたセオドア・ルーズヴェルトが政界に復帰し、彼を大統領候補に立てて進歩党が結成された。十一人もの候補者が大統領選に出馬し、わずかしかいない参政権を持ったひとたちに訴えた。女性たちは、そのわずかな参政権を持つひとの割合を増やせないものかと不思議に思っていた。息も絶え絶えのオスマン帝国は、ヨーロッパの富裕層の手を放すまいと必死だった。ポーツマス条約を結んだときのアメリカの助力に対して、日本から三千本の桜の木がワシントンDCに贈られた。

そして、結婚式があった。

当時もおなじように、花嫁は裕福だった。当時もおなじように、結婚に積極的な花婿と、何かと口うるさいが親戚がいた。愛情というよりは経済的な事情からの結婚だろうと、口さがない疑念がささやかれた。でも当事者のふたりは、そんな格差はたいして気にしていなかった。当時もおなじように、結婚式は華やかな社交行事になるはずだった。婚姻で得られる名声と富だけが関心の的だった。

でもそこに、死がはいりこんできた。

1

「わたしたち、一流のひとたちのお葬式には参列できないと思うの。せいぜい二流のところね」

「シャーロット！」ベンチリー夫人とルイーズはぞっとしたようすで、ベンチリー家の次女を見つめた。当の本人はソファにゆったりとからだを預けている。表情は《ニューヨーク・ヘラルド》紙に隠れてよく見えない。その見出し――〝〈タイタニック〉号、沈没！〟――の下にはジョン・ジェイコブ・アスター四世（世界で最も裕福な富豪のひとり）の写真があり、こんな一文が添えられていた。〝彼がいのちをささげた結果、幾人もの女性や子どもが助かった〟。

わたしたちはルイーズの部屋で、彼女の婚約者の親戚が住むロング・アイランドのお屋敷を訪ねる支度をしているところだった。おしゃべりがやんだあとの沈黙のなかで、わたしは思った。はじめて〈タイタニック〉号のニュースを聞いたとき、それほど多くのひとが亡くなりはしないだろうと考えたことが、どれほど愚かだったか。第一報では、乗客の誰もが規律正しく救命ボートに乗りこみ、辛抱強く救出を待っているという程度のことしか伝えられなかった。遭難信号が急に途絶えたことを《ニューヨーク・タイムズ》紙が伝えると、みんな、おちつきをなくしはじめた。やがて、唖然とするニュースが飛びこんできた。救助に向かった客船〈カルパチア〉号は、七百人あまりしか助けることができなかったというのだ。そこでようやく、現実と直面した。千五百人が亡くなった。たったひと晩のうちに。

富や名声のあるひとたちが亡くなっていた！　アスター、ストラウス、グッゲンハイム。世界規模のお金持ちという立場を愉しんでいたひとたちだ――そんなひとたちが大西洋に呑まれ、名もなき姿になって失われるなんてありえるの？　沈むはずのない客船が氷山の上で難破し、冷たい海に船首から沈むなんて。それに、整然と避難することができず、そこにあったのはパニックと絶望と叫び声と、そして死だけだったなんて。事故のことを知ってからというもの、わたしは頭がぼうっとして、呼吸も浅くなっていた。大混乱のうちに両親と離れ離れになって途方に暮れ、だんだんと増す海水のなかで、自分たちだけで最後の瞬間に向き合うことになった子どもたちのことを考えていたから。

「ほんとうにひどい話よね」ルイーズが言った。彼女もまた、アスター氏の写真をじっと見つめていた。

「そんなことを考えるのはおやめなさい、ルイーズ」ベンチリー夫人が言った。「自分で自分を悩ましている場合じゃないのよ。結婚式のことを考えないと」

「そうよ。結婚のことを考えて」シャーロットが加わった。「タイラー家はイギリスから、チェルムスフォードとかいう侯爵夫人を招待してるのよね？　わたくし、〈タイタニック〉号の事故から生還して、タイラー家とベンチリー家の結婚式にやってきましたの。ほんの一カ月のあいだに、大災難がふたつですわ——なんて言ったりして」ルイーズの顔色が真っ青になった。彼女はベッドに沈みこみ、小さな声で言った。「シャーロットの言うとおりかもしれないわね」

ルイーズの濃紺のデイ・ドレスは荷物のなかに入れたかと、わたしに三回目の確認をしていたベンチリー夫人が言った。「何が言うとおりなの、ルイーズ?」

「式は延期するべきよ」

ベンチリー夫人は口をあんぐりとあけた。「延期ですって?」

「二、三週間だけ。でなければ、一カ月でも」

「十年なんてどう?」新聞のページをめくりながらシャーロットが言った。わたしは密かにため息をついた。思いやりという性質がシャーロットのなかでいちばん際立っているわけではないけれど、姉の挙式の日が近づくにつれ、彼女の意地悪な物言いは、さらに悪意を増していた。二年ほどまえは、この姉妹の将来の展望はいまとはまったくちがったものだった。シャーロットはこれ以上望めないほどの男性、ノリー・ニューサムと婚約し、ニューヨークの社交界に華々しく登場していた。でも、婚約が発表されるはずの晩に、彼は撲殺死体となって見つかった。その殺人の容疑はシャーロットにかかったけれど、ある人物が裁判で有罪になり、死刑が執行された(とはいえ、犯人はその人物ではない。でもそれはまた、べつの話だ)。

裕福な一家の跡取り息子が殺された有名な事件にシャーロットが関係していることは、そのうち忘れられるだろうという期待はあった。でも残念なことに、世間はそうそう許そうとはしない。シャーロットはニューサム一家を破滅させたでしゃばりな娘。そう記憶するひとたちに、彼女はがっちり取り囲まれた。そして本人にも、その自覚があった。たしかに、いまでも世間に受けいれられている。でも、陽気な雰囲気からはるか遠いところに追いやられ、ピアポント・ジャクソンのフォックスハウンドの繁殖に関する話や、メラニー・ダーウェントの超常現象についてのおしゃべりといった、くだらない会話に加わることを余儀なくされていた。シャーロットのなかに頑《かたく》なさがはいりこんだ。必要なら、えくぼのできるかわいらしい笑顔も見せた。でもその笑顔の裏で、彼女の歯は鋭く尖っていった。

ルイーズは力なく新聞の見出しを指さした。「こんなに哀しい出来事があったすぐあとに、盛大なパーティを開いていいのかしら」

まったく理解できないというように、ベンチリー夫人の表情はぼんやりとしていた。「でもね、ルイーズ。ついこないだも、ボーチャーリング夫人がとっても愉しみにしていると言っていたのよ」

両手をぎゅっと握りあわせ、ルイーズは言った。「でも今回だけは、ボーチャーリング夫人にがっかりしてもらうわけにはいかないかしら？」

「がっかりなんてさせません」いつもとちがう強い口調でベンチリー夫人は言った。「〈タイタニック〉号の犠牲者を追悼する会に参加してほしいと頼まれたばかりだし」

落胆でルイーズのからだが震えた。口唇がぴくぴくと動き、目に涙があふれる。トランクをばたんと閉め、ルイーズさまは横になられたほうがいいのでは、とわたしは言った。出発は朝早いですし、からだを休めておくことが必要では、と。ベンチリー夫人はシャーロットを連れ、急いで部屋を出ていった。

胸に手を置いてあえぐようにしながら、ルイーズは言った。「何もかもまちがった方向に進んでいる。わたしにはわかるの。怖ろしいほどに、完全にまちがって――」

「だいじょうぶですよ、ルイーズさま」わたしはなだめるように言った。

「いいえ、だいじょうぶじゃない。パーティなんてできない。できないのよ」

上流社会の結婚式というものは、とびきり美しい若い女性でさえもおじけづかせる。ルイーズ・ベンチリーは美しくない。顎の形はややあいまいで、目も飛びだし気味だ。はじめて会ったときは、重力の影響をもろに受けている若い女性といった印象だった。あらゆるところが下に引っぱられていたのだ。肩は落ち、腕はだらりとして、細い髪は頭に貼りつくように伸びていた。助産師は、赤ん坊のルイーズを一気に引っぱらず、時間をかけてしまったのかも。だから、お菓子のタフィのように軟らかな生まれたばかりの赤ん坊のからだは、望ましい身長より十センチちかく伸びてしまったのでは、と思うことがある。

ルイーズの魅力を引きだそうと、ふたりで懸命に取り組んできた。わたしとルイーズのふたりで。髪は念入りに巻いて高さとボリュームを出し、姿勢を正して快活な雰囲気をつくった。流行の先端をいく帽子は、おおいに役に立った。それほど親しくないひとたちといっしょにいても、ルイーズは文章を三つつなげて会話できるようになった。とはいえ、彼女をいちばん輝かせたのはほかでもなく、ウィリアム・タイラーと婚約したときだ。

でも、ルイーズのしあわせの前に立ちはだかる障壁の最後が〈タイタニック〉号というわけではなかった。ウィリアムがルイーズにプロポーズするためにロー・スクールからもどってきたのは、一九一一年の夏のことだ。猛暑のせいで、セントラル・パークで眠るひとたちが現れ、線路が溶けて列車事故が相次ぎ、四百人ちかい犠牲者が出た。ウィリアムから婚約のことを聞かされた母親のタイラー夫人は、暑さで理性をなくしてしまったのかと息子に尋ねた。結婚するはずだったノリー・ニューサムをシャーロットにひょいと奪い去られて以来、妹のビアトリスがベンチリー家のひとたちとは口をきかなくなったことを、兄であるあなたは忘れてしまったの？　というわけで、婚約相手については、断じてウィリアムの妹のビアトリスとエミリーの耳に入れないようにされた。あら、ウィリアムは結婚するの？　どなたと？　ルイーズ・ベンチリーですって？　やだ、ありえない。あなた、勘違いなさってるわ。

何回かいっしょにお茶を飲みながら吟味して、ルイーズは気立てがよく意地悪されやすいと、タイラー夫人も納得できた。そういった気質は、夫人が親類に求めるものだった。さらに、タイラー家の財産は底をつき、ベンチリー家の富はありあまるという事実があった。タイラー家には未婚の娘がまだふたりいる。だから夫人はため息をつき、観念して裕福な義理の娘を受けいれた。

ルイーズとウィリアムは、できればベンチリー家の住まいでひっそりと式を挙げたいと望んでいた。でもこの点は、タイラー夫人はけっして譲ろうとしなかった。唯一の息子の結婚式は、一大イヴェントでなければならない。数年まえ、ルーズヴェルト家の息子が親戚のエレノアと結婚したときのような、面目ない式とおなじではいけない(《タウン・トピックス》紙はこの出来事について、〝情けなくも料理をけちった〟と酷評した。その料理は〝一流の仕出し業者ではなく、イタリア系の業者によって供された〟という。生花は〝マディソン街の無名の花屋が飾りつけ、会場となった邸宅の階段がせまいせいで、ひとがすれちがうことはできなかった〟とも書かれた)。ベンチリー夫人が決断できずにいたことも重なり、ウィリアムとルイーズの意見は却下された。

何カ月もかけて調べ、見積もり、議論を重ね——ルイーズが涙を流した日もあった。これならじゅうぶんだと双方の母親たちを納得させた何もかもが、花嫁にとってはぞっとするほど豪華なものばかりだった。そこでついに、ウィリアムのおじで著名なチャールズ・タイラーが登場し、結婚式は〝自宅〟で執り行われることになった。ただし、ロング・アイランドのプレザント・メドウズに建つ、彼の美しいお屋敷で。タイラー夫人がいちばん熱心に主張した、豪華なお屋敷という理想にぴったりだけれど、そこはウィリアムにとっても大のお気に入りの場所で、こんどばかりはルイーズをも納得させられた。

とうぜん、チャールズ・タイラーが関わったことで新聞各紙はさらに熱狂し、ふたりの式の準備の状況をあれこれ探った。ルイーズについて、あらゆること——靴のサイズ、胴囲、父親の銀行口座の莫大な残高——が詳しく報じられた。これまでに、ウェディング・ドレスについてだけで二十七もの記事が書かれた。デザイナーはシャルル・フレデリック・ウォルトか、あるいはジャンヌ・パキャンか？　頭を飾るのは引きずるほどの長さのヴェールか、それとも花の冠か？　さらに婚礼用の下着についても、ストッキングからコルセットにいたるまで、さまざまに推測された。花嫁付添人は誰か、靴の白の濃淡は、キャビアの原産地は――どんなことでも新聞に載った。そして、タイラー家に望めるのはカビの生えたような品位だけ、野暮ったい式にかかる莫大な費用を負担するのは成金のベンチリー一家、という悪意に満ちた期待感が高まっていた。

こうしたことが、すでにもろくなっていたルイーズの神経を慰めるはずがない。そして、嘆いているのは彼女ひとりではなかった。この闘いにわたしはプライドを持って臨み、あらゆる点でやり遂げた。レディーズ・メイドとして、雇い主が世間にぶじに認められるのを見届けることは、重要な使命のひとつだ。殺人容疑をかけられた令嬢の地味な姉であるルイーズは、結婚生活を怖ろしいと思っていた。持参金目当てとはいえ、いずれは彼女にも求婚者が現れるだろう。でも、恥ずかしがり屋でひどく不安げな若い女性を気遣えるのは、そういう男性ではない。

ハンサムで育ちはいいけれど、お金がないウィリアム・タイラーもまた、結婚市場では見過ごされていた。彼もいずれは結婚するとみんなわかっていても、そのお相手という特権を争う女性はひとりもいなかった。わたしはこれを絶好の機会と見た。ルイーズは裕福で、ウィリアムは社会的な有力者とつながりがある。彼はやさしく、ルイーズにはやさしさが必要だ。ルイーズを訪ねるようにとウィリアムに持ちかけたのはわたしだけれど、親密な仲になってもらうのは簡単ではなかった。ルイーズは人前に出たり、大きな声で話したりすることをとても怖がっていた。ただ、そのどちらも、交際期間中にはおおいに役立つ。とはいえ、わかっていたけれど、ハンサムなウィリアムは容姿端麗なひとといたほうがなじんだ。それに、彼は夢見がちだった。ウィリアムがルイーズのもとを訪ねてきても、最初のころは古くさい義務のような気配が漂っていた。

でもそれは、セントラル・パークを散歩したり、〈ホテル・アスター〉でペストリーを食べたりしているうちに、互いにいくつも共通点――おもに、どちらも横柄な家族のなかで礼儀正しいひとりだということ――があると気づいて変わった。そのうえふたりとも、ウォレスという名の、歳を取ったバセットハウンド犬にすっかり魅了された。アバナシー氏とかいう飼い主に連れられ、セントラル・パークを頻繁に、でもいやいや散歩していた犬だ。

こうなれば、わたしもまじめな顔でルイーズに言えた。「ルイーズさまとウィリアムさまが結婚なさったら、何もかももっときらきらしますよ」

彼女はぼそぼそと答えた。「そうかしら。そう思いたいわ。でも、完全には信じられない」

この漠然とした悪い予言めいたものには、こう返すしかなかった。「お茶を淹れてきます」

厨房に向かいながら、わたしは階上《うえ》から聞こえてきたドスン、バタンという音に顔をしかめた。ハウス・メイドのバーナデットが掃除機と格闘している。たぶんそのあいだに、ベンチリー家の面々の塑像をだめにしていることだろう。厨房では料理人のミューラー夫人が、せっせとパン生地をこねて丸めていた。彼女は料理の腕前は人並みだけれど、何に対しても猛攻撃を仕掛けることには熱心だった。新しく雇われた、アイダホ州からやってきたばかりのエルシーはテーブルに肘をついて坐り、新聞を読んでいた。ベンチリー夫人は前のメイド——ギリシア人だった——が辞めると、自分の意思疎通のスキルが劣っているのではなく、メイド候補に英語の能力が欠けているのが悪いと結論を出した。そしてメイドの紹介所に、〝優秀で質素な少女〟を派遣するようにと指示した。そうしてやってきたのがエルシーだ。黒髪で背が高い彼女は、平原を吹く風にからだの脂肪という脂肪を吹きとばされ、ひょろっとした体型と尖った顎だけが残されたように見える。でも、活力と意欲にあふれていた。ベンチリー夫人のアメリカ主義という実験は、これまでのところうまくいっていた。

ニューヨークのほかの家のように——それを言うなら、世界じゅうのほかの家のように——、ベンチリー家の使用人たちは〈タイタニック〉号にとり憑かれていた。その話をするとき、誰もが自分なりの意見を口にした。バーナデットは、救命ボートが足りなかったとにらんでいた。ミューラー夫人は、乗客のひとり、赤ん坊のトレヴァーの運命を思って心を痛めた。エルシーは、テニス選手のカール・ベアの消息を伝える記事を待ちわびた。

彼女が読んでいる新聞には、こう書かれていた。〝国際的な悲劇はフランスの人びとの共感を喚起した。ドイツのヴィルヘルム二世は弔意を伝えた。南極を探検したアーネスト・シャクルトン卿によると、ことしは氷山にとって異常な年らしい〟。氷山にとっての正常とは何かしらと、わたしは不思議に思った。

エルシーはページをめくった。「わあ、ここに書いてあります。〝〈タイタニック〉号を運航させていた〈ホワイト・スター・ライン社〉はすすり泣く女性たちに、ほ……包囲された〟」――彼女は文章がスラスラ読めず、ほをひときわ強く発音した――「〝そのなかには、息子が乗船していたという女性たちが数名いた。そのひとり、ダレス夫人は友人の手を借りて事務所をめちゃくちゃにした〟」

またもや階上からドスンという音が聞こえ、そのあとに呪いの言葉がつづいた。

エルシーは顔をあげて言った。「バーナデットはあの掃除機が気に入らないんですよ。使いものにならないって言ってました」

「絨毯《じゅうたん》を外に出せばいいのよ。で、外ではたくの」ミューラー夫人は自分の考えを口にして、パン生地を思い切り叩きつけた。

わたしは言った。「精が出るわね、ミューラー夫人。それで、ルイーズさまにお茶を淹れてもらえる?」

そこへバーナデットが足を踏み鳴らしながら厨房にはいってきて、からだを投げだすようにして椅子に腰をおろした。彼女とミューラー夫人とわたしは、言ってみれば同志だ。ベンチリー家に仕えて、二年を生き延びたのだから。ニューヨークじゅうのほかのメイドたちが成しえなかった功績だ。ひょっとしたら、アメリカじゅうの。ベンチリー家のひとたちは、よろこばせるのに骨が折れるというのではなく、すべての面で手に負えない。おまけに〝マッチレス・モード〟の名で通る、ベンチリー夫人付きの年配のメイドがいる。とはいえ彼女は、ジンをお伴に自分の部屋にずっと引きこもっている。

バーナデットは若く、油断ならない目と赤毛の持ち主で、がっしりとした体型をしている。仕事に必要とされる以上に機転が利き、その機転を利かせるのに、他人を利用することもしょっちゅうだ。この市《まち》にきたばかりのエルシーは、いいカモだった。彼女がジョン・ジェイコブ・アスター四世の妻、マデリーン・アスターに同情を示すと、バーナデットは目をぐるりと回した。「お気の毒なマデリーン・アスター！　メイドを助け、お金持ちの夫は溺れさせたんだものね」（マデリーン・アスターはメイドといっしょに救命ボートに乗りこんだとされている）

エルシーは反論した。「だって、彼女には選択肢がなかったんです。救命ボートには、女性と子どもが優先的に乗ったんですから」

「それが海の上の行動規範ですものね」ミューラー夫人がおごそかに言い、カウンターに向かって生地を投げつけた。

「救命ボートの数がじゅうぶんにあったら、行動規範なんて必要ないでしょうに」バーナデットが言った。

新聞には、空中ブランコからぶら下がる若い女性のすてきな写真が載っていた。その記事のほうをみんなに知ってほしくてわたしは新聞を手に取り、声に出して読んだ。「バーナムとベイリーは選挙のためデモ行進に参加、ですって」

でもバーナデットは、そう簡単に意地の悪さを引っこめることはしない。彼女はエルシーに訊いた。「みんなは参加する？　女性参政権のためにデモ行進する？」

エルシーは肩をすくめた。「アイダホでは一八九六年からみんな投票してます。アイダホのひとたちは、ニューヨークの女の子たちのことが信じられないと思いますよ。バーナデットこそ参加してください」

「あら、もちろんよ」バーナデットは嘘をついた。

わたしはにっこりと笑った。「三十九セントの帽子をかぶって？」団結を示そうと、女性参政権のためのデモ行進では参加者みんなが、三十九セントの特別な帽子をかぶるよう促されていた。そして新聞各紙は、裕福な女性たちが白いスーツや合衆国の国旗とおなじ三色のサッシュに合わせ、デモ用の安っぽい帽子をかぶるという光景を愉しげに期待していた。

するとエルシーが訊いた。「誰に投票します？　もし、投票できるとしたら」

「今回の大統領候補のなかにはいない」バーナデットは鼻を鳴らした。候補者について何ひとつ知らないということを認めないでおく、うまい逃げ口上だ。じっさい――候補者は大勢いた。二月、セオドア・ルーズヴェルトは、彼が言うところの〝南北戦争以来、共和党の最大の闘い〟をはじめた。そして、かつての友人であり後継者でもあった、タフト大統領の対立候補になると宣言した。大統領はいま、モルモット並みの脳みそしかない愚か者だと見なされている。もうひとりの候補者のウィルソンは新たな自由を約束し、ルーズヴェルトは新たな愛国主義を唱えている。チャンプ・クラークという名前の候補者は、カナダ併合に乗り気だ。誰もが政治的腐敗を終わらせ、大企業が幅を利かせるのを食い止めると約束していた。共和党は保護関税とかいうものを好み、民主党は自由貿易を支持した。わたし自身は、その件では何も言うことがなかった。

「デモに参加しますか、ミス・プレスコット?」エルシーが訊いた。

その質問にわたしはおどろいた。結婚式のことで頭がいっぱいで、参加するかどうか、考えることさえしていなかった。それに、自分がデモで行進する姿を……思い描けなかった。

「ルイーズさまの結婚式から一週間もしないうちにあるのよ。まだまだ、ぼんやりしているころだと思うわ」

ミューラー夫人がお湯をティーポットに入れてティー・コージーでくるみ、わたしはトレイの準備をした。そのときバーナデットが言った。「ルイーズさま、また泣いてたの。自分の結婚式のまえにあんなにも涙を流す花嫁、見たことないわね」

エルシーが身を乗りだしてきた。「とってもすてきですよね、チャールズ・タイラーさまは。ほら、見てください、新聞に記事が載ってます――」

彼女はページをめくって新聞をテーブルの真ん中に押しやり、みんなでその記事を見た。

「わたしは挑む!」
チャールズ・タイラー警察委員、〈ブラック・ハンド〉に立ち向かう

「この方、ウィリアムさまのおじさまですよね?」エルシーが訊いた。「あす、みなさんがお出かけになるお屋敷の」

「そうよ」

ミューラー夫人が言った。「彼は、〈ブラック・ハンド〉に誘拐された坊やを救い出したのよ」夫人の子どもたちはもう成人しているけれど、まだ望むようには、おばあちゃんになれていない。子どもに関わることは何でも、彼女の注意を引いた。

「そうね、彼になら投票してもいいかも」タイラー警察委員の写真を指さしながら、バーナデットが言った。「口先だけのひとじゃないもの。イタリア系のやつら《ダーゴ》に、きっちりと落とし前をつけさせるんだから」

わたしは顔をしかめた。ダーゴという差別語は好きになれない――とはいえ、よく耳にした。世間をあっと言わせる（というより、あっと言わせるように新聞が取りあげた）出来事が立てつづけに起こり、この市《まち》のひとたちの多くは、外国人の犯罪者たちに包囲されていると感じるようになっていた。警察委員長だったセオドア・ビンガムは、ニューヨーク市の犯罪者の八十五パーセントは外国からの移民だという、おどろくような主張をしていた。彼が言うには、窃盗や放火、スリといった類《たぐい》の犯罪市場はロシア系ユダヤ人に支配されているらしい。チャイナタウンは〝存在を許すべきでない大厄災の現場〟だけれど、最大の脅威は〝イタリア系の悪人〟で、そのなかでもいちばんの悪名を馳《は》せるのは〈ブラック・ハンド〉と呼ばれる組織だという。彼らのやり口は軍隊さながらだった。家や店舗をダイナマイトで爆破すると脅迫した。子どもたちを身代金目的で誘拐し、監禁した。イタリア系の家族の稼ぎを脅し取った。彼らといざこざを起こしたひとたちのからだの一部を、通りのあちこちにばらまいた。

ビンガム警察委員長とチャールズ・タイラーはそれに対抗すべく、ジョゼフ・ペトロシーノ率いる〈イタリアン・スカッド〉という特別チームを結成した。メンバーはイタリア系の面々で、彼らはイタリア系のひとたちが多く住むイースト・サイドやアッパー・ブロードウェイ付近を、人目を引かずに歩きまわれた。チームは目覚ましい活躍で次つぎと逮捕劇を繰りひろげ、おおいに称賛されることになった──もちろん、チームを結成した責任者たちも。チャールズ・タイラーのギャングとの闘いはこれ見よがしで、少なからず彼自身の英雄像をつくりあげるためだったと感じるひともいたけれど、彼がその任務に、使えるだけの労力と知恵を注ぎこんだことは否定できない。

でも、チャールズを国民的英雄にしたのはフォルティ家の事件だった。アメリカじゅうの母親たちのハートをがっちりとつかみ、女性たちに参政権が与えられたら、チャールズ・タイラーはふらりとホワイト・ハウスにはいることになるだろうとささやかれている。六歳のエミリオ・フォルティが誘拐されると──自宅の近くで姿を消していた──チャールズはおおいに関心を寄せた。その理由を彼は〝自分にも息子がふたりいて、エミリオの母親の心痛を考えました。息子たちがいなくなるなんて、想像すらできません〟と新聞に語った。

フォルティ家は裕福な一家で、父親は弁護士だ。その日、息子が学校からもどってこないため、まず母親がおかしいと思った。学校に確認すると、エミリオは登校していないことがわかった。夕方になって手紙が届けられた。それには、息子を返してほしければ一万五千ドルを払うようにと書かれていた。この件が警察の注意を引くようなことがあれば〝息子の死体を小包で受け取ることになる。いくつかに分けて〝誘拐犯はそう脅していた。

チャールズ・タイラーには、〈イタリアン・スカッド〉の彼のシチリア人と行動をともにする理由はほとんどない。そのことに気づいたひとたちもいたけれど、とにかく彼は、チームといっしょに行動した。誘拐犯と思われる一味の居場所に関する情報を手に入れると、チャールズは変装して、フラットブッシュ街の酒場から十一番街の食料品店まで彼らを尾行した。「子どもの泣き声が聞こえました」彼はのちに新聞記者たちに語った。「ドアを叩き、なかに入れるよう要求しました。でも返事がなかったので、部屋に押し入りました。すると男の子がいて、からだを震わせながら言いました。〝おじさん、お願い。殺さないで。ぼくはエミリオです〟。わたしはその子を抱きあげ、自分は警察官だ、きみを家族のところに連れていく、と言いました」

〈イタリアン・スカッド〉は犯人一味のうち、どうにかふたりを逮捕した。警察は、ほかにも何人かが関わっているとほのめかしたけれど、逮捕されるくらいにまぬけだったのはこのふたりだけ、というわけだ。そのうちのひとりはダンテ・モレッティ、悪名高いシリーノ・モレッティの息子だ。自分のことを慎ましい商店主だと言う父親のモレッティは、逮捕は誤認であり、裁判になったらチャールズ・タイラーも困ることになるだろうと新聞に語った。評判が〝損なわれる〟かもしれないと心配している、とも。この脅しに、チャールズは持ち前の強気で対抗した。そのあとは、新聞各紙にとってはよろこばしいことに、舌戦が繰りひろげられた。わたしは、この戦いが大きくなり過ぎないようにと願った。すくなくとも、結婚式のまえまでは。

「たぶんそれで、ルイーズさまは神経質になっているのね」ルイーズの部屋のほうに顔を向けながらバーナデットが言った。「道を歩いていたら、とつぜん悪いイタリア人たちが現れて、喉めがけて切りかかってくるかもって」

ルイーズがこういうばかげたことで神経を尖らせるところを、わたしはいやというほど見てきた。「ルイーズさまの結婚式は最高の日になるわよ。たとえ、わたし自身が誰かの喉を切りつけなくてはいけないにしても」

バーナデットは目を細めた。「それで、結婚式のあと、あなたはどうするの？　ルイーズさまの義理のお母さまがあなたのことを、新たなタイラー夫人にはふさわしくないと思ったら？　王族に仕えたことのある、フランス語が話せるメイドが必要だと思ったら？」

その疑問は、もう頭のなかに浮かんでいた。でも、そのことをバーナデットに認めるつもりはない。さらに彼女はこう言った。「シャーロットさまとはすごくうまくやってきたのに、それとはべつの話なのね」

わたしはトレイを持ちあげた。「ルイーズさまが決断したら、わたしにいちばんに知らせてくれるわ」

「未来はわからないって、そう言いたいだけ」それからバーナデットは、〝千五百人が死亡〟と書かれた新聞の見出しに向かってうなずいた。「あしたのことは誰にも保証されていないの――男も女も関係なくね」

2

つぎの日、わたしたちはプレザント・メドウズに向けて出発した。早めの出発の目的はふたつある。今回の壮大な計画が本番どおりにうまく運ぶか、その週のうちに将来の義理の母が確認すること。そうすれば最後の最後になって、廊下がせまくて仕出し業者がスムーズに動けないとか、ゆるんだ敷石に花嫁がつまずくといった厄介事を避けることができる。もうひとつはルイーズが、自分を迎えてくれるひとたちと知り合いになれること。そのひとたちというのは、ウィリアムがこの世界でいちばん愛するひとたちだ。

出発は穏やかにとは言えなかった。早めの訪問の趣旨を考え、ベンチリー氏は自分はいないほうがいいと決めていた――そして、シャーロットも。そこで氏は、シャーロットをフィラデルフィアに送りこんだ。そこに住むおばを訪ね、それからふたりで式にやってくるという段取りだ。ベンチリー氏自身はニューヨーク市に残る予定だった。出発の朝、駅まで見送る時間はないとベンチリー氏が告げると、夫人は怒りを爆発させた。

ベンチリー夫人は女性参政権論者でないと言っても、不謹慎だとは思わない。夫人にとって、住まいの扉の向こうは混とんとして困惑するものでしかなかった。だから彼女は、いつ、どこに向かうかを教え、ハンカチよりも重いものは持ってくれる男性に導かれることをよしとしていた。夫の同行なしにペンシルヴェニア駅にたどりつかなくてはいけないと知って、夫人はすくみあがった。しょっちゅうお酒を飲んでいるベンチリー家のお抱え運転手、オハラが駅まで送り届けるとわかっても、慰めにはならなかった。

「向こうの駅にウィリアムが迎えにきてくれるわ、お母さま」ルイーズが安心させるように言った。「彼がぜんぶ、うまくやってくれるから」

「そうね」義理の息子のことを思い浮かべながら、ベンチリー夫人は答えた。「それに、ジェインがいる」

「そうよ、ジェインがいるわ」

母娘のどちらも、いまやマンハッタンとクウィーンズをつなぐ、イースト川の下を走る新しいトンネルを通ることを心配していた。二年まえまではフェリーで渡らなければならなかったけれど、いまは気軽に行き来できるようになった。マンハッタンの東岸からトンネルにもぐった地下鉄が、ロング・アイランドでふたたび姿を現すのだ。ベンチリー夫人はこのトンネルをおおいに疑っていて、トンネルがいくら堅固だからといって安心することはなかった。ひび割れができたらどうするの？　車両ごと閉じこめられたら？　みんな泳げるのかしら？　夫人は泳ぎが達者ではなかった……。

ペンシルヴェニア駅の栄光については、多くのことが書かれてきた。わたしも、あの駅は堂々としていると思う——何もしないで、見ている分には。大理石とピンク色の花崗岩で造られた駅舎はパリやロンドンの華やかさをお手本にしていて、アメリカにもすばらしい市《まち》がいくつもあると世界に伝える役目を果たしている。中央の待合室は古代ローマの風呂から着想を得ていた。鷲《わし》とこちらを見ていない乙女とに護られた巨大な円天井のホールも、やはり壮麗だ。壁はアメリカ各地の地図で覆われていた。精巧なガラス製の天窓には目を向けないではいられず、見上げれば目まいを覚える。アメリカ各地への入り口や、宇宙の中心といったところに、たちまち立つことができるのだから。どこにでも行けるし、なんだってできる。

でも、わたしは観光客という気楽な立場にはいない。荷物を運ぶポーターを見つけなければいけないし、ベンチリー夫人とルイーズを駅構内に入れ、それから腰をおろせる場所を見つけなければいけなかった。夫人の意識がもうろうとしているのだ。

「お母さま、ウィリアムとは時計の下で会うことになっているのよ」ルイーズはやきもきしながら言った。

「ルイーズさまはお母さまといっしょにいてください。わたしがウィリアムさまを探してきます」

人混みのなかを歩くうち、ペンシルヴェニア鉄道の社長、アレクサンダー・カサットの像のところで思わず足を止めた（現在はペンシルヴェニア鉄道博物館にある）。アーチ道に新しく建てられた青銅の巨大な像で、自分が造りあげたすばらしい建造物のなかを、大勢のひとたちが蟻のようにちょこちょこと行き交うようすを見つめている。左手には帽子と杖を握り、いまもまだ、仕事に行こうとしているようだ。ベンチリー夫人の不安は、このカサット氏のせいだった。モーゼが海を割ったようにニューヨーク市の下にある岩盤を割ってふたつの川を通るトンネルを掘り、マンハッタン島をニュージャージーやロング・アイランドとつないだのは、ほかならぬ彼だから。工事のあいだに何百という家屋が取り壊され、十四人がいのちを落とした。カサット氏自身は、自分の理想が現実になったところを見ることなく——もちろん、この銅像も——一九〇六年に亡くなった。不思議なことに、彼の銅像を見ているうちに自分のなかに何かしらの感情が呼び起こされた。その巨大さと堂々とした外見に促されるように、わたしは足を踏んばって彼の目を見つめた——そうするのに、六メートルも見上げなければならなかったけれど。

そこでベンチリー夫人とルイーズのことを思いだし、あわててウィリアムを探しに向かった。

男きょうだいを持てるなら誰を選ぶかと神さまに訊かれたら、ウィリアム・タイラーを選ぶ。わたしは、よくそんなことを考えた。最初の雇い主、アームズロウ夫人の大甥《おおおい》である彼のことは、わたしが十四歳のときから知っている。タイラー家は長いあいだ、自分たちより裕福な親類の恩を受けてきた。アームズロウ夫人が元気なうちは夫人がウィリアムの学費を出し、彼のふたりの妹のドレス代を支払った。でも夫人は死後、財産を慈善団体に寄付したので、タイラー家は困り果てた。慈善という黒い影は、あちこちのパーティで一家につきまとった。人びとは礼儀正しく——でも、あからさまに——タイラー家のふたりの令嬢が他人のお下がりのドレスを着ていることや、身に着けている宝石類が〝相応に〟質素だということを、見て見ぬふりをした。長女のビアトリスはノリー・ニューサムと結婚するのではという噂が広まると、タイラー家の気まずい状況に広い心で接しなくてもすむ日が早くきますようにと、誰もが願った。でも、ビアトリスはノリーと結婚しなかったし、寛容な態度はつづけなければならなかった。これまでは。

ウィリアムは一家のなかで、いちばん見た目がよかった。髪は赤みがかった茶色で、気立てがよかった。体格はやや大きい——背はずいぶんと高く、歩き方は不格好で、ものの考え方はやさしすぎる。あちこちのパーティで、H・G・ウェルズの小説について熱く語り、大統領候補のロバート・ラ・フォレットがいかにすばらしいかを説いては、周囲を唖然とさせて黙らせた。これまでの人生でずっと、母親や大おばの期待に応えようとがんばってきた。その期待には、妹のしあわせを壊したと見なされている一家の娘との結婚はふくまれていない。でも、すくなくともいまの彼は、タイラー家の経済事情を立て直せるという立場にいる。タイラー夫人は息子のために、ふさわしい法律事務所の仕事の口を見つけていた。ハネムーンからもどったあと、彼はそこに就職することになっている。

背が高いから、ウィリアムは簡単に見つかった。彼は頭をのけぞらせて口をぽかんとあけながら、駅の天窓のすばらしさに見惚れていた。わたしは、ベンチリー夫人が休んでいるので、そこまできてほしいと頼まれたと、ウィリアムに説明した。誰もがくっつくようにして歩くせわしない人混みをかき分けながら、彼は言った。「どう思う、ジェイン？　ぼくはすごいことをしたよね？」

わたしはふり向いて答えた。「ニューヨークでいちばんすてきな女性と結婚されるんですからね」

「ぼくもそう思う」そう言いながら彼はわたしに追いついた。「でも、きみは自分を過小評価してはいけないよ」

「あら、そんなことはしませんよ」わたしはふざけて答えた。

目の前で大柄な女性が立ち止まったので、わたしたちも足を止めた。彼女はどちらに行っていいのかわからないようだ。声を落としてウィリアムが訊いた。「ルイーズは元気にしてる?」

「……不安そうにしています」

わたしたちは、ルイーズとベンチリー夫人の顔が見えるところまできていた。婚約者をじっと見つめながら、ウィリアムは言った。「ルイーズには苦手にしていることがあるよね。ひとと話すとか、そういったことだ。でも、ぼくが彼女に自信をつけて、自分のことをちゃんと見られるようにしてあげたら……ほら、ぼくたちが知っているルイーズは、ほんとうにすばらしいだろう」

「わたしも全面的に協力します」

目の前の女性はどちらに行くかわかったようで、わたしたちもまた歩きはじめた。

ウィリアムの姿がかすかに見えたところで、ベンチリー夫人の気力はすっかり回復したようだ。ウィリアムはルイーズの頬にキスをし、夫人の愚痴に辛抱強く耳を傾けた。それからわたしたち三人を、列車のほうに向かわせた。彼は指定席を見つけると、言葉たくみにベンチリー夫人を窓際の席に坐らせた。そうすれば、自分はルイーズのとなりに坐れる。三人が一等車におちついたのを見届けてから、わたしは通路を歩きはじめた。するとすぐに、ルイーズの声が聞こえてきた。「だめよ、ジェイン。あなたの席もここよ!」

自分やウィリアムといっしょにいてほしいとルイーズに言われたのは、これがはじめてではない。セントラル・パークを散歩したりメトロポリタン美術館を訪れたり、わたしはこれまで何度も、ルイーズに〝付き添って〟きた。一度か二度は、いっしょにお茶を飲みさえした。わたしがいることで、ルイーズは勇気づけられるのだろう。ただし、それはふつうのことではない。

でも、ウィリアムも加勢した。「もちろんだよ!」彼は自分とルイーズの向かいの、通路側の席を指し示した。ベンチリー夫人は、男性が決めたことには反対しない。

ウィリアムはこのあとも、いろいろなことを決めた。タイラー家の経済状況の救世主という新しい役割を与えられ、自信を持って自分のやり方を通すようになっていた。かわいらしい若い女性が、じっとしていないペキニーズ犬を抱えて通路をやってくると、彼は席を探すあいだ預かりましょうと言って犬を抱きかかえた。年配の女性の荷物を運ぶのを手伝った。くすくす笑いどおしの女子学生ふたりを席まで案内した。彼女たちは、やりすぎというほど感謝の気持ちを示した。そのせいでわたしは、列車の切符を持っているのはあなたですよとウィリアムに思いださせなくては、と感じていた。車掌がまもなく、検札にくるだろうから。

ウィリアムが席を離れている時間が長くなるにつれ、ルイーズの顔色はますます青ざめていったけれど、彼がもどってくると安心して笑顔になった。

列車が動きだすと、ベンチリー夫人が言った。「さあ、ウィリアム。あなたのおじさまのことをもっと聞かせてちょうだい。たいそう立派な方のようだけれど、どんなお話をすればいいのか、まるきりわからないんですもの」

「おじは立派なひとです」ウィリアムは認めた。「でも、心配しないでください。おじがいったんしゃべりはじめると、相手はそうそう口をはさめませんから」

チャールズ・ウィンズロウ・タイラーがたいそう立派な人物だという事実は、広く知られていた。というのも、チャールズ・ウィンズロウ本人が、そのことを広く知らせたいと思っていたからだ。彼は自分が何をするにしても注目されたがった。それも、積極的に。彼はウィリアムの父親の弟で、つらいと思われることもある立場だった。でも彼自身は、古いしきたりに縛られずにすんで、気楽だと感じていたようだ。いつも、いちばん苦しくいちばん大胆な経験を追いかけた。十代のころは、ポルトガル人の漁師といっしょにメカジキを釣る漁船で仕事をした。著名な登山家のファニー・ブロック・ワークマンをお手本にして、ヒマラヤ山脈のヌン・クン山群の頂上に登ったり、犬ぞりレースで五位になったりしたこともある（彼は最近、ブラウニーという名のハスキー犬を飼いはじめた。その犬ぞりレースに出場した犬の子孫だ）。ユーコン川でグリズリーと闘ったという噂があるけれど、追いはらうことができず、ただ手をこまねいていたらしい。ただし、本人はけっして認めていない。騎兵隊に加わって西部に行ったこともあった。でも、兵士としての生活は厳格すぎたらしく、ハーヴァード大学に入学した。彼のことを教養のない人物と思って取り合わなかったひとたちは、その秀才ぶりを見せられておどろいた。そんなひとたちは、チャールズが大学卒業後すぐにニューヨーク州議会の議員になって政界入りしたことで、さらにおどろいた。紳士は誰も興味を示さない職業だから。とはいえチャールズにも、オルバニーにある議会事務所はがまんの限界を超えるほど厄介なところだとわかり――グリズリーは公平に闘った、と彼は言った――ニューヨーク市にもどった。そこで警察にはいり、組織犯罪と闘うことに全力で取り組んできた。

ウィリアムが言った。「新聞で読むと、おじは荒くれ者に思えるでしょうけど、そう見えるだけなんです。家族のためなら、どんなことでもします」

そこでウィリアムは口をつぐんだ。自分の父親のことを思いだしているのはまちがいない。父親はウィリアムが子どものとき、ふたつの慢性的な病《やまい》のせいで悲劇的な最期を迎えていた。由緒ある名門一家の多くが侵される病。賭けごとと飲酒だ。亡くなった父親が子どもたちに遺《のこ》した財産はわずかだった。食べるのに困らないことを保証するだけの、機知に富んだ母親と社交界での人脈だけ。そういったことは、アームズロウ夫人に仕えているときに、ひそひそとささやかれる話のなかですこしずつ耳にしていた。チャールズは兄を救おうと、戒める手紙を書いた。彼をサナトリウムに入れ、法律事務所でうわべだけとはいえ、仕事をさせた。彼の借金を肩代わりしたことも、一度や二度ではない。気の毒な兄が事務所の窓から身を投げて不幸な最期をとげると――つねに、誤って落ちたと言われる――チャールズは残された一家の世話を引き受けた。重要なひとたちにウィリアムや彼の妹たちが忘れられないように取り計らったのは、ほかでもないチャールズだった。ウィリアムをちゃんとした学校に通わせ、すくなくとも週に三回は手紙を書き、心のこもった父親らしい助言をした。チャールズがいなければ、ウィリアムは人生でそういった助言をもらう機会はなかったことだろう。

「でも、おじさまのお仕事は奥さまを不安にさせているはずよ、お気の毒に」ベンチリー夫人が言った。「おじさまが相手にしている犯罪者たち、そういうひとたちからいのちを狙われているんでしょう？」

夫人の言うことは、まったくのまちがいではない。昨年、市長を訪ねたチャールズが乗りこもうとした車のほんの一メートル先で、爆弾が爆発した。彼は飛んできた破片で腕にひどいけがを負ったものの、ほかのひとたちはぶじだった。「いやあ、よかった」一時間後、彼は新聞に語った。「わたしは時間どおりに行動したことがないんだ。いつもあわてている。おかげで、妻を怒らせてしまうんだけれどね」

ウィリアムは声を出して笑った。「ほとんどの奥さんは不安になるでしょうね。でも、おばのアルヴァは、ほとんどの奥さんとはぜんぜん、ちがいますから」

若いころ、チャールズは世界のどこにいても、ひとつの場所に長く留まることはなかった。そういったせわしない生き方は、家庭生活に向いているとはいえない。そのため、いい相手に出会うまでにいくらか時間がかかった。でも、何をしてもうまくやってきたように、彼の結婚生活も順調だった――ある意味では勝利であり、型破りだ。アルヴァ・タイラー――結婚まえの名はアルヴァ・ヴァン・ネス――は、美しいというより威厳があると言ったほうがいいけれど、ふたりが結婚した当時は〝お金持ちのうえに美しい〟女性と結婚したチャールズ・タイラーの運のよさを、誰もがうらやんで噂した。アルヴァの茶色い髪は、陽の光を受けるとみごとな赤みがかった色合いに変わった。背は高くなく、上半身がやや短い。そのせいで優雅とはいえないけれど、彼女に優雅さは必要ない。外見に関する高い評判は、ほとんどすべてがその目に向けられていた。大きくて明るい青緑色で、たしかに誰もが惹きつけられた。あるとき、画家のジョン・シンガー・サージェントが肖像画を描き終えるまで、アルヴァは長時間、じっと坐っていたことがあった。ところが彼は、活力にあふれた〝新しい女性〟としてアルヴァの姿を描いた。運動をするときのような服を着て、大きめの口をあけて笑い、美しい目は好奇心にあふれて生き生きしていた。

結婚した当時、チャールズは先頭を行く冒険家たちのひとりだったこともあり、アルヴァは世界じゅうを探検してまわる彼に同行した。やはり冒険家のフレデリック・ラッセル・バーナムといっしょにアフリカで猟をし、ダンフリー卿夫妻といっしょにガンジス河を帆走し、一九〇四年にセントルイスの万国博覧会ではじめて飛行船が紹介されると、それにもすぐ乗った。その巨大な飛行船のとなりで風に吹かれながら、にっこりと笑う彼女の写真を見たことを憶えている。アルヴァはいろいろな新聞に取りあげられただけでなく、理想の女性だとみなされていた。でも、ルールを破っても許されるといったタイプの、またとない魅力の持ち主だった——誰もが彼女のことを魅力的だと思っていたから、彼女と張り合おうというひとはほとんどいなかった。

息子ふたりが生まれてからも、彼女の活力が衰えることはなかった。でも、三度目の妊娠で流産すると、医師たちはしずかに過ごすよう彼女に勧めた。そこで、タイラー家はプレザント・メドウズに住まいを構えた。その甲斐あってか、また子どもに恵まれた。娘と息子だ。残念なことに、息子のほうは昨年、一歳の誕生日を迎えてすぐに亡くなった。新聞はしばらく、落ちこんだチャールズ・タイラーの写真だけを紙面に載せ、アルヴァの写真はまったく見られなかった。彼女の嘆きははかり知れないということだった。でも四カ月まえ、夫妻に男の子が生まれ、一家に活気がもどった。チャールズはあいかわらずニューヨーク市で仕事をし、平日はそこにある家で過ごしている。一方でアルヴァは、子どもたちにはそのほうがいいということで、一年を通してプレザント・メドウズに住んでいた。わたしはアームズロウ夫人に仕えているときに、何度かアルヴァを見かけたことがあった。彼女のことはとてもすてきだと思っているので、また会えるのが愉しみだった。

あとの列車の旅は何事もなく進んだ。トンネルを通るあいだ、ルイーズはウィリアムの手をしっかりと握り、ベンチリー夫人はわたしの手を握っていた。列車が駅に着き、わたしたちはノース・ショアの——あるいは、ゴールド・コーストと呼ぶひともいる——潮風のなかに降りたった。

前世紀が終わるころ、ニューヨークでいちばん裕福なひとたちは、住まいの区画がせまいことにいらだちを募らせていた。スペースを、彼らはスペースを必要とした！　そして、さわやかな空気も。そこで彼らは、さっさとニューヨークから立ち去った。六十キロあまり東のロング・アイランドに向かい、ヴァンダービルト家やグッゲンハイム家やフリック家といった一族はそこで心ゆくまでのびのびと、大邸宅《シャトー》やコテージや城を建てることができた。そして、心ゆくまで遊んだ。ロング・アイランドのみごとな芝や、風が吹きこむ入り江は、莫大な富とひまな時間のある闘士たちだけが愉しむことのできる、終わりのない闘いの場だった。ポニーはゴルフ場の〈メドウ・ブルック・クラブ〉内にあるポロ競技場を走りまわり、馬はキツネを追いかけて生垣を跳びこえ、ヨットは〈シーワナカ・コリンシアン・ヨットクラブ〉で波の覇権を懸けて争い、車はヴァンダービルト杯の優勝カップを狙い、大きな音をたてながらレース場を駆け抜けた（ダチョウのレースもためしに開催されたけれど、地元の新聞によると、〝ダチョウという鳥は信頼できず、かならずしも陸上競技に向いているとは言えない〟らしい）。あらたに開校した飛行学校に気晴らしで通うひと、モデル農場で農作業をしたり、カードゲームで猛烈に張り合ったりするひともいた。こういった闘いすべての中心にあるのはもちろん究極の闘い、つまり、誰が最高のうえにも最高のしゃれた時間を過ごせるか、という闘いだった。

オイスター・ベイ駅では、潮の香りのするやさしい風とタイラー家のシャラバン（二十世紀初めに普及していた、観光バスのはしりのような乗り物）に迎えられた。小柄な丸っこい体型の運転手は目に見えて何かに悩んでいるようで、しきりに首の汗をぬぐっていた。鳥のくちばしを思わせる鼻、具合が悪そうな口唇の色、顎は二重になりかけていた。でも〝ウィリアムさま〞を目にするとその顔はぱあっと明るくなり、ポンプを動かすみたいに熱烈に手を上下に動かした。彼が口をひらくと、その強いイタリア語なまりに、わたしはどきりとした。

ルイーズを前に立たせ、ウィリアムが言った。「ルイーズ、ベンチリー夫人、彼はおじの新しい運転手、アルドーです。アルドー、こちらはぼくの婚約者のルイーズ・ベンチリー」

アルドーは地中海沿岸出身者らしい気さくさをおおいに発揮して、片手を目元に持っていくと、よくいらっしゃいましたと、おおげさに涙を流す真似をした。そしてルイーズを〝ウィリアムさまの奥さま〞と呼んだ。彼がベンチリー夫人にあいさつをするのに帽子を持ちあげると、夫人は目を丸くしておどろき、二、三歩、後ずさった。それからウィリアムを横に引っぱり、小声で何やら言った。「でも、あの人はイタリア人よね」ウィリアムも小声で返事をした。「そうですよ、ベンチリー夫人」

わたしはアルドーがシャラバンに荷物を積みこむようすを見ていた。ウィリアムたちに声が届かないところでは彼の陽気さは消え、ひとつ目のトランクを持ちあげるとき、不愉快そうに眉をあげていた。低くうなりながらそれを押しこむと、彼はわたしに向かってぼそぼそと言った。「あのご夫人、金持ちなんだろう？　金持ちはいいね」

駅からチャールズのお屋敷までは数キロの道のりだった。ニューヨークの裕福な一族たちは存在を知らしめたいようだけれど、ここはまだまだ農地だ。馬がスプリット・レールのフェンスの向こうを駆けている。牛の低い鳴き声が聞こえてくる。わたしは顔を太陽に向け、刈られたばかりの芝のさわやかなにおいを吸いこみ、頭の上の鳥のさえずりに耳を傾けた。

車が小さな隆起にぶつかり、目をあけた。その先に、白銅色の海がぼんやりと輝いていた。

お屋敷に近づくにつれ、そこが〝愉快な牧草地《プレザント・メドウズ》〟と呼ばれているのは正しくないという思いに襲われた。地面は一面、みごとな芝生で覆われ、樹齢の長い木々が高くそびえている。でもお屋敷自体は小高い丘のうえに建てられ、あたりさわりのない名前にはまったく似つかわしくないほど、どうにも予測のつかない造りだったから。これまで多くの邸宅を訪れたけれど、この、好き勝手に設計されたタイラー家のお屋敷のように、ぐらぐらとして倒れそうだったところなど一軒もない。お屋敷の主人にふさわしく、ここは少年の理想郷だった。建物の前を広々としたポーチがぐるりと囲み、二階の右側にも屋根付きのポーチが備わっていた。小振りの三階はいくつも窓が並び、前庭の芝を見わたしていた。十メートルほどの廊下が、母屋と客人用のコテージほどの大きさの建物とをつないでいた。最上階はほとんど塔のようで、屋根には旗がはためいていた。そこに描かれているのはどくろと十字架なのか、よくわからなかった。チャールズが大工に向かって声を張りあげているところが目に浮かんだ。「そうだ、こちらにはバルコニー、あちらにはピクチャー・ウィンドウをつけよう。図書室には秘密の抜け道をつくる。向こうにブランコがあるといいな。池を見わたせるような。え、池はないだって？ なら、つくればいい！」ウィリアムがここを気に入っている理由がわかる気がした。

でも門を過ぎるとき、誰だかよくわからない男のひとたちが、こちらに向かって礼儀正しくうなずくのに気づかずにはいられなかった。ほかにも、この暖かい気候には分厚すぎると思えるコートを着た、砂色の髪の男性が、敷地内をぶらぶら歩いていた。手を腰のあたりにしっかりと添えている。チャールズは新聞に、〈ブラック・ハンド〉の脅しは心配していないと話していたけれど、その存在を意識していないわけではなかったのだ。

チャールズとアルヴァは芝の上で出迎えてくれた。ふたりの後ろには、大修道院長のようにおちつき払って横柄にたたずむ、ウィリアムの母親のタイラー夫人。タイラー家の面々からすこし離れたところには、黒髪の小柄な若い女性が立っていた。片手に眠る赤ん坊を抱き、もう片手で小さな女の子の手を握っている。その女の子は背伸びをしたまま顔をあちこちに向けては、集まったおとなたちを見ていた。

チャールズ・タイラーに直接、会ったことは何回かあるし、新聞ではその姿を何度も目にしている。それでも、いかにも彼らしいふるまいには感動してしまった。生き生きとして、元気いっぱいで、目の前にあるものはなんでも両手を伸ばして抱きしめようとする——今回は、それがルイーズだった。彼に力強く抱きしめられたルイーズは、息が止まったかのようだった。「ベンチリー夫人、プレザント・メドウズへようこそ。ここは愉しいところですよ！」チャールズに手を取られながらこう言葉をかけられた夫人は、ほとんど気を失いそうになっていた。アルヴァはそんな夫のようすを、穏やかに慎み深く見守った。彼がこういうことをするのはこれまでにも見ているけれど、新しい観客には効果があることをよく理解しているのだろう。

アルドーが車から荷物をおろすのに手間取っていたので、わたしも小ぶりなかばんをおろしはじめた。すると、大きな声が響いた。「ジェイン、ジェイン・プレスコット！　顔をよく見せておくれ」

びくりとしてふり返ると、すぐ横にチャールズそのひとが立っていた。彼はわたしの両手を握るとそのまま持ちあげ、誇らしげに言った。「これはまた、すばらしい！　アルヴァ、憶えてる？　おばのメイドだったジェイン。何も見逃さない――すべてを見通すんだよ。おかげで、ローラおばの耳飾りをくすねたのが、不愉快なないとこのディッキーだと判明した。いや、立派になったね！」そう言って彼はにやりと笑った。そこに見下したようすはなく、ただ心からのよろこびがあふれていた。わたしの成長が、あらゆることが正しく行われる豊かなアメリカを証明しているとでもいうように。

「アルヴァ」チャールズが言った。「ジェインにあいさつして！」

「できないわ」アルヴァは答えた。「あなたのせいでシャラバンの後ろに隠れてしまっているのに」

チャールズは声をあげて笑い、わたしを車の陰からひっぱりだした。アルヴァは両手を広げながら近づいてくると、魅力的な低い声で言った。「またお会いできてうれしいわ、ジェイン」

わたしは微笑《ほほえ》んだ。「ありがとうございます、アルヴァさま。わたしも、お会いできてうれしく思っています」

アルヴァ・タイラーが記憶とちがうような気がするのは、歳を取ったことや母になったことが理由だろう。腰回りはずんぐりし、明るい髪は色が抜けてしまっている。口の周りにはくっきりとしわができ、目の下にはくまがある。わたしの手を握る手はひどく骨ばっていて、いまにも折れそうだった。でも、青緑色の目は、いまも明るく輝いている。

ぱたぱたという足音が小さく聞こえ、アルヴァはふり返った。「娘です――」

六歳くらいの女の子が両腕を振りまわしながら、ずんずんと進みでた。父親の外見を受け継いでいる。女の子だからしっくりきていないけれど、母親から消えてしまった活力がこの子のなかにはあると、そう思わずにはいられなかった。

彼女はまっすぐに手を伸ばした。「メイベル・タイラーです」

わたしはメイベルの手を取って握手した。「お会いできてとてもうれしいです、ミス・タイラー」

「かわいいソフィアと凛々《りり》しいフレディは元気かな？」ウィリアムがナニーのソフィアに近づきながら言った。

「たいへんお元気です、ウィリアムさま」なまりからすると、彼女もイタリア系だろう。美しい曲線を描く黒い目がとても魅力的だ。オリーヴ色の顔にはすこしだけあばたがあるものの、若さと生命力にあふれた肌は輝くようだった。ウィリアムは意味のない言葉でフレディに話しかけながらも、目はソフィアにくぎ付けになっている。その横でルイーズはハンドバッグを握りしめ、おちつかなげにしている。しばらくは、ほかの女性の存在には気づかないふりをするほうがいいですよと、ウィリアムに忠告しておかなければ。

アルヴァが言った。「ジェイン、ブリッグズ夫人のところに案内します。わが家のハウスキーパーよ。荷解きやら何やらを手伝ってくれるわ。ソフィア――」

黒髪の若い娘は視線をウィリアムから逸らした。目がおどおどしている。ナニーになってまだ日が浅いのだろう。

「子どもたちを家のなかに入れたほうがいいみたい。雨になりそうよ」アルヴァがそう言い、わたしは空を見上げた。青く晴れわたっている。

ソフィアが異議を唱えるように答えた。「午前中、ずっと家のなかにいましたから……」

「なかにいるほうがいいの」アルヴァは言った。

一行がお屋敷のなかへと向かいはじめた。ソフィアはメイベルをそっとドアのほうに押しやった。荷物はアルドーがすでに運んでおいてくれた。このときベンチリー夫人は、列車を降りてからずっと言いたくてたまらなかったことを口にした。

「おどろきましたわ、ミスター・タイラー。あなたのようなお仕事の方が、イタリア生まれのひとたちを雇うことをいいと思っているだなんて」

「イタリア人は何も悪くありません」チャールズはきっぱりと言った。「彼らは善人です。わたしが軽蔑するのは犯罪行為で、民族ではありません」

「それでは、誰が悪人かはちゃんとわかっているということかしら」ベンチリー夫人が訊いた。

このばかげた問いに、チャールズは上機嫌で答えることにしたようだ。「もちろんです、ミセス・ベンチリー。もちろん、わかっています」

3

ブリッグズ夫人は五十代前半の、小柄でにぎやかな女性だった。濃い茶色の髪には、凍った池の表面に渦巻く氷のような白髪がまじっている。上を向いた鼻、その鼻と口唇の間はせまく、やや出っ歯で、愛嬌ある顔立ちだ。ブタを思わせるところがある――とはいえそれは、ブタのなかでも最上級の質を誇るブタだ。有能だけれど温かみがあって、お屋敷のなかをてきぱきと案内してくれた。そのあいだ、どこに何があるかをわたしに説明しながら、自分自身にもあれこれ指示を出していた。シーツをたたむのは通いのメイドに任せて、カーテンをあける、ボルドー・ワインを持ってくること、暖炉には薪を入れておきました。いまは暖かいけれど、寒くなることもあるから……。

「ごめんなさいね、ミス・プレスコット」三階までやってきたところで、ブリッグズ夫人が言った。「一時間ごとにその日の予定に目を通さないと、頭のなかから抜け落ちてしまうの。ほら、このお屋敷は」――そう言って詳しい説明をはじめるまえに、彼女はこぶしを口許に押しあてた。これまで何度も、その話をしてきたとわかる――「ふつうとはちがうから。部屋は二十もあるでしょう。あっという間に迷子になるわよ。最上階はお小さいふたりのお子さまとナニーのための部屋があるんですけれど、そのことは知らなくてもいいわ。この三階の端には、住みこみの使用人たちの部屋が並んでいるの。といっても、使っているのはわたしと通いの者たちだけなんですけどね。運転手のアルドー・グリマルディは車庫の上の部屋で寝ているんですよ。チャールズさまの書斎は、使用人用の部屋が並んだ一角の反対側にあります」

使用人と雇い主の部屋の距離がそんなにも近いことにおどろくわたしを見て、夫人は言った。「チャールズさまはそういう細かいことは気になさらないの。いつもおっしゃってるわ。〝わたしはただの男だ。公爵夫人じゃない〟と。男のお子さまたちの寝室は二階よ。主寝室は二階の廊下をずっと行った先、このお屋敷の端っこ」

ここに到着したときに見た、客人用コテージみたいだと思ったところだ。いまどき流行の育児方法は、両親と子どもたちとの間に一定の距離を保つことを推奨している。子ども部屋は、できるだけ両親の寝室から離れたところにあるほうがよく、子どもの保育はおもに専門職に任せる、というものだ。

「ウィリアムさまの部屋は、男のお子さまたちの部屋のいずれかになります。ルイーズさまとベンチリー夫人の部屋は、二階の右側にある客人用の一角に用意しました」

「ありがとうございます、ブリッグズ夫人」

「さて、これだけは憶えておいて——夜十時になったら、ドアを閉めて鍵をかけます。その鍵はタイラーご夫妻がお持ちになります。わたしも持っています。それ以外、どなたにもお渡ししません」そう言って夫人はにっこりと笑った。「あなたが夜、ふらふらと歩きまわるのが好きなタイプなら、わたしから言えるのはひとつ。夜十時以降、わたしは意地悪になるわよ」

「憶えておきます」

「それと、アルヴァさまは窓を閉めておくのがお好きです。窓は、ぜんぶ」

お屋敷のなかは暑いくらいなのに。そう思ったところで、門のところで見かけた警備のひとたちのことが頭に浮かんだ。わたしは答えた。「わかりました」

ルイーズの部屋はすばらしかった。窓からは、お屋敷の右手にある、カーネーションやキンギョソウの植えられた庭を見わたせる。荷解きをしていると、歌声が聴こえてきた。曲調にはどこかなじみがあった。子どものときに聴いた歌だ。おじの避難所の玄関の前に腰をおろし、むずがる赤ん坊をあやす女性たちの記憶がよみがえってくる。ファ・ラ・ニンナ、ファ・ラ・ナンナ……。

窓辺に行くと、白いドレス姿で歩くソフィアが見えた。腕にフレディを抱え、歌を聴かせている。ふたりはかわいらしい絵画のようだった。黒髪の頭を傾け、頰をやさしく赤ん坊の髪に押しつけながら、敷地を囲む森のほうに向かっていた。

「ソフィア」名前を呼ばれ、彼女は足を止めた。ようすを見守っていると、アルヴァが現れた。「フレディ坊やをどこに連れていくつもり?」

「わたし……連れていくなんてこと、しません……」ソフィアの声は震えていたけれど、どこか反抗するような響きもあった。

「子どもたちは家のなかに入れたほうがいいと言ったはずよ」

「はい、わかってます。でも――」

「では、なかに入れてちょうだい」

晴れわたった空に手を振りながら、ソフィアが言った。「いいお天気で、気持ちも……いいですし……」

「お天気はよくないわ」アルヴァがソフィアに詰めよった。「気持ちよくもない。安全じゃないの。これまで何回も言ったでしょう。それなのに、あなたは聞かない。どうして聞こうとしないのかしら。どうして聞こうとしないの、ソフィア？」

女主人の怒りにおろおろしながらソフィアは口を開いたけれど、何も答えられなかった。

「フレディ坊やをなかに入れて」アルヴァはそれだけをきっぱりと言い、踵《きびす》を返して建物のなかにもどった。ソフィアはしばらく、その場にぼうっと立っていた。

それからソフィアは疲れ切ったように片手をおでこに当て、泣くまいと我慢するひとがそうするように、思い切り深呼吸をした。森のほうをもう一度、ちらりと見る。まだ散歩をつづけたいと思っているかのようだ。行きなさい。わたしは彼女に、声に出さずに言った。

赤ん坊の背中をさすりながら、ソフィアは心をおちつけようとしていた。そして、建物に向かって歩きはじめた。

その夜、寝室でルイーズは口数が少なかった。夕食の席はどんなだったかと尋ねると、「ひどかった」とひと言だけ返ってきた。

「チャールズが犯罪のことをいろいろ話してくれたの。彼、とっても愉快なのよ。でも、アルヴァがやめてほしいと言って。自分の夫に手厳しいわね。たぶん、そういう話題がふさわしくないと思ったんでしょうけど。でもね、彼女だってべつに話すことなんてそうそうないし、それはわたしたちだっておなじ。そうしたら、お母さまが〈タイタニック〉号追悼のための基金の話をはじめたんだけれど、ウィリアムのお母さまはその話をしたくなさそうだとわかったの。だからわたしはオレンジの花について話して、そうしたらアルヴァが、頭が痛いと言いはじめて……」

まあ、なんてこと。わたしは思った。ベンチリー夫人の〈タイタニック〉号の基金の話とルイーズのオレンジの花の話にはさまれたのでは、アルヴァの頭だって痛くなるはず。

「それから、ウィリアムのお母さまがパリ旅行を計画していると言ったら、でしたらガードナー＝スミス一家にお会いになって、とアルヴァが勧めてたわ。そのあとはみんなで、わたしが行ったことのない場所やしたことのないことや、ほとんど憶えていないひとたちの話になったの」

ルイーズは倒れこむようにして椅子に腰をおろし、哀しげな目をわたしに向けた。「ジェイン。わたし、不安なの。どうしても考えられないのよ、わたしが……タイラー夫人になるなんて」

彼女の不安はよくわかる。ウィリアムの妻として、ルイーズは社交の場に姿を見せることを期待されている。慈善事業の委員会に加わり、その場の状況に合わせて愉しませるべきひとたちを愉しませ、彼女の所属する階級は道徳的に公平だと示すための、尊敬すべきお手本にならないといけない。道徳的公平さについては、ルイーズは問題ない。問題なのは、ほかのことだ。ルイーズを知るひとはみんな、彼女のことが大好きだけれど、いざタイラー夫人になれば、誰もがほんとうの彼女を知ろうとするよりは、噂などで知ったことを彼女だと思うだろう。世間からの評判がよい立派な妻という資質を、ルイーズはまだ手にできないでいた。

でもそれも、時間をかけて取り組めばいずれは備わるだろう。だからわたしは言った。

「ルイーズさまは最高のタイラー夫人になりますよ。だって、ウィリアムさまはルイーズさまを愛していらっしゃるし、ルイーズさまもウィリアムさまを愛していらっしゃるから。ほかのことは重要ではありません。さあ、もうお寝《やす》みください。朝になったら、おふたりのお母さまや結婚式の準備を相手にした闘いが待っているんですから」

そう言うとルイーズは小さく笑ってくれたので、わたしはほっと一息ついた。でもすぐに、笑みは消えた。「ウィリアムは、週末はニューヨークにもどらないといけないと言うの。でもその週末に、彼の妹ふたりがやってくるのよ」

「でしたら、プラトンを読みはじめたほうがいいかもしれませんね。エミリーさまはヴァッサー大学で哲学を学んでいますから」

ルイーズは不満げな声をあげ、それから枕に頭をのせた。

ブリッグズ夫人から迷子になるかもしれないと注意されていたとおり、ルイーズの部屋を出たあと、わたしはまちがった角を曲がってしまい、気づくと廊下の端まできていた。主寝室のすぐ近くだ。まちがいに気づいたのは、甲高い声が聞こえてきたときだった。わたしがもっと礼儀正しければ、涙声を耳にしたからといって立ち止まったりしなかったかもしれない。でも、わたしは足取りをゆるめた。というのも、涙にむせぶ声がこんなことを言っていたから。

「子ども扱いしないで、チャールズ……」

それから、チャールズのなだめるような声がつづいた。「誤解しているんじゃないかと言ってるだけで……」

「誤解なんかしていない。ぜんぶ、わかってるの。彼女を信用してはいけない――」

「頼むよ、声を落として」

「彼女は嘘つきで……どろぼうで……それなのにあなたはわたしに、〝声を落として〟としか言わないのね」最後のほうは絞りだすような声だったけれど、すぐに立ち直ったようだ。それからなんとか、こうつづけた。「あなたがわたしを信じたことなんてない……」

「アルヴァ、信じてるに決まってるじゃないか……」

あまりにもつらい状況になってきて、慎みは忘れていないとどれほど自分に言い訳しても、聞いていられなくなった。わたしは早足でその場を離れ、しずかに階段をあがった。

でも、自分が耳にしたことを忘れるのはむずかしい。険悪な言葉は、歌の一節みたいに頭のなかでずっと響いていた。どろぼうと言って誰かを非難するのは、よくあることだ。顧みられない妻たちは、夫の注意を引く手立てとしてそういうことを言う。夫には見せないほうがいい請求書の支払いのために宝石を質に入れる浪費家の妻や、スケープゴートを探す憤った女のひとも。アルヴァ・タイラーの言葉が正しいとされ、何人もの若いメイドが理不尽にクビにされてきたことは知っている。でも、彼女があんなことを訴えているのを聞いて、とても残念だった。彼女とナニーのソフィアとの間がうまくいっていないのははっきりしているけれど、あの気の毒なナニーをどろぼう呼ばわりするなんて、わたしの記憶にある、勇敢で愉しげな女性には似つかわしくない。結婚は、すべての女性をちっぽけで疑い深くしてしまうの？　ルイーズが結婚生活に不安を感じてもとうぜんだ。

慣れないベッドで眠ることは、レディーズ・メイドの仕事の一部だ。女主人の行くところなら、どこへでも行かないといけないのだから。わたしは十四歳のときからずっと、借りてきたベッドで眠ってきたようなものだ。おかげで、慣れないという感覚から気を逸らす秘訣を身につけた。それはふつう、衣服を準備したり縫い物をしたりすることだけれど、今夜は繕わなければならないものはない。荷づくりをするとき、ルイーズの衣服はひとそろい用意した。そこでわたしは膝をついてベッドの下から旅行かばんを引っぱりだし、なかのポケットをひっかき回した。目当てのものを見つけると、ベッドに腰をおろして脚を引きあげ、膝に置いた小さな包みを見つめた。

持ってくるつもりはなかった。荷づくりをするあいだ、わたしは何度も、旅行かばんのなかに放りこみたいという衝動を抑えた。でも、使用人の若い娘たちのあいだでは、留守にしている使用人の部屋を探って気晴らしをしていることも知っていた。十四歳のときの出来事は、いまでも恥ずかしさといっしょに思いだすことができる。アームズロウ夫人のお屋敷で、もうひとりのメイドが聖書のなかに隠していた、農家のぱっとしない少年の写真を見て、わたしはからだを震わせて大笑いしたのだ。エルシーやバーナデットには、そんなことをしてほしくなかった。

その包みにはリボンがかけてある。地味で長持ちしそうなものを、念入りに選んだ。中身が何か特別なものだと示すものはない――わたしがこれまでに受け取った手紙にすぎない、という以外は。そしてそれはすべて、おなじ人物からの手紙だった。

はじめの一通は、最後に会ってから数カ月後に届いた。送り主はマイケル・ビーハンだ。封筒の表に自分の名前――ミス・ジェイン・プレスコット――が書いてあるのを見て、おとなげなくわくわくしたことを、いまもまだ、憶えている。わたしは慎重に封筒をあけた。なかには折りたたんだ新聞記事の切り抜きがはいっていた。がさがさと広げながら、わたしは見出しを読んだ。〝男性の首なし死体、樽のなかで見つかる〟。そして、手紙も。

ミス・プレスコット

きみに手紙を書くと約束したことを思いだした。それと、ぼくが書いた記事を送るという約束も。同封したものは、なかなか出来のいいひとつだ。いまはもう、きみの雇い主一家が新聞に載ることはないから――つまり、ひとを殺してまわってはいないだろうから――きみがニューヨーク市の最新の事情に疎くなっているんじゃないかと心配している。最近、イタリア系アメリカ人が商売の縄張りを独占しようと、同胞の男の喉を切り裂いて頭を切りおとし、それを近くの下水道に放置したことがあった。記事の事件は、それと関連しているようだ（とはいえ、頭部が見つかったことは公式には発表されていない。きみも、ベンチリー家の女性たちやほかのお上品なお友だちの前では、この話をしないほうがいい）。おわかりだろうか、ぼくはもう、社交界デビューする素行不良のレディたちではなく、真に見下げはてた醜悪な事件を追っている。

ぼくの謙虚な努力に対するきみの考えを聞かせてほしい。新しい勤め先である、《ニューヨーク・ヘラルド》紙本社の住所宛に手紙を書いて。住所は下に記してある。

よろしく

マイケル・ビーハン

わたしはペンと便箋を探し、ようやく新しいメイドから借りることができた。彼女はマンチェスターに住む家族に、定期的に手紙を書いていた。いろいろと考えすぎる時間ができるまえに、わたしは腰をおろして返事を書きはじめた。

ミスター・ビーハン

下水道にあった頭部が、樽のなかで見つかった男性のものだと、どうしてわかったのでしょう? 誰かほかのひとのものだということもありえます。こんなの、誠実な読者を不安にさせる、雑で不正確な記事にすぎません。それに、購読者も減ることになるのはまちがいないでしょう。

それでは
誠実な読者

一週間後、二通目の返事が届いた。

誠実な読者さま

ずっと言ってきたと思うけど、身の毛もよだつような想像をすることにかけては、長老派に教育を受けた少女を負かすことはできないね。余分なものをそぎ落とし、おもしろみがなくなった真実こそが、健全な精神状態では到達できないイメージを呼び起こすのを促すんだ。それでも、きみはいい点をついている。頭なしでこのニューヨークを歩きまわっているひとたちはそう多くはない、それはたしかだ。

同封したぼくの最新の記事を読んでほしい。

よろしく

MB

こうして、手紙のやり取りがはじまった。新しい手紙は一週間か二週間おきに届いた。〝誠実な読者さま〟は〝良心さま〟になったり〝センス欠落者さま〟になったり〝字が読めますか？　さま〟になったりした。でも、わたしはビーハンにつきあった。

ミスター・ビーハン

〝ハーレムの殺人小屋〟と呼ばれている件に関する記事について、あなたはミス・レニアを見誤っていると思うわ。フランク・〝チック〟・モナコが自分のアパートメントで災難に見舞われたと彼女が言いたてているとしても、どうして信じないといけないの？

たまたま、二十五カ所も刺されるひとなんている？　ミス・レニアはとても要領が悪い。たぶん、失敗したんだわ。だから警察署に駆けこんだとき、彼女の着ていたものはきれいだったの。あんな凄惨な〝災難〟に巻きこまれたにしては、きれいすぎた。だからといって、彼女がほんとうの犯人をかばっているとは言えないけれど。あなたは〝ゾッポ・ザ・ギンプ〟の言い分を信じすぎている。ナポリ系ギャングのアニエロ・プリスコに〝ゾッポ〟なんて別名をつけたひとはまず、信頼できる証人とは見なされないでしょうね。

それからしばらくして、返事が届いた。

へそ曲がりさま

ぼくの記事について何ひとつおほめの言葉をもらえないなら、面と向かって文句を言われるほうが、まだましだ。まさにぼくたちのものである自由なこの国で、誰もが誰かを悪く言う権利はあるし、悪口を言われたら償いを要求する権利がある——ぼくがずっと、そうしてきたように。どうか返事を書いてほしい。そして、いつどこで償ってもらえるのかを教えて。

よろしく
MB

わたしは返事を書かなかった。書くつもりだった。頭のなかでは何度も書いた。

ミスター・ビーハン
面と向かってあなたに文句を言う機会には心を惹かれるけれど、お断りします……

ミスター・ビーハン
会うのは控えて、手紙のやり取りだけにしておいたほうがいいと思うの……

ミスター・ビーハン
いつなら都合がいいかしら？　わたしのお休みは……

口にする言葉を、慎重に選びすぎることがある。手紙のやり取りしていたとき、わたしは自分の言葉をじっくり考え、矛盾がないようにし、言葉に特徴を持たせるようにした。率直な本心を、どうにか頭のなかに思い浮かべたことはある——ミスター・ビーハン、あなたに会いたい。でも、説得力のある理由がないの。ただ会いたいという、この思いにまさった理由が。その思いは、もしあなたに奥さんがいなければ、すこしも議論の的にはならないでしょうね。でも、あなたには奥さんがいる。それでも、わたしに手紙を書くのをやめないで——

こんなことを書いてはいけないとわかっているので、じっさいに便箋に文字を書く必要はなかった。

ビーハンの誘いに、わたしは「はい」と言いたくなかった。「いいえ」とも言いたくなかった。けっきょく何も言わなかった。わたしは返事を書かなかった。

彼もおなじだった。

灯りを消し、わたしはベッドに横になった。暖かい夜で、部屋の天井は低く、せまくるしい。むっとした空気がのしかかってくるようで、不快なほどに自分の肌を意識させられる。腋《わき》や膝の裏がじっとりとしている。寝返りを打つと、寝間着がおなかや背中に貼りついた。

窓の外から、木々の葉のあいだを吹きぬける風の音が聞こえる。ブリッグズ夫人は、窓はぜんぶ閉めなければいけないと言っていたけれど、この部屋の小さな窓をほんのすこしあけたところで、何か変わるだろうか？　数センチあけるだけで、新鮮な空気がはいってくる。暗闇のなかでは、窓がちゃんと閉まっていないなんて、外から見てもわからないだろう。どのみち、この部屋はお屋敷の裏側の芝に面している。夜のあいだは真っ暗で、人気《ひとけ》のない場所だ。背の高い木に囲まれてもいる。

わたしはからだを起こし、親指の長さ分ほど窓を押しあげた。気持ちのいい風が勢いよくはいってきた。ベッドの端に腰をおろし、ちょうど風の通り道になるところを探して移動する。窓敷居に両肘をつき、薄手のコットンの寝間着に風が通るようにした。深呼吸をして、もうすこしあけようと窓をそっと動かした。

最初は、夜空を風に舞う葉っぱだと思った。風に揺られる一本の若木から飛ばされてきたのだろう。でも、ちがった。その葉っぱは、揺れるというよりは動いていた。ゆっくりと慎重に、芝の上を進んでいる。いったん止まると、向きを変えたようだ。そのときになって、自分が見ているのは人影だとわかった。

暗闇のなかでは、それ以上のことは見わけられなかった。距離が離れているから、その人物の身長の見当をつけることもできない。それでも、わたしは身を乗りだした。気づかれないようにする必要があることも忘れて。そうしているうち、その人物は見られていることに気づいたらしく、急ぎ足になって視界から消えた。護衛のひとりね。わたしは心のなかで思った。でも……監視のプロにしては臆病すぎる。動きが男性のようだったかどうかも、はっきりわからない。それにブリッグズ夫人は、十時になったらドアに鍵をかけると言っていたのに。

窓を下までおろし、またベッドに横になった。部屋の空気はすっきりとした。でも、頭がひどく冴えて眠れない。廊下の遠くから、時計の鐘の音がかすかに聞こえてくる。数えると十二までいった。

鐘の音が真夜中を知らせた。

4

つぎの日は、ルイーズはどのように式に登場するべきかという、ややこしくてさし迫った問題を話し合うことに費やされた。式が行われる庭へは、大きなフレンチドアを抜けて、建物から直接、出ることができる。ルイーズと父親のベンチリー氏はそのドアを出てからヴァージン・ロードを進み、立派なオークの木の下で待つウィリアムのところまで向かうという段取りだ。

単純なことに思えた。単純だったらよかったのに。でも、ベンチリー夫人が階段の存在に気づいてしまった。

階段は上の階からせん状に延び、広々とした玄関ホールまでつづいている。そのホールは陽がよくはいって明るい。すてきだと思いません？　ベンチリー夫人は言い張った。花嫁のルイーズと、その花嫁の父親と、花嫁付添人たちが階段をおりてきてもいいじゃありませんか。それから、庭に出てくるんです。

「でも、招待客のみなさんは外で着席していますよね」ウィリアムの母親、タイラー夫人が言った。もとのプランを考えた張本人だ。「誰もふたりの姿を見ることができませんわ、どれほどすてきでも」

「それなら、式をなかでやればいいんじゃないかしら？」ベンチリー夫人が言った。

長く不吉な沈黙がつづいた。そのあいだにベンチリー夫人はルイーズをけしかけ、階段を歩いておりさせた。そうすれば、みんなにも〝実現可能だとわかってもらえる〟とでもいうように。ルイーズがためらいがちに最初の一歩を踏みだしたところで、タイラー夫人が口を開き、これだけを言った。「なかではやりません」

「ルイーズ、そのまま階段をおりなさい」ルイーズはもう一段おりた。「タイラー夫人、どうぞご覧になって……」

でも、タイラー夫人は大きな声で言った。「ルイーズ、止まってちょうだい」

ルイーズは立ち止まった。

「ベンチリー夫人、じゅうぶんな幅がないの」

「あら、でも、そうでもないわよ。階段をおりて、ルイーズ」

ルイーズは一段おりた。そのとき、何かが迫ってくるのを感じ取ったのか、彼女は階段を引き返した。

「もしかしたら」わたしは言った。「このお屋敷の奥さまに意見をおうかがいするのがいいかもしれません」

お屋敷の奥さまはこの話し合いのあいだ、賢明にも自分の部屋にこもっていた。闘いは中断され、母親ふたりはアルヴァの意見を訊きにいった。ふたりがいないうちに、わたしはルイーズに尋ねた。「ルイーズさま、あなたはどうなさりたいですか？」彼女は落胆したように肩をすくめた。

アルヴァはこの件に関して、庭での式を支持した。そのかわり、式が終わったあとで、ルイーズと花嫁付添人たちが階段に並んだところをカメラマンに撮影してもらうと提案し、残念賞という形でベンチリー夫人に報いた。話し合いはつぎの議題に移り、食べたあとのにおいを考えると、ロクフォールはチーズ・コースに入れるべきかについて意見が交わされた。つぎに、ベンチリー夫人が弦楽四重奏団のことで不安を口にした――この式に四重奏で足りるかしら？ 五重奏や六重奏にするべきじゃない？ タイラー夫人が疑問を声に出した。ベンチリー夫人ったら、フル・オーケストラがいいとでもおっしゃるつもり？ そうですね。ベンチリー夫人は感情を抑えて答えた。それもいいかもしれませんね。それからまた、タイラー夫人が言った。ベンチリー家はスカーズデール出身ですから、結婚行進曲も、おもちゃみたいな笛のカズーで奏でるのがいいのかしら。伴奏に櫛《くし》と紙を鳴らすの。

この軽口で、話し合いは危険水域に達した。ウィリアムとチャールズが運転手のアルドーといっしょに芝にいるのが目に留まり、ルイーズには外に出てもらうのが最善だとわたしは思った。彼女のことを気にするひとは誰もいない。この場が流血騒ぎになっても、彼女は何も見ていないと、心の底から証言できるだろう。わたしとルイーズは、玄関ホールから離れようと廊下を歩いた。そこにはすばらしい絵画や動物の頭の剝製《はくせい》が、型破りなまでにずらりと飾られていた。アルヴァがそのうちの一枚の絵をじっと見つめていた。近づくにつれわかったけれど、それはサージェントが描いた彼女の肖像画ではなく、縫い物をする女性の膝に子どもが寄りかかるという、かわいらしい場面をとらえた作品だった。

わたしたちに気づいてアルヴァが言った。「パリから持ち帰ったものよ。これを描いた画家は女性なの。評論家たちは、女性を男性から切り離して描いていると文句をつけているけれど、わたしはすばらしいと思う」彼女はルイーズににっこりと微笑みかけた。「すてきだと思わない？　この場面、数年後のあなたかもしれないと考えると」

ルイーズは青ざめた。この瞬間、穏やかな家庭生活は遠いむかしのことになった。そう思っているのが、ありありとわかった。それから起伏のある前庭の芝に出たところで、彼女は短く悲鳴をあげた。

チャールズが大きな銃を手にしていた。彼のとなりには、ウィリアムとアルドーがいる。

「これはまだ、市場に出回っていない」そう言ってチャールズは、ライフルを披露した。

「ウィンチェスター・ライフルの新モデルだ。内蔵式撃鉄。ポンプアクション。一度に三、四発の銃弾《たま》を込めることができるし、心臓の鼓動並みの速さで発射できる。それってかなり速いということだ、ほんとうに」

おじが口にしている言葉をウィリアムがひと言でも理解しているのかどうか、わたしにはわからないけれど、それでも彼はうなずいている。そしてルイーズに気づいた瞬間、こちらに近づいてきて彼女の手を取った。ルイーズはにっこりと笑ったけれど、いまにも目から涙がこぼれおちそうだ。

「玄関ホールのことで言い合いになったんです」わたしは説明した。

「母親ふたりは最後まで闘い抜くつもりだな」チャールズが言った。「心配しなくていい。ルイーズはウィリアムとどこかに出かけて、あとはふたりにやらせておけばいいさ。アルヴァとわたしはすべてタイラー夫人に任せることにして、一時間まえに二階を案内しておいたから。アルドー、車をまわしてくれ。ふたりをドライヴにお連れして」

アルドーがガレージに向かいはじめた。そこへ、乳母車を押しながらソフィアがやってきた。彼女のうしろでは、メイベルがスキップをしている。ソフィアの姿を目でとらえると、アルドーは足取りをゆるめた。ソフィアのほうは無視している――あからさまに――けれど、ウィリアムに「こっちにおいで！」と声を掛けられると、彼女は顔をぱあっと明るくさせた。

チャールズの持つライフルに気づいて、ソフィアはためらいがちに言った。「お子さまたちを、そういったもののそばに近づけてもいいでしょうか」

チャールズは声をあげて笑った。「何も問題ないさ。アルドー！ これをしまって鍵をかけておいてくれないか？」それからルイーズのほうを向いた。「断言しましょう、ミス・ベンチリー。わたしの銃はぜんぶ、厳重に保管されています――ただし、夜、寝るときに枕の下に一丁、隠しているんですが」そう言って彼はにやりと笑った。ジョークを言っているのかどうか、わたしにはわからなかった。

ウィリアムが乳母車に手を伸ばし、彼が呼ぶところの〝三番目の跡取り〟を高く抱きあげた。急に起こされて、赤ん坊はぐずりはじめた。

「うわ」ウィリアムはソフィアに言った。「きみにしか、どうにもできないね」

ウィリアムは笑いながら赤ん坊をソフィアに返した。動揺しているルイーズの気持ちを考えたら、やさしすぎる笑顔だ。そんなところへ車が現れ、わたしはあえて声に出してその到着を知らせた。ルイーズはなかに乗りこむと、呼びかけてきた。「ジェイン、いっしょにこない？」

わたしはおどろいて、断る口実を探した。「ありがとうございます、ルイーズさま。でも、わたしはここに残ります」

「あのふたりはだいじょうぶだよ」車が走り去ると、チャールズがうなずくように言った。「そう、何も心配ないさ」

ルイーズとウィリアムを安全なところに送りだし、チャールズは書斎に引きあげた。そのあとでメイベルが、ソフィアに正式に紹介してくれた。まずわたしに向かって「ナニーのソフィアです。わたしたちの面倒を見たり、歌を歌ったりするの」と言い、ソフィアには「ジェインはルイーズのお世話をしているの。ほかに何をしているのかは知らない」と言った。

それからメイベルは弟のほうに手を伸ばした。「この子はフレディ。すっごく大きいの」ソフィアはメイベルの手の届かない高さまで、赤ん坊をそっと抱きあげた。「あなたの弟はとてもアンサムですよ、メイベルさま」彼女は流暢《りゅうちょう》に英語を話すけれど、イタリアなまりが強かった。〝弟〟は〝おっとうと〟と聞こえるし、〝h〟の発音はまったく苦手らしい。そのうえふたつの単語をくっつけてひとつの言葉みたいに発音することがあって、なんだかすごく魅力的だ。〝とてもアンサム〟という言い方は、最高のほめ言葉に聞こえた。

赤ん坊の頭越しにわたしとソフィアの目が合った。「メイベルさま、音楽のレッスンの時間ですよ。すぐにシャーウッド先生がきますから、なかで待ちませんか？」

メイベルはいやがって顔をそむけた。「お母さまに呼ばれるまでここにいちゃだめ？」

ソフィアは毅然としてメイベルの背中に手を置いた。「先生がいらっしゃるまで、練習しましょう。練習はしないとだめですよ」

わたしは母屋に向かって歩いていくふたりを見守った。一歩歩くたびに、メイベルは抵抗していた。しばらくして、ソフィアはもどってきた。「フレディさまを散歩に連れていきます。いっしょにどうですか？」

わたしは図書室のほうに目をやった。不機嫌そうなピアノの音が、ぽろんぽろんと聴こえてくる。「メイベルさまについていなくていいのかしら？」

ソフィアはにっこりと笑ってから、小声で答えた。「メイベルさまはピアノがとっても下手なんです。外にいるほうがましです。さあ、建物から離れましょう」

こうしてわたしたちは歩きだした。乳母車の車輪が芝生を踏んでキーキー鳴る音と、遠くに広がる海の景色だけをお伴にして。風がかすかに吹いて、ソフィアのおでこから髪を払った。彼女は愉しそうに、頭をのけぞらせた。歩きはじめたとき、わたしはこの散歩には何か意味があるように感じていた。でもすぐに、ほんのすこしのあいだだけでも自由になるのが目的なのでは、と思った。他人の家で働くひとたちが、あまりにも間近で見られていると感じたときにうって出る、害のない反抗というわけだ。

わたしの考えていることがわかったとでもいうように、ソフィアが言った。「赤ちゃんのためにいいんです、新鮮な風は。わたしのためにも。疲れちゃうんですよね――」

「閉じこめられていると?」わたしは言い当てた。

ソフィアはうなずいた。これでもうわたしたちは率直に話せる仲だと合図するように、眉をあげている。

わたしは海のほうを見やった。「美しいわね。でも、ひっそりとしている。町なかから離れていることは、いやじゃないの?」

すこしのあいだ、わたしの声が聞こえなかったのだと思った。でも、しばらくしてからソフィアは答えた。「ええ。わたし、都会は好きじゃないんです。ここにいるほうがいいです」それから、乳母車から顔をあげた。「タイラー家のことはずっと以前から知っているんですか? チャールズさまとアルヴァさまのことは?」

「わたしは以前、チャールズさまのおばにあたるアームズロウ夫人に仕えていたの。おふたりが夫人を訪ねてきたときに会ったことがあるわ。アルヴァさまはたいへんすてきな方だと思ったものよ」

この答えは彼女が望むとおりの答えではない。そんなふうに感じられて、わたしは訊いた。

「あなたは、ここでのお仕事は長いの?」

ソフィアは首を横に振った。「ベンチリー家のみなさんはいい方たちですよね？　お仕えするにはいいご家族ですよね？」

ほかの質問はぜんぶ切りすてて、彼女はせっかちに訊いてきた。こんなことをするのは、英語にまだ不安があるからとか、そういう理由だろうか。「たいていのご家族よりは」

ソフィアは眠る赤ん坊を見下ろした。「あなたも、お仕えするにはすごくいいひとでしょうね。やさしくて愉しいご主人さまになってくれそう。たとえ、とんでもなく長い時間、仕事をさせられても」

わたしたちはタイラー家の敷地のはずれまできていた。地面はでこぼこで、ソフィアは木の根っこや大きな石をよけながら、慎重に乳母車を押した。母屋からずいぶん離れている気がするけれど、おどろいたことに、遠くのほうで森のあたりをゆっくりと歩く警護の姿が見えた。

ソフィアも気づいている。その存在に、彼女はどんな気持ちでいるのだろうかと考えた。イタリア人として、イタリア人から住まいが守られているところを目の当たりにするなんて。

警護の男性を手で示しながら、わたしは言った。「なんだかばかみたい。そう思わない？」

「ばかみたいとは思いません。だって、いるんですもの……悪いひとたちは」ソフィアはためらいがちに言った。わたしのことを信用していいのかどうか、決めかねているというみたいに。すぐに、彼女は心を決めたらしい。「でもなかには、しょっちゅう、ひとのことを心配しているひとがいますね。あんなふうに……」そう言うと片手をひらひらさせて、アルヴァのことを暗に示した。わたしは同意するようにうなずいた。

それから、こう尋ねた。「きのう、あなたが歌っていたのはなんて歌？　とてもかわいらしい声をしているのね」

わたしのほめ言葉に、ソフィアはにっこりと笑った。「〝ファ・ラ・ニンナ、ファ・ラ・ナンナ〟……古い子守歌です。でも、ひどい内容なんですよ。つまり、赤ちゃんがどうしても寝ないので、お母さんは疲れるんです。それで、寝ないなら邪悪な誰かにあげてしまおうっていう。かわいそうな赤ちゃん！」

わたしたちは大きな木の下で休んだ。ソフィアは脚を投げだし、両手を頭の上に高く伸ばした。腰をおろしているところから遠くのほうに、標識のようなものが、せまい一カ所に集まっているところが見える。低い標識がふたつ——私有地だと知らせる目印だろうと、最初は思った。でもすぐに、木の枝でつくられた、歪んだ十字架だとわかった。わたしが見ていたのは墓地だった。

あそこには誰が埋葬されているのかと訊こうとしたところで、ソフィアが言った。「ジェイン——あの方は男のひとを殺したんですよね？」

何を言っているのかわかるまでに、すこし時間がかかった。「殺していないわ。ルイーズさまの妹のシャーロットさま、彼女が結婚するはずだった男性は、たしかに殺された。でも、殺したのはシャーロットさまではないの」

「男のひとたちのなかには、殺し合いが必要なひともいます」彼女は冗談を言っている。わたしは声をあげて笑った。「ウィリアムさま、彼はすごくいいひとです。彼の家族になるひとのなかにひと殺しがいると考えるのは、わたしはいやです」ソフィアはそう言って頭の上の枝をじっと見つめた。「誰のことも、ちゃんと知るのはむずかしいです」

まだだ。彼女は何かを話したがっている。

「アルヴァさまにお仕えするのはどんな感じ？」わたしは訊いた。

ソフィアは肩をすくめた。「わかりません。保育室にはぜんぜん、きませんから」うんざりしたような口調だった。若い子は口うるさい歳上の女性に関心がない。そういうことなのだろう。「保育室にこなければ、それだけお小言も減るでしょう」

「お小言ばっかりですよ！」背すじをぴしっと伸ばし、ソフィアはとつぜん、はじめから心のなかにあった思いを口からあふれさせた。「アルヴァさまはいつも、わたしのあら探しをします。なんでもないことで。彼女はとても」――ソフィアはぴったりの言葉を探して格闘した――「神経質です。いつもいつも、心配しどおし。〝どうしてフレディは起きてるの？眠っているはずなのに〟なんて言いながら、〝どうして眠っているの？起きている時間でしょう〟と言うんです。何を食べ、何をして、おむつのなかのようすはどんなか。アルヴァさまは、ぜったいに窓をあけさせてくれません。赤ん坊が風邪をひくといけない、と言って」ソフィアはブラウスの裾をぐいっと引っぱった。「あの家にいると、わたしは死にそうになります。暑すぎて寝られません。でも、窓をあけてはだめなんです。空気もはいってこない。お子さまたちのためにもよくないですよって、わたし、言ったんです。メイベルさまは、あの子はとても——」ソフィアは片手を軽く動かし、メイベルが外に出たがるようすを表した。「外に出る必要があるからですよ。家のなかにいるんじゃなく」そこで彼女は動きを止めた。険しい表情を浮かべている。「何もかも、こんな感じです」

彼女はフェアじゃない。わたしは思った。ほかの国のひとたちに比べると、イタリア人は自分の気持ちをあけすけに話す。彼女はまだ、アメリカの良家の習慣に慣れていないのだ。でもそのとき、まえの晩に廊下で立ち聞きしたことを思いだした——アルヴァはずいぶんと神経を高ぶらせ、涙ながらにソフィアのことで文句を言っていた。アルヴァは家族といっしょに、町なかからここに転居してきたけれど、危険な状況を抜けだしたとは思っていないのははっきりしている。チャールズは、イタリア人ひとりひとりのことを、ひととして好きだと言っていた。彼の妻もおなじように感じているだろうか？　アルヴァは、自分の家のなかにいる若い女性のことを、まったく信用していないように思える。

「アルヴァさまにとって、いまがいちばん心休まるときではないものね」わたしは慎重に言った。「チャールズさまの車が爆破されるところだったでしょう。モレッティ一家の仕業よ。そうそう。結婚式も控えているし」雰囲気を明るくしようと、最後にそう言い足した。

「わかってます。自分にもそう言い聞かせてます。アルヴァさまは……つらいのだと。怖れている。でも、わたしも不安なんです。おまけに、わたしは夫のいるお金持ちの女ではありません。わたしだってこわいんです。でも、アルヴァさまみたいには暮らせない。それは……」

わたしはソフィアのつぎの言葉を待った。でも気が変わったのか、彼女は話題を変えた。「チャールズさまは、彼はすてきな方です。でも、そうでないときもあります」わたしがよくわからないという顔をしたのに気づき、彼女は説明をはじめた。「ああいう男性、いいひとというのは、いいひとになりすぎるときがあります。信じすぎるんです。〝ああ、彼も友人だ。いいやつだからね、信頼してる。彼女もいいひとだ〟そうやって決めつけるんです。でも、わかっていないんです……」

ソフィアは手近にあった草の葉を、親指と人差し指でつまんでもてあそんだ。「一度、伝えようとしました。チャールズさま、そのひとを信じたいと思っても――」彼女は草を均《なら》すように地面にこすりつけた。

「でも、わたしにすごく腹を立ててました。それからは、何も言ってません」

ソフィアのいらだちを感じ取ったのか、赤ん坊がぐずりはじめた。するとすぐに彼女は立ちあがり、舌を鳴らしながらいちばん若いタイラー家の一員を乳母車から抱きあげた。赤ん坊の頭をなで、イタリア語で何か話しかける。それからぎゅっと抱きよせると、わたしに向かって言った。「抱っこしてみますか？　フレディさまはすばらしい子です」

こんなことを言うと評判が下がるかもしれないけれど、わたしはあまり赤ん坊が好きではない。とはいえ断るのも失礼な気がして、フレディを受け取った――赤ん坊を抱くことになったら、フレディ・タイラーほどうまく抱ける赤ん坊はほかにいないだろう。母親ゆずりの赤みがかった茶色い絹のような髪が、大きな頭を覆っている。いとしくてどっしりと重く、とても機嫌のいい子だ。どうやってあやせばいいのかわからなくても、彼が自分でわかっている。頭をわたしの胸に預け、ばぶばぶと声をあげた。小さな指がわたしのブラウスを這い、ボタンを探しあてるとそれを引っぱった。

ソフィアは笑いながら言った。「さすが、男の子ですね」わたしから赤ん坊を受け取ると、彼女は高い高いをした。「あなたみたいな子がほしいわ」そう言ってからしゃがみ、丸々とした両頰にキスをした。「十二人ほしい」

すぐに彼女は冗談めかして言った。「でも、まずは相手を見つけないといけませんね。子どもを生むには」

「そう聞いているわ」

ソフィアはまた立ちあがった。「もどりましょう。メイベルさまの〝拷問〟が終わるころです」メイベルがピアノ教師に拷問されるのか、彼女の弾くピアノの音色で周囲が拷問を受けるのかは、はっきりわからなかった。

きたときよりも早足でもどった。そうする必要があったし、ソフィアの心が軽くなったようだからという理由もある。わたしの靴は郊外の道を歩くのに理想的とは言えないので、遅れないよう必死で歩いた。でも途中で、わたしにかまわないで先に行ってと手ぶりで示した。メイベルが待っているはずだから。そういうわけで、ガレージから現れたアルドーは、わたしのことが見えていなかったようだ。

ソフィアの姿を目にして、アルドーは彼女のほうに歩いていった。ソフィアはよけようとしたけれど、彼はその前に立ちはだかった。アルドーは笑みを浮かべている。彼がイタリア語で話すとき、わたしにもなじみのある声音《こわね》になった。愉しげだけれど、ちょっと嫌味なくらいまでに温かみがある。反対にソフィアは、短く不機嫌そうに答えていた。わたしはすこしだけイタリア語がわかる。ふたりのやりとりを理解できるほどではないけれど、ソフィアが聞きたくないことをアルドーが言おうとしていることがわかるくらいには。

ふたりの会話が熱を帯びてきた。アルドーの声が非難するような調子に変わる。ソフィアは腹立たしげに乳母車を示した。それから拒絶するように片手をあげ、彼の脇をすり抜けて歩き去った。ソフィアが行ってしまうと、アルドーはその後ろ姿に英語で呼びかけた。「知ってるぞ！　知ってるからな、きみが――」

わたしは急いで駆けより、淡々とした声で言った。「ミスター・グリマルディ」

不意をつかれた彼は、ふてくされたような笑みを見せた。「ミス・プレスコット」そう言うと、ガレージにもどっていった。

わたしはソフィアに追いついた。「さっきのはなんだったの？」

「なんでもありません。彼は男です。男のひとはみんな、おなじことを考えてるんです」

「アルヴァさまに話すべきよ」わたしがそう言うと、ソフィアは笑みを浮かべた。ばかにした気持ちがよく伝わる、イタリア人が大の得意にしている笑い方だ。「それから、チャールズさまにも」

「チャールズさまはあのひとの悪い話なんて、ひとつも聞く気はありません、ほんとうですよ」

「聞く気があってもなくても――」

「聞かないの」ソフィアはわたしの言葉を遮った。「あ、い、あなただって知ってるでしょう。他人の家にお仕えして、その家に住んで、その家の子どものお世話をする――それって家族みたいでしょう、ちがいますか？　あなたは家族のことを考え、家族はあなたをだいじにしてくれる」

「そうね」だって、とわたしは思った。だって、あのひとたちは、ベンチリー家のひとりひとりは、すごくだいじにしてくれるもの。ルイーズはだいじに……。

ソフィアはかぶりを振った。「タイラー家はちがいます。ここでは家族じゃないの。ただの使用人。気に入られなかったら？　クビにされるだけ。そう、いっしょにいるけれど、でも……一員ではないの。ちょうど中間ね。こっちでもないし、あっちでもない。誰でもないってこと」

彼女が歩いていくのを見つめながら、胃のなかにしこりがあるように感じていた。最初の雇い主のお屋敷にいたときのことを思いだす。その家には執事がいたけれど、お酒を飲んでいるときは関わらないほうがいいと、若い娘なら誰でも知っていた。それから一度か二度、招待客に困らされたこともある。いまでも憶えている。ブラッドリーとかいう名前で、立ち居振る舞いのすばらしさや勇敢なことで有名な紳士だった。ある日の朝はやく、わたしが図書室で暖炉の灰を掻きだしていると、背後にブラッドリーが現れた。彼はひと言もしゃべらずに片手をわたしの腰にまわし、もう一方の手を胸に置いた。わたしはおどろいたというより、激怒して叫び声をあげた。すぐに彼は笑みを浮かべながら離れた。まるで、何もなかったとでもいうように。そして部屋を出ていった。

無意識に、わたしは灰の掃除にもどった。たしかに何もなかった。何かあったら、彼は謝罪しただろうから……自分のしたことを。何分か過ぎて掃除用のブラシが落ちて、自分が泣いていると気づいた。でも、ブラッドリー一家はつぎの日には帰っていって、わたしはそのことは誰にも話さなかった。

ソフィアとアルドーの間にあったことは、ただ抱きしめるとかいう以上に危険に思える。アルドーは、自分が若くてかわいい娘を惹きつけるタイプでないことは自覚しているはず——それなのに、何か言ってソフィアから拒絶されるとものすごく腹を立てていた。ああいう激しい怒りは、簡単に暴力に変わる。わたしは知っている。それでも、ソフィアの言うことが正しいことも知っている。彼女が訴えたいと思う話は、誰も聞きたがらない。とりわけ、灰を掃いたりおむつを替えたりすることでお給金をもらっている、若い娘たちからは。

その日の午後、ベージュ色のかがり糸が足りなくなり、ブリッグズ夫人に分けてもらおうと彼女のところに向かった。すると、居間から大きな声が聞こえてきた。お茶の時間はとっくに終わっている。声の調子からすると、トーストを食べながら和やかにおしゃべりをしているのではなく、ふたりの人物が激しく言い争っているようだ。そのひとりがタイラー夫人だった。

「言ったとおりにしてちょうだい、ウィリアム」

短い間があった。たぶん、ウィリアムが何か言おうとしたのだろう。でもすぐに、母親であるタイラー夫人が全力で話す声が聞こえてきた。

「ほんとうにこんなことは言いたくないけれど、あなたのおばあさまにも言われたように、あなたの個人的な意見は関係ないの。自分の身の安定を保証する手段が、ほかにあるのかしら。わたしが知らないだけで」

それから静かになった。

「いいえ」タイラー夫人が言った。「あるとは思えない」

わたしは歩きつづけた。気分が沈む。この結婚に関して、タイラー夫人の興味が金銭面にしかないことはわかっている。でも、ウィリアムはルイーズのことを好きだと、そう思っていた。ルイーズが不安に取りつかれているのも不思議ではない。ウィリアムは熱心な求婚者の役をかなりうまく演じたけれど、ルイーズは彼のなかにためらいがあることを感じ取っているのだ。

どうして結婚は、経済的な関心事にならないといけなかったの？　というよりそもそも、どうしてそうなる必要があったの？　わたしは反抗的に考えた。男のひとと女のひとがいっしょになる理由が、互いの存在に満足しているからというだけではいけないのはどうして？そんなことを、自由恋愛を支持するひとたちが言っていなかった？

でも、タイラー夫人は正しい。ウィリアムとルイーズに、自由恋愛という選択肢はない。

ふたりはふたりで最善を尽くすしかない。

夕食の席でいろいろな問題がぶじに解決しますようにと願ったところで、がっかりするだけだろう。どうやら、そのとおりになった。その夜、夕食を終えて自分の部屋にもどってきたルイーズは、肩を落とし気力もなくしていた。わたしが髪を梳《す》けるよう椅子に深く腰かけると、彼女は大きなため息をついて目を閉じた。わたしは長い時間をかけて髪を梳いた。整えるというよりは、慰めるように。それから小さな声で尋ねた。「ルイーズさま、夕食はどうでした？」

絶望したようにあげられた片手は、ぱたんと落ちた。「メイベルに訊かれたの。わたしたちにはいつ、赤ちゃんができるかって」

「なんと答えたんです？」

ルイーズを立たせ、わたしは寝間着を頭からすっぽりとかぶせた。くぐもった声で彼女は言った。「わたしは何も。ウィリアムが答えてた」そこでルイーズの顔がふたたび現れ、こうつけ加えた。「すぐにでも、と思ってる。彼はそう言ったわ。大家族になりたいんですって」

立ち聞きしたタイラー夫人との会話のことを考えると、なんであってもウィリアムが結婚生活に乗り気だと知って、わたしは元気が出た。「頼もしいですね――そう思いません？」

「そうね、もちろん」ルイーズが脱ぎ散らかした衣類を集めはじめたところで、彼女に呼ばれた。「ジェイン？」

「なんでしょう、ルイーズさま？」

「どうなるか知ってる？」

わたしはオウム返しに訊いた。「どうなるか？」

「赤ん坊が生まれるときじゃなくて……そのまえ」ルイーズは気まずそうにベッドに腰をおろしている。「わかるでしょう」

いきなり、はっきりと理解できた。だから、「ええ」としか答えられなかった。

「お母さまに訊いたの。そうしたら、そうなったときにわかるわよって」

たしかにそうだけれど、ほとんど参考にならない。最後にはちゃんとうまくいく、そういうことなのかもしれない。ベンチリー夫人はパンをトーストするみたいな単純な問題についても、ちんぷんかんぷんなことを口にすることがある。性行為における衛生面について彼女がどう考えているかを思うと、心が乱れた。

おじが運営する避難所は、かなり特殊な職業についていた、かなり歳のいった女性のための施設だ。そこで育ったことで、わたしは多くを学んだ。避難所にいた女性のひとりに基本的なことを教わったのは、九歳のときだ。とてもありそうにないことのように聞こえ、これは作り話にちがいないと思った。でも、男のひとと女のひとはほんとうにそういうことをするのかと、勇気を出して避難所の料理人に訊くと、彼女は答えた。「するよ――だけどね、あんたは誰にもそんなことをさせちゃいけないよ」

ロウワー・イーストサイドではプライヴァシーなどほとんどない。ひとりがズボンをおろし、もうひとりはスカートをたくしあげていると簡単にわかるような音が路地から聞こえてきたら、わたしは目を逸らすことを学んだ。でも一度か二度、目を逸らさないことがあった。どうしてそんなに切羽詰まっているのか、すごく気になったから。わたし個人の話をすれば、経験した相手はひとりきりだと断言する。アームズロウ夫人のところに仕えていた、ホールボーイのピーター・ベックウィズだ。何カ月もいちゃついて高まった気持ちは、大みそかの夜に食品庫で最高潮に達した。不器用に手探りしながらだったけれど、心地よい時間だった。つぎの日、ほかのメイドたちが結婚式の計画を立てているとハウスキーパーがわたしのところにやってきて、またおなじことをしたらここから放りだす、と通告した。わたしはクビになりたくなかったし、ベックウィズ夫人にもなりたくなかった。だからそれ以来、二度とピーターと口をきくことはなかった。哀しんでくれるかもと思っていたけれど、彼はテスという名のキッチンメイドに乗り換え、彼女は一年もしないうちにベックウィズ夫人になった。

ルイーズが性的なことに無知なのにはおどろくけれど、奇妙というわけではない。結婚生活を通してずっと、相手のからだのつくりについて正しい知識もないまま、暗闇のなかで手早く子づくりのための努力をつづけた夫婦を、わたしは何組も知っている。でも、知らずにいていいことでは、けっしてない。避難所にいた女性の多くはおなじ意見だった。あるひとの言葉を借りれば〝妻がちゃんと知っていれば、夫が疥癬《かいせん》になることもないね〟。わたしは、ウィリアムに疥癬になってほしくなかった。

話を生理からはじめるかどうかについてじっくり考えていると、ドアにノックの音がして外から声が聞こえた。「メイベルよ。もう寝てる?」

わたしはドアのところまで行った。またべつの時間にきてくださいと言うつもりだったけれど、ルイーズはこう答えた。「起きてるわ。はいって、メイベル」

すぐにドアが開いてメイベルが現れた。脇に大きなスクラップブックを抱えている。彼女はルイーズのすぐ横で、柔らかくてふかふかのアームチェアに腰をおろして言った。「ルイーズも見ていいわよ」

メイベルはすっかり分厚くなったスクラップブックを膝の上で開き、ルイーズのほうに向けて写真の最初の一枚を指さした。「これはお父さまとお母さまが結婚するところ」

記憶のなかのアルヴァ・タイラーの姿がそこにあった。威厳があり潑剌《はつらつ》として、赤みがかった茶色の髪はヴェールの下にたくしこまれている。彼女のとなりのチャールズはいまよりもやせていて、髭《ひげ》も控えめだ。

メイベルはページをめくった。「これがお兄さまのチャーリー、これもお兄さまのアーサー」タイラー家の幼い息子ふたりが、となりあったページからきまじめな表情でこちらを見つめている。「子どものときの写真よ。いまは学校に行ってるの。フレディの写真はまだないわ。あ——これは飼ってた犬のバンカム。死んじゃったけど」

亡くなった子の写真がないことに気づいた。メイベルもそのことには触れなかった。彼女は憶えているのだろうか。

何ページかめくるうち、家族の写真は新聞の切り抜きに変わっていった。そのすべてに、英雄らしく堂々とポーズを取る、チャールズ・タイラーの人目を引く写真が載っている。

「これは、お父さまがタフト大統領と握手をしているところ。こっちはルド……ヴィコ」――彼女はそこで、小さく書かれたキャプションをちらりと確認した――「ルドヴィコ・アルビニを逮捕したところ。あ、それとこっちは、ジョニー・スパニッシュの裁判のときの写真――これはね、来月からはじまる裁判とはべつのものよ。ほら、お父さまが誘拐された男の子といっしょに写ってる……」

それは、エミリオ・フォルティが見つかったすぐあと、警察の勝利を祝って撮られた写真だった。救出に関わった警察官全員と、ギャングから押収したたくさんの武器――銃、棍棒、それにナイフ――もいっしょに写っている。その真ん中に、大きな目のエミリオ少年を膝に乗せたチャールズ・タイラー。写真のなかで彼は、怖ろしげなナイフの一本をエミリオに渡していた。エミリオはにこにこしながら、そのナイフを振りまわしている。チャールズはそんなようすを、満面の笑みで見つめていた。彼自身が、六歳の子どものようだ。

「メイベルさまはすばらしい年代記編集者ですね」わたしは言った。〝年代記編集者〟という言葉はよくわからないようだった。「ご両親の人生をみごとに記録されていますね」まるでふたりが、注目を集める有名人だとでもいうみたいに。わたしは心のなかで、そっとつぶやいた。

「ありがとう。お母さまはわたしが新聞を読むのをいやがるの。読んだってこわいだけだし、書いてあることもわからないでしょうって。でも、ちゃんとわかるわ」

「大きくなったら、新聞記者になるのもいいわね」ルイーズが言った。

メイベルは待ちきれないというように立ちあがった。「そのつもりよ——じゃあ、結婚式のことでインタビューするわね」メイベルは大人の声色をまねて言った。「詳しいことをぜんぶ教えてください、ミス・ベンチリー」

「ルイーズさま、お答えください」わたしも調子を合わせて言った。

「えっと、そうね……」ルイーズは話しはじめた。でも、何を話すにしても「お母さまが決めたんだけれど」や「タイラー夫人の考えでは」など、まず前置きからはいった。何分もしないうちに、いびきが聞こえてきた。ヴェルヴェット張りの椅子に心地よさそうにもたれこんで、メイベルは眠っていた。

「わたしがお部屋にお連れします」わたしは言った。

ルイーズはにっこりと笑った。「いいえ、このままでいいわ。わたしとシャーロットは子どものとき、部屋がいっしょだったの。ときどき懐かしく思いだすわ。それに、子どもをたくさん持つなら、訓練しておかないと」

夢を見ていて、どれだけ時間が過ぎたかさえわからなかった。取り乱したようにドアを叩く音で、わたしは眠りから引き離された。何がなんだかわからず、最初は火事だと思った。ナイトガウンをはおり、持って逃げるべきものを頭のなかでリストにした。ドアをあけると、ルイーズとメイベルがいた。ふたりとも目を大きく見開き、息を切らしている。ルイーズは火のついたろうそくを持っていた。それを見て、そういえば煙のにおいがしないと気づいた。それに、炎が立てる音も聞こえない。

メイベルはわたしの手をぐいとつかんだ。「いっしょにきて……」

ルイーズに目をやると、彼女は言った。「おかしいの」

メイベルに手を引かれながら、廊下を歩いて階段まで行った。灯りはなく、ルイーズが手にしている細いろうそくの炎がちらちらと揺れているだけだ。まだ夢を見ているのかしら。それとも、メイベルのゲームにつきあわされているの？

「メイベルさま、どういうことですか？」

「聞こえない？」

「何が……」

そのとき、わたしにも聞こえた。離れているからぼんやりしているけれど、まちがえようがない。不安で泣く赤ん坊の泣き声だ。

ほっとしたけれど腹立たしくもあり、わたしは言った。「ソフィアがいます。彼女がフレディさまをあやしてくれますよ」

「でも、だからおかしいの。ずっと泣きどおしなんだもの」

「たぶん、ご機嫌が悪いんでしょう。歯が生えかけて、むずむずしているのかも」

「ううん、何かおかしいわ、わたしにはわかるの。きて、お願いだからきて」

わたしはルイーズを見た。彼女は申し訳なさそうに言った。「フレディのようすを見に行きましょうと言っちゃったの」

階段に向かって歩きながら、かすかにでもハミングとか歌声とか、ソフィアの声が聞こえないかと耳をすました。でも、聞こえるのはフレディの泣き声だけだ。悪い予感がチクチクした痛みとなって、首のうしろから背骨を伝っていった。

子ども部屋のある翼《よく》まできても、聞こえるのはフレディがすさまじく泣きわめく声だけだった。胃がよじれる。こわいと思う気持ちを払いのけ、わたしはソフィアの寝室のドアをノックし、彼女の名前を呼んだ。

返事がない。

「なかにはいらないと」メイベルが言った。「フレディはけがをしてる。わたしにはわかるの」

メイベルの言うとおりだろう。でもわたしは、ドアの向こうには子どもが目にするべきものではない何かがあるのではという不安も感じていた。メイベルを階下《した》に連れていくようルイーズに頼んでも、メイベルは言うことを聞きそうにない。弟を助けると思いこんでいるのだから。

わたしは膝をついた。「メイベルさま、わたしの頼みを聞いてくれますか？」メイベルはうなずいた。「ルイーズさまを、あなたのお父さまのところに連れていってください。お父さまを起こして、ここにきてくださいと伝えてください」そこでわたしは、ちらりとルイーズに目をやった。「枕元に置いている銃を持ってくるように言ってください。お願いできますか?」

「……できるわ。でも、フレディのことはジェインが助けてくれるの?」

「わたしが助けます。約束します」

メイベルはルイーズの手をしっかりとにぎり、彼女を連れて廊下を歩きはじめた。ルイーズはふり返った。心配そうだ。でも、わたしは片手をあげた。何もかも任せてください、とでもいうように。

そうはいかなかったけれど。わたしはドアをノックして呼びかけた。「ソフィア?」

フレディの泣き声はますます勢いを増していた。

「ソフィア、そこにいる?」

赤ん坊の泣き声はいまやなすすべもなく、息も絶え絶えになっている。本能のままにドアノブをまわしてもたれかかると、ドアはたやすくあいた。

なぜだかわからないけれど、まず気づいたのは窓があいているということだった。風に吹かれてカーテンが部屋のなかに大きくなびき、ランプが床の上でひっくり返っている。そのすぐそばには、粉々になった磁器の犬。赤ん坊は揺り椅子の横で、ぎこちなく両腕を広げてうつ伏せになっていた。頭をあげ、なんだか……パジャマはひどいありさまだった。カーテンがうねり、月の光は遮られたり部屋を照らしたりする。そのせいで、何がどうなっているのかよくわからない。赤ん坊のほうに歩みより、背中に手を置いてけがをしていないか確かめた。それからそっと抱きあげた。どこもけがをしていないことがわかって、安堵する気持ちが波のように押しよせてきた。ヒステリーを起こし疲れ切っていただけなのだ。

でも、ロンパースが湿っていた。べとべとだ。調子外れの歌を口ずさみながらフレディの後頭部を指でなぞってみると、鉄のにおいがした。床もなんだかおかしい。なんということのない絨毯が、何か不吉なものに取って代わった。ずっしりとして湿ったものに。わたしは勇気をふりしぼり、部屋のなかをあちこち見まわした。そして、見つけた。ドアをあけたときから、心のどこかで見つけるとわかっていたものを。

ベビーベッドになかば隠れるように、ソフィアが倒れていた。片方の腕を折り曲げ、開いた目は何かをじっと見つめているようだった。喉が掻き切られていた。噴きだした血が、壁やベビーベッドの白い手すりに飛んでいる。ナイトガウンの前面は血でぐっしょり濡れている。それだけでなく、動脈からあふれた血は、彼女が倒れているあたりの絨毯に染みこんでいた。あふれる勢いが弱まって止まるまで、ゆっくりゆっくりと染みていったのだろう。片手が赤ん坊のほうに伸ばされていた。痛ましい。彼女は最後まで、フレディに触れようと必死だったのだ。

5

「警察に電話してちょうだい、チャールズ」

「ぼくもそう思うよ、おじさま」

タイラー夫人も賛成した。ルイーズも。ベンチリー夫人だけが、自分の優先順位はちがうことを声高に主張した。「夫に知らせないと」

警察を呼ぶことにはわたしも賛成だけれど、誰にも訊かれなかった。でも、それでよかったはず。わたしの頭はうまくまわっていなかったから。チャールズがいきなり子ども部屋に現れたときのことは、ぼんやりとしか憶えていない。近づくな、何にも触れるなと、わたしに向かって大声で言っていた。それから、腕のなかからフレディが連れていかれた。「なんてことだ、なんてことだ……」そう小さな声でつぶやくチャールズに連れられて部屋を出ると、長い廊下を歩いて彼の書斎に向かった。なかにはいって暖炉のそばの大きくて心地いい椅子に腰をおろし、ブランディのグラスを受け取った。しばらくのあいだ、薪の爆《は》ぜる音や、炎がぱっと大きくなる音や、周りで交わされている会話に耳を傾けた。そうしながら、ソフィアのことを考えた。あの、必死でフレディに触れようとしていた手……。

そこでチャールズの声が聞こえた。「地元の警察には電話しない。いなくなった家畜を探すぐらいしか能がないからね」

「では、ニューヨーク市のあなたの部下に」タイラー夫人が言った。「そのひとたちに電話してちょうだい」

「管轄外じゃないかな」ウィリアムが言った。

「管轄など知ったことか」チャールズが声をあげた。「この件に関しては、優秀な人材が必要だ。信頼できる、誠実な警察官が」チャールズは自分のデスクについて坐っていた。端に肘をつき、大きな両手を上に向けている。まるで、その両手で誠実な警察官を生みだそうとでもいうように。そのあと、誰も何も言わずに、こっそりと視線を交わした。でも、じっさいに指摘するほど勇敢なひとはいなかった。その〝優秀な人材〟は今夜、警護にあたっていて、いまもわたしたちとおなじ、このお屋敷にいると。

「チャールズ」

このときまで、アルヴァは黙っていることにしていたようだった。椅子に坐ったまま、窓の向こうの暗闇をじっと見つめ、けんか越しの荒れた会話が終わるのを待っていた。いま彼女はたったひと言で、夫の注意を引いた。

「子どもたちをわたしの母のところに連れていかないと。ここは安全じゃないわ」疲れからか、か細い声だった。何かをゆるめるとでもいうように、彼女は喉をなでた。でも、その指で気管のあたりをぎゅっと締めつけた。とうてい測ることのできない感情を絞め殺そうとしているみたいだった。

「安全じゃない？」ベンチリー夫人が言った。「危険が迫《せま》っているんですか？」

「まさか」チャールズが吠えるように答えた。「迫ってなどいませんよ」

部屋の空気は張りつめたままだ。ようやくウィリアムが口を開いた。「残念だけど、ぼくもアルヴァおばさまに賛成です。けっきょくのところ——誘拐犯がまた子どもを狙わないと考える理由はないんだから」

「誘拐犯？」ベンチリー夫人があえぐように言った。

「窓があいていました」ウィリアムが説明した。それを聞いたアルヴァは目を閉じた。「ドアはすべて、施錠されていました。だから誘拐犯が侵入したのなら、その窓からとしか考えられない。ずっと、森のなかにでも隠れていたんでしょう。そしておそらく、どこまで警備されているかを知ろうと、しばらくのあいだ、この屋敷を観察していた」

とつぜん、ソフィアが歌を口ずさみながら森のほうに歩いていった映像が、ゆらゆらと頭のなかに浮かんだ。

ウィリアムは先をつづけた。「この屋敷までくれば、子ども部屋にのぼっていくのはむずかしくなかったでしょう。窓の下枠や雨どいを足がかりにすればいいから。それで、かわいそうなフレディ坊やが床にいたことも説明がつくと思います」

「では、窓をあけたのは誰？」アルヴァが強い口調で訊いた。「誰が……あけたの、チャールズ？」奇妙な感情が表れ、目つきは険しくなっている。彼女が何を訴えても、ばかげていると退けられていた。でも、その怖れは正しかったことが証明されたのだ――もう手遅れだったけれど。

ベンチリー夫人が会話にはいってきた。「夫に電話しないと。いますぐ電話しないといけないわ」

チャールズが椅子から立ちあがった。「申し訳ありませんが、誰にも電話はできません、ミセス・ベンチリー。今後の方針を決めるまでは。つねに誘拐犯の一歩先を行くことは不可欠ですから……」

誘拐犯。その言葉は、なんだか奇妙に感じられた。それを言えば、この場で交わされている会話は何もかも奇妙だ。みんな自分たちの身に危険が及ぶことばかり話している。階上《うえ》で亡くなっている気の毒な女性のことは忘れられていた。

「殺人犯です」わたしは言った。

ルイーズがわたしの肩に手を置いた。「どうしたの、ジェイン?」

自分が声を出していたことにほとんど気づいていなかった。考えがまとまらない。「チャールズさまが探すべき人物は、まちがいなく殺人犯です」そう言っても、周りは戸惑った顔をするばかりだ。「ソフィアは殺されました。それは重要ではありませんか?」

チャールズにはアルヴァという〝愛しい女性〟しか見えていない。すると、そのアルヴァが言った。「ジェインは正しいわ」そして、みんなの顔を見まわした。「みなさんがそれぞれ……正しいと思います。警察に電話しないと。いいえ、異議は受けつけないわ、チャールズ。

ひとつにはね、聞いてちょうだい。何者かがこの屋敷にはいりこんだの。ひとりの女性が亡くなった。そろそろ、自分たちは安全だというふりをするのをやめるときよ」そこで彼女は夫に視線を向けた。「あなたひとりでわたしたちを守ることができるというふりをするのも、もう終わり」

彼女の意見を拒むかのように、チャールズがかぶりを振ったような気がした。「アルヴァ……」

「フレディを失うところだったのよ！」アルヴァは声を荒らげた。「もうすこしで……」彼女は口許に手を当て、涙で光る目をまた窓のほうに向けた。

いたたまれない沈黙がつづいた。その責任の一部は自分にもあると思い、わたしは訊いた。「使用人たちには話しましたか？　ブリッグズ夫人には？」

チャールズが答えた。「厨房に集めて事情を説明した。もちろん、誰にも何も話さないようにと、きつく言っておいた」

何も話さないようにと指示したと聞かされ、この場の誰もが押し黙った。ところが、ベンチリー夫人が悲鳴ともいえる声をあげた。「結婚式！」

ルイーズは震えあがった。「お母さま、こんな状況で式のことなんて考えていられないわ」

「だめよ、だめ、だめ。ちゃんと考えないといけません。もう何週間もないのよ。招待されたみなさんは、いったいどう思うかしら、こんなところに招かれて……ねえ……お祝いムードも何もあったものじゃないわ」夫人はしょんぼりして言った。

ウィリアムもルイーズも、ばつが悪そうにしていた。でも、チャールズは夫人の意見を真剣に受け止めた。「ミセス・ベンチリー、この件はできるかぎり内密にしておくつもりです。何事もなかったかのように準備を進めましょう。ソフィアを殺した何者かに予定を変更させることは許さない。脅しに対するたったひとつの答えは、無視することです」

「新聞に報道させないのは、むずかしいのではないでしょうか」ウィリアムが言った。

「新聞のことは任せてくれ」チャールズが険しい表情で言った。

「ソフィアの家族はどうします？」わたしは訊いた。「家族にも知らせないおつもりですか？」

みんなが顔を見合わせた。このときもまた、ソフィアの話を持ちだしたことで陰気な雰囲気がただよった。

男は家庭内の問題には立ち入らない。チャールズはそう示すにふさわしい、いかめしい表情をつくった。ソフィアを派遣した紹介所に訊けば家族のことがわかるのではと言いかけたところで、ベンチリー夫人がすっかりくたびれてしまったから部屋にもどると宣言した。

「ルイーズ、いっしょにくる？　それともここに残る？　このプレザント・メドウズにひと殺しがいることだけでも怖ろしいのに、わたしたちみんな、そのひと殺しといっしょにいたのよ！」

そして、まだこのお屋敷にいるかもしれない。でなければすぐ近くに。アルドーのことを思いだした。ソフィアと話すときに、頬の内側で舌を動かしていた。それと、ソフィアの言ったことも思いだした。チャールズさまはあのひとの悪い話なんて、ひとつも聞く気はありません、ほんとうですよ。わたしより気持ちが強いひとたちも、チャールズ・タイラーにまちがっていると伝えることを考えて震えている。でも、誰かが訊かないと。

わたしはおそるおそる切りだした。「チャールズさま?」

「なんだい、ジェイン?」

出だしをしくじった。「とうぜんよくわかっておいでかと思いますが、結論を急ぎすぎないほうがいいのではないでしょうか」

タイラー家の面々が顔を見合わせ、ウィリアムが口を開いた。「どういうことかな、ジェイン?」

「きのう、ソフィアは運転手と口論していました。彼はソフィアに惹かれているような印象でしたが、彼女はそれに応えていませんでした」

チャールズはわたしの言葉を鼻先であしらった。「ばかばかしい」

彼が最後まで聞こうとしないことにおどろき、わたしはつっかえながら言った。「あきれるとか、そういうことではなく――」

「何が言いたい?」怒ったような声で言う。

「チャールズ……」アルヴァが疲れたように片手をあげて目をこすった。

チャールズが机をまわり、わたしのところまでやってきた。「いいや、アルヴァ。この女性が何を言いたいのか、きちんと理解したい」

率直に話すしかなかった。「ソフィアから聞きました。アルドーは、男なら誰もが望むことを望んでいると。それを断れば、暴力的になる男性もいます」

「その結果がこれだと思っているのかい？」

「そのことも考えに入れておいたほうがいいのでは、と」

意見をされたことが物珍しいというように、チャールズは目を大きく見開いた。「それで、彼を怪しいと思う理由がとくにあるのかな？　たとえば、庭師のウィルソンよりも怪しいという？」

どういうわけか、先入観を持っていると非難されることは、先入観にとらわれるのとおなじくらいに恥ずかしい。たぶん、ふだんからそういう不当な先入観を持った目で見られているように感じているからだ。ほんのすこしのあいだ、アルドーが何をしたから怪しいと思うようになったのか、ひとつも思いだせなくなった。

それでも、わたしは気をとり直して言った。「ソフィアは、彼に困らされていると言っていました。わたしもこの目で見ました。ふたりとも、ほぼイタリア語で話していたのですが――」

「きみはイタリア語がわかるのか？」

「声の調子から、彼の気持ちははっきりとわかりました。ソフィアの口調とは、まったくちがいました」

「つまり、乱暴で衝動的なイタリア人だから、彼はソフィアを切り裂いたと？」

「そうは言っていません」

「おじさま、ジェインを困らせないでください」ウィリアムが言った。

チャールズは声を荒らげた。「何年もわたしのために仕事をしている男を非難させるつもりはない……」

「非難する必要はないわ」アルヴァが言った。みんなに聞こえるよう、その声は大きく震えている。「でも、ジェインの話を無視することはできないんじゃないかしら」

チャールズがアルヴァに向き直った。「アルドーがどんな目にあってきたか、きみも知っているだろう、アルヴァ。なんの理由もなく疑われるのは、これがはじめてじゃない」

でも、アルヴァは夫を怖れていない。彼の目をしっかりと見て言った。「それでも、よ。警察と話をするよう、アルドーに言ってちょうだい。彼のためにも」

それと、彼の部屋も調べないと。わたしは自分につぶやいた。保育室に凶器はなかったから。それきり黙っているから、アルヴァはもう、夫の楽観主義をとやかく言うつもりはないようだ——夫の部下や、夫自身の能力についても。彼女の夫に対する不信感を深めるようなことを言ってしまい、わたしは申し訳なく思った。でも、アルヴァの震える手やからだの芯から疲れきっているようす、それに、以前は健康的だった顔からつやが消えて青白くなっているのを目にすれば、チャールズの楽観主義はすでに、彼女に大きな代償を払わせていることがわかる。

ようやく口を開いたチャールズは、ほとんどいらいらしていた。「よろしい。彼のためなら」

そのあとは、みんなベンチリー夫人に倣ってそれぞれ部屋にもどった。わたしも書斎を出て、使用人用の階段に向かった。そのとき、ウィリアムの声が聞こえた。「ジェイン、だいじょうぶ？」

彼が近づいてきた。ナイトガウンのポケットに手を入れ、髪は目に落ちかかっている。「ほら、きみがソフィアを見つけたから。それって……」

わたしは「はい」と言い、結婚を控えた男性には不適切でしかない言葉を彼が口にする手間を省いた。「わたしはだいじょうぶです、ウィリアムさま。お気遣い、ありがとうございます。ルイーズさまのことをよろしくお願いします」

彼は階段を見上げて言った。「ルイーズはお母さまの心配をするので精いっぱいなんじゃないかな」

「でしたらなおさら、ルイーズさまのことを気になさってください」

ウィリアムはにっこりと笑った。「おやすみ、ジェイン」

たぶんわたしは疲れ切っていたのだろう。でなければ、このお屋敷にまだ慣れていなかったのかも。気づくと自分の部屋ではなく、厨房にいた。そこではナイトガウン姿のブリッグズ夫人が、シーツにアイロンをかけているところだった。彼女はアイロンをしっかりと押しつけようとして、歯を食いしばっていた。

「こんな時間までお仕事ですか」

「眠れないのよ」

わたしも眠れるかどうかわからなかった。だからキッチンテーブルについて坐り、夫人がアイロンをかけ終わった部分を手際よく折りたたみ、つぎの部分に移るようすを眺めた。

しばらくしてわたしは言った。「ひどいことですよね」

このひと言が問題になるとは思っていなかったけれど、夫人はただ両方の眉をあげただけで、アイロンがけをつづけた。たぶん、わたしがここにいていらだっているか、わたしの言ったことがあたりまえだからだろう。でも、何かちがう意見が聞けるような気がした。

「アルヴァさまはお子さまたちを、お母さまのところに預けたがっています」

「もっともね」夫人は皺《しわ》を見つけ、すぐさまアイロンを押しつけた。腕を曲げ、口唇をぎゅっと結んで。

「ということは、今回のことはフレディ坊ちゃんの誘拐未遂だと思っているんですね」

「あら、そうに決まってるわ、ミス・プレスコット」

ここにきた最初の夜に人影を見たことを思いだし、わたしは訊いた。「今夜、敷地内で誰か怪しいひとを見かけませんでした?」

夫人はため息をつき、アイロンを置いた。「怪しいひとの仕業だなんて、誰が言ったの?」

彼女もやはり、アルドーを疑っている?「窓があいていたことを考えると……」

「ええ、窓はあいていた。誘拐犯にとっては、たいそうついていたということよね、ちがう？」

「どういう意味ですか？」

長いあいだ、夫人はわたしのことを見つめた。それから言った。「なんでもないわ。言ったと思うけど、夜十時を過ぎると、わたしは意地悪になるの。今夜はとんでもない夜だった。もう、終わりにしましょう」

そしてアイロンをかけ終えていないシーツを持って、階段のほうにもどっていった。

6

朝になると地元の警察がやってきて、ソフィアの遺体を近くの病院に運んだ。死因が特定されるまで、そこに安置される予定だ。意味がないとは思いながら、この瞬間をどうにかして記憶にとどめておきたくて、わたしは窓から救急車が走り去るのを見ていた。こんな状況に似合わない、美しい春の日だった。ソフィアならきっと愉しく過ごしただろう。彼女がフレディの乳母車を押して芝を散歩していたのが、ほんのきのうのことだなんて思えない。家族と使用人はみんな、屋敷のなかにいた。

チャールズは地元警察の能力を見くびっていたけれど、それはまちがいだった。ただし、彼らは何も口をはさまず礼儀正しく、可もなく不可もなくといったところだ。チャールズという大物に敬意を持って接し、じっさいには見ていないのに何があったかを話す彼に耳を貸した。わたしも、見聞きしたことを訊かれるために書斎に呼ばれた。そこにはチャールズと保安官のピーターソンがいた。不器用でさしでがましく、経験の浅そうな若い男性だったので、わたしはがっかりした。市街地の向こうには小さな集落が残っていて、独自の警察組織を持っている。とはいえオイスター・ベイの多くの男性は、盗んだ車を乗りまわす酔っ払いを捕まえたり、いなくなったスパニエル犬の行方を探したりするよりも、もっといい仕事があると思ったようだ。保安官は手も頭も大きく、親の世代までは農業をやっていたのだろう。彼はわたしの向かいに腰をおろし、膝の間で両手をぎゅっと握りながら事情聴取をはじめた。

「さて、最初に異変を感じたのは、赤ん坊の泣き声が聞こえたからですね」

「メイベルさまが泣き声に気づきました。彼女は二階のルイーズさまの部屋で寝ていたので、わたしのところに知らせにきました」

「それで、状況を確認しようと保育室に向かった？」わたしはうなずいた。「赤ん坊の泣き声以外に、何か聞こえましたか？」

「いいえ」

「では、保育室に着いたときは？」

「ソフィアの姿は寝室になく、保育室へのドアも閉まっていました。声をかけましたが、何も返事はありませんでした」

「それから、どうしました？」

「ルイーズさまとメイベルさまに、チャールズさまを呼んでくるようにとお願いしました」

「それはまた、どうして？」

「それは、わたしはドアをあけるつもりでしたから。そうするときに、メイベルさまにいてほしくありませんでした」

「ひどい光景があると、あなたにはわかっていた」

「そうではないかと思っていました」

「そして、じっさいに……ひどい光景だった、というわけですね？」

この保安官はいいひとよ。〝ひどい光景〟とくり返して、彼に恥ずかしい思いをさせたいという衝動は抑えないと。わたしは自分に言い聞かせた。「はい」

「ですが、どうしてわかったのですか？」

「ソフィアは耳が不自由でないからです」わたしは答えた。「返事ができる状態なら、返事をしたはずです。でも、彼女にはできなかった。亡くなっていたから」

控えめにおどろいたように、保安官はチャールズのほうを見た。彼は指をすこし動かして、とくに異論はないと伝えた。

保安官は気をとり直して話を進めた。「窓はあいていたんですね？」

「はい、あいていました」

「そして赤ん坊は床の上にいた、と。ベビーベッドから落ちたとでもいうように」

「はい」

「赤ん坊はすぐそばに……ソフィア・ベルナルディのすぐそばにいたんでしょうか？」

ようやく、意味のある質問がきた。「いいえ、すぐそばではありませんでした」

「ということは、誰かが赤ん坊をベッドから落とした？」

「可能性はあります。でなければ、ソフィアがフレディさまを落としてから倒れたか」

「彼女が赤ん坊をベッドにもどさなかった理由に、思い当たることはありますか？」

「ベッドまでたどり着けなかったのかもしれません。それに、両手を使って抵抗する必要があったでしょう。もみあっているときに何が起こるかなんて、誰にもわからないと思います」

「それでも、です。何者かが赤ん坊をベッドから出したのですから」

保安官は今回の件を、誘拐未遂と聞かされていた。だから彼の関心は、何が起こったかという事実にしかないようだ。チャールズはすがめた目の奥から、わたしのことをじっと見ていた。

わたしは言った。「ソフィアが出したのだと思います。赤ん坊が泣いていれば、あやしに行ったでしょうから」こちらをじっと見つめるチャールズと目が合った。「ソフィアはフレディさまをたいへん愛していました」

「彼女がそう言ったのですか？」ピーターソンが訊いた。

「そんなにしょっちゅう、口にしていたわけではありません。でも、見ていてわかりました」

保安官はちらりとチャールズに目を向けてから言った。「ミス・ベルナルディとは親しかったのでしょうか？　何か話しましたか？」

「一度だけですが、彼女はとても率直で……」

「率直」

わたしに気取っているとわからせたいような口調で、保安官はその言葉を口にした。「控えめではないということです。自分の気持ちや感情は表に出していました」

「では、彼女のことはよく知っていた、と」

いまや保安官は早口になり、わたしはその勢いに圧《お》された。「彼女がいいひとだというのはわかります。お子さまたちのことを、とても気にかけていました」

保安官はチャールズと顔を見合わせてから言った。「ところで、ミス・ベルナルディは家族のことも話しましたか？　出身はどことか？」

チャールズのほうを見ると、彼は言った。「きみが提案したとおり、気の毒なソフィアの親類を探そうと思ってね」

「いいえ、家族の話はしませんでした」

「ここでミスター・タイラーにお仕えする以前には、何をしていたかということは？　誰か知り合いの話は？」

わたしは頭を横に振った。

「故郷から手紙がきたとか、いまでも誰かと連絡を取りあっているとかいうことは？」

「いいえ、そういう話はしませんでした。わたしには彼女は……ひとりぼっちに思えました」

保安官はこの場にふさわしい哀しげな表情をつくってから言った。「恋人がいたようすもない？」

話の流れがとつぜん変わり、わたしは用心深く言った。「彼女の話のなかでは出ませんでした。母親になりたいというようなことは言っていましたが、でも……父親になってくれるひとがいない、と」顔がかっと熱くなり、水を一杯飲めたらいいのにと思った。

「それはたしかですか、ミス・プレスコット？　女性同士はそういう話をするのがお好きでしょうに。秘密を打ち明けることが」

保安官は、女性の打ち明け話について知っているなんてうそぶくけれど、どうせ、たいしたことは知らないだろうという気がした。「彼女は、わたしには何も打ち明けませんでした」

保安官とチャールズは互いの表情だけで意見交換をした。わたしが口をはさめない会話が成立していることが、はっきりとわかる。わたしはいらだった。「どうしてそんなことを知りたいのですか？」

こちらをまっすぐに見ながら、保安官は答えた。「若い女性が窓をあけっぱなしにする……誰かを待っていたのではと、警察では考えます。ミス・ベルナルディは美しく、注目を集めるタイプです。それが、ここに侵入した誰かの注目でも」

わたしはこの若い保安官を見つめた。自分のやり方に自身を持っているのはまちがいない。

「ソフィアが窓をあけっぱなしにしていたなんて、わからないじゃないですか。新鮮な空気を入れたかっただけかもしれませんし」

感情を抑えながら保安官は言った。「たしかにそうですね。失礼しました」

わたしは歯を見せてにっこりと笑った。「とうぜん、ほかの使用人ともお話ししますよね。そのひとたちのほうが、わたしよりもミス・ベルナルディのことをよく知っていると思います」

ノートを脇にやり、ピーターソン保安官は言った。「すでに話しました。だが、助言には感謝します、ミス・プレスコット」

わたしは解放された。ぶらぶらと廊下に出るとき、保安官の声が聞こえてきた。「こんなことをお尋ねして申し訳ありませんが、こちらの使用人については、どれほどご存じですか？」

「わたしのいのちにかけて、ひとりひとりを信頼している」保安官の質問には答えず、チャールズはきっぱりと言った。

「ミス・ベルナルディはイタリア人です。アルドー・グリマルディも、また」

「そのとおり。彼もその点は承知しているはずだ」

チャールズのあてこすりに気づかず、保安官は話をつづけた。「脅迫の件を考慮に入れますと、この屋敷には信用するに足るだけの者たちを置くのが最善ではないでしょうか？」

拳が机に叩きつけられた。「わたしは使用人たちみなを信頼している。そのことを周囲が知るのも重要だ。わたしのような立場では、わたしの誠実さには品位があると世間に信じてもらうことが不可欠なんだ。〈ブラック・ハンド〉と闘っているのは憎しみや偏見のせいではなく、公正さと法治に断固として責任を感じているからだ。〈ブラック・ハンド〉のような悪党のせいで、イタリア人はほかのどの移民よりもつらい思いをしている。それなのに、仕事を必要とし、その仕事を与えられてとうぜんのひとりひとりから、目を背けろとでも言うつもりか？」

アルドーに肩入れするチャールズには賛成できない。でも、その背景にある彼の心情は、称賛しないではいられなかった。

時計が正午を知らせた。すぐにでも有能なブリッグズ夫人が、簡単な昼食を用意してくれるだろう。ルイーズを探そうと外に出たけれど、ウィリアムが芝生の上にひとりでいるだけだった。保育室をじっと見上げている。

「なんだかおかしな気分だ」彼は言った。「屋敷のなかにいるのはがまんできない。かといって、長いあいだ外にいられるわけでもないけどね。警察とは話したの？」

「はい。警察は何よりも、ソフィアに恋人がいたかどうかに関心があるようでした」ウィリアムは顔をしかめた。「なんと言いますか――窓があいていたのは、犯人がそこから逃げたからという可能性については、誰も考えないのでしょうか？」

「じゃあ、どうやってなかにはいったんだろう？」ウィリアムは声を落とした。「それが問題だよ」

そして、いまのわたしの気分では答えたくない問題でもあった。湾のほうに目をやると、ゆらゆらと愉しそうにセーリングに向かうひとたちがいた。気楽なハンターたちは野原を駆けまわり、馬の蹄《ひづめ》の音や、興奮して大きくなる彼らの声が聞こえた。それに、車のクラクション音も。空はもう、これほど青くなくていい。きょうのところは。

ガレージのほうに厳しい視線を向けながらわたしは言った。「警察はアルドーに、過去についで何も尋ねていないと思います」

「彼なら、きのうの夜のことで憶えていることはぜんぶ話してくれたよ。そのとき、十一時には窓はあいていたと言っていた。警察は、ソフィアが亡くなったのは真夜中過ぎだと考えている。血の跡がまだ……彼女……」それ以上、ぞっとするような詳細をはっきり口にすることができず、ウィリアムはうかない顔で肩をすくめた。

夜十一時――殺されるまえだけれど、赤ん坊のままならない生活リズムに合わせると考えたら、ソフィアが自分のベッドにはいっていてとうぜんという時間より、かなり遅い。あきらかに、おかしい。そして、ばかげている。それに、殺人のあった時刻よりもまえに窓があいていたというのも、アルドーが証言しているだけなのだ。

「彼がなぜ、そんな夜遅くに保育室のほうを見ていたのか、警察はその理由も訊きましたか？」

「見ている必要はない。彼の部屋から見えるそうだ」

「きのうの昼間、彼がソフィアと口論になっていたという話は出ました？」

「いや、その話は出なかった。ふたりが何を言っていたのかはわからないし、そもそも口論したことも知らなかったからね。天気のことで何か言い合ったのかもしれない」

「ウィリアムさまがお訊きになれば、何かわかるかもしれません」

こう話しながら、自分でもわかっていた。これは出すぎたまねだと。ウィリアムは、タイラー夫人やふたりの妹からあれこれ言われてもじっと耐えている。わたしからまで、言われたくないだろう。「ジェイン、きみがアルドーをよく思っていないことはわかる。それに彼は……ソフィアに言い寄っていたんだろう。イタリア人は、そういう点ではぼくたちとちがうからね。でも、ソフィアが亡くなったと警察が彼に伝えたとき、ぼくもその場にいた。彼は取り乱していたよ」

ウィリアムはわたしに、あの不愉快な小男に思いやりを示してほしいと思っている。でも、わたしはいらだちしか感じられなかった。疑問が多すぎる。ソフィアが殺されたとき、アルドーはどこにいたの？　ふたりは何を言い合っていたの？　チャールズはピーターソン保安官に、せめて口論のことは話したの？　ウィリアムはなぜ、アルドーのことを〝おじの新しい運転手〟と紹介したの？　チャールズは、彼が何年も自分のために仕事をしてきたと言っていたのに。それに、たぶんこれがいちばん重要なこと。チャールズは、アルドーは過去に何か疑われたことがあるとも言っていた。何をして、誰から疑われたの？

警戒しているようすのウィリアムの表情を見てすぐに、この質問には答えてもらえないと思った。彼のおじはアルドーを信頼している。ソフィアが言っていたように、アルドーはチャールズの〝友人〟だ。チャールズに受け入れられた人物なら、ウィリアムにも守ってもらえるだろう。

どうしようもなくなり、わたしはぶらぶらと保育室の下まで行った。いま、窓は閉まっている。わたしはお屋敷の両端を見上げた。そこを見れば、何かわかるとでもいうように。

「あの窓は外側からもあけられるのでしょうか？」わたしはウィリアムに訊いた。

「いいや」彼は強調するように言った。

この建物は四階建てだ。「誰かの助けなしにのぼるには高いですね」

「ところが、簡単なんだ」ウィリアムが答えた。意見の分かれる話題から離れたからか、ほっとしたように彼は一階の窓を指さした。「あの胴蛇腹を最初の足がかりにするんだ。あとは、雨樋《あまどい》を伝ってあそこまでのぼればいい」——彼は腕を振って、三階のチャールズの書斎の外に取りつけられたバルコニーを示した。いまにもジュリエットが現れそうだ——「それから、あの丸窓の窓枠。チャールズおじは、階段をのぼるときに外が見られるようにと、あの窓をつけさせたんだ。あれは、保育室の窓へのいい足がかりになる」

「からかっているのですか」

「まさか、そんな」彼は言った。「子どものころ、しょっちゅうやっていたよ。ここに滞在するときは、あそこがぼくの部屋だったからね。あの窓から探検に出かけるときは、すこしだけあけておいたんだ。本をはさんで、閉まらないようにして。ぼくのなかの一部は、チャールズおじに見つけてほしいと思ってた。こんなに危険なことができてすごい、と感心してほしくて」

わたしはにっこりと笑った。でも、心のなかではまだソフィアのことを考えていた。お屋敷を背後から囲む森に目をやり、ここにはじめてやってきた日のことを思い返した。深い森は絶好の目隠しになる。でも合理的に考えて、赤ん坊を抱えたまま、誰にも気づかれずにここを通り抜けられる？　赤ん坊はまちがいなく泣いていたはず。確実に泣かせない方法があれば、べつだけれど。あやす誰かがいたとか。わたしの心はまたソフィアにもどり、フレディを連れて芝を歩きながら子守歌を歌っていた彼女を思い浮かべた。

その記憶をふり払い、地面を見た。お屋敷のこちら側にはオニユリとアザレアの縁取り花壇がある。よく手入れされていて、野生と秩序をみごとに両立させている。保育室を目でしっかりととらえ、わたしはお屋敷の壁に触れるぎりぎりのところまで歩いた。それから視線を下げた。オニユリもアザレアも踏まれることなく、愛らしく並んで咲いている。

ただ、花の下や土を見れば話はちがってくる。一カ所、地面が小さくへこんでいるところがあり、芝の端が踏み荒らされていた。

「ウィリアムさま、これを見てください」

ウィリアムは顔をしかめた。「庭師だな」

「庭師がアザレアを踏みつけたりするでしょうか？」わたしはばらばらになった花弁や折れた茎を指さした。もっとよく見ようと膝をつくと、足痕に気づいた。

そこからじゅうぶんに離れてから、わたしは言った。「見てください。踏まないように」

ウィリアムはそうした。彼の眉を見て、わたしとおなじものを見たとわかった。

「おじに知らせないと」それから思いついたように言い足した。「ピーターソン保安官にも」

「ぜひ、そうしましょう」わたしは慎重に足を持ちあげ、足痕の上に浮かせた。わたしの足のサイズに比べて、ずっと大きいわけではない。男性の足にしては小さい。ポケットのなかを探り、巻き尺を取り出した――これは、いつも持ち歩いている。ルイーズのウェストの数値がすこしでも変化した場合、殺気立つ仕立て屋との意思疎通に欠かせないから。

足痕そのものには触れたくないので、わたしはその長さをだいたい二十四センチと見てとった。足が軟らかい地面を踏んだとき、着地面積はどれくらい押し広げられるだろう？

「ウィリアムさま、あそこを踏んでいただけますか？」わたしはお屋敷の端のフェンスに近い、地面が掘り返されたところを指さした。

よくわからないという顔をしながら、ウィリアムはその場所に移動した。「踏めばいいんだね？」

「フェンスを乗り越えようとするみたいに、です」お屋敷の壁をのぼろうとすれば、まず片足に全体重をかけることになるだろう。

ウィリアムはわたしの言ったとおりのことをした。でも、からだが大きくなったいま、壁をのぼるのはすこしだけむずかしくなっていた。「つぎは、どうするの？」

わたしは近づいて、足痕を確認した。「靴のサイズはおいくつですか？」

「二十九センチだ。首回りのサイズも教えようか？」

「だいたい、想像がつきます。三十七センチですね」

そう言ってから、巻き尺でウィリアムのつけた足跡を測った――ほぼ三十センチ。これが、靴のサイズが二十九センチで体重――想像した――六十八キロの男性が、片足を踏みこんだときの長さだ。できるだけ慎重に、ふたつの足痕の深さも測った。どちらも、ほぼおなじだった。ということは、犯人はウィリアムより重くはないにしても、ほとんどおなじ体重だと思われる。ただ、ウィリアムはほっそりしている。この場所の地面が、ウィリアムに足痕をつけてもらったところよりも軟らかいというだけのことだろう。

でも、じっさいの足痕は二十四センチだ。やはり小さい。家に押し入るのに、壁をのぼらないといけないなら、小柄な男性を送りこむかもしれない。アルドーは、せいぜいわたしとおなじ背丈だ。でも、壁をのぼるようなことができるだろうか？　もしできたとしても、ソフィアがなかに入れる？　犯人が大きな音を立てて窓を叩いたら、赤ん坊は怯えて目を覚まし、そして泣くだろう……。

ほとんどひとり言のようにわたしは言った。「ソフィアが窓をあけた理由がわからない」

ウィリアムは残念そうにため息をついた。「ぼくもだ。でも、ほかのひとはずっと想像力をたくましくしている」

その言葉で、〝誘拐犯にとっては、たいそうついていた〟というブリッグズ夫人の奇妙な発言を思いだした。「みなさん、ソフィアのことが好きではなかったのでしょうか？」

彼はまたため息をついた。「母が彼女のことを、おじの家にはふさわしくないと思っていたことは知っている」

「彼女はお子さまたちととてもいい関係でした」

「たしかに。でも、世のほとんどの女性は、自分の子どもに近づけるナニーには、そのまえにどこかの王族の子どもの世話をしていてほしいと思うものじゃないかな。ソフィアにそういう実績があったとしても、ぼくは知らない」

「では、チャールズさまはどのように彼女を見つけたのでしょう？」

ウィリアムは肩をすくめた。「誰を雇うかは、ブリッグズ夫人が任されているらしい」ソフィアをこのお屋敷に入れる件に関わっていたら、ブリッグズ夫人はいまごろ悔やんでいるだろう。彼女はタイラー家に仕えることに誇りを持っている。このお屋敷にトラブルを持ちこむ人物は、彼女にとっても脅威になる。そう考えれば、彼女がきのうの夜、みょうに不機嫌だったことも説明がつく。

お屋敷のなかから、子どもたちの荷づくりをするよう、ブリッグズ夫人に指示するアルヴァの声が聞こえてきた。夕方までには終わらせるようにと言っている。「お子さまたちはきょうじゅうに発《た》つんですか?」わたしは訊いた。

「あすだ。アルヴァおばは、誘拐犯にまたチャンスを与えるつもりはない」

ちょうどそのとき一台の車が現れ、なかからライフルを手にした男性が何人も降りてきた。そして、お屋敷の裏のほうに向かった。「あのひとたちはなんですか?」わたしは訊いた。

「おじの部下が増員されたんだ。今朝のうちに呼びだしてた」

結婚式に武装した警察官——ベンチリー夫人もタイラー夫人も、あらたなパニックに放りこまれることだろう。「こんな事件があったことですし、ミセス・タイラーにお願いして、式を簡素にすることはできないでしょうか?」

ウィリアムは首を横に振った。「ぼくの母だけの話ではないからね。チャールズおじは、何事も計画どおりに進めることに関しては譲らない。何に対しても、いったん怯えているところを見せれば、その闘いに負けたも同然だと考えるんだ」

遠くのほうから金属がきしむ音が聞こえた――風見鶏が風を受け、ふいに北を向いたのだった。その音は、芝生の上を行くフレディの乳母車の車輪の音を思いださせた。郊外でのしずかな生活や、世の男性が望むことについて話しながら、ソフィアと並んで歩いたことも。アルドーはなんと言っていた？　わたしはまた思いだそうとした。知ってるぞ！　知ってるからな、きみが――。そう言っていた。嫉妬にかられた男のひとは、だいたいそんなことを言う。そして嫉妬にかられた男のひとは、だいだい相手を殺す。

ウィリアムがわたしの物思いを破った。「くよくよ考えてはいけない。そんなことをしたら〈ブラック・ハンド〉の勝ちだ。おじはそう言ってる」

わたしはうなずいた。まるで、ちゃんと理解したとでもいうように。「ルイーズさまをお探しになりませんか？　新しい髪型に整えたんですけれど、ことのほかかわいらしくなりました。ウィリアムさまも、そのようにおっしゃってください」

それからわたしは、使用人用の階段をのぼって保育室に向かった。

7

アームズロウ夫人のところではじめてメイドとして仕えることになったとき、もうひとり新人の少女がいて、寝室がいっしょだった。彼女はホームシックにかかり、しょっちゅう具合を悪くしていた——すくなくとも、ベッドから出なかった——ので、怠け者でこの仕事に向いていないと、周囲から思われていた。試用期間が終わればすぐにやめるか、クビにされる。誰もがそう考えていた。ところがそうなる代わりに、彼女はスプーン一杯分の殺鼠剤《さっそざい》を飲んだ。彼女の死体が運ばれていくのを、使用人用の部屋が集まる一角の廊下で見ていたことを憶えている。お屋敷にあふれていた、いらだちやうんざりした雰囲気を感じながら。その少女——いまとなっては名前さえ思いだせない——が話題にのぼることは、それ以降、二度となかった。数日後、ポーランド人の少女がやってきて、わたしの新しいルームメイトになった。この話はこれで終わり。

階段をのぼってソフィアの寝室——というか、寝室だったところ——に向かいながら、わたしはその死んだ少女のことを考えていた。使用人は、やってきては去っていく。彼らがいた印は、あっという間に消される。だから、ソフィアの寝室で何が見つかるか、自分でもわからなかった。警察は、関心を持ったものはなんでも持ち去っただろう。家族写真、手紙の類、何かの記念品。そこでわたしはピーターソン保安官のピンク色の顔を思いだし、自分は地元警察をずいぶん評価していることを自覚した。とにかく、そうあってほしい。

塔のような建物をのぼるあいだ、わたしは注意深く耳をすました。子どもたちはすでにタイラー夫妻の部屋に移っていたけれど、ブリッグズ夫人や警官の誰かと顔を合わせたくはない。踊り場までくると、蝶番《ちょうつがい》がきしんで閂《かんぬき》がそっと外される音が聞こえた。ソフィアの寝室のドアの前に、メイベルが立っていた。

「メイベルさま」

「こんにちは」

しばらくのあいだ、わたしたちは警戒しながら互いにじっと見つめ合った。

「この部屋にはいってはいけませんよ」

「知ってる。でも、ソフィアのことをちょっと考えてたの」

「そうですか」

お仕置きされないとわかったからか、メイベルはふらふらとフレディの部屋に向かった。

「いけません」わたしは止めた。「ソフィアのことを忘れないようにするためでも、この場所はべつですよ」

メイベルは理解したようだ。わたしのほうにもどってきた。「ソフィアのものを何か、持っていたい。警察のひとは、そうさせてくれると思う？　思い出になるものを」

「捜査が終わって、ソフィアの家族に連絡が取れれば、できるかもしれませんね」

「ソフィアに家族はいないの」

「どうしてご存じなんですか?」

「だって、まえに訊いたことがあるもの。わたしのスクラップブックを見せてるとき、ソフィアのお父さまかお母さまの写真も見せてほしいと頼んだの。そうしたら、ふたりとも亡くなったと言ってたわ。それに、きょうだいもいないの。家族みたいなのは、わたしたちだけだったみたい」

メイベルはほんとうのことを話している。そのことを疑うつもりはない。でも、なんだか奇妙にも感じられた。自分の経験からすると、イタリア人で親類がひとりもいないというのは珍しく思える。友人のアナには両親はいないけれど、おばさんもおじさんもいとこもいるし、兄と弟もいる——大家族だ。

メイベルが言った。「だから、ソフィアのことを憶えておけるように、何かほしいの。そうしないと、みんな忘れちゃうかもしれないから。それに、アルドーはいってたわ」

「いつです?」

「きのうの夜よ」そう言うと、メイベルはかすかに気まずそうにした。「一度、子ども部屋にもどったけど、それからお父さまとお母さまの寝室に連れていかれたの。でも、そのあとまた、もどってきたの。お願い、誰にも言わないでね。スクラップブックを部屋に置いてきちゃって、〈ブラック・ハンド〉に盗まれるかもしれないって心配になったから。だからこっそりもどったんだけど、そのとき、アルドーがソフィアの部屋から出てくるところを見たの」

彼はどうやってなかにはいったの？　そこで思いだした。ソフィアの死を知らせるのに、使用人たちは厨房に集められた。アルドーはそこを抜けだして、階上《うえ》に行ったのだ。みんなショックを受けて哀しんでいたから、誰にも気づかれることはなかっただろう。ブリッグズ夫人にさえも――これはおどろきだ。鋭い目をした彼女が何かを見逃すなんて。

「メイベルさま、アルドーはどんな服装をしていました？」

「何も着てなかった。えっと、ナイトガウンを着てたってことよ。ソフィアのことを知らされたとき、みんなそれまで、ベッドで寝てたにちがいないわ」

ナイトガウン。上着をすばやく脱ぎすて、どこか安全な場所に押しこむ。血痕が残っているかもしれないから、それを隠すためにナイトガウンをはおる。あり得ないわけではない。

「メイベルさま。おかしな質問をしていいですか？」

彼女はうなずいた。

「アルドー・グリマルディのことはお好きですか？」

そんなことを訊くのは奇妙だし、適切ではない。でも、メイベルはすぐに答えた。「好きじゃない」

「それは、どうしてですか？」

「だって、ソフィアも好きじゃなかったから」

「なるほど。ありがとうございました、メイベルさま。ちょっと、ブリッグズ夫人とお話ししてきますね」

使用人用の階段をおりて厨房に行く途中で、その有能なブリッグズ夫人にばったりと会った。夫人は黄麻布《おうまふ》の袋を何枚かと、はたきを持っていた。わたしに気づくと、彼女は足取りをゆるめた。これから口論がはじまるとわかっているとでもいうように。階段はふたりがすれちがえるほどの幅がなく、ひとりが片側に寄らないといけない。

わたしは動かなかった。

「ミス・プレスコット」

「わたしの考えが正しければ、その袋にソフィアの私物を入れるつもりですね？」

「あなたには関係ないことですが、ええ、そうですよ」

「私物をどうするおつもりですか？」

「どうすると思うの？」

「保管しておくと思います。すくなくとも、しばらくのあいだは」ブリッグズ夫人は脇を通ろうとしたけれど、わたしは立ちふさがった。「ソフィアはきのうまで生きていました。その彼女のものを捨てていいはずがありません」

「それが、いいのよ。そうするよう、アルヴァさまに言われれば。じっさい、わたしは言いつかりました。片付けてちょうだい、と。だから、そうするんです」

捨てることはもう、夫人のリストに載っている。そして作業を終えるまで、リストからその項目が消されることはないだろう。「でも、いまはだめです。ほんとうに。警察の現場検証が終わったら……」

「現場検証は終わりました、ミス・プレスコット」うんざりしたように夫人は言った。わたしは、屋敷内におけるいちばん重大な罪を犯している。そう、誰かが仕事を終わらせることを妨げるという罪を。

「こんなことをお願いするのも、メイベルさまがソフィアのものを何かほしいとおっしゃっているからなんです」

メイベルの名前を聞いて、夫人の表情は和らいだ。「まあ、メイベルさまが」

「おどろくことではありませんよね？　メイベルさまはソフィアが大好きでしたから」

「そうですね、でも、メイベルさまはまだ幼いですから」

「それがどう関係するんですか？」

わたしに何かを察してほしいと思っているのがありありとわかる――でも、わたしはそうできずにいた。いきりたった表情を浮かべ、夫人は言った。「いいこと、ソフィアはあなたが思っているような女ではなかったんですよ」

この発言は思いがけなかった。わたしが考えていることを、夫人はどうやって知ったのだろう？「彼女のことは、お子さまたちを愛する、若くてすてきな女性だと思っています」

ブリッグズ夫人は手のひらの付け根で額《ひたい》をほぐした。「ひとは誰も、それぞれちがいます。

考え方ややり方もちがいます。自分たちの国にいれば、その考え方もやり方も問題ありません。でも、この国でそれを通されるのはいやです。殺し合いは、自分たちの国でやってくればいいの」

どうにかして礼儀正しさを失わずに、わたしは言った。「あなたの意見には賛成できません。わたしは、ソフィア・ベルナルディのことはよく知りませんでした、それでも――」

「あなたは、まったく知らなかった。知っていたら、彼女があんな死に方をしたことにも、すこしもおどろかなかったはずよ。ひとつだけ残念なのは、彼女がいるべき貧しい町でなく、このお屋敷で死んだことね」

ブリッグズ夫人に、やるべき仕事をやめさせられる人物が、ひとりだけいるかもしれない。その仕事を言いつけた張本人だ。お屋敷の正面に向かいながら、そこにアルヴァがいますようにと願った。彼女はフロント・ポーチにいて、遠くをじっと見つめていた。視線の先では、大きなブナの木の太い枝から吊り下げられたブランコを、メイベルがぼんやりとこいでいた。わたしの足音を聞きつけ、アルヴァは顔をあげた。「どうしたの、ジェイン？　ルイーズのことで何か？」

「いいえ。ですが、訊いてくださってありがとうございます。じつは、メイベルさまのことです」

「メイベル」そう言って彼女は、娘のほうに視線をもどした。

「ソフィアの持ち物を……」いらだちがアルヴァの表情にさっと表れた。「ブリッグズ夫人はソフィアの部屋をすっかりきれいにするつもりです。わたしはただ、あまりにも早すぎるのではと気になったものですから」

「早すぎる？　早すぎることなんてないわ」

わたしはおどろいた顔をしたにちがいない。彼女はこうつけ加えた、「ごめんなさい。こんな言い方、ひどいわね。でも、あの気の毒な子の持ち物をわたしの家のなかに置いておきたくないの。ぜんぶ――なくしてしまいたい」

「メイベルさまは、ソフィアの持ち物を何かほしいと言っていました」

一瞬、アルヴァの口唇が引き結ばれた。それから、どうにか口を開いた。「そうね、そのうちわたしが……いいえ、なんでもない。ジェイン、そのことはわたしに任せてちょうだい」

「アルヴァさまには負担が大きすぎるのでしたら、わたしがよろこんでメイベルさまの力になります」

アルヴァはしばらく何も答えなかった。すっかり疲れ切って、目の色は暗い。「許してね。眠れていないの。あれがもどってくるのではということばかり考えてしまって。きのうの夜とおなじように、いつかあれがもどってきて、わたしには止めることができず、それで子どもたちは……」

口許がわなわなと震えはじめ、アルヴァはそれが止まるまで顎を動かした。それからあわてたように、目元をぬぐった。

「おばあさまのところにいれば、お子さまたちは安全ですよ」わたしは弱々しく言った。

「ええ、そうよね、もちろん。わたしのこと、心がないと思わないで。わたしにできるのは、きのうの夜のことはすでに起こってしまって、もう変えようがないと考えることだけなの。それで、いまは何か行動しないといけない、できることをするべきだと思ったの。それで……部屋を片付けることは、できることのひとつなの」

アルヴァは不器用に笑った。「正直に言うと、わたしがソフィアを好きだったことなんて一度もないわ。チャールズにとっては、もっと重要な地位にいたみたいだけれど……」

そんな言葉を使うのはなんだかおかしい気がした。でも、アルヴァは何も説明しなかった。そのかわり、わたしの腕をぽんぽんと叩いて言った。「でも、そうね、メイベルに何か選ばせるわ。話してくれてありがとう、ジェイン」

退《さ》がるように言われ、わたしはアルヴァから離れた。お屋敷をぐるりと回って使用人用の玄関に向かうあいだ、アルヴァの娘のためにできたことは、ソフィアの遺品をひとつ救うことだけだったと気づいた。ソフィアのほかの持ち物は処分され、ごみになるだろう。

建物の裏側までくると、アルドーがガレージの外で車のボンネットを磨いていた。覆いかぶさるようにして腕を広げ、隅々までやけに熱心に磨いている。車をきれいにしている彼を見て、メイベルの言ったことが思いだされた。どうして彼はきのうの夜、保育室のある階に行ったの？ いままでも、何回かおなじことをしていた？

見られていると気づいたのか、彼は顔をあげた。わたしは短くうなずき、建物のなかにはいった。

階段をのぼりながら、そういえばウィリアムはわたしの助言を実践したかしら、と考えた。でも、窓際のベンチに坐ってぼんやりと外の芝を眺めるルイーズの姿は、ほめられたばかりの女性には見えなかった。

「警察はもう帰った？」ルイーズが訊いた。

「はい、帰りました」

「わたしもあのひとたちと話をしたけれど、それほど役に立てたとは思えない。それに、お母さまとも話したわ。そこでもやっぱり、役に立てなかったみたい」

「どんなお話をされたんですか？」

ルイーズは片方の肩を揺らした。「それは……若い女性が殺されて気の毒なのに、みんなが心配しているのは、このニュースが広まって結婚式が台無しになるかどうかということだけ、ということ。ほんと、ひどい話よね」ルイーズ・ベンチリーに仕えて恵まれていると思うことは何回もあったけれど、いまもまた、そう感じられた。彼女だけがひとり、思いやりを持ってソフィアのことを語っている。

それでも、わたしは言った。「チャールズさまのおっしゃることは、的を射ていると思います。〈ブラック・ハンド〉がチャールズさまを怯えさせようとしているなら、計画を変更することに意味はないでしょう」

「わたし、ソフィアの血の上を歩いているみたいな気持ちになるの」ルイーズはからだを震わせながら言った。「この事件のおかげでひとつだけいいことがあるとしたら、ウィリアムの妹のビアトリスとエミリーのふたりを今週末、ここにこさせないようにしたと、彼のお母さまが決めたことくらいね。それと、わたしのお母さまが音楽のことで彼女と張り合うのをやめたこと。でも、明日になったらどうせまた、はじめるんでしょうけれど。そしてビアトリスもそのうち現れて、嫌味なことを言ってくるの。それで、新聞もまたいろんなことを書きたてる――はっきり言って、結婚するのがほかの誰かだったらよかったのに、と思ってる」

「会場を変更すれば、シャーロットさまは安心なさるでしょうね。ただ、ほかにいいところが思いつきませんが」

ルイーズはにっこりと笑い、それから膝を抱えて言った。「いとこのヘンリーから連絡はある?」

わたしはきょとんとした。わたしにいとこはいない。ましてや、ヘンリーという名前のいとこなんて。そして、思いだした。マイケル・ビーハンを、いとこのヘンリーだと言ってルイーズに紹介したのだった。

「いえ、ありませんね」

「おもしろいことを教えてあげましょうか? わたし、あなたはヘンリーと結婚すると思ってたの」

いいや、ダーリン。すぐに帰るよ。ビーハンは電話でそう話していた。それを聞いて、彼が結婚していることを知った。枕の位置を直そうとベッドに近づきながら、わたしは言った。

「いとこのヘンリーとは結婚しません。ぜったいに」

ちょうどそのとき、外の砂利道をタイヤが踏む音が聞こえてきた。ルイーズはカーテンをあけた。「まあ、なんてこと」

「どうしました?」

「お父さまよ」残念そうな声だった。「お母さまに言われてきたのね」

車のドアが閉まる音がした。それから、もう一度。さらに、また。何かがおかしいとわかる。ひとつ目は運転手のオハラで、ふたつ目はベンチリー氏で……。

ルイーズがびくりとして後ずさった。

「あれ、あなたのいとこのヘンリーじゃない?」

ルイーズといっしょに窓際に並んだ。このお屋敷の芝生の上に、マイケル・ビーハンが立っていた。

「いえ、受け入れられません! だめです、サー! うちの敷地内に、安っぽいゴシップを書くような人物を入れるなんて! ありがたいことに、わたしには懇意にしている新聞記者が何人かいます。そうしろと言われれば、すぐに情報を追いかける者ばかりです」

ビーハンとわたしは外の芝の上で、書斎のあいた窓から響いてくるチャールズの演説を聞いた。

ビーハンの帽子は新品だった。最後に会ったときにかぶっていた山高帽は、ずいぶんとくたびれていた。フェルト生地はでこぼこになって擦り切れ、つばの上の飾りリボンはほつれてところどころゆるんでいた。いまかぶっている帽子は光沢があり、つばの周囲もしっかりしている。生地にはまだハリがある。その帽子を、彼はあいかわらずすこしずらして頭にのせていた。そして、笑顔は変わっていなかった。

チャールズの激しい演説が途切れた。たぶん、ベンチリー氏が自分の考えを話しているのだろう。その声は聞こえなかった。彼は声を荒らげるタイプではない。それどころか、まったく口を開かないこともしょっちゅうだ。道で彼を見かけたら、着ているものの生地の裁ち方や品質から、裕福な男性だということはわかるだろう。でも、地味だけれど品のいい靴が〈オールデン〉のもので、〈ヘンリー・プール〉のコートと〈ギーブス&ホークス〉の背広はそれぞれイギリスから取り寄せたと知ることはない。身だしなみにも手入れが行き届いていることはわかるけれど、そのように外見を整えるにはたいへんな手間がかかり、そのための費用は誰もが簡単に支払える額ではないことはわからない。爪は、この日の朝に磨かれていた。薄くなった白髪は、両耳の上でまったくおなじ長さになるよう、毎週きちんと切りそろえられる。そして、厳格なダイエットを実践していた。デザートは食べず、炭水化物は最小限に抑え——彼のような年代と立場の男性にしては——意外なことに、お酒も控えている。つまり、ベンチリー家の住まいや車がダイムラーであることを見れば、ベンチリー氏が事業で成功しているとわかる。でも、この国でとくに裕福なひとたちのひとりだとまでは想像できないかもしれない、ということだ。彼自身もそう望んでいると、わたしは思っている。

「こんなところで何をしているの、ミスター・ビーハン？」

「呼ばれたからきたんだよ、ミス・プレスコット」

「ベンチリー氏に？」ビーハンはうなずいた。相談したわけでもないのに、わたしたちはまた、堅苦しく敬称をつけて呼び合っていた。彼のことをミスター・ビーハン以外の名前で呼んだことはない。でもわたしは一度だけ、ジェインと呼んでいいわよと言った。そのことを彼は忘れたのか、軽率だと思うことにしたのか、どちらかはわからないけれど、名前で呼ばれないことにわたしはほっとしていた。

ちょうどこのとき、玄関があいてブリッグズ夫人が登場した。「ミス・プレスコット、ベンチリー氏が階上でお呼びです」

それからビーハンのほうを向いて言った。「あなたはここでお待ちください」

「はい、犬やノミといっしょに外で待ちます」

書斎のドアをあけると、チャールズは感情を抑えきれないようすでいる一方、ベンチリー氏は時計のねじを巻いていた。わたしがなかにはいっていくと、彼は時計をポケットにもどして言った。「ミスター・タイラーとわたしは、きのうの痛ましい出来事について、新聞が関心を持つことは防げないだろうということで意見が一致した」

チャールズの表情から、〝防げない〟というのは彼の望む言い方ではないことがわかる。

「そこで、信頼できる記者に記事を書いてもらうのが賢明だと結論を出した。〈ブラック・ハンド〉にも詳しい人物に。そして死体を見つけ、その被害者についても知っている――」

「よくは知りません」

「――ビーハンはおまえに手伝ってほしいそうだ。家庭内のことについて、分別と思いやりの両方を持って対処できる誰かから正しく情報を得られれば、それに越したことはないとわたしも思っている」

「わかりました」

ベンチリー氏はわたしのことをじっと見つめた。ほんとうにわかったのか、確かめようとするみたいに。それから、ドアを指さした。ついてくるように、ということだ。部屋を出るとき、ふり返ってチャールズにちらりと目をやった。でも、彼は机の向こうでうなだれて立っているだけだった。机についた両手はぎゅっと握られている。彼は打ちのめされていた。でも、それを認めたくないのだ。

ベンチリー氏について早足で階段をおりながら、わたしは言った。「チャールズさまがよくご存じの記者に任せたほうが、満足されるのではないでしょうか」

ベンチリー氏はこちらを見ずに答えた。「自分の職業や、モレッティの裁判で果たす役割のせいで、裏社会の犯罪者たちは家族に狙いを定めたと、彼はそう考えている。気の毒なあの若い娘が死んだのも、それが理由だと」

ベンチリー氏は足を止めた。「いずれにせよ、ルイーズが彼の甥と結婚するまえに、わたしも何があったかを知りたい」

「わかります」わたしはそう言い、じっさいに理解した。でも、気になることはもうひとつあった。「なぜ、ミスター・ビーハンが……」

「とにかく、彼にはおまえが必要だ。いや、彼が、おまえを必要だと言っている。おまえがいなければ引き受けないとも。それが理由だ」

それからまた階段をおり、いちばん下に着くとカフスを直しはじめた。「ウィリアムの父親のことは知っているかね？」

「いいえ」

「わたしは知っていた。何年もまえ、仕事を通じて知り合った。彼があんなことになっても、まったくおどろかなかったが」

カフスが直った。それから妻と娘に会うため、ベンチリー氏は応接室にはいっていった。

8

事情がとても込み入っていてここでは説明できないけれど、以前、ビーハンがコートを貸してくれたことがあった。わたしはそれを着られて、うれしかった。お屋敷から湾に向かってビーハンと丘を下《くだ》りながら、わたしはそのコートのことばかり考えていた。顎に触れるウールのざらざらした感じ、タバコのにおい。丸くて黒いボタンはしっかり縫いつけられていた——あとになって、そうしたのは彼の妻だとわかったけれど、そのときは知らなかった。

それでも、最後にくれた手紙に返事を書かなかったことは謝らないといけないと感じていた。ビーハンには、文句を言うとかからかうとか、そういうことをしてほしかった。そうしてくれれば、威厳を持って〝ええ、とても申し訳なく思っているわ。でも、手紙を書けなかった理由は理解してもらえると思うの〟と言えるのに。ところが、憎らしいほどに彼はその機会を与えてくれなかった。そうする代わりに、わたしたちは黙って歩いた。お屋敷からずいぶんと離れたところで、わたしは言った。「ミスター・ビーハン、わたしと話す必要があるそうね。はじめてもらっていいわよ」

彼は両手をポケットに入れたままふり返った。

「ドレスは誰のデザイン？」

「ドレス？」

「ウェディング・ドレスだよ。ぼくは〈メゾン・ド・ウォルト〉だと思うけど、《トリビューン》紙は〈ジャンヌ・パキャン〉だと書いている。この賭けに負けたほうは、勝ったほうに五十ドル払うことになってるんだ」

「わたしはいくらもらえるのかしら？」

「……十ドルでどう？」

「十ドル？《トリビューン》紙のあなたのお友だちを訪ねることにするわ」

水辺の近くには、坐って水平線を眺められるようにとベンチが置かれていた。ふたりが坐るのにじゅうぶんな幅があり、わたしは慎重にビーハンとの間に距離を取って腰をおろした。このあたりは湿地帯なので、水際には葦《あし》がいっぱいに茂っていた。滑るようにして水面《みなも》を飛ぶカモは、サギが翼を大きく広げて湾から空中に飛び立つと、おどろいて羽をばたつかせた。ソフィアはここに子どもたちを連れてきていただろう。靴を脱いでスカートをたくしあげ、パン屑をカモたちに投げているところが目に見えるようだ。

わたしはビーハンに言った。「それで、あなたは〈ブラック・ハンド〉の最新の殺人について書くためにやってきたのね」

脚を伸ばしながら彼は答えた。「ここにきても何を書けばいいのか、よくわからないでいる。きみのボスから、チャールズ・タイラーについてぼくが興味を持ちそうな話があると言われたときは、けっこうですと断ったくらいだ。そうしたら、編集長に電話してきた。で、その編集長から、興味を持ったほうがいいと言われたんだ」

「どうしてそんなことを言ったのかしら？」

「編集長はチャールズ・タイラーを気に入ってるのさ。フォルティ家の誘拐事件以来、タイラーは格好の題材だからね。彼を好きな友人も多いよ。なにしろ特ダネを提供してくれるから、目を引く見出しにまとめられる。おかげで、仕事が楽になるんだ。その見出しにはたいてい、彼の名前がはいってる。彼の言うことを書き留めて写真を撮れば、昼食の時間にはちゃんと食堂にいられる、というわけだ。ぼくは、それでいいと思っている。ただ、今回は女性がひとり亡くなっているだろう。だから、事実のすぐ近くにいたい」そこで彼はわたしを見た。「きみはまだベンチリー家から給金をもらってるんだよね、タイラー家からではなく――それとも、もう替わったのかな？」

ベンチリー氏がわたしに何を望んでいるかはわかっているし、そこにタイラー家の使用人の誰かを探ることはふくまれていないこともわかっている。その点に関して、チャールズははっきりと意見を言っていた。でも、誰かが〈ブラック・ハンド〉の行く末を見通すとすれば、それはきっとビーハンだ。彼は新聞の特ダネのために――ときには真実のために――生きて呼吸をしているのだから。

わたしが黙っている時間が長すぎたのだろう。彼は言った。「やってくれると答えなくてもいい。きみが今年いちばんの結婚式の準備で忙しいのはわかっているから。それとも、延期されたの？」

「そうじゃない。すくなくとも、今世紀いちばん、よ」そう答えながら、わたしは彼のユーモアのセンスが大好きだと考えていた。

えさを求めて、ハクチョウが水のなかに頭を沈めた。ふたたび水面に現れたとき、その長い首はアーチを描いていた。ソフィアがフレディを高く抱きあげていたことを思いだした。自分に子どもが生まれたらと考えていたのか、愉しそうだった。いまはもう、彼女が子どもを持つことはない。

わたしはビーハンを見た。「わかった」

「何がわかったの？」そう言いながら、ビーハンは笑っていた。

「わかった。話してあげる」

笑みはどんどん広がり、彼は歯を見せてにっこりと笑った。芝の上で足を踏みならした。投げた石が水面で六回、撥《は》ねたことをよろこぶ少年のように。

「では」ビーハンは言った。「きみのボスによると、モレッティ一味はタイラー家の赤ん坊を誘拐しようとした。大それたことだけど、おどろくことでもない。彼らは何週にもわたって、タイラー家を脅してきたんだから。目を覚ましたのはナニーだけで、彼女は保育室へと急いで向かい、喉を切られた。合ってる？」

「その可能性は高いわ」わたしは言った。彼に先入観を持ってほしくなかった。

彼は待った。

「わたし、タイラー家の運転手のことはすごく気に入らないの」

「それはまた、どうして」

できるだけ感情を交えない口調で、アルドー・グリマルディがソフィアと口論していたことを話した。男のひとが望んでいることについてソフィアがどう言っていたかや、事件のあと、彼女の部屋からアルドーが出てきたところをメイベルが見たという事実を。

「もう一度、名字を教えてくれる？」

「グリマルディよ」

「イタリア人か」

「ええ。でも、それが理由じゃないわ、わたしは……」

「警察は彼にも話を聞いた？」

「ええ。夜の十一時に、保育室の窓があいているのを見たと話していたわ」

「では、窓をじっと見つめて、彼は何をしていたんだろう？」わたしは同意するようにうなずいた。「でも、チャールズ・タイラーは彼を怪しいと思っていないんだね」

「チャールズさまは使用人たちのことを大切に思っているの。自分に仕えているひとたちはみんなすばらしくて……立派だと」ここにやってきた日、シャラバンの陰に立つわたしに気づいたチャールズは、わたしがアームズロウ夫人に仕えていたころの話を愉しそうにしてくれた。たいした話ではなかったけれど、心がこもっていた。「そういうところがまさに、チャールズさまという方なの。称賛されるべきよ、でも……」

「彼はグリマルディをかばっていると考えているんだね」

「それどころか、罪を犯すなんてことはありえないと信じているみたい。チャールズさまは不思議なくらい純真なの。その一方で、〈ブラック・ハンド〉との闘いで実績を積んできたでしょう、だから偏見のない人物に思われたがっている。チャールズさまのような方は、男性が女性に暴力をふるうことを信じていない――犯罪者でもなければ」

ビーハンはわたしの話を頭のなかにしっかりと取りこんでから訊いた。「保育室はどんなようすだった？」

「どんなようす？」

「争った跡があったとか？」

わたしは考えた。ランプはひっくり返り、磁器の犬は壊れていた。「あった」

「見られるかな？」

「もちろん、見られると思う」

お屋敷に歩いてもどりながら、訊きたくてたまらなかった。わたしを信じてくれるのか、男性はひとりの女性を愛しながら――というか、愛していると思いながら――その女性を殺すことができると考えているのか、と。でもそんなことを訊かれても、彼は居心地の悪い思いをするだけだろう。だからわたしは、保育室自体に語ってもらうことにした。

昼間の明るさのせいで、血まみれで混とんとした現場はいっそう怖ろしく感じられた。ベビーベッドはべつの部屋に移されていたけれど、木馬やぬいぐるみのウサギ、洗いたてのおむつの山はまだ残っていた。揺り椅子には、赤と黄と緑の色鮮やかなショールがかかっている。ソフィアのものにちがいない。きっと、きょうのうちに捨てられてしまうだろう、と思った。

小さな青いスモックが壁の釘にかかっていた。それを見ながら、なんの疑いもなく相手に頭を預けるフレディのずっしりとした重さが思いだされ、わたしは息をのんだ。あの子が話すことができれば、謎は解決するのに。とはいえあの夜の記憶は、どの子どもたちのなかにも残ってほしくはなかった。

絨毯の上でいちばん濃い血だまりの跡ができている部分を指さしながら、ビーハンが言った。「彼女はここに倒れていたんだね？」

わたしはうなずいた。血はそのすぐそばにも飛び散っているけれど、赤黒く湿った血だまりの跡とはまったくちがった。ソフィが倒れていたところから一メートルも離れていないところに置かれた、木製の白いおむつ交換台にも、赤黒い血が点々とついていた。わたしはビーハンに、その血痕を指で示した。

「犯人は背後から彼女の喉を掻き切った」ビーハンは言った。「血は――」そこで彼は空中で指をくるくると回し、飛び散る血を再現した。

「えっと、それが〈ブラック・ハンド〉のやり方でしょう？　あなたの記事はいつも、ナイフと切り裂かれた喉の話ばかりだもの」どの記事もおもしろおかしく書いてあって、わたしはなんとなく恥ずべきことのように感じていた。

「そういうときもある。ただ、銃もよく使われる」

「子どもを誘拐するときに、銃は持っていかないと思うわ。できるだけ目立たないようにするでしょうから」そう言ってわたしは窓のほうに目を向けた。いまは閉まっている。指紋を採取するために警察が使った粉末の跡が、まだ残っていた。

「赤ん坊は床の上にいたのかな？」ビーハンが訊いた。

「あそこに」窓とベビーベッドが置いてあった場所の間を指さしてわたしは答えた。「争っているうちに、そこに落とされたみたいな感じだった」

「で、窓はあいていた……」

「ええ。閉まっていないといけなかったのに。このお屋敷は、夜になるとしっかり戸締まりをするの。窓はぜんぶ、閉められるのよ」

「誘拐犯や殺し屋を入れないため？」

「そう。でも、アルヴァさまはすきま風のことも心配していたの。昨年、お子さまを亡くしているから。ソフィアにも、窓は閉めたままにしておくようにと、とくに注意していた」

「ソフィアはいつも、言いつけを守っていたんだろうか？」

「……いつもというわけではなかった」

「それは、どうして？」

わたしは深く息を吸った。「窓をあけておくのは、赤ん坊のことを考えていたんだと思う。フレディさまには暑すぎる、と言っていたもの。それに、自分も暑いって。ここは四階だから、誘拐犯が侵入しようとしてもむずかしいと考えていたんでしょうね。だから、言いつけを守らなくてもだいじょうぶだと思っていたのかも」

ビーハンは窓から身を乗りだして下を見た。わたしもおなじようにした。

「たしかに、のぼるのはむずかしそうだ」彼はそう言って納得した。

「ウィリアムさまは——お若いほうのタイラー氏ね——、できると言っていたわね。あそこに足を掛けて、つぎはここに掛ける。それからからだを持ちあげる、と」

ビーハンはソフィアのことを不注意だったと責めるよりも、もっとひどいことを言うのではとわたしは身構えた。でも、彼は頭を引っこめて言った。「つまり、誘拐犯はこのあいた窓から侵入し、赤ん坊をつかみ……」

わたしは保育室とソフィアの寝室につづくドアを指さした。「ソフィアは赤ん坊の泣き声を聞きつけ、あわててここにやってきて……」

「もみあいになった。赤ん坊は床に落ちる。彼女は喉を切られる……」ビーハンはわたしを見た。「それから?」

わたしは考えた。「わたしたちが現れた。誘拐犯には、階段をのぼる足音が聞こえた。メイベルさまの声も」

「誘拐犯は、どのドアからも出ていけない。誰かに出くわしてしまうかもしれないから

「……」

「フレディさまを連れていくこともできない」

「だから、犯人は自分の身の安全を考えて逃げた」ビーハンは頭を右から左に傾けた。そうやって、状況が変わったことを示そうとするように。「この説、表面上は問題ないね」

「そうね」

ビーハンは部屋のなかをゆっくりと歩いてまわった。そして不意に言った。「小さなお嬢さんと話せるかな？」

わたしは驚いて答えた。「メイベルさまと？　まだほんの子どもなのに」

「この屋敷のなかで、いちばんに異変に気づいた子だ。何を聞いたか、それはいつだったのかを知りたい」

そのことには反論できない。タイラー家としては賛成しそうにないけれど、メイベル自身はよろこんで新聞記者と話してくれるだろう。

「いいわ。でも、わたしも同席させてもらうわね」

メイベルは自分の部屋にいた。すこしだけ開いたドアからのぞくと、ベッドに腰かけているのが見えた。床に置いた荷づくり途中のトランクを、哀しそうにじっと見つめている。わたしはノックしてから、ゆっくりとドアを大きく押しあけた。「メイベルさま？　わたしのお友だちが、メイベルさまとお話ししたいそうです」ビーハンをふり返ると、それらしい表情をつくろうと、精いっぱいがんばっていた。「彼は新聞記者です。でも、とってもやさしくて礼儀正しいんですよ。約束します」わたしは彼の足を強く踏みつけ、〝やさしくて礼儀正しい〟という点を強調した。

メイベルの小さな顔がぱあっと明るくなった。「ええ、いいわよ」

ビーハンは床に散らばったおもちゃを慎重によけながら、メイベルの部屋にはいった。

「こんにちは、メイベル。ぼくの名前はマイケル・ビーハンです。《ニューヨーク・ヘラルド》紙の記者です」

「その新聞なら読んだことあるわ」メイベルは言った。

「そうなの？　ということは、きみは物知りなお嬢さんだね」そう言ってビーハンは、ベッドの脇の椅子に腰をおろした。「きみのナニーのことは残念だった」

「そのせいで、わたしたちはよそに行かないといけないの。犯人がもどってくるかもしれないから」メイベルは声を絞りだすように言った。「ソフィアが弟を守ってくれたのよ。そのこと、ちゃんと新聞に書いてね。ソフィアがフレディを守ってくれたの。ソフィアはヒロインよ」

「ぼくもそう思う。でも、きみだって弟を守った。だろう？　ミス・プレスコットが教えてくれたけど、きみはフレディの泣き声を聞きつけたそうじゃないか」

「フレディの声は、いつもちゃんと聞こえるわ」

「そうか、弟のことが大好きなんだね」子どもの気持ちを和らげるマイケル・ビーハンを見て感心するのは、これがはじめてではない。「それで、きみはここにいたのかな？　廊下の向かいの部屋から、フレディの泣き声が聞こえたときは」

メイベルは首を横に振った。「ミス・ベンチリーといっしょに、ゲストルームにいたわ」

「ルイーズさまよ」わたしは説明した。「あの夜、メイベルさまはルイーズさまの部屋で眠ってしまったから」

「その部屋はどこ？」

「二階よ」わたしが答えるとビーハンはうなずき、それからメイベルのほうを向いた。「フレディが泣いているのが聞こえて、それからどうしたのかな？」

「ミス・ベンチリーを起こしたわ。そうしたら、ジェインならどうすればいいかわかるかもしれないと言って、ふたりでジェインのところに行ったの」

「お父さまとお母さまのところでなく？」

「ふたりはお屋敷の反対側で寝てるの。ここからずっと遠いもの。ジェインの部屋のほうが近いし、フレディのところにすぐ行きたかった。それにミス・ベンチリーが、お父さまもお母さまもフレディが泣いたくらいで起こされたくないはずよ、と言ったから」

「なるほどね。で、ミス・プレスコットを起こし、いっしょにきてほしいと言った。メイベル、フレディ以外の誰かの声は聞こえた？」

「ソフィアの声が聞こえた」

ソフィアが助けを求めて声をあげていたと思うと、心のなかがひどくざわついた。「メイベルさま、ソフィアはなんと言っていました？」

「叫んでいただけ。たぶん、〝だめ〟って言ってた。でも、わたしはまだ寝ぼけてたし、はっきりとは憶えてない」

ビーハンが訊いた。「憶えていることはあるかな？」

メイベルは首を横に振った。「ジェインが、お父さまを起こして銃を持ってきてもらいましょうと言ったの。でも、お父さまのところに行くころには――」

メイベルの顔がくしゃくしゃになり、目に涙があふれた。わたしは彼女のとなりに腰をおろし、肩に腕をまわした。「たいへん勇敢でしたよ、メイベルさま。それに、ミスター・ビーハンの言ったことは正しいです。あなたがわたしたちを起こしたから、フレディさまは守られました。だって、それで誘拐犯はフレディさまを置いていったんですもの」

「でも、守ったのはソフィア――」

「メイベル……」メイベルの気を逸らそうと、ビーハンはコートのポケットから名刺を一枚、取りだして彼女に渡した。「ミス・プレスコットが言ってたけど、きみは新聞が大好きなんだってね」

メイベルはうなずいた。

「いいかい、そこにぼくのオフィスの住所が書いてある。ほら、ここ。こんどニューヨークにきたら、ぼくを訪ねて。新聞社のなかを案内してあげよう。ぼくの父も、新聞社で印刷工として働いていたんだ。活字ってわかるかな？」

「文字が彫ってあるブロックのことでしょう。文章を書くときに使うの」

名刺を受け取るときにメイベルがベッドの上をすこし移動すると、紙がかさかさと鳴る音が聞こえた。目を下にやると、上掛けのなかから新聞紙の端がのぞいていた。無意識にだろう、メイベルは片手をその上に置いた。

「賢い子だね」

「それはなんですか、メイベルさま」

「なんでもないわ」

「でしたら、見せてください」

メイベルはためらった。「誰にも話さない？」

「場合によります」手を差しだしながらわたしは言った。

背後から引っぱり出した新聞紙を、メイベルは渡してくれた。「お願い、取りあげないでね。モレッティの裁判のことが載ってるの。スクラップブックに貼らないといけないから」

たしかに、モレッティの裁判の記事が載っていた。醜悪な見出しが躍っている。〝モレッティ、警察委員を脅迫〟。ああ、なんてこと。わたしは心のなかで呟いた。かわいそうなメイベル。母親が娘に新聞を読ませたがらないのもとうぜんだ。

「これはどこで手に入れました？」わたしは訊いた。

メイベルはうなだれながら答えた。「ソフィアの部屋にあったの」

ソフィアの部屋？ ちょっとよくわからない。彼女は政治問題には興味がなさそうだったのに。何が彼女の興味を引いたのかを知ろうと、わたしは紙面にざっと目を通した。何かの広告かしら、それとも――

するとと、ある記事がぐるぐるとインクで丸く囲われているのに気づいた。そのページを慎重に開いて、わたしは言った。「これはお預かりしますね、メイベルさま。モレッティに有罪判決が下されたら、その記事をスクラップブックに貼ってください。こちらは、メイベルさまの年代記にはふさわしくありません」

わたしの言うことはわかってくれたけれど、メイベルは新聞から目を離さなかった。何かソフィアの持ち物がほしいと言っていたことを思いだし、わたしは急いで保育室まで行って、揺り椅子に置かれたショールを取ってきた。幼い少女はそれを目にしたとたん、わかったようで、興奮気味に言った。「それは――」

「ええ、そうですよ」わたしはショールをていねいにたたみ、簞笥《たんす》のいちばん下の抽斗《ひきだし》にしまった。「ソフィアも、これはメイベルさまに持っていてほしいと思ったはずです。でも、ここにしまって秘密にしておきましょう。しばらくのあいだは。いいですね？」

「わかった」メイベルは答えた。たぶん、ショールよりも秘密というほうにわくわくしたのだろう。

わたしはビーハンに、そろそろ行こうと合図した。彼は片手を差しだして言った。「近々、《ヘラルド》社でお会いしましょう、ミス・タイラー」

そこから階段を二階分おり、声がすっかり届かないところまでくると、ビーハンが言った。

「なんだったの？」

わたしは新聞紙を開き、丸で囲まれた箇所を見せた。いわゆる求人広告ではない――とにかく、働き手を求める広告ではない。通りや列車のなかで見かけた相手に向け、会いたいと知らせる個人広告だった。交際相手、あるいはたんなる友人を求めて、こういう広告が出される。公共の交通機関のなかで見かけた若い女性に惹かれてしまうという習性を持つ男性もいるのだ。いくつかの新聞には――たとえば《ヘラルド》紙のような――〝月曜の夜、四十二丁目で高架鉄道の車両を降りたレディ、あなたの靴を踏んだ、向かいに坐っていた紳士とお話ししませんか?〟などと書かれたものが載る。〝ぽっちゃりしてかわいらしい顔立ちの、礼儀正しく上品な十八歳の未婚女性。財力のある紳士を希望。結婚は望まず。少女らしいところがあります〟という広告を出す女性もいる。あるいは、〝カヌーをパドルでこぐのは、とても退屈な任務だと気づいた女性です。求む、男らしい水先案内人〟。

売春の温床になるという理由で、このごろではこういった広告に対する非難の声があがっていた。でも、広告はあいかわらず掲載されている。そして、ソフィアはそんな広告のひとつを丸で囲っていた。

その広告には、こう書いてあった。

二十日の土曜十二時にアップタウン行きの高架鉄道で、黒い瞳の女性と会えますように。三両目。だってきみは、宝石よりもすぐれて尊いから(『箴言』三十一章十節)。

「この広告からすると、ソフィアの目は黒かったのかな?」ビーハンが言った。

「そうよ。でも、ニューヨークに行くなんて話はぜんぜんしていなかったわ。それどころか……ここにいるほうがいいと言ってたくらい」

「まあ、そうだろうね。電車のなかで男性と会うなんてことは、自慢してまわりたくないだろうから」

わたしはかぶりを振った。そう、ソフィアは子どもを授かるのに男性が必要だと言っていた。でも、こんなふうに目に余るような戯《たわむ》れをしようというのは、わたしの知っているソフィアとは似ても似つかない。ひとつには、こういうことは危険がつきものだから。ロマンスを求めた若い女性たちは、まったくべつのものを目にすることになる。

「本気で会うつもりだったとは思えない」

「そうは言っても、彼女はこの広告に印をつけていた。たぶん」——そこでビーハンは、わたしの目を見た——「自分で思うほど、きみは彼女のことを知らなかったんじゃないかな」

「よく知っているなんて言っていないわ」わたしはぴしゃりと言った。「ソフィアは子どもをほしがっていた。それで、父親が必要だと冗談めかして言っていたけれど……とにかく、二十日はあすよ。その列車に乗ってみましょう」

「ふたりで、と言うつもりだね」

「わたしはソフィアを知っている。でも、あなたは知らないでしょう」

それに、と思った。ビーハンはタイラー家の使用人を誰ひとり、見分けられないだろう。

誰かが姿を見せた場合に備えないといけない。

それとも、タイラー家の誰かが現れた場合に。


その日の夜、夕食のあとでポーチにひとりきりでいたベンチリー氏のところに行き、わたしとビーハンがつかんだ情報と、何をするつもりかについて話した。彼は反対しなかった。ただ、ニューヨークのベンチリー家に電話して、バーナデットとミューラー夫人に、あすの夕方に帰ることを知らせておくようにとは言われた。

「あるいは、それよりも長くかかりそうかな?」ベンチリー氏は訊いた。

「どうでしょうか。ソフィアが列車のなかで会うつもりだった男性を、見分けられるかどうかもわからないので。けっきょく、何もわからないかもしれません」わたしはアルドーのことを考えながら言った。「でも、もしわたしたちが……」

ベンチリー氏はとりとめのない話や堂々めぐりの話、それに冗談さえも好まない。いまも片手をひらひらさせ、〝もし〟という単語をふくむ話は聞きたくないと示していた。

「随時、報告するように」ベンチリー氏は言った。

そろそろ、退《さ》がるときだ。これで失礼しますという、感じのいい笑みを浮かべながら、くるりと踵を返したところでベンチリー氏が言った。「ビーハンは事実とちがう話をでっちあげることはしないと、ミスター・タイラーに約束した。彼がこの取り決めを守っていないと思われたら、もちろんわたしに知らせるように」

「もちろんです。ただルイーズさまは、わたしがいなくてもだいじょうぶでしょうか？」

「ブリッグズ夫人はひじょうに有能だと見える。彼女なら、一日くらいどうにかしてくれるだろう」

わたしはうなずいた。でも、彼がビーハンの名前を口にしたことで、ずっと気になっていた疑問が心に浮かんだ。

「だんなさま」

「何かね？」

「マイケル・ビーハンが〈ブラック・ハンド〉について書いていることを、どうしてご存じなのですか？」返事はない。「記事に署名はありません。ビーハンが書いたと、どうしてわかったのでしょう？」

ベンチリー氏は指先を合わせた。両手がきちんと対称になっているか、じっくりと確認するかのように。「わたしのような仕事をしていると、自分の家の屋根の下で起こっていることを把握する責任がある」

彼はわたしの手紙を読んだのだ。その現実と、そんな現実はありそうにないという思いは、わたしを同時につき刺した。しばらくのあいだ、わたしは葛藤した。ベンチリー氏は雇い主だ。彼の仕事は秘密を伴う。わたしの行動が、彼の評判につながる。雇い主には権利がある、雇い主には権利がある……。

いい、わたしにだって権利はある。まったく正反対の思いが、頭のなかで声をあげている。わたしだって……手紙を受け取る、言いたいことはある、それに……感情だってある。ベンチリー氏はわたしが受け取った手紙を見つけ、読んだ。机の上に置かれた彼の両手を見た。その手が封筒から中身を取りだし、それからまたたたんでゆっくりと封筒にもどすところを想像する。指が紙の上を几帳面に動いている。クモのように。わたしは思いだそうとした。何が書いてあった？　恥ずかしいことだった？　ベンチリー氏はわたしのことをどう思うだろう？

彼は言った。「おまえはたいへん賢い女性だ、ジェイン。きっとわかってくれると思う」

ほめて、注意を逸らし、従わせる。声を低くしているのは、秘密だと言いたいのだ。親密なふたりの間の、ということさえも。ベンチリー夫人と娘ふたりには――わからないだろう。三人とも分別はないし、知性もない。でも、わたしはどちらも持ち合わせている。わたしになら、率直に認めるだろう。彼がわたしの……。

わたしの個人的な手紙を読んだことを。また憤りを感じようとした。正しさとか激しい怒りとかというところまで、手探りでもどろうとした。でも、怒りの炎はすでに消えていた――ほめられたから。それに、そういった感情をどう表現すればいいのか、その知識がなかったから。

「わかりました、だんなさま」

その夜、ルイーズが夕食に行くまえに、引きずられて傷んだドレスの裾を直した。そうしながらわたしは、あすから数日、このお屋敷を留守にすることを詫びた。

「とくに」わたしは話をつづけた。「ウィリアムさまも、ニューヨークにもどられるのですから」

「あら、話してなかった？」ルイーズがそう言い、わたしは顔をあげた。「けっきょく、彼は行かないことになったの。わたしをひとり残しておくのは正しくないと思ったんですって。これまでにあったことをぜんぶ、ちゃんと考えると」

「そう聞いて、たいへん安心しました」

9

ルイーズのために必要なものを取りに、ジェインはニューヨークにもどらなくてはならない。そう言い切ったベンチリー氏に、チャールズは疑問をはさまなかった。女性とは、そのときどきで何かを必要とする情熱がとつぜん高まる、摩訶不思議で気まぐれな生き物。チャールズは、そう考えられる男性だった。ガーネットの櫛《くし》がなくては、娘は慰めようもないほどに哀しむ。ベンチリー氏がそう言えば、その櫛はかならず、ルイーズのもとに届けられなければならない。

ベンチリー家の運転手のオハラが駅まで送ってくれた。彼とビーハンはたちまち、アイルランド人が誇る陽気な親密さで打ち解けた——まったく何も言わなくても、機転を利かせたり相手をよく観察したりすれば会話はできる、とでもいうように。とはいえ、じっさいには声に出しているから、会話できているだけだ。自分のジョークにそんなにも長く笑っていたら、そのジョークはおもしろくなくなると、そう指摘したくてたまらなかった。たとえ、耳障りな声で鳴くロバの真似が、とんでもなく上手だったとしても。そんなことをしているうちに、駅に着いた。

オイスター・ベイ駅は、煉瓦造りのずんぐりとした建物だ。セオドア・ルーズヴェルトが通勤に利用していたことでよく知られている。外壁の化粧漆喰《しっくい》には、ほんものの牡蠣殻《かきがら》が混ざっているらしい。建物のなかには大きな暖炉があるけれど、この春の日には、火ははいっていなかった。ビーハンはまっすぐに売店に向かい、新聞を何紙か買った。待合所のベンチでわたしのとなりに腰をおろすと、彼はそれぞれの一面をじっくり読みはじめた。そのとき、たったいま思いついたかのように訊いた。「どれか、読む?」

わたしはどんな新聞の愛読者でもなかった。厨房に置いてある新聞で、じゅうぶんに間にあっている。とはいえ、六歳の少女よりも読んでいないと思われるのはいやだったので、こう答えた。「ええ、ありがとう。《タイムズ》紙を読もうかしら」

ビーハンは新聞を渡しながら言った。「読んでると眠くなるから、旅にはもってこいだ」

わたしたちは列車に乗りこんだ。ベンチリー氏に手紙を読まれたことを意識してしまい、わたしは恥ずかしさから、すこし距離をおいて坐った。ビーハンはそのことには気づいていないようで、新聞をとっかえひっかえしていた。各紙を読み比べているか、特定の記事を探しているのだろう。〈タイタニック〉号の記事があいかわらず、一面を大きく占めていた。救命ボートは乗客の半分だけを乗せて船を離れた〟と書いてあるのが目にはいった。

ビーハンが《ヘラルド》紙を手にすると、〝大勢の人がいたずらに亡くなった。

列車が動きはじめ、わたしはとくに《タイムズ》紙の一面を熱心に読みはじめた。選挙についての記事があり、ちゃんと情報を仕入れておこうと思ったのだ。女性の参政権を求めるデモ行進に参加するからではなく、道義に反する気がしたから——投票権という考えを受け入れるのに、誰に投票すべきか、なんの意見もないというのは。

その記事にはこう書いてあった。

ルーズヴェルト候補、さらに二州で勝利

ネブラスカ州とオレゴン州で、タフト、ラ・フォレットの両候補を破る

ネブラスカ州オマハ、四月十九日——セオドア・ルーズヴェルト候補がネブラスカ州を制し、予備選挙で残った十州のうち九州を獲得。タフト候補はマサチューセッツ州を獲得。これにより、タフト候補とラ・フォレット候補の二位争いは終了。開票の結果、民主党の指名を獲得するのはチャンプ・クラーク候補になる見込み。ハーモン候補が僅差で二位につけ、ウィルソン候補は後塵を拝するかたちに。

この段落を三回読んだけれど、やはり意味がわからなかった。無知をさらしたくないものの、ちゃんと知ることも必要だと思い、わたしはビーハンに訊いた。「誰に投票するか決めてる?」

「なんだって?」渋々といったようすで、ビーハンは紙面から顔をあげた。

「大統領選挙の話よ。お気に入りの候補はいる?」

彼は肩をすくめた。「誰でもいっしょだ、だろう?」

ここにも、バーナデットとおなじ考えのひとがいる。選挙に伴う政治がややこしいと考えているのは、もしかしたらわたしだけなのかもしれない。「タフト候補に果敢に挑戦するルーズヴェルト候補のことはどう思う?」

「うぬぼれ屋ふたりが、互いにわめき合っていると思ってる。どっちでも変わらないなら、タフトよりはルーズヴェルトのほうがましかも」

「ということは、ルーズヴェルト候補に投票するつもりなのね」

「いいんじゃないかな」そう言って彼は、視線を新聞にもどした。ビーハンの時間を邪魔してしまい、選挙については忘れ、わたしは〈タイタニック〉号の最新情報を追うことに専念した。べつの新聞を手に取ると、身なりのいい年配の夫妻の写真が載っていた。

腕をからませ、海に沈んだストラウス夫妻

最後の救命ボートが船を離れたあとで互いに寄り添うストラウス夫妻のようすが、コネチカット州デリのシャーベルト夫人によってあきらかになった。夫人は中央部右舷側の特別室二十八号に滞在していて、弟といっしょに救出されている。

「ストラウス夫人には助かる機会がありました。でも、夫を残していくことはできないと断ったのです。わたしたちの乗った救命ボートが船を離れるとき、それが最後の救命ボートでしたが、手すりの近くでお互いに腕をからませているストラウス夫妻の姿が、はっきりと見えました」

わたしは写真をじっと見つめた。夫人はいすに坐り、夫はその後ろで片手を椅子に置いている。妻の腕のすぐそばだ。ずいぶんとくだけたようすで、互いにからだを預けるようにしていた。夫人は椅子の片側にもたれかかり、夫はわずかに前屈《まえかが》みになっている。パンセネ眼鏡の向こうの彼の目は愉しそうで、小さな笑みをずっと浮かべていた。夫人のほうに笑顔はなく、眉をあげ、顔をひきつらせながらカメラマンを見つめていた。彼女はいらだっている、とわたしは思った。夫にはそれがわかっていて、この撮影もすぐに終わると声に出さずに妻に伝え、安心させているのだろう。夫妻は互いのことをよく理解している。しあわせなふたりだ。ふたりは……いっしょにいる。夫を置いていくのを断ったのも、とうぜんだ。

ビーハンのからかうような声が聞こえた。「ハンカチが必要なら、そう言って」

不意に喉が締めつけられるように感じて、わたしはどうにか冷静に返事をした。「いえ、けっこうよ」それから、足の不自由なオーストリア人の少年に特殊な手術を施し、膝は曲げられないもののなんとか自分の足で歩けるようにしたという医師の記事を読んで、気を紛らわした。友人に交じって校庭を歩けるかもしれないという可能性は、少年の生きる気力をどこまでも高めるだろう。

ビーハンは人差し指で紙面を一ページずつめくりながら、《ヘラルド》紙をじっくりと読んでいた。「ほう、モレッティ・シニアがまた、チャールズ・タイラーにメッセージを届けたようだ」そう言って彼は、見出しを見せてくれた。〝息子は胸が弱い〟シリーノ・モレッティ、獄中の息子の行く末を気にかける〟

ビーハンは記事を声に出して読んだ。「父親としてタイラー氏に訴えたい。彼にもやはり、息子がいる。自分の息子に慈悲の心を持って接したいと思うのとおなじ気持ちで、わたしの息子のことも扱ってもらえないだろうか？」息子が失望して死ぬようなことになれば、タイラー氏の両手は血にまみれるだろう、とも言っている。

「それって脅しじゃないの？」

「まあ、そう聞こえるよね？　芝居がかってるから、イタリア系《ダーゴ》のやつらは」

また、ダーゴという差別語だ。不快になる言葉を聞かされても、異議を口にするのはむずかしい。どうしてだろう？

記事にざっと目を通してビーハンが言った。「この男は、誰かがタイラー家の赤ん坊を連れて玄関に現れたら、追い返すようなことはしないだろうね」そこで片方の眉をあげる。

「おおかた、下っ端のまぬけがモレッティの機嫌をとろうと、タイラーの息子を誘拐することを思いついて……」

「どうして急に、イタリア人の専門家になったの？　あなたは世間のスキャンダルのほうに興味があると思ってたのに」

わたしの非難が聞こえていたとしてもそんな素振りは見せず、彼は陽気に言った。「となりの住人が警察官なんだ。ウッドサイドに恋人をこっそりと住まわせているんだけど、経済的に困ることもあるらしくてね。だから何かいい情報がはいると、電話をしてくるんだ」

「だからあなたは、〈タイタニック〉号のことを書かないのね、ほかの記者はみんなそうしているのに」

「その話題は、二、三カ月もすれば誰も見向きもしなくなる。ぼくは愛しく残忍なイタリア人にくっついていることにするよ、おかげさまで」

このときばかりは、何も返事をしないことでわからせようとした。ビーハンはすぐに顔をあげた。「どうした？」

「ソフィアの件にもそういう見出しをつけるのかな、と思って。〝愛しいイタリア人の殺人〟とか」

「無垢《むく》で罪のないイタリア人の少女が……」

「どうしてイタリア人というところを強調するの？」

ビーハンはわたしをじっと見た。「彼女がイタリア人という事実が、その死に関係していないとでも思ってる？」

「どうして関係していないといけないの？」

何が言いたいのか、ビーハンが説明してくれるのを待った。でも、そのとき車掌がやってきて、まもなくペンシルヴェニア駅につくと告げてまわった。

ちょうど十一時を過ぎたところだった。あと一時間もすれば、わたしたちは九番街で高架鉄道の列車の三両目に乗る。ペンシルヴェニア駅の近くにも高架鉄道の列車が停まる駅があり、ビーハンは彼が呼ぶところの〝ぼくらの友人〟が現れるまで、その列車に乗っていようと提案していた。

「もちろん」高架鉄道の駅に向かって歩きながら、ビーハンは言った。「その友人が現れたところで、ぼくにはわからないかもしれない。〝失礼ですが、あなたはイタリアの家系ですか？　黒い瞳のレディに会いたいと思っていました？　あいにく、残念なニュースがあって……〟」

「相手がイタリア系かなんて、わからないじゃない」

「うん、まあ、そうだね。ソフィアは素朴なアメリカ人の青年と知り合っていたのかもしれないし」

プラットフォームまでの階段をのぼるとき、ビーハンが訊いた。「相手を見分けられたらどうするか、何か考えはある？」

「その人物が花束を持っているか、血まみれのナイフを持っているかによるわね」

ビーハンは足を止めた。「ソフィアを殺した犯人に会えるかもしれないと思ってる？」

「ありえるわ」

「犯人が姿を現したりするだろうか？　犯人なら、ソフィアはこないとわかってるんだから」

「いつもこの列車に乗っているのかも。職業はセールスマンとか。でなければ、エンジニア。

わたしにはわからないわ、ミスター・ビーハン。でも、そのひとが誰であれ、わたしたちよりはソフィア・ベルナルディのことを知っているのよ。さあ、彼に会いにいきましょう」

ビーハンの言うことも、すごく納得できた。ソフィアを追いかける――あるいは、殺した。あるいは、追いかけて殺した――男性は、この列車のなかではまったく未知の人物だ。彼があからさまに、〝宝石よりもすぐれて尊い〟黒い瞳の女性を探してくれたらいいのに、と思った。そんなわたしの願いは、三両目がとんでもなく混んでいるとわかったときにしぼんだ。乗客がぎゅうぎゅう詰めの車内では、彼はわたしに見られることなく列車に乗り、降りていけるだろう。駅をいくつか過ぎるあいだ、わたしもビーハンも立っていないといけなかった。列車がカーヴに差しかかるたび、よろけて足元がふらついた。両腕に力を入れてからだを安定させ、視線は男性たちが手にする新聞の一面にじっと据えた。彼らはわたしを見ないことに決めていたから、けっして座席を譲ろうとはしない。でも、とわたしは思った。座席に坐っていては、目当ての人物を探すのに乗客の男性たちの肩や帽子越しに首を伸ばしたところで、よく見えないだろう。

約束の時間が近づくと、不安はどんどん膨らんでいった。人びとは列車に乗り、降りていく。混雑が激しくなるとわたしは足の位置を踏みかえた。そうしてドア付近がいちばんよく見える場所を確保しようとし、自分の背が高くないことに毒づいた。ビーハンもやはり、ドアのあたりを見張っている。でも彼はじっとしたまま、列車が駅で停車するたびに乗りこんでくる人たちに視線を走らせていた。

列車が停まり、車両が空《から》になってまた乗客でいっぱいになるという、いまやすっかりなじんだリズムがくり返された。乗客の引き潮と満ち潮の間に、乗りこんでくる乗客たちがはっきりと見える一瞬がある。自分でも気づいていたけれど、そのときのわたしは目を精いっぱい見開いていた。そうすれば、もっとよく見えるとでもいうように。

そしてわたしは彼を見つけた。アルドー・グリマルディを。よそ行きの服——仕立てのいいスーツだ。女性にいい印象を与えたいときに着るような——を着て列車に乗りこんできた。あきらかに、誰かを探している。

わたしはビーハンに鋭い視線を送ってから、アルドーのほうにうなずいた。わたしが言ったことが正しかったと認めたからか、彼は何やら不敬な言葉をつぶやき、アルドーのいるところに移動しはじめた。

でも、彼が人混みを縫って進むうちに乗客たちの立ち位置がずれ、さっきまでいることに気づかなかった、肌の色の濃い青年が現れた。彼はうろたえているようで、ドアに向かって急いでいた。

彼のことは知っている。

彼だとすぐにわかった。なんの情報がなくても、直感で。考える間もなく、わたしは叫んでいた——〝あなた!〟とか〝待って!〟とか。でなければ、相手を咎《とが》めるようなひと言を。その青年は凍りつき、ドアを探しはじめた。でも、列車はまだ動いている。逃げ道はない。一方でビーハンは、すでにアルドーのすぐそばにいた。

列車がスピードを落として停まった。ドアが開く。アルドーも青年も、急いでドアに向かう。アルドーは、ほかの乗客を肩で押しのけるようにして進んだ。すまないとかなんとか、もごもごと口にしている。青年は彼ほど礼儀正しくなかった。乗客たちを乱暴にぐいぐいと掻きわけ、あわてたようすで跳ねるように進んだ。ビーハンもアルドーにつづいた。ドアに近づくと、アルドーは動きを速めた。わたしのほうは、青年が列車から降りられないよう、行く手をふさぐことにした。

アルドーはドアをすり抜け、プラットフォームを駆けだした。ビーハンがそのあとを追う。乗客たちに困惑が広がっていく。いったい、何がどうなっている？　青年は、そんな乗客たちの動揺をうまく利用してわたしを押しのけ――押しやられた乗客たちは、仕方ないなとでもいうように声をあげた――ドアの外に走りでた。「すみません！」と大きな声で乗客たちに呼びかけながら、わたしはドアが閉まる寸前に列車の外に出て、彼を追いかけた。でも、彼のほうがずっと先を行っていたし、わたしはスカートをはいているから走りにくい。しばらく追いかけたけれど、ふたりの間の距離は広がるばかりだ。彼は階段まで行くと人びとをふり払うようにして、その階段をいちどに四段ずつ、跳ぶようにおりていった。わたしはいらだち、手すり越しに彼を見下ろすと、通りまでおりた彼に向かって大声で叫んだ。「あなたのことは知ってるわよ！」

わたしの声は青年に届き、彼は一瞬、こちらをふり返った。でもそれからまた、走りだした。

「あなたのことは知ってる」わたしはもう一度、こんどは自分に向かって言った。どれほど腹を立てているか、自分でもわからなかった。

職業のちがいのおかげで、ビーハンはたやすくアルドーをつかまえていた。ビーハンには全力疾走はお手のものだけれど、車の運転のほうが慣れているアルドーは、すぐに息を切らしたのだ。ビーハンは勝ち誇ったように、アルドーを引き渡してくれた。顔に浮かべている満面の笑みは、ほめてほしい、感心してほしい、と言っていた。

「彼じゃないの」わたしは言った。「もうひとり、男のひとがいた。彼は走って逃げたから、つかまえられなかった」

アルドーを追ったあとだけにあえぎながら、ビーハンはむっとしたようだった。彼はアルドーと握手をしてから言った。「ちょっといいかな。きみのせいで、こんなにも走らされた。何か話してもらわないと」

アルドーはぴくりとも動かない。それからほんとうに不意をついて、ビーハンから逃れようと片方の腕を持ちあげた。でも、ビーハンは踏んばった。

「どうしてあの列車に乗っていたの？」

「おれは」――わたしの言葉を否定するように、彼は何もないところで手を振った――「あの甥っ子を送ってきたんだ。車に乗せて」

勤務外では〝ウィリアムさま〟とは呼ばないらしい。「ウィリアムさまはまだロング・アイランドにいるわ。予定を変更したのよ」

気をとり直してアルドーは言った。「用事を言いつかったんだ。自分ではこられないから。買い物を頼まれた」それから曖昧に言い足した。「贈り物を――」

「あの列車はアップタウンに向かっていた。アッパー・ウェストサイドには、ウィリアムさまが婚約者に贈りたいと思うようなものを売っているお店は、どこにもないわよ」

アルドーは薄く笑った。あえて嘘をつくつもりもないようだった。「ごく私的なものだ。びっくりさせようとして」

「で、その途中で美しいソフィアにばったり会えるかも、と思ったわけか」アルドーの襟首をねじりながら、ビーハンが言った。「もちろん、彼女は死んでるけどな。だから――」

「彼女の話はするな」

「とにかく、彼女がおまえみたいないけ好かないやつと会うなんて、まずありそうもないね。ちがうか？」

「彼女の話はするなと言ったぞ」

ビーハンはかぶりを振った。「よくわかるよ、友よ。女性が愛情に応えてくれないのは、ほんとうにきつい。自分がぶざまな人間に思えて……」

アルドーの怒りに火をつけ、暴力をふるわせるまでにしようという意図があるなら、ビーハンはうまくやった。ビーハンがほとんど片手しか自由にならないのをいいことに――もう片方の手は、アルドーの上着をしっかりと握っていた――彼は思い切りからだを回転させ、どうにかビーハンの肋骨に拳をお見舞いした。ビーハンはそれに応え、アルドーを壁に向かって振りきった。最初は肩が、それから頭がぶつかった。

わたしはたくさんの争い事を目にしながら成長したから、暴力沙汰があっても気が動転することはない。でも、用心はした。この格闘が、かならずしもアルドーひとりのせいではないから。そんな彼は、舗道にどすんと崩れた。両手で頭を抱えている。絵に描いたような、負けを認めるポーズだ。

「あなたがあの広告を出したの?」わたしはアルドーに訊いた。

苦々しくもおもしろがっているようすで、彼はうめいた。「どうしておれが、そんなことをするっていうんだ?」

「ああいう広告に理由なんてないわ。あのお屋敷から離れたら、ソフィアもちがった目で見てくれるかもしれないと、そう考えたんじゃないかしら」

アルドーは立ちあがり、疲れたようにズボンの汚れを払った。「まさか、そんな希望は持っていない。若い娘というのは……」押しよせるうんざりという思いを、舗道に吐きだしているようだった。

「若い娘というのは、何?」

「愚かなんだよ」

ビーハンはいまにもまた、アルドーを壁にぶつけそうな勢いだった。でもわたしは、そのまましゃべらせておいて、と合図した。「どうしてそんなふうに言うの?」

アルドーは背すじをしゃんと伸ばし、コートを引っぱった。身なりにそれなりのプライドがあるようだ。「おれにも質問させてくれないか？　あんたこそどうして、ここにいる？」

「ソフィアはきょう、この列車に乗るはずだった。その理由を知りたかったの」

アルドーはうなずいた。「だろうね。でも、今回がはじめてじゃないぞ。彼女はこの何カ月かで、三回は列車に乗ってニューヨークまできてた。家族に会う、とか言って。でも、おれが〝おふくろさんは元気か？〟と訊いても、彼女は答えなかった。〝ええ、元気よ〟とだけ言って」

素っ気ない返事をして、会話を終わらせる。家族はいないと言っていた女性なら、そうするだろう。

「彼女とは何を言い争っていたの？」

「愚かさのことで。おれは言ったんだ、おまえが何をしているか知っている、と。誰かと会っていることを知っている、と。そうしたら彼女、おれのことをどうかしていると言って、誰にも会っていないと答えた。ソフィアが死んだあと……」そこでアルドーは顔を歪ませた。わたしは、この醜い小柄な男に共感してしまった。「こんなことをしたのは誰か、わかったような気がしたんだ。だからあの夜、彼女の部屋に行った。そうしたら新聞があって、自分が正しいとわかったのさ」そう言って彼は例の広告を意味するように、空中で指をぐるぐると回した。

「相手は誰？」

「さあね」

ビーハンが言った。「でも、心当たりはあるんだろう」

「心当たりなんて、まったくない」アルドーは最後の言葉を嫌味っぽく口にした。「おれがきょうこの列車に乗ったのは、もし、そのまぬけが現れたら……」

「あんたもほんとうは、その人物が殺したとは思っていない」ビーハンが言った。「そいつの頭を蹴りつけてやりたいだけなんだ。ソフィアが死んだいまとなっては、彼女に責められることはないから。けっきょく、その人物はあんたとあんたの理想の女性の間に立つ、障害物にすぎない。あんたの見た目のかっこよさや魅力は措《お》いといて」

アルドーは鼻を鳴らした。もう、ビーハンのことを怖がってはいない。

わたしはいくつもの〝かもしれない〟についてじっくり考え、真実を見つけようとした。嫉妬するあまり怒りが爆発して、アルドーがソフィアを殺したという可能性はある。新聞の広告を見て、ソフィアが誰かと会っているという疑いが確かめられたのだから。そしていま、彼は恋敵かもしれない人物を殺すつもりでいる。わたしは、アルドーの足元にちらりと目をやった。男性にしては小さい。でも、この小柄な男はビーハンとの追いかけっこのせいで顔に汗をかき、あいかわらず息を切らしている。建物の四階にのぼるのは、彼にはむずかしいだろう。

一方で、逃げた青年はとても足が速かった。

わたしはアルドーに訊いた。「ソフィアが会っていた人物に、ほんとうに心当たりはないの？」

彼は長いあいだ、黙っていた。「言いたくない。考えるのもいやだね」

こんなに渋ることに、わたしはおどろいた。「彼女が会っていた相手は殺人事件とは関係ないと考えている、そうなのね？」

「悪意はいろんなところからはいりこむんだよ」アルドーは謎めかして答える。「さっきも言ったけど、若い娘は愚かだからね」ここで彼はタイを直した。「もう行かないと。チャールズさまがお待ちだ」

彼にもっとしゃべっていてほしくて、わたしは訊いた。「チャールズさまは、あなたがここにきた理由を知っているのかしら？」

「チャールズさまは、使用人の事情に煩わされる必要はない」立ち去りぎわ、アルドーは不意にビーハンのほうに一歩、近づいた。ビーハンは無意識に後ずさった。おかげで、自尊心もいくらかは回復したようだ。彼は頭を高くあげて歩いていった。

アルドーが行ってしまうと、ビーハンが訊いた。「あの男の言うことを信じる？」

「ソフィアになんとも思われていなかった事実は、認めていないわね。それでも、心から彼女のことを心配している口ぶりだった。ほとんど、守ろうとするみたいに」

それどころかよく考えたら、アルドーに気に入られて迷惑しているというのは、ソフィアが言っていたにすぎない。たしかに、ソフィアに迫るアルドーにはなれなれしすぎるところがあったけれど、それはもしかしたら、彼女を守ろうとするあまり神経質になっていたからら？　そしてソフィアは、愚かだった？

腕にフレディを抱き、ささやくように子守唄を歌いながら、のんびりと森に向かって歩くソフィアの姿が頭のなかによみがえった。そこへ、アルヴァが詰めよる。「どうしてわたしの言うことが聞けないの、ソフィア？」

どうしてソフィアは聞かなかったのだろう？

ビーハンがわたしの物思いを破った。「では、アルドーはぼくたちが追う殺人犯ではない、ということだね――でも、彼はその殺人犯を殺したいと思っている。イタリア人にはふつうの概念だ。何人殺してもじゅうぶんではない、というね。〝目には目を〟を心底、信じているんだ」

人類学的分析は無視することに決めた。「彼が言っていた〝若い娘は愚かだ〟とは、どういう意味かしら？」

「公平な意見として――若い娘は若い青年よりも、すこしだけ賢いだろうね。そういえば、列車から逃げた青年はどうなっただろう？」

「ソフィアが会っていたのは彼にちがいないわ。でなければ、ほかに逃げる理由なんてないでしょう？」

「そういうひともいるんじゃないかな、後ろ暗い仕事をしていれば。警察が介入してきそうなトラブルの最初の兆候は、どこかよその話にしておくのがいいと考えているだろうから」

「でも、彼には見覚えがあるの。以前、どこかで会った気がする」

「彼らは互いに、意図して似せようとしているんだよ」

こんなことを言われて、友人のアナならなんと言い返すだろう、と考えた。彼女みたいに話したり怒ったりできないのが悔しい。ビーハンの腕をつかみ、通りすぎるイタリア人を指さすアナの姿を想像した。「すると、あたしがあのイタリア人の男に似てるってこと？　たしかに、あのひとは年寄りだし髭も生やしてるもんね。あ、あっちの女のひとには？　あんた、あたしと彼女を混同しちゃうだろうね、通りの向こうの、あの六歳ぐらいの女の子と――だって、何から何までそっくりだから。あたしのきょうだいといったところだ。ふたりとも、髪は黒い。あたしとおんなじ――」

きょうだい。きょうだい。その言葉が頭のなかで引っかかった。

そのとき、あの青年をどこで見たのかを思いだした。

はっきり言えば、彼は少女を襲っていた。

わたしは歩きはじめた。すぐにビーハンもつづいた。

「すみませんが、ぼくたち、どこに向かってるんでしょう？」

「帰るの」わたしは言った。

10

一年ほどまえ、おじに尋ねた。どうしてわたしはほかの子たちみたいに、学校に通わなかったのか、と。おじは答えた。「通ったじゃないか。一日だけ」

その日のことはまったく憶えていない。「何があったの？」

「子どもたちがおまえを、あばずれ女と呼んだんだ」そう言っておじは、眼鏡を拭きはじめた。「おまえが売春宿に住んでいる、と言ってね。その日の授業が終わるころには、もう学校にこないほうがいいと教師から言いわたされた。彼女は、まちがっていることを子どもたちにわからせるなんて、むりだと思っていたようだった。ひょっとしたら、子どもたちとおなじ考えだったのかもしれない。わからないが。ひとに多くを教えられる教師だという印象は持てなかった」

おじは眼鏡を鼻の上にもどし、読みかけの本をまた読みはじめた。

自分が運営しているのは売春宿ではないと、それだけのことをどうしてその教師に説明しなかったのか、おじに確かめる必要はなかった。おじが運営しているのは売春宿ではなく、かつて売春をしていた女性のための避難所だ。女性たちは以前の雇い主の手の届かないところで守られ、売春よりずっと危険の少ない裁縫や秘書の仕事に就くために学んでいる。子どものころ、遊ぼうと誘われるのを待ちながら避難所のステップに立っていると、周りの子たちはわたしをへんな目で見たり、くすくす笑ったりした。それから、走っていなくなった。どうしてなのか、おじに訊いたことはなかった。

それでもやはり夏が長くつづくと、雑用をしたり、おとなの女のひとたちがとりとめのない話をする声を聞いたりしているうちに、外に出たくてたまらなくなった。そんなとき、わたしは玄関前のステップの鉄製の手すりにもたれ、足先をぶらぶらと揺らした。誰かといっしょにいることに興味はない、というふりをしながら。そうすることが、いちばんいいとわかっていた。それに、みんなが走って逃げるときに何を言っても、聞こえていないように見せかけるのに、いちばんいい方法だった。

でもある日、わたしが八歳くらいのころ、少年がひとり、ステップまでずんずんとやってきてあいさつをした。そのようすには、警戒心を起こさせる何かがあった。この子は男の子だ。わたしより、すこし年上。笑っているけれど、どこか気に入らない。でも、遊びはこうやってはじまるのだろう。そう思ってわたしは、彼に向かってうなずいた。

明るい声で少年が訊いた。「いくら?」

そのとき、離れたところでほかにふたりの少年が待っているのに気づいた。期待に目を輝かせている。遊ぼうと誘われているのではなく、わたし自身が遊びだったのだ。

それでも勘違いしたままにしておきたくて、わたしは訊いた。「いくらって、何が?」

遠くのふたりの少年はキーキーと笑い声をあげ、わたしにしゃべらせたことで、からだを揺らしてはしゃいだ。

目の前の少年が頬の内側に舌をぐるりと這わせた。「五セントでどうかな」

そのジョークの意味は理解できなかったけれど、これはわたしが勝てるゲームではないことはわかった。

「ほら、早く」彼は呼ばわった。「売春婦に五セントも払うって言ってるんだよ」

「でも、それで三人分だぞ!」遠くの少年の片方が叫んだ。

冷たい笑いはひとを無力にする。自分で自分を守らないといけないことはわかっていた。少年たちにお返しをしないと。でも、そもそもこんな状況が意味のないことだし、ばかばかしいと感じていた。どうすればこの場をやり過ごせるか、どうしてこんなことになったのか、それしか考えられなかった。わたしは外に出るべきではなかった。少年たちに何か訊かれても、答えるべきではなかった。興味を持つべきでは……。

少年は片足をステップの段に置いた。ふたりの友人は大声ではやし、興奮のあまりほとんど抱きあっていた。少年はもう一段あがり、わたしとの距離はあっという間になくなった。と同時に、逃げられるチャンスも。わたしはぞっとして、いまにも泣きそうになった。でも泣くなんて、ほかの何よりもこわくてできない。彼に手首をつかまれると、わたしは叫んだ。

「放して!」

そのとき避難所のドアが大きな音を立ててあき、ベルト・フレーリッヒが現れた。数カ月まえに避難所にやってきた女性だ。長身で肩幅が広く、手は大きい。顔つきは、けんかっ早そうだ。彼女はその特技を、〈マガーク・スーサイド・ホール〉というサロンで磨いていた。ひどく荒れて堕落したサロンで、そこで働く女性や常連客たちに、自殺《スーサイド》したい気持ちを起こさせるところでもある——一八九九年の一年だけでも六件の自殺と、七件の自殺未遂があったという記録が残っていた。ベルトは、その未遂に終わったひとりだった。飲むつもりで買っておいた石炭酸を、何杯かのジンで勇気を奮い起こしてからじっさいに飲んだのだ。足元がふらついて手元もおぼつかなくなり、けっきょく彼女は石炭酸を顔にかぶることになった。上唇の一部が腐食し、一生、治らないよじれができた。胸と両腕には、皮膚がめくれてできた傷跡があちこちに残った。片側から見れば、ほとんどふつうだった。でも反対側からだと、彼女の顔は紫色に変色して盛りあがった肉の塊だった。そちら側の荒々しい片目で、世界をじろりとにらみつけていた。

〈マガーク・スーサイド・ホール〉で働くウェイターは、自殺を図ったひとが死なないうちに通りに放りだすよう、訓練されていた。だからおじも、通りでベルトを見つけられたのだった。おじは彼女を病院に連れていき、回復するまで何度も見舞った。それから、避難所に連れてきた。ほかの女性たちは、絶望の淵や不幸のどん底にいるひとには、まったく関わろうとしなかった。ベルトはほとんどの時間を、台所で過ごしていた。

ステップのところまでやってきたベルトは、手に持ったほうきの柄《え》を掲げ、すぐさま少年の頭に打ちつけた。少年はひっくり返った。ベルトはその柄で倒れた少年とふたりの友人を差し示し、強い口調で言った。「ほかに、このほうきを味見したいやつはいる？　五セントはいらないよ。ほら、ただでさせてあげる」

ベルトはからだを揺らしながらステップをおりた。友人ふたりは一瞬ためらったあと、逃げだした。倒れた少年は鼻から血を流していた。ぎこちない手つきでそれを拭うと、口許や頰にも血の筋がついた。少年はぼうっとして、何があったのかわからないようだったから、ベルトが説明した。「あんたをまたこのあたりで見かけたら、尻の穴にこの柄を突っこむからね」そう言われて少年は正気を取りもどし、友人を追って通りをいちもくさんに駆けていった。

気づくとわたしは、ベルトに建物のなかにもどされていた。それから、平手でぶたれた。「痛かった？」彼女は責めるように訊いた。

顎と首が痛かった。口のなかで血の味がした。でもそれを言うのは、なぜだか的外れな気がした。わたしはうなずいた。

「それでいい」ベルトは腰を低くして、両手をそっとわたしの肩に置いた。「この痛みを忘れるんじゃないよ。また外に出て男の子と話したくなったら、思いだすといい。すぐに思いだせば、外に出たいなんて思わなくなる。わたしにぶたれてどんなに痛かったか、忘れないで。だって、あいつらにもっとひどくぶたれていたかもしれないんだから。それも、一回や二回じゃすまないだろうね。こんなのフェアじゃないことも、すごく腹を立てたことも憶えておくといい。それと、ドアの向こうにわたしやほかの誰かが、いつもいるとは限らないとも」

混乱したまま彼女をじっと見つめ、わたしはやがて理解した。

「わたしもほうきを持っていい？」

ベルトは笑った。「あとでね。あとで、あんたにも一本、あげるよ」何人かの女性が、昼食を食べようと階段をおりてきた。ベルトが台所から出ているのを見ると、用心深く足を止めた。「どの女の子も、正しいほうきの使い方を知っておかないとね」ベルトがそう言うと、みんないっせいにうなずき、それから賑やかな議論がはじまった――そのころ、議論のほとんどはわたしの頭越しに行われていた。でもその日ばかりは、声をあげて笑う女のひとたちに囲まれてわたしもテーブルについて坐り、友人を見つけられるのはなにも避難所の外だけではないと感じたことを憶えている。そのつぎの日、ベルトに裏庭に連れていかれた。使い古したバケツをスツールにのせると、彼女はわたしにほうきを渡して言った。「練習だ」わたしはほうきを振った――最初は、おそるおそる。それから、意を決して力いっぱい。ついにはバケツをスツールからたたき落とした。バケツは勢いあまって、フェンスまで飛んでいった。

もちろん、そのあともわたしは建物の外に出た。ただ、通りにいる子どもたちにはぜったいに近づかなかったし、気さくに笑いかけてもらえることも期待しなかった。でも、それでラッキーだった。アナの顔にあったのは、気さくな笑顔なんかではなかったから。それは怒りだった。

十一歳になったとき、わたしは避難所のステップを水で流して掃除していた。夏場には、建物の正面側にある応接室のあけた窓から、立ちこめた尿のにおいが直接、なかに漂ってきたからだ。そうしていると、近くの路地から悲鳴が聞こえてきた。古い記憶のなかに埋もれていた少年の姿が、たちまち鮮やかによみがえった。少年に手首をつかまれたこと、彼が歯を見せてにっと笑っていたこと。ほうきの柄が少年にたたきつけられるのを見て、残酷なよろこびを覚えたこと。わたしはバケツの把手《とって》をぎゅっと握ってステップを駆けおり、悲鳴の聞こえたほうに向かった。

路地ではやせ細った少女がふたりの男から自由になろうと、蹴りを繰りだしていた。わたしはためらった――あそこに行ってバケツを振りまわすべき？　それとも、ただ投げつけるべき？　あれこれ考えているうちに、少女はひとりの男の目をめがけて泥を投げつけ、もうひとりの男のお腹をしたたかに蹴りつけた。すっかり負かされて、ふたりとも逃げていった。そのようすをじっと見ながら、ふたりのうちひとりは、ずいぶんとからだが大きいことに気づいた。もうひとりのほうは、ほんの少年だ。耳が大きく、子どもらしい穏やかな顔つきをしている。すっかり小さくなったシャツの袖から手首が突きでていた。見られていることに気づいたのか、彼はこちらをふり返った。それからまた、よろよろと逃げていった。

警察に電話しようかと少女に言うと、頭がおかしいのかとでもいうような表情で見られた。彼女の説明によると、あのふたりとはきょうだいだという。ふたりとも働くのがいやで、彼女にも仕事に行ってほしくないらしい。すくなくとも、縫製工場には。

それだけ話すと、少女はどこかに走っていった。

でもその少女、アナはもどってきた。夏のあいだはずっと、仕事から家に帰る途中に避難所に寄った。わたしは用心しながら彼女を裏口から入れた。そうすれば、あいかわらず恥ずべき場所だと思われている建物にはいっていくところを、誰にも見られずにすむ。それからわたしたちは、台所でおしゃべりをした。傍らではベルトが野菜の皮を剝いたり、肉を切ったりして料理をしていた。ベルトをまともに見てもびっくりしなかったのは、アナがはじめてだった。

姪を心配するアナのおばさんたちが反対するのではというおかしな考えのせいで、わたしは彼女を台所より奥に案内したことはなかった。そうすれば、何か言われても台所にいたと言える。そしてそう言っておけば、アナは堕落しないですむかもしれないと思っていた。でも一度、避難所の女性たちが教室から出てくるときに、いっせいにおしゃべりをはじめたことがあり、そのときアナは好奇心をむきだしにして訊いた。「ここにいるひとたちはみんな――」

「以前は、ね」この避難所では使われることのない言葉をアナが口にするまえに、わたしは言った。そのあと、誰に対しても言う機会のなかった言葉が次つぎにつづいた。「それに、彼女たちは売春婦じゃない。じっさい、売春をしていたにしても。でも、それだけをしていたわけじゃないのよ。夫がいたり子どもがいたり、自分で事業をしているひともいた。彼女たちのことを……」わたしは最後まで言えなかった。おじがそのちがいを説明してくれたときは、もっとましに聞こえたのに。

アナが帰ると、これでもう彼女に会えなくなるかもしれないと不安になった。わたしの現実の生活はこんなにも不道徳で、おかしなものだから。でも数日たって、アナはひょっこりとドア口に現れた。両手をぴんと伸ばして、彼女は言った。「おばさんが、夕食を食べにおいでって言ってる」

わたしはアナをまじまじと見た。アナが言ったことは、これまで耳にしたことのない言葉だ。アナはイタリア語をしゃべったようなものだった。

「今夜」アナは言い足した。「いまから」

「おじさんに訊かないと」

おじはだめだとは言わなかった。でも、行っていいとも言わなかった。ただ、こう訊いた。

「おまえは行きたいのかい?」わたしが「はい」と答えると、そのまま行かせてくれた。

アナのおばさんのテレサとマリアは、どちらもベイヤード通りに住んでいた。それも、おなじブロックというだけでなく、階はべつだったけれど、おなじ建物に。ふたりはそのことが気に入らないようだった。というのも、おかげで食事はいっしょにとることになっていて、それはつまり、どちらかが重い鍋やまだ熱い料理をのせた皿を持って階段をのぼったりおりたりすることを意味していたからだ。アナの家族にまつわる、こんな話がある。一度、テレサの夫が三ブロック北に引っ越そうと考えたことがあった。そちらのほうが、経営するレストランに近いからだ。マリアはめそめそと泣いた。テレサは祈った。ふたりで大声をあげた。引っ越しの話は二度と話題にのぼらなかった。マリアの夫は数年まえに亡くなっていた。彼女はため息をつき、着るものをすべて黒に替えた。それからずっと黒い服を着て過ごしている。

以前、アナはふたりのことをこんなふうに話していた。「くっついて生まれてくる双子のことは知ってる?」

「シャム双生児ね」わたしは答えた。

「マリアおばさんとテレサおばさんも、その双子だよ。からだはふたつあるけど、心とか頭はひとつなんだ。どっちかが死んだら、その翌日にはもうひとりのほうのお葬式にも行くことになるだろうね」

どのブロックにも、見栄えのする建物もあれば荒《すさ》んだ建物もある。いいかげんな補修しかしない家主が、大酒飲みだったり頭がおかしかったり、あるいは両方に当てはまるひとに部屋を貸せば、おなじ建物に住むほかの住人たちの部屋も、どんどんだめになっていく。そうすると、彼らは特別な配慮を期待して余分にお金を払うようになるというわけだ。風呂のない部屋もあったし、共用の流しがひとつきりのところもあった。住人全員が、そこで水を調達していた。アナとおばさんたちが住んでいたのは、そんな建物のひとつだった。一階は酸っぱいにおいがした。ステップの段はなくなっていたし、玄関の鍵はもう役に立たなかった。表玄関のにおいがした。

でもそのあと料理のにおいがして、部屋から部屋へ、女性同士が呼び合う声が聞こえた。こんなにも濃厚でおいしそうなにおいをかいだことはなかった。アナに連れられ、二階のドアのあいた部屋の前を通るときにひょいとなかをのぞくと、女性がひとり、スキレットに向かって忙しそうにしていた。食器棚の扉の前では、マカロニが乾かしてあった。それから三階に向かうと、ここにもドアがあいた部屋があった。

ふたりでその部屋にはいると、アナは大きな声で呼ばわった。「テレサおばさん《ズィア・テレサ》、友だちを連れてきたよ《オ・ポルタート・ラ・ミア・アミーカ》」

エプロンで両手を拭きながら、台所からひとりの女性が現れた。重そうな黒い靴を履き、髪をシニョンに結っている。はっきりとした目鼻立ちで、鼻梁の高い鼻はまぶたの垂れた目のあいだにでんと収まり、笑みを浮かべた口許からは曲がった歯がのぞいていた。彼女は大きな手でわたしの顔をはさみ、髪をやさしく叩いてからなでつけた。長いあいだ行方不明になっていたわたしが、いまこうして家にもどってきたとでもいうように。低い声でアナに何か言ったけれど、なんと言ったのかはわからなかった。それからわたしは居間に連れていかれ、そこに腰をおろした。彼女は台所にもどった。

「なんて言ってたの？」

アナはぐるりと目をまわした。「あんたがきてくれてうれしい。それだけだよ」

マリアおばさん《ズィア・マリア》が三階にあがってきた。テレサおばさんより背が低くてぽっちゃりしている。みんな、テーブルに集まるようにと呼ばれた。アナの兄と弟も滑るようにしてやってきた。アナはふたりを、カルロとアレッサンドロだと紹介してくれた。ふたりと目を合わせなくてすむように、わたしはうつむいてナプキンを膝に置いた。 皿に料理が盛られ、わたしたちは食べた。

食べつづけた。

避難所でもお腹いっぱい食べられる。でも風味がないし、手早くつくれる料理ばかりだ。肉も野菜もパンも高温で料理され、味付けは塩とタマネギだけ。消化されやすいけれど、テーブルに出されるころには冷めている。でもこの料理は……創造されていた。肉や野菜は最高の品質ではないけれど、人工的な軟らかさや風味を足した安物だともわからないだろう。ほかにも、マカロニ入りの赤唐辛子のスープ、パン粉の衣で揚げたチキン・カツレットがあった。緑色が濃いしっとりとした葉物のサラダは、オリーヴオイルがかけられてきらきらと光っていた。カルロは頭を下げたまま、機械的に食べていた。わたしのことを憶えていたとしても、そんなようすは見せない。家族から〝サンドロ〟と呼ばれているアレッサンドロは、兄に倣おうとしていた。でもときどき、視線をこちらに向けてくる。そうしてわたしと目が合うと、またうつむくのだった。カルロとアレッサンドロはひと言も口をきかなかったけれど、女性三人はイタリア語でおしゃべりした。なんと言っているかはわからないものの、感情は伝わってきた。ユーモア、いらだち、疑い、熱気、はっきりとした嫌悪。カルロは食べ終えると、席を離れた――仕事だと言い張って。彼のほうを見ないでマリアが問いただした。その声音からは疑いが聞き取れたけれど、カルロは無視し、ドアを叩きつけるように閉めて出ていった。すこしの間があり、テレサの合図でみんなまた、食事をつづけた。食べている途中、テレサがわたしのことをじっと見ながら、アナに何か訊いた。アナは首を左右に振った。

テレサは説明するように話した。「あなた」それから自分の片耳に触れ、目を大きく見開く。どうやら、わたしの真似らしい。

「イタリア語は話せるかって訊いてる」アナが助け船を出した。「自分たちの話していることがわかるかって」

わたしは首を横に振った。「でも、習ってもいいかも」そう言うと、アナが通訳してくれた。

「わたしもだ」きれいな英語の発音でテレサが言った。それから彼女はアナを指さし、話しはじめた。「ふたりは――」

でも、彼女が話せる英語はそこまでで、あとはイタリア語がつづいた。

「あたしたちがどうやって知り合ったのかを訊きたいみたい」アナが言った。サンドロが顔をあげ、わたしに視線を向ける。丸々とした頰や不安そうな表情をした彼が、急にすごく子どもっぽく見えた。耳などは、ほんとうにおかしい。

「男の子たちに意地悪されていたところを」わたしはアナに言った。「アナが大声を出して追い払ってくれたのよね」

アナはわたしに向かって目をぐるりと回したけれど、わたしの言ったことをそのまま通訳してくれたはず。というのもテレサはにっこりと笑い、よくやったというように、アナの腕をぽんぽんと叩いたから。サンドロがわたしをちらりと見た。こんどは、わたしが皿をじっと見つめる番だった。

食事が終わり、後片付けを手伝おうとした。でも、わたしが皿に手を伸ばすとふたりのおばさんはうろたえ、アナが言った。「誰もお皿に触っちゃだめ、マリアおばさん以外は。お皿はみんな、おばさんのお母さんから譲り受けたものなんだ。神さまよりもこのお皿を大切に思ってる」

マリアにはアナが何を言っているのかはわからなかったと思うけれど、それが失礼なことだというのは、ちゃんと理解していたようだ。それから舌を鳴らしながらわたしの手を押しやり、注意深く皿を集めはじめた。鳥のヒナを扱うような、やさしい手つきで。

このあともわたしは、しょっちゅうふたりの家を訪ねた。ぜったいに皿には触らせてもらえなかったけれど、ふたりの料理を——あれほどすばらしい料理を——なんのお返しもしないで食べつづけることはできないと思った。そこでじっと機会をうかがい、ある日の食事のあと、黙ってナイフとフォークを集めてマリアのところに持っていった。彼女は流しの代わりに使うバケツを前に、洗いものをはじめるところだった。わたしはナイフとフォークを、カウンターに敷かれた布巾の上に一本ずつ並べた。彼女は何も言わなかったけれど、すばやく眉をあげたところを見ると、自分はまちがったことをしていないとわかった。その
つぎに訪ねたときは、ナイフやフォークといっしょにグラスを運ぶことを許された。

つぎは、洗ったあとのグラスを拭かせてくれた。そしてついに、皿そのものを持って布巾で拭かせてくれた。わたしはマリアをそっくり真似て、割ってしまわないようにやさしく円を描いて拭いた。わたしが「ベッレ」と言うと、マリアは共謀めいた笑みを浮かべた。わたしたちには、美しい《ベッレ》ものがわかっていた。

アナは上機嫌で文句を口にした。「あたしのことはぜったい、洗いものをしているところに近づけないくせに」ふり返ることも皿を拭くリズムを乱すこともなく、マリアはこうなった事情を説明した。最後には、英語で。「ジェイン……深い……注意深い。だいじに扱う」

姪のアナがしている政治的な活動について、テレサとマリアが理解しているのか、わたしにはわからなかった。ふたりが家の外で働いたことはなかった。それに、ふたりの夫も労働問題の議論に巻きこまれたことはなかった。新しい働き手として、次つぎにこの国にやってくるいとこや、友人の甥を雇っていたから。アナが最初に活動をはじめたとき、各アパートメントのドアをノックしては、チラシを配って回った。あるとき、帰ってきたアナの片目は腫れ、歯が欠けていたことがあった。それ以降、ふたりのおばはアナに付き添うようになった。アナが話すあいだ、背後で麺棒を手に持って。

でも、わたしがアームズロウ夫人のメイドになって、アナやアナのおばさんたちと会う回数は減っていった。たまに会っても、口論になった。アナは、すべての労働者が団結すればできるかもしれない大規模なストライキについて、しょっちゅう話していた。そうなれば、ニューヨーク市を屈服させられる。そんなことを思い描いていた。ときどき、わたしは考えた。アナにはどちらが大切なのだろう。労働者の団結か――それとも、世界を屈服させることか。アナは冷酷になれる。努力が望むとおりの結果に結びつかないと、興味をなくす。結果を出せるとなれば、どんな恋人でもなれないくらいのひたむきさで、とことん打ちこんで達成しようとする。世界はどういうものか、どうあるべきか、アナはそういうことをわかって生まれてきたような気がする。すくなくとも、一年まえまではそうだった。

一年ほどまえ、アナの仲間のヨーゼフ・ポーリセックが、シャーロットの婚約者だったノリー・ニューサム殺しを認めた。ノリーを殺したのは、実業家である彼の父親が犯した罪のせいだと主張していた。そのあとの何カ月か、アメリカじゅうの労働者階級のひとたちはポーリセックの行動に刺激されて立ちあがるのではと、アナは大きな希望を持っていた。でも、彼が勇気を持って見せしめになったということに、労働者たちが気づいたようすはなかった。ましてや、刺激を受けるなどということも。

そのせいで、アナはじっくりと考える時期に突入した。彼女は自分を疑うことに慣れていなかったけれど、みんなとおなじように、そうすることが気に入ったようだった。でも、彼女はそうする必要性をわかっていたし、いつものように断固とした決意で自分自身をふり返った。ある夜の食事の席で、暴力も役に立つと思っていた自分は、ひょっとしたらまちがっていたのかもしれない、と告白した。

「国によっては——たとえば、ロシアとか——お金持ちのひとを殺したら、それってすごいことなの。みんな、自分たちのために殺してくれたとわかってくれるんだ。お金持ちがすべての権力を握っているわけではないし、自分たちも闘えると思っているんだね。自分たちは闘いのさなかにいることも、あっち側とこっち側が存在することもわかってる。でもアメリカでは、誰もが——通りでゴミ掃除をしているようなひとでさえ——、いつかは自分もお金持ちになれると考えてる。そういうひとたちは、フリックやカーネギーを敵とは思わない。こうなりたいという理想みたいに考えている」そこでアナは、降参だというように両手をあげた。「だから、たとえばそのふたりを襲ったとしても、〝いつかかなう夢〟という幻想を襲ったとしか思われないんだ。〝いまは貧乏だけど、いつかはアスター家のひとりみたいになる〟という幻想。いかれてるね」

カーネギーは電報のメッセンジャー・ボーイから仕事をはじめたと、アナにそう指摘するのはやめておいた。「あなたはどうするつもりなの?」

アナは頬づえをついてじっくり考えた。「物ごとをちゃんと見させられるように、べつの方法を探さないと」そう言ってわたしをじっと見た。「笑わないでよ」

「笑ってない」

べつの方法を求め、アナは〈国際婦人服裁縫労働者同盟〉を離れて〈イタリア社会主義連盟〉と〈世界産業労働組合〉に加入した(わたしは、ずっと穏健な〈アメリカ労働総同盟《AFL》〉のほうがいいのではと提案したけれど、アナは鼻を鳴らして答えた。「〈アメリカ労働暗殺同盟《AAL》〉? だめだね」)。今年になって、わたしはアナにあまり会っていない。彼女のからだはニューヨークにあるけれど、心も頭もまだ、マサチューセッツ州のローレンスに置いたままだったから。

この年の一月、ローレンスの織物工たちがお給金の封筒をあけると、三十二セント足りないことがわかった。ふつうでも週給は九ドルに届かないうえ、労働環境もひどく、三人にひとりは二十五歳にならないうちに死んでしまうというありさまだった。翌日までに一万人を超える織物工たち——イタリア系も、ポーランド系も、スラヴ系も、シリア系も——が、「賃金を上げろ！　全力で闘おう！」と口々に叫びながら、凍える通りをデモ行進した。のちに〝パンとバラのストライキ〟として知られることになるこのデモ行進はだんだんと暴力的になり、直接、暴力の被害を受けたひとたちは、子どもの世話をべつの州の家庭に頼った。あまり会うこともなくなっていたアナと顔を合わせたのは、そんな子どもたちがはじめてニューヨークにやってきて、五番街を行進したときだ。小さなひとたちがまじめな顔で行進するのは、とても迫力のある光景だった。多くは飢えのせいでやせこけ、ぼろぼろのコートの上に赤いサッシュを巻き、〝子どもたちも苦しんでいる〟と書かれたボードを掲げていた。アナは結婚していないけれど、このなかのひとりを引き取るつもりなのだろうか、とわたしは考えた。

アナは伝統的な考え方に縛られない。おばさんやおじさんのことは愛しているから、ちゃんと会う。きょうだいのことはとくに愛していないから、会う理由がない。だから、わたしも彼らには会っていなかった。

この日までは。

11

逃げていくときにわざわざふり返った青年が、何年もまえに路地で見たのとおなじ人物だとは、はっきり言えない。アナはがりがりにやせているけれど、彼は丸っこい。でも、アナとおなじ目――黒くて、顔の割には大きすぎる目をしていた。それに、あの耳。耳のことはよく憶えていた。滑稽なくらいに、横に突きだしていた。わたしが正しければ、あの青年――アナの弟のサンドロ――を見つけるのを助けてくれそうなのは、アナだけだ。でも、まずはアナを見つけなければいけない――とはいえこのところ、それはむずかしかった。考え方が揺らいでいると、本人もまたあちこち行ったりきたりするから。〈社会主義労働者党〉の事務所に行って会えればいいけれど、〈イタリア社会主義連盟〉の本部にいる可能性だってある。それとも〈イル・プロレタリオ〉――これはブルックリンにある――にいるか、でなければ、ただどこかの工場で組合を組織しようとしているか、誰かの家の台所のテーブルについて議論をしているか。

ビーハンには、いっしょにこなくていいと言ってあった。というより、いっしょにきてほしくなかった。アナとビーハン、それぞれについて知っていることからすると、ふたりとも相手を気に入らないだろうから。それに、サンドロがなんらかの形でソフィアの死に関係していたら、アナから話を聞くのに、新聞記者がそばにいないほうがいい。兄のカルロは、二年まえに刑務所送りになっていた。三人きょうだいの最年長の彼がアメリカを好きだったことはなく、しょっちゅう、イタリアに帰りたいとこぼしていた。おじさんやおばさんと暮らしていたのに、家のなかで彼の名前はほとんど口にされなかった。でも、めったにないことだけれど、あのときばかりは家のなかが哀しみに包まれた。アナのおばさんは黙りこんだ。おじさんは怒りのあまり、口唇をぎゅっと引き結んだ。カルロはとある商店主をひどく痛めつけ、商品を奪ったのだ。ある晩、アナのおじさんは経営するレストランで、くよくよと考えながら言った。「それがカルロなんだ。いつもいつも、大物のボス気取りでいたいのさ」すると、アナがきっぱりと反論した。「もっと上のボスにやらされているんだよ」

マイケル・ビーハンの汚れた指を、アルディート家の痛みに触れさせたくない。でも、わたしがひとりで行くと提案すると、彼は何か勘ぐるような顔をした。「いっしょに旅をした仲じゃないか、ミス・プレスコット」

ビーハンは〈社会主義労働者党〉会館の階段をのぼりながら、ここのシンボルである振りあげられた腕が描かれた標語幕や、ジョバンニッティ（〝パンとバラのストライキ〟を主導したとして罪に問われた）とエトール（〝パンとバラのストライキ〟のときに起きた死亡事件で、従犯の罪に問われた）に正義を求める内容の看板をまじまじと見ていた。そのうちに眉があがり、もうすこしで山高帽のつばに届きそうになっていた。

「こなくていいと言ったのに」わたしはビーハンに思いださせた。

「で、革命のゴスペルを聴く機会を逃してもいいというのかい？　ぜったいに、いやだね」

〝労働者〟を名乗るだけあり、建物のなかにはいると、誰もがじっさいに労働をしていた。玄関ホールは賑やかで、フロアは机でいっぱいだった。どの机にも、何人かのひとたちがついて坐っていた。ひとりが何か仕事をし、あとの三人がそのことについて議論しているといった具合に。受付係はいなかったので、わたしはアナ・アルディートはいるかと、机から机を尋ねてまわった。何人かからはまったく相手にされず、三人からは手で追い払われ、ふたりからはドイツ語で返事をされ、ひとりからはロシア語で返事をされ——ロシア語だったと思う——そしてようやく、ひとりが奥の部屋を指さしてくれた。そこに行くと、アナは熱心にタイプライターを叩いていた。彼女がはっきりとわかるほどにピリオドを打つまで待って、わたしは声をかけた。「アナ？」

アナがこちらを見た。「きょう、会う約束してたっけ？　忘れてた」

「そうじゃないの」わたしがそう言うと、彼女は机の向こうからこちらにやってきて、ぎゅっと抱きしめてくれた。「ただ、訊きたいことがあって——」

わたしを抱きしめたまま、アナはわたしの背後を見て言った。「このひと、誰？」

山高帽のつばに手を添え、彼は答えた。「マイケル・ビーハンです」

「警察のひと？」

「ぼくは新聞記者です……」

「警察に見える」アナはわたしに向き直った。「訊きたいことって何？」

「家族のことなんだけれど」わたしが続きを話すより先に、アナは人差し指を立ててビーハンに訊いた。「どこの新聞？」

「《ヘラルド》紙だ」

「労働者のストライキ問題に理解があるジョン・リードみたいに、本物の新聞で記事を書いたらどう？」

ビーハンは顎をなでながら、どう答えようか考えていた。「まあ、そうだね、そうしてもよかったんだけど。母親が銑鉄でひと財産、築いてたら。ほら、リードのところみたいに。それで、ぼくをハーヴァード大学に行かせてくれてたら。それか、父親がウォール街の口やかましい弁護士だったら、メキシコの革命家、パンチョ・ヴィラの尻をなめるくらい、奥深い魂を持てたかもしれない。でも残念ながら、ぼくの父親は資本主義のもとでせっせと働く印刷工で、ぼくはしがない《ヘラルド》紙の記者なんだ」

ロシア人のところに取材に行くようビーハンに言おうとしたところで、アナが声をあげて大笑いした。

「たしかに」アナは言った。おどろいたことに、とつぜん感じがよくなっている。「あんたの言うとおりだ。あいつは詐欺師だね」

アナは両手を腰に置いて言った。「で、家族のことだっけ」

わたしが自分の家族のことを話す。アナがそう思っていることがわかった。ベンチリー家に関するあらゆることに耳を傾けるだけの辛抱強さは、アナにはない。だからわたしは、なぜプレザント・メドウズに行き、ソフィアと知り合うことになったのかを手短に話した。

でも、短くなかったようだ。アナはわたしの話を遮った。「どうしてチャールズ・タイラーのところのナニーの話なんかしてるの？」

「彼女が亡くなったからよ」わたしは答えた。

「喉を切り裂かれてね」ビーハンが言い足した。

ビーハンがまだいて、アナはいらだっている。彼女はわたしに向かって言った。「その女のひとが亡くなって、すごく残念だし気の毒だ。でも、それがあたしの家族となんの関係があるの？」

こんなふうに話を進めるつもりは、まったくなかった。でも、いまさらどうしようもない。

「最近、サンドロと会ってる？」

「最近は誰とも会ってないよ」

「最後に会ってからどれくらい？」アナはいらいらしたように肩をすくめた。「どれくらい？」

「ずいぶん長いよ。あたしたち、話さないし」

「おばさんたちはどうかしら？　おばさんたちは話してない？」

「……ときどきは話してるんじゃないかな」

「でも、サンドロがどうしているかは訊かないの？」

「なんだかんだいって、おばさんたちが話してくれるけど。どうして？」

「ソフィアはきょう誰かに会うつもりで、列車でニューヨークにくるはずだったの。その待ち合わせ場所で、サンドロを見かけたのよ。彼はわたしたちに気づくと、逃げていったわ」

アナは片手をあげた。「待って――」

間が悪いことに、ビーハンはここで自分の出番だと思ったようだ。「きみの弟は〈ブラック・ハンド〉と何か関係があるのかな、ミス・アルディート？」

「ちょっと――」アナは空中で両手をすばやく動かした。「その話は聞きたくない」

「ということは、〈ブラック・ハンド〉のために仕事をしているんだね？」

アナはビーハンを見た。「その名前を言うのはやめて。子どもがしゃべってるみたい」アナは顎の力をゆるめて、お化けの話をするような声で話しはじめた。「〈ブラック・ハンド〉。イタリア語では〝マーノ・ネーラ〟。そんなの、新聞がつくりあげたものだよ。どうして〝ブギーマン〟とでも呼んですませられないのかな？　というか、〝ブギーマン〟だとあんたたちにはイタリアっぽく聞こえないからだめなの？」

諌《いさ》めるような顔でビーハンを見て、わたしは言った。「サンドロはこのところ、どうやってお金を稼いでいるの、アナ？　誰のところで仕事をしているの？」

「知らない」アナの口調は平然としていた。彼女は嘘をついている。そして、そのことをわたしにわかってもらいたがっている。

「きみの弟は最近、金に困っているんじゃないか？　金が必要なんだろう？」

「あんたこそ必要なんじゃないの？」アナがぴしゃりと言った。「だったら、あんたが殺人犯でもおかしくない」

「以前、話してくれたでしょう。サンドロがマルベリー通りのひとのところで仕事をしているって。荷馬車を走らせて……」

「うん、それってものすごい犯罪行為なんだよね。あと、その仕事には馬も一枚、嚙んでるよ」

「その、マルベリー通りのひとって誰？」

「憶えてない」

「憶えてるはず」

アナは闘士だ。ひとを騙すことは、彼女の気質に合わない。ついに彼女は答えた。「たしか、モレッロだかモレッリだかって名前だったと思う。よくわからないけど。マルベリー通りの屋台で野菜を売ってる。大量のナスとか。その売り上げで店を一軒、買えるくらいの。サンドロは配達をしてるだけ」

「それってもしかしたら、シリーノ・モレッティじゃないか？」ビーハンが訊いた。

アナは彼を無視してわたしに言った。「そのナニーはイタリア人だから、そのせいでギャングに殺されたと、そう思ってるの？　そうなの、ジェイン？」

「まあ、喉を切ったのはあの赤ん坊ではないね」ビーハンが口をはさむ。

彼のほうを向いてわたしは言った。「ミスター・ビーハン、べつの部屋で待っててもらえる?」ビーハンは意地でも動かないという素振りを見せた。でも、彼に向かって歯を食いしばってみせると、ようやくいなくなった。

わたしはアナを窓のところに連れていき、しばらく外の通りを見下ろすままにさせた。彼女はすっかり参っているようだった。やせすぎで、最後によく眠ったのはいつだろうと思わされた。

「しばらく、会うことはないわね」わたしは言った。「さびしいけど」

「あたしもだ」アナはおでこを擦《こす》りながら言った。「当ててみようか。あんたのお友だちは〈ブラック・ハンド〉のことを記事にしてるんでしょう」

「……そういうときもあるわ」

「そういう記事が世間にどんな影響を与えるか、考えたことはある? どんな憎しみを引き起こしているか? アイルランド系にもギャングはいる。ユダヤ系にも。でも、ちがう。新しい国で生活をして、自分たちのことを守るために力を合わせるのは、そういうひとたちではありえない。ブーツにナイフを仕込んだ、邪悪で血に飢えた男たちだ。謎めいたマークをつけて、おかしな名前を持つ男たち。ただ貧しいというだけの話を載せても新聞は売れないし、ロックフェラーの〈スタンダード・オイル〉社は犯罪企業じゃないということもわかるけど」アナはため息をついた。「弟は愚か者だ。何もわかってない」

「きょう、あの列車に乗っていた理由はわかってるはず」

「へえ、列車に乗ってたんだ。それは犯罪じゃないよ」

「殺された女性に会おうとしていたのよ、そう聞いてもおかしいと思わない？」

「それが目的だとは、あんたにもわからないでしょう」

「どうして、わたしに気づいて逃げたのかしら？」

「あんたのことが好きじゃないから？」アナはふざけて言った。

わたしは待った。とうとうアナはため息をつき、答えた。「どうして列車に乗ってたのか、あたしにはわからない。どうして逃げたのかも。あたしが知ってるのは、サンドロは何者でもないってことだけ。モレッティの使い走りをしているのかもしれないし、使い走りの内容がぜんぶ……してほしくないことかもしれない。でも、ひと殺し？　それはサンドロらしくない」

長いあいだ話していないのに、どうしてそんなことがわかるの？　そんな思いが、知らず知らずのうちに心に浮かんだ。でも、口には出さなかった。そのかわり、こう言った。「でも、サンドロは何かを知ったのかもしれない。何者でもないひとにとって、そういうことはあり得るわ。誰にも気づかれないから、知るべきではないことを知ってしまうの」

「そうだとしたって、あんたに話そうとはしないんじゃないかな」アナはためらってから先をつづけた。「弟のボスみたいなひとに関係あることには、口を閉じておくんだね。おなじことを――サンドロもしてるはず」もっと訊きたかったけれど、アナは片手をあげた。「で、あたしもおんなじことをしてるんだ。だから、そのことについてはもう、何も話さない。教えて、あんたのベンチリーさんたちは元気にしてる？　結婚式の準備ははかどってる？　お嬢さまがウィリアム・タイラーと結婚するんだから、あんたもうれしいでしょう？」

「ええ、うれしいわ。でも、どうしたの？　何か言いたいみたいね」

「ただ、名前を言っただけだよ」わたしはアナがその先を話すのを待った。「あたし、なんでその名前を憶えてるんだろう。ああ、むかし、あんたがよく口にしてたからだ」

「そんなこと、ぜったいにしていない」

「彼は背が高い？」わたしはうなずいた。「髪は茶色でしょう？　あんたが話してなかったら、どうしてあたしが知ってるっていうの？」

不意に、強烈な記憶がよみがえってきた。裕福なひとたち誰もがみんな、労働者たちの生活に関心がないわけではないと、熱心にアナに話したことを。

「何年もまえのことでしょう。それに、わたしも若かったから」

アナは度量の広い友人でいてくれる。それがほんの一年ほどまえのことだとは言わずにおいてくれた。「ルイーズさまはいま、すごく誰かを頼りたいみたいなの。神経質になっているのね。お母さまがしっかり教えたとは思えないもの、その……結婚生活について」

「へえ……」アナははじめて、にっこりと笑った。「なるほどね。ちょっと待って、あたし、いいものを――ベンチリー家の誰だっけ？」

「ルイーズさまよ」

「そう、ルイーズさまね」アナは書類整理棚に向かい、いちばん上の抽斗をくまなく探った。「ここにあるはずなんだ。あった」そう言って冊子を取りだした。「マーガレット・サンガーの『すべての母親が知っておくべきこと』。これを読めばわかるよ」

「待って、その冊子で？」

「そう、この冊子で。あんただって説明できなかったんでしょう？」

「そのテーマは説明しづらいもの」

「でも、あんた自身は理解してるんだよね」アナはからかうように言った。

「あなたとおなじくらいには」そう言ってから、わたしはすこし考えた。

でも、〝自由なセックス〟についての記事を読むために、その冊子の著者が連載している新聞を定期購読しているのかと訊くまえに、アナが言った。「お願い。あたしのためだと思って、サンドロのことは放っておいて」

「いくつか訊きたいことがあるだけなの」

「そうだよね。警察は、いつもそう言うんだ。〝ちょっと質問させてくれないかな〟って。カルロも二年まえ、そう言われた。で、いまも刑務所のなかだ」

また言い合いになるかと思うと、わたしはうんざりした。「ふたりとも、あなたにとっていいきょうだいじゃなかったじゃない。どうしてかばうの？」

「家族だから。わかる？　サンドロはなんにも知らない。でも、あんたが何か訊いたら、面倒に巻きこまれることになる。弟に仕事をさせているひとたちもいっしょに」

「なら、ちがうひとのところで雇ってもらえばいいじゃない」

「そうだね、そんなにすんなりいけば」

「タイラー家のひとたちに訊いて……」

アナはさっと片手を払うようにしてわたしを黙らせた。「タイラー家。あんたってあの一家のことになると、いつも情けなくなるね」

わたしは動けなくなった。頬をぴしゃりと打たれたみたいに。その静けさのなかで、わたしたちはほんとうに相手を好きだと思っているのかを疑うという、ひどく醜い時間を共有しているような気がした。

するとアナは、仲直りしようとでもいうようにわたしの腕を取って言った。「さあ、階下《した》まで見送るよ」

階段の途中で訊いた。「〈イタリア社会主義連盟〉は女性の参政権獲得のためのデモに参加するの？」

アナは肩をすくめた。「投票ね。それって、誰もがはいりたがる、わくわくするようなお店みたいなもんだよね。ひとでいっぱいで、なんになれるか――お金持ちになる！――って話ばかりしてる。でも家に帰れば、そこにあるのはしなびたカブが三つと、ネズミの死骸だけ」

ドアのところまできた。こんどの大統領選挙でアメリカ社会党から立候補するユージン・デブスのことは、自分たちの土台となる人物と思っているのか、それとも死んだネズミと思っているのかを訊こうとしたところで、アナが言った。「新聞記者の言うことに耳を貸さないで。記事を書くのに死んだイタリア人がいれば、それだけでよろこぶんだから」アナはわたしのおでこをぽんぽんと叩いて言った。「あんたが耳を貸していいのは、ここのなかのひとだけ」

それからそのおでこにすばやくキスをすると、あっという間に階段を駆けあがっていった。わたしはその場に残され、こんどはいつ会えるだろうと思っていた。

通りの角でビーハンに合流したとき、わたしは『全ての母親が知っておくべきこと』を手に持ったままだった。彼がちらりと目を向けたので、コートのポケットに押しこんだ。

「当ててみようか」ビーハンは言った。「最新のカール・マルクスだね。しかも、カラー写真」

「カール・マルクスは、三十年くらいまえに亡くなってるわ」

「なら、何?」

腹を立て――それに、この冊子のことはもう話題にしてほしくなかった――わたしは言った。「あなたが失礼な態度をとった相手は、わたしのいちばん古い友だちだって知ってた?」

「きみのいちばんの古い友だちは、ふつうとはずいぶんとちがうところがあるって知ってた?」

「そんなことあなたに心配してもらうことはないって知ってた?」そう言って彼の先を歩きはじめ、つぎにふり返って言った。「サンドロ・アルディートがどこにいるかを知っているのは、彼女だけかもしれないのよ」

「でも、じっさいに教えてくれたわけじゃないだろう」

「あれでじゅうぶんよ。あなたがちゃんと聞いていれば」

「わかったよ。で、どこに向かってるの？」

「あなたはこなくていいわ」

「ちょっと待って……」

ビーハンはわたしの腕を取った。わたしはかっとして、身をよじって逃れた。

「イタリア人について怖ろしい話をでっちあげて生活の糧を稼いでいるひとに、サンドロが何かひとつでも認めると、本気でそう思ってるの？」

「イタリア人の話はでっちあげではないよ、ミス・プレスコット」

「あら、そうなの。ということは、あなたの情報源から仕入れてるのね……」

「頼む、声を小さくしてくれないか？」

「あなたの情報源から仕入れてるのね！」わたしは叫んだ。自分でもおどろいた。それからしばらく睨みあった。通行人たちはわたしたちをよけるか、ふたりの間を通るかして歩いた。

「アナはたぶん、正しいわ」わたしは言った。「サンドロがモレッティの荷馬車を走らせているとしても、配達以上の仕事をさせてもいいと思われるほど賢いとは思えない」

「やつらが求めているのは賢さじゃない。〝ワイルド・ドッグ〟という言葉を聞いたことはない？　人生をはじめたばかりでギャングに加わった若い子たちのことだ。危ない仕事もするんだよ、自分たちは信頼できると証明するために。ボスにコーヒーを淹れたり、ボスの奥さんを母親のところまで車で送ったり。地元の商店主と話して、保険について提案したりもする。掛け金はこっちが払う、と言うんだ。相手が保険は必要ないと断ると、店の窓が一枚か二枚、割れる。どんな災難に見舞われるかわからないから、保険契約書にサインしておいたほうがいいと、そうやってわからせるんだ。店ごと吹き飛ばされることもあるよ。一年か二年たって、あいかわらず熱いコーヒーを淹れ、奥さんたちからおほめの言葉をもらい、保険の契約書が積み重なると、昇進できるかもしれない。誰かの頭を殴ることを許されるかもしれない。あるいは、特別に喉を切らせてもらえるか」

わたしはサンドロのことを考えた。子どものときの彼は小柄だった。誰かの頭を殴る姿なんて想像できない。でも、プレザント・メドウズのお屋敷の四階まですばやく身軽にのぼっていくところは、それほど苦もなく想像できる……。

「それにやはり、彼がどうしてあの列車に乗っていたかを知りたい」ビーハンは言った。わたしがつぎに考えようとしていたことを口に出したみたいだった。「でもサンドロは、きみが自ら話を聞きにいくべき相手ではない」

「サンドロのことは子どものころから知っているの……」

「当時はどんな子だった？」

アナを痛めつけるような子よ、とわたしは思った。というか、痛めつけようとする子。成長するにつれ、イタリア人の男性が乱暴になるところをじっさいに見てきた。でもそれは、アイルランド人もユダヤ人もフィンランド人もトルコ人もスウェーデン人もおなじだ。

「ほら、ミス・プレスコット」ビーハンが言った。「今回の件では、ぼくらはきみが言うところのパートナーだ。パートナーはいっしょに活動する。情報を共有する。そのうえ、ぼくはきみに助けを求める。ぼくがいなければ、きみはソフィアを殺した犯人を見つける代わりに、ウェディング・ドレスに小さな真珠を縫いつけることしかできなくなるよ」

「真珠を縫いつけるのは、ドレスの仕立屋さんがやってくれるわ」

「じゃあ……着せるのは誰？」ビーハンはポケットに指を引っかけた。そこには彼のノートがはいっている。

「結婚式が終わればわかるわよ。いっしょにきて、ミスター・ビーハン」

12

マルベリー通りで、ひとりの男のひとを探すのは簡単にはいかない。何をするにも、困難がついてまわる。ひとや、馬や、荷馬車がひしめいているからではない。前に進もうとすると、舗道をはみだして歩かなくてはならないことがしょっちゅうある。また舗道にもどったにしても、こんどはカフェの客や、野菜を売る屋台やワインの樽や、拳で殴り合うけんかに行く手を阻まれる。このあたりはリトル・イタリーと呼ばれることもあるけれど、それはちがうだろう。マルベリー通りはナポリ人の町だ。シチリア人はエリザベス通りに住み、カラブリア人とプーリア人はモット通りに住んでいる。近くにあるモースト・プレシャス・ブラッド教会には聖ジェナーロの像が祀《まつ》られていて、聖ジェナーロ祭のときに通りをパレードする。その教会はまた、アナがカトリック信仰をほとんど放棄しかけた場所でもあった。おばのマリアが三日にわたって食事することを拒んだため、アナは負けを認めていた。

屋台の日よけに吊りさげられたワンピースの列の下で首をすくめながら、ビーハンはぶつぶつと言った。「なんてこった。ここはほんとにアメリカか?」

それから足を踏んばった。「わかった、ミス・プレスコット。ひとのよさそうな誰かに、どこに行けばシニョール・モレッティに会えるか、きみが訊いてくれ」

わたしの勘違いかもしれない。でも、すくなくともふたりの男のひとは、その名前が聞こえると顔をしかめていた。あるいは、イタリア語を話さない声を聞いて、この一帯で何か悪いことが起こる予兆を感じたのかもしれない。

「ミスター・ビーハン、ちょっとお願い。ここから動かないでいてくれる？」

「きみはどこに行くの？」

「……買いものに」

自分が感じている以上に自信があるように装い、わたしは通りに並ぶ野菜のはいった木箱に向かった。サンドロの雇い主が野菜を売ってお金を得ているなら、ここからはじめるのがよさそうだ。このあたりのアパートメントの貯蔵スペースはせまいから、買いものは毎日のことだ。ショールを肩にかけ、腕から籠をさげた女性たちが、念入りに野菜を選んでいる。タマネギや赤トウガラシやジャガイモ――それにナスを手に取り、じっくりと観察していた。わたしが近づいていくと、こちらにちらりと視線を向けた何人かが互いに眉をあげた。わたしは籠をさげていない。誰もが早口で――そして、もっぱら――イタリア語で話している。わたしがタマネギに手を伸ばすと彼女たちはわずかに距離を詰めてきて、先に選ぶ権利を死守しようとした。わたしは一歩、退《さ》がった。敬意を示したのと、そうしなくてはいけなかったから。

わたしはアナのところで夕食をごちそうになるうち、イタリア語をすこしだけ憶えていた。

年配の女性には礼儀正しく接するべきだということも、いちおうは知っていた。そこでイタリア語で言ってみた。「スクーザテミ、失礼しました」

鮮やかな黄色いショールをはおった女性が、友人におもしろがるような表情をしてみせた。その友人は赤唐辛子を手に取り、それから元にもどした。わたしのことなど、まったく気にかけていない。

ひとを探していると、イタリア語ではどう言うのだろう？　〝探している〟という単語は何？　マリアはいつも何かを探している。そんなときテレサは抽斗やテーブルを指さして、ぴしゃりと言う。「グアルダ！」そう言われてマリアは答える。「グアルダンド、グアルダンド……」

「サンドロ・アルディートを探しています《グアルダンド・ペル・サンドロ・アルディート》」

わたしがそう言うと、すぐにひとりの頭が動いた。「知らない」とも「何を言っているのかわからない」とも取れる。わたしはくり返した。「サンドロ・アルディート」それから、困り果てた顔をした。「お願いします《ペル・ファヴォーレ》……」

黄色いショールの女性はうんざりし、友人のほうは赤唐辛子から目を離そうとはしない。ふたりに、サンドロについてもっと伝えなければ――あるいは、彼の雇い主について。アナが話しているのを聞いて、わたしは〝仕事をする〟という意味の単語を知っていた。そこで、ほっそりと長いナスをさっと手に取り、それを掲げながら言った。「サンドロ・アルディート、男のひとのところで仕事をしています《ラヴォラ・ペル・ウオモ》……」

女性がふたりとも噴きだした。戸惑いながらわたしは言った。「男のひとを探しています《グアルダンド・ペル・ウン・ウオモ》……」

ふたりはいっそう激しく笑うだけだった。その笑い声は大きく、屋台の店主の注意を引くほどだった。彼がイタリア語で何か訊くと、友人のほうの女性があえぐようにして答えた。

「この子、男のひとを探してる《スタ・セルカンド・ウン・ウオモ》……」

彼女がナスを指さし、わたしは自分のまちがいを知った。たちまち顔が赤くなった。屋台の店主が小さな声で何か言うと——たぶん、サイズのことだ——ふたりの女性はまた、声をあげて笑いはじめた。

それから、気の毒に思ったのだろう、店主はわたしに向かって言った。「誰を？《ケ・ウオモ》」

「そうよ《スイ》、誰？《ケ・ウオモ》」黄色いショールの女性がくり返した。彼女は力になろうとしてくれている。わたしはばかな真似をして、彼女のきょうという日を愉しくしてあげたらしい。

「サンドロ・アルディート？」

わたしは精いっぱい、恋人に捨てられた若い娘を装った。片手で胸をぎゅっとつかみ、万国共通の、必死で訴えるという仕草をしてみせながら。ふたりの女性は意味ありげに顔を見合わせた。ついに店主がブロックの先に向かってうなずいて言った。「スタビル銀行《バンカ・スタビル》だ」

「グラッツェ！」わたしは言った。「グラッツェ……」

彼は穏やかにうなずいた。恋する愚かな娘が、またひとり。そう思っているのだろう。わたしが通りにもどると、黄色いショールの女性は自分の腕の半分ほどの長さもある紫色の太いナスを手に、人混みに向かって言った。「サンドロ・アルディート！」

わたしはにっこりと笑い、手を胸元に持っていった。不意に、感謝の気持ちが湧きあがっていた。店主がうなずいてくれたことだけでなく、わたしを受け入れてくれたこと、ユーモア、そのおおらかさに対して。もちろん、ナスや赤唐辛子にも。

ビーハンのところにもどりかけると、彼もこちらに寄ってきた。でも、わたしはかぶりを振った。きょう、必死の思いでこの界隈を愉しませた女性に、男性の付き添いは必要ない。

わたしは足を止めずに歩きつづけ、ビーハンがついてこないようにと祈った。ただ、ナスの逸話は、このブロックじゅうに伝わっているらしかった。首を伸ばして周りをうかがったり、子どもをよけたり、馬の糞をまたいだり、その糞を残した馬をかわしたりしながら通りを歩いていると、誰もが笑っているように感じられたし、人混みのなかで互いに肘でつつき合っているような気がした。

マルベリー通りには銀行がいくつもある。あまりにも多いから、イタリアン・ウォール街と呼ばれることもあった。このあたりのひとたちは、宝石や書類、それにほかの貴重な品を、そういった銀行の金庫に預けていた。銀行《バンカ》は地域で重要な役割――故国に電報を打ったり、お金を両替したり、ワインを売っていることさえあった――を担い、人びとはここに集まってはゴシップを交換し、正式な手続きなしでひとを雇ったり、不動産の契約をしている。仕事を頼みたいひとはいる？　誰が引っ越す？　ピアノがほしいひとは？　ピアノを売りたいひとは？

曲がり角まできて、ようやくその姿が見えた。列車で見かけた彼だ。サンドロ・アルディート。

彼はのんびりしたようすで、通りに立っていた。片足を木箱にかけ、その上に肘を置いている。もうひとりの若い男性と、イタリア語で話していた。ふたりは会話に夢中になっているから、ずいぶんとそばまで近づくことができた。先にわたしに気づいた友人がサンドロにうなずきかけ、ここにいるのは自分たちだけではないと知らせた。サンドロが顔をあげた。

そして、逃げた。

というより、逃げようとした。ナスからイタリア人の恋人へという経過を見守りながらあとをついてきた集団は、期待どおりのサンドロの反応によろこび、彼の行く手をふさいだ。気づいたときには、彼は人びとがつくる壁に囲まれていた。誰もが、この状況の結末を見たがっている。恰幅のいい女性の腕が、わたしを前に押しだした。スカートが足元でもつれて、すこしよろめいた。わたしはサンドロの腕を取り、人混みから連れ去った。逃げられないよう、腕はしっかりとつかんだまま。

「話をしたいだけなの」わたしは言った。

「アナの友だちだな」サンドロが答えた。

「そうよ。きょうの昼、列車のなかで会ったわよね」

「だから？　誰だって列車に乗っていいはずだ」

「でも、あなたは逃げた」わたしは言った。「どうして？」

「すごく、ものすごく急いでたからだと思うよ」サンドロは嫌味っぽく言った。わたしたちは、やじ馬から離れたところで話していた。サンドロはなんとか、わたしの手から自由になっている。アナよりも一歳下で、話し方は彼女よりも〝アメリカ人〟っぽい。わたしと身長はそれほど変わらないものの、たっぷりとした黒い髪のおかげで、すこしだけ背が高く見えた。顔はまだ満月みたいに丸いけれど、日々の仕事の成果で、子どもらしいむちむちしたところはなくなり、いまはどちらかと言えばがっちりした体型だ。ポケットに手を入れて立ち、膝を軽く揺らしている。逃げる準備はできているということだ。

「わたしは、ソフィア・ベルナルディとは友だちだったの」

「ソフィア・ベルナルディなんていうひとは知らない」サンドロはほっとしたように見えた。ほんとうに、その名前に心当たりがないようだ。

「彼女は、あの列車に乗るはずだった」

「だろうね。そんなひと、ほかにも千人はいるよ。ぼく、もう行かないと」

サンドロは屋台にもどろうと歩きはじめた。

「彼女がどうして列車に乗らなかったか、知りたくない？」

「会ったこともない女に、どうして興味を持たないといけない？」

「なら、彼女が亡くなっていても、あなたは気にしないのね」

サンドロは立ち止まった。ふり返った彼は顔をひきつらせ、歯を食いしばっていた。「なんだって？」

「あなたが会うはずだった女のひと。誰かに殺されたわ。喉を切られて」サンドロの顔が真っ青になった。「ああ、神さま《ディオ》」その言葉が、彼の口唇の間から洩れた。「ほんとうに何も知らなければ、こわがることはないわよね」

彼はしばらく、まったく動かずにいたから、わたしがいることを忘れてしまったのではと思った。ところがいきなり取り乱し、わたしの横を跳ぶように過ぎて、ブロックをずっと走りはじめた——賢明なことに、こんどは人混みとは反対方向に。

わたしはすっかり面食らった。肝心なところで何もできない。それからスカートの裾をたくしあげ、あとを追いながら叫んだ。「サンドロ、待って!」

スカート、スカート、スカート……通りを走りながら、わたしはスカートを呪った。前に脚を送ろうとするたび、絡まった厚手の生地に引きもどされ、転ぶんじゃないかとひやひやする。サンドロはわたしとの距離を広げていた。わたしは応援を呼ぼうと考えた。何か盗まれたとでも言おうか、それともわいせつなことをされたと訴えようか。でも、そんなことをしたら、この一帯ではとんでもない結果を招くことになる。それに、サンドロが意味なく殴られるところは見たくない。

足を止めてたくしあげたスカートを両手いっぱいに握り、いらいらしながらうなった。男性が何人か、おもしろがって笑顔を向けてきた。年配の男性はわたしの肩をぽんぽんと叩き、イタリア語で何か元気づけるようなことを言った。なんと言ったのか、正確にはわからなかったけれど、大きな海には魚はたくさんいる、というようなことだったと思う。

それで思いだした。わたしを待つ魚が一匹いる。なじみのない水のなかで不安げにしている、アイルランドの魚。わたしはビーハンを残してきたところまでもどった。

わたしの前からいなくなったのは、サンドロひとりだけではなかった。ビーハンはどこを探しても見つからなかった。

ベンチリー家までの道のりは長かった。列車は家に帰るひとたちで混雑していた。その誰もが、きょうは最悪の一日を過ごしたかのようだった。わたしもぐったりとして、しがみつくように吊り革につかまった。座席に坐れるかもと考えるなんて、とんでもなかった。騎士道精神は、ひっそりと死に絶えていた。以前、自称中年男性がぼやいている投書を読んだことがある。〝ガムを噛みながらふざける娘たちには……わたしとはちがい、立っていられるだけの余裕があるのだ。わたしは一般的に、女らしさというものには冷めた視線を向ける〟と彼は書いていた。〝とくに、若々しい娘たちの女らしさには〟とも。いまのわたしは、すこしも若々しいとは感じていないのに。

いくつもの疑問が頭のなかをぐるぐると回っていた。細かいところまでわかったり、だいたいの見通しがついたりすることもあったけれど、そこからまたさらにこんがらかった疑問が浮かぶ。ソフィアがニューヨークまでやってきたのは、ほんとうにサンドロに会うため？もちろん、アルドーはそう考えている。母親になりたがっている若い女性が、新聞広告に返事をしただけなのかもしれない。故郷のひとたちから遠く離れ、この国で身動きできずにいたのだから。でも、あの広告——それと、ソフィアが死んだと知ったときのサンドロの反応——からすると、ふたりは以前に会ったことがあるように思える。この数カ月、ソフィアがニューヨークにきていた理由はサンドロ？　ありそうなことだ。でも恋人なら、相手の死を知ったら涙を流しそうなもの。サンドロはただ逃げた。彼女が死んだと聞かされておどろいているから、たぶん彼が殺したのではないだろう。とはいえあの怯えたようすからすると、誰が殺したのかは知っていそうな気がする。

どうして彼が知っているのだろう？　いろいろと答えを思いついたけれど、どれもしっくりこない。

五十丁目で列車を降りるころには日が暮れていた。太陽が沈んだあとでも空気は暖かく、心地よかった。夜の礼拝を信者に呼びかける、聖パトリック教会の鐘の音が聞こえる。ベンチリー家に近づくにつれ、朝食のあとから何も食べていないと、胃が教えてくれた。でも、わたしを呼ぶのは食事ではない。ベッドがとんでもなくすばらしいものに思える。まっすぐ階段をのぼって、ベッドに倒れこもう。ひょっとしたら、靴を脱ぐこともしないで。とりあえず、アナからもらった冊子は隠しておくことにする。『すべての母親が知っておくべきこと』だったかしら？『すべての妻が知っておくべきこと』？　それとも、『世話の行きとどいた女性』？　いえ、そんなタイトルではない。でも、なんにしろわたしは、自分のコートのポケットからその冊子が落ちることだけは避けたかった。

裏口のドアをあけると、大きな声が聞こえてきた。わたしはしばらくそこに留まっていた。

厨房のテーブルの片側にエルシーが、その向かいにバーナデットが坐り、ミューラー夫人は流しでジャガイモの皮を剝いていた。

「シーツはあなたの担当ですからね！」バーナデットが叫んだ。

「わたしの仕事は、シーツにアイロンをかけることです」エルシーが言い返す。「洗うのは、あなたの担当です」

「それでは、奥さまの話とはちがうわ――」

「ちがいません！」

たぶん、とわたしは思った。ふたりとも正しいのだろう。ベンチリー夫人はバーナデットにひとつのことを言いつけ、エルシーにはちがうことを伝えたのだ。

「ただいま」わたしはそう言い、ドアを閉めた。

「あなた、こんなところで何をしているの？」バーナデットが訊いた。新しい獲物を襲う準備はできているようだ。

「ここはわたしの仕事場よ」わたしはうんざりしながら答えた。「エルシー、きょうのところはシーツを洗ってくれない？ プレザント・メドウズにもどったら、奥さまにこの件を話しておくから」

「奥さまは、シーツを洗ってアイロンをかけるのはこの子の仕事だと言うんじゃないかしら」バーナデットはエルシーに顔を向けながら言い張った。ああ、神さま。好きになさるのはかまいませんが、やりすぎではないでしょうか。

「そうかもしれないわね」わたしはそう答え、階段に向かった。「そのあと、何を言ったかを忘れるかも。でも今回は、証人がいるわ」

バーナデットとエルシーがテーブル越しに、戸惑いながら顔を見合わせているのがわかった。わたしは階段をのぼって自分の部屋に向かった。コートを脱ぐときに冊子のことを思いだし、ポケットから取りだした。それから、ベッドに腰をおろした。

タイトルは『すべての母親が知っておくべきこと：六人の子どもたちは、どのように真実を教えられたか』で、著者の名前がしっかりと表紙に載っていた。穏やかなタイトルとは裏腹に、なんだかわいせつなものを手にしているようで不安になった。わたしはページをめくり、読みはじめた。

> 親は誰もが、いつかかわいい息子や娘が成長し、子どもをつくる力を持つようになるとわかっている。とはいえ、そのことにどう備えればいいのか、あるいは自分たちの持つそのような力をどう考えればいいのかについては教えられない。

まさに、ベンチリー夫人のことだ。この書き出しのあとは、だんだんと花の話になっていた。植物ではなく、バターカップ《キンポウゲ》という名字の夫婦とその子どもたちの話だ。バターカップ家は〈バターカップ・ハウス〉という名の花びらに住んでいる。自分たちはどうやってこの世に生まれたのだろう。一家の子どもたちが興味を持ちはじめると、両親はこんな説明をした。種子ができるには、父親の〝雄しべ〟にある〝花粉〟が母親の〝雌しべ〟にくっつかないといけない、と。ルイーズが学校で植物学を学んでいなければ、この冊子が役に立つどころか、ひどくまごつくことになるだろう。

話は進み、こんどはカエルの話になった。トード《ヒキガエル》一家の登場だ。

バターカップ夫人とおなじようにトード夫人もまた、小さな種子や卵を守り、育てるための巣を体内に持っている。あらたな生命の誕生が必要なときがやってくると、キンポウゲが雄しべの花粉を必要とするのとおなじように、お父さんガエルの活力が必要となる。自分のなかに欲望をもたらす、この不思議で新しい活力によってトード氏（つまり、お父さんガエル）が興奮し、トード夫人（つまり、お母さんガエル）は卵を生まなければと感じると、お父さんガエルは背後からすばやくお母さんガエルを抱く。卵はどれも、水のなかに生み落とされるまでに受精しないといけない。そこでお母さんガエルが排卵すると、お父さんガエルは生命を与える液体をふりかける。その液体は卵ひとつひとつのなかにはいりこみ、そしていのちが芽生える——あらたなカエルだ。

「それは、お母さんガエルのごく身近で誕生する」腕を取られたからといって、いのちが芽生えるわけではないとは理解している。そんなことを信じるなら、きょうの午後、マイケル・ビーハンに腕を取られたわたしは、妊娠してもおかしくない。

ページをぱらぱらとめくった。つぎの章で、じっさいに人間の話になるのではと期待した。でも、そうはならなかった。つぎの章は鳥の話だった。それからハリモグラ、カンガルー、ムササビときて、ようやく若い女性の話になった。最後の章では、人間の子どもが自分たちのからだについて教えられていた。

ここに示したひとのからだを描いた図（男性も女性も）を見れば、どの部分も花とおなじように呼称がついていることがわかる。生殖機能のある臓器については、それぞれの臓器が果たす役割に基づいて名付けられている。そうするさいに、特別な意味は加わっていない。目のさまざまな部位について、あるいはほかの臓器について話すときとおなじように、簡潔にわかりやすく名付けられたにすぎない。

どの臓器についても、著者のサンガーはじっさいに名前を挙げていなかった。ましてや、それが生殖の過程でどのように使われるかについても。がっかりしてページをくしゃくしゃにしないよう、自分を抑えなければならなかった。この地球で生きるひとりひとりが誕生するための活動について語るのに、どうしてこんなにも臆病でないといけないの？　わたしは冊子を抽斗に押しこみ、もしかしたらこれはアナが仕組んだ、手の込んだジョークなのかもしれないと思った。雄しべと花粉だなんて！　何をどうすれば、男のひとが女のひとを求める衝動に、雄しべと花粉が関係するの？　わたしはマルベリー通りのひとたちのことを考えた。ふたりの女性は声をあげて笑っていた。屋台の店主はうすら笑いを浮かべていた。女のひとのひとりは事もなげに、わたしをサンドロのところに行かせようとした。三人とも……人生のこの部分については、気軽に考えているようだった。あくまでも自然なことで、アリクイの生涯についての講義をはじめるようなことではないと思っているはず。

それに、女性の側から何も議論がなされていないことにも腹が立った。たぶん女性は、男性というノミみたいな存在に悩まされないからだろう。でも、女性たちが――わたしたちが――そういった本能や衝動や高揚感について理解していないとか、認めていないとか言うなら……それはそれで正しくない。

しばらくしてからエルシーがドアをノックして、夕食の準備ができたと知らせてくれた。そのすぐあと、またドアがノックされた。こんどは、さっきよりも強く。

「ほんとうに、おなかが空いていないの」わたしはドアに向かって言った。

ドアがあき、バーナデットが頭をのぞかせた。「例の男のひとがきてるわよ」

わたしは階下《した》におりた。バーナデットとエルシーとミューラー夫人の視線を避けて裏口から外に出ると、ビーハンが立っていた。

わたしがドアを閉めると、彼は言った。「バーナデットはきみにそれほど気を遣っていないみたいだね」

「彼女は誰に対しても、それほど気を遣わないのよ。ところで、あなたはどこに行ってたの？」

「きみに置いていかれたと思ってたよ、ミス・プレスコット。ぼくの横を素通りしたじゃないか。〝ここで待ってて、五分でもどるから〟と言いもしないで。どう考えればよかったの？」

それはほんとうのことだ――でも、まるきり、ほんとうでもない。わたしは待った。

「そのうえ、ぼくには約束があった」

「誰と？」

「すぐにわかるよ」ビーハンはわたしの頭のてっぺんから足先まで、じろじろと見た。「髪型をどうにかできる？　それだと――」そう言って彼は、あやふやに手をひらひらさせた。

「どうして？」

「だって、これからディナーに行くから」

「わたしはあなたとディナーに行きません、ミスター・ビーハン」

「まあ、そうだよね。ぼくはひとり分の食事代を払うお金しかなく、そのお金で食事を愉しむのはサリヴァン刑事だ。それでも彼は情報を持っていて、きみはそれを知りたいんじゃないかと思って」

「そのサリヴァンというひとが、あなたに〈ブラック・ハンド〉の情報を流しているの？」

「まさに」

「五分待って」そう言うとわたしはドアをあけた。そこでふり返って訊いた。「どこのレストラン？」

「〈キーンズ・ステーキハウス〉だ。招待した紳士はそこのウィスキーとマトン・チョップが大好物なんだ。おっと、もう一分たったよ」

三分ですんだのか、六分かかったのか、はっきりとはわからない。でもわたしは、大急ぎで階段を駆けおりた。われながらすばやい。与えられた時間内で髪型を直し、まる一日着た服を着替えるなんて、どの女性でもできるわけではない。昼と夜で着るものをすっかり替えるのは、このところの流行だ。替えるといっても、宝石や髪型や、ほかの小物で変化を出すくらいなのだけれど。わたしの場合、さっと顔を洗い、ウェストのところでぴったり体にフィットする濃い青色のジャケットに着替え、持っているなかでましな帽子をかぶった。フェルト地の小振りのもので、色はグレイ。淡い青色のリボンがぐるりと巻かれ、後方に黒い羽根飾りがついている。正直に言うと、ビーハンはほめてくれるかもと、半分、期待していた。でも彼はおどろいたようにちらりと見ただけで、すぐにこう言った。「では、行こうか」

一ブロックほど歩いたところでビーハンが言った。「そうだ、ひとつだけ言っておかないと。ぼくは嘘をついた」

「どんな嘘?」

「サリヴァンが持っている情報、きみは気に入らないだろうね」

13

このディナーが十年まえだったら、わたしは〈キーンズ・ステーキハウス〉にははいれなかっただろう。一八八五年に創業した店は肉料理やタバコを提供し、ひとりでいたいという男性の欲求に応えてきた。女性は入店を許されなかった。でも、近くに劇場街があったので、そこに出演する役者たちの間で人気になった（それと、役者たちほどではなかったけれど、新聞記者たちもひいきにしていた）。一九〇五年のことだ。かつてイギリス国王エドワード七世に愛された絶世の美女、リリー・ラングトリーは、ずっと肉を食べたいと思っていた。でも、店は彼女に給仕するのを断った。彼女は裁判を起こし――勝った。〈キーンズ・ステーキハウス〉は賢明にも、敬意を表して彼女を特別な料理でもてなし、裁判での負けを挽回した。ラングトリーはディナーの席に全身、華麗な装いで現れ、羽毛のボアを見せびらかしたという。

その夜、店のオーク材のドアを抜けるとき、自分は有名でもなく美女でもなくボアも身につけていないことに気づいて、居心地の悪さを感じた。ありがたいことに、わたしたちの席は階上《うえ》だった。ここの客たちは、ホワイト・ハウスのリンカーン・ルーム――その部屋には、大統領が撃たれた夜に持っていたお芝居のプログラムが保存されているらしい――に坐っているようなひとたちよりも、ずっと控えめな身なりをしていた。黒い羽目板張りの壁を背にしたガス灯の明かりは弱く、周りの注意を引くことはなさそうだ。バーの近くにぼんやりと見えたテーブルについて坐ると、ビーハンが小声で言った。「ビーハン家の予算の限界を憶えておいて」

そのテーブルでは、愛想のよさそうな男性が高い詰襟を手でゆるめながら、何か飲んでいた。目は青く、頭には禿げていると言われないだけの黒い髪がのっている。制服姿ではないけれど、直感で警察官だとわかる。ウェイターに飲みもののお代わりを頼むときに指を鳴らす仕草には、どこか有無を言わせないところがあった。権威を見せびらかすことを習慣にしている――もっと言えば、そういう嗜好を持っている――のだろう。弱い者いじめと言ってもいい。

男性ふたりは握手をした。サリヴァンはビーハンの腕に片手を添え、もう片方でしっかりと彼の手を握りながら、わたしに視線を向けた。その表情を見てまた、自分の着ているものがこの場にふさわしいのか、わからなくなってきた。不意に……すべてを見透かされているような気がした。ビーハンが椅子を引いてくれたので、腰をおろした。彼もとなりに坐ったけれど、肩幅が広く脚も長いので、背もたれが湾曲した木製の椅子では頼りなさそうだった。

サリヴァンも坐った。「それで、こちらはどなたかな？」

「あとで紹介する」ビーハンが答えた。「料理は注文した？」

サリヴァンはまだ注文していなかった。それからしばらくは、ウェイターを呼んでさらにアルコールを注文し、肉はいくつかの部位を注文したほうがいいと話し、牡蠣を注文する必要があるかどうかを考えながら、時間が過ぎていった。そうするあいだ、ビーハンはわたしのことを無視していたけれど、それはサリヴァンの注意を食欲に向けておこうという策略だとわかった。だからわたしも、できるだけ存在を感じさせないようにした。

ひととおり注文をすませると、サリヴァンが言った。「いや、この若い女性のことをすっかり忘れていたね。何を召しあがりますか、お嬢さん?」

「わたし、お腹は空いていないんです」わたしは嘘をついた。

「こちらのレディにマトン・チョップを持ってきてくれ」サリヴァンがウェイターに指示した。ビーハンが鋭く息をのんだことは、見ないふりをして。その瞬間、これはわたしを気遣っているのではなく、ビーハンに力を振るうための手段なのだと気づいた。このひとは信用できないから、秘密を話してはいけない。わたしに秘密はないけれど、彼はその気になれば、ひとつくらいはつくりあげてしまいそうだ。

「けっこうです、ほんとうに」女性がウェイターに話しかけるなんてなんだか恥ずかしいと思いながら、わたしは言った。

でも、サリヴァンは退《ひ》かなかった。「このレディにマトン・チョップを頼む」

となりに座るビーハンがため息をつくのがわかった。それから、意趣返しをすることにしたのだろう、彼はミセス・サリヴァンのようすを尋ねた。ウッドサイドに恋人がいるこの警察官は、妻はたいへん元気だと答えた。

さらにビーハンは言った。「それで、メイヴのほうは？」彼はわたしを見てにやりと笑った。「あ、いや。訊かないほうがいいかな」

「元気にしてる」サリヴァンは冷静に答えた。

「セント・ジョンズ教会ではあいかわらず、いちばんの美人さんなんだね？」

「まあ、おれはそう思っている」

そのあとは沈黙がつづいた。サリヴァンにウィスキーが運ばれてきて、沈黙は破られた。彼は何気なく周囲を見ながら言った。「誰が聞いているのかわからない状況で話をするのは、あまり好きじゃないんだが」

説明するという重荷を、ビーハンの代わりに引き受けることにした。「わたし、ソフィア・ベルナルディの友人です」

サリヴァンがビーハンを見た。ビーハンは言った。「ああ、おなじ女性だ」わたしはサリヴァンをまじまじと見つめたけれど、彼のほうは目を合わせようとしなかった。

サリヴァンは薄暗いなか、目をすがめてわたしを見た。「イタリア系ではなさそうだな」

「友人になるのに、イタリア系でないといけないとは知りませんでした」

「彼女のつきあいのなかじゃ、そういうもんだ」

店の名物のマトン・チョップが運ばれてきた。ナイフとフォークでチョップに挑みかかろうとしたサリヴァンは、ビーハンの空《から》の皿に向かって片方の眉をあげてみせた。「腹の具合でも悪いのか？」

「食事はすませた」ビーハンが答えた。でも彼は、わたしの皿を哀しげに見つめていた。

「そうそう。おなじ女性とは、どういう意味？」わたしは訊いた。

首元のナプキンを直しながら、サリヴァンが答えた。「あんたは彼女をソフィア・ベルナルディとして知っているかもしれないが、大多数のひとにはロザルバ・サルヴィオでとおってた」彼は頰を掻いた。「混乱するところだったが、遺体安置所でそうだとわかった」

戸惑ってわたしは訊いた。「ということは、彼女が亡くなったことは知っているんですね」

サリヴァンはうなずいた。「オイスター・ベイの警察が、けさ電話してきた。ソフィア・ベルナルディの記録が見つからずに困っていると言って。だから教えてやったんだ。おどろくことじゃない、そんな人間はいないんだから、とね」

「それなら、ロザルバ・サルヴィオとは誰なの？」

「こういうことにしておこう。彼女が長く生きていたのは意外だった、と」

彼はそれだけ言うと、チョップに専念したいという意思をはっきり示した。わたしたちは黙って食べた。自分のチョップ——最高においしそうだ——にナイフを入れ、ビーハンが視線を逸らしていることには気づいていないふりをした。彼の表情は殉教者のようで、祈りを唱えているのはまちがいなかった。ビーハンが断ったにもかかわらず、サリヴァンは彼に二杯目のウィスキーを注文し、自分も三杯目を頼んだ。それから、すこし席を外す必要ができたと言った。

彼がお手洗いに向かうと、わたしはフォークをビーハンに渡した。「食べて」

「きみの皿から食べることはしたくない」

「だったら、自分のお皿に取って」わたしは彼の前に皿を押しやった。いらないと二度、言ってから、ビーハンはチョップを五つに切り、口に入れ、のみこんだ。獣としか表現しようのない食べ方だ。サリヴァンがもどってくるのが見えると、彼は皿をわたしの前にきちんともどした。それから、にっこり笑った。まちがいなく、羊の血には気力を回復させる何かがある。

サリヴァンがチョップの肉を骨から切り離そうとしているとき、わたしは訊いた。「ロザルバ・サルヴィオとは誰なんです?」

サリヴァンはちらりとビーハンを見た。「彼女、あんたのところの新聞を読んでないのか?」

「好みがうるさいんだよ、ジョー」

ビーハンの自虐的なジョークに、サリヴァンは笑うことで同意を示し、こんどはわたしに向かって言った。「フォルティの誘拐事件のことは知ってるか?」

「ええ」

「なら、誘拐された少年の居所について、警察がどうやって情報を手に入れたかを思いだせるね」

「そうね」

「よきサマリア人はその勇気に関して匿名でいることを選択した——いや、こう言うべきだな、彼女の勇気、と」

「ロザルバなのね？」

サリヴァンは正しい答えを導きだしたわたしに、フォークを向けて応えた。

「彼女はどうして少年の居所を知っていたのか、話してやってくれ」ビーハンがしずかに言った。

サリヴァン警部補は頬を膨らませ、ぽんと鳴らした。「そうだな、聞いて愉しい話ではないが」

騎士は自分だという話ができないのがいやなのか、彼はたっぷり時間を取って、その点をわたしに思い知らせた。そしてようやく、話しはじめた。「モレッティ一家がその誘拐事件に関わっていることはわかっていたが、警察はばか息子のダンテを捕まえることしかできなかった。いいか、ロザルバ・サルヴィオはダンテの仲間だった。彼女は父親の経営する雑貨店の倉庫に、フォルティの息子を隠していたんだ。

で、若い男なら、そんなことをしてくれた娘には感謝すると思うだろう。だが、モレッティのばか息子は、気遣いのできない男でね。自分のおもちゃをぞんざいに扱うんだ——そしておもちゃは、かなりたくさん持ってる」そう言って彼は、ふっと笑った。わたしは、自分が侮辱されたとわかった。「気の毒なミス・サルヴィオがフォルティの坊やから目を離せないでいるあいだ、モレッティはあちこちのクラブで遊んでいた。たいていは、セシリア・

レポリというお嬢さんといっしょにね。自分はハーレムのひとりにすぎないと知ったミス・サルヴィオは、モレッティに仕返しをすることにした。誘拐の計画について、警察に通報して」

わたしはビーハンを見た。ウィスキーを飲むようすから、彼がサリヴァンの話を信じているのがわかる。

「この話はぜんぶ、ミス・レポリから聞いたの？　それとも、ダンテ・モレッティから？」

「何が言いたい？」

「つまり、ロザルバとモレッティの息子はほんとうに恋人同士だったのか、証拠はあったの？　彼女の家族には、誘拐された少年をこっそり隠しておく以外の選択肢がなかったかもしれないじゃない。わたしの知っていたロザルバは、子どもが大好きだった。子どもたちがひどい目に遭っているときに、ぼうっと見ているタイプではないわ」

「彼女はたっぷり一カ月も、ぼうっと見てたんだよ」サリヴァンが言い返す。

「誘拐を通報しようと勇気を奮い起こすまでに、それだけの時間が必要だったんじゃないかしら」

「でなけりゃ、通報する前の日の夜に、ダンテがセシリア・レポリとフォックストロットを踊っていると聞いたんだな」

「でも、少年がどこにいるのかを、彼女が警察に話したことは否定しないのね」

「しない」

警部補はおちついてチョップを食べた。それは、ずいぶん長い時間に感じられた。わたしの手がナイフを握った。するとビーハンが、指でその手をつついてきた。彼は正しい。なんでもないように見せるのがいちばんだ。

でもそうはうまくいかず、わたしはつい、こう訊いた。「モレッティ一家は少年の居所を通報したのが誰か、知っていたのね？」

「まあ、あり得るね」

「ということは、彼女は復讐《ふくしゅう》のために殺されたんじゃないかしら。モレッティたちは彼女がどこにいるかをつきとめ、そして殺した」

わたしはサリヴァンがチョップを咀嚼《そしゃく》するところをじっと見ていた。彼はとてつもなく長い時間をかけてそれをのみこみ、それから言った。「かもしれん」

「いい線を行っているかも」ビーハンが言った。

ウエイターに気づくと、サリヴァンはグラスを掲げてお代わりを持ってくるよう合図した。

わたしの手はまた、ナイフを探しあてた。

サリヴァンはゆっくりと新しいウィスキーを飲んだ。ビーハンが言った。「そろそろ家に帰りたいだろう、ジョー。それとも、今夜はウッドサイドで仕事か？」

ビーハンは言葉で殴りつけたけれど、サリヴァンは眉を勢いよくあげてナイフを手に取った。「マイケル、窓があけっ放しになっていたとかなんとか、言ってたよな？」

わたしはビーハンをじっと見た。どうしてこのひとは、権威をあきらかにまちがった方向に使う男に、そんな情報を教えたりできたの？　ビーハンもやはり、自分がまちがったことをしたと思っているようだった。首のあたりが赤くなっているのを見て、それがわかった。

「窓があけっ放しになっていた……」サリヴァンはぼそぼそとくり返した。「なんでそんなことになっていたか、確認しないと」

「ロザルバが〈ブラック・ハンド〉に協力していたと、まだ言うつもり？」

「ダンテは見てくれは悪くない。あいつがべつの女の子と出かけたりしたら、もどってきたときには気を惹こうとして、いっそう、ご執心《しゆうしん》になることもあるだろう」

「でも、彼女はダンテを刑務所送りにした」

「そしてその見返りに、じっさいにやつを刑務所に入れた男に雇われたというわけだ。まだ赤ん坊の、息子の面倒を見させるために。なかなかの幸運じゃないか」

わたしの顔に表れた憤りを見て、サリヴァンは口調を和らげようとした。「公平に言ってだね、お嬢さん。ロザルバはたいして選択肢を与えられなかったと思うよ。チャールズ・タイラーは自分を如才ないと思っているが、彼がロザルバを匿《かくま》っていたと見当をつけるなんて、誰でもできるさ。居所がわかったところで、〈ブラック・ハンド〉は彼女をまた、自分たちの意のままにした。なんと言っても、彼女には父親がいる。その父親の身の安全を考えて協力したんだろう。そしていったん屋敷に侵入すれば、彼女にはもう用はない。だから、むかしの恨みを晴らすことにした。ギャングにはよくあることだ。食肉処理工場とおなじだな。喉を切るまえには、動物はおとなしくさせておく」

「ということは……彼女を殺した犯人を真剣に探すつもりはないということかしら」

サリヴァンは姿勢を正してお腹を伸ばし、それからため息をついた。「じつは、犯人はわかってるんだ、ミス・プレスコット。やつらは仲間を何人も殺しているが、警察が捕まえられたのはそれほど多くない。いいニュースといえば、そのうちのひとりはすでに被告席に坐っているということだ。ほかにも何人かの名前を挙げてくれるよう願ってる。そのなかの誰かが、ロザルバを殺した犯人だろう。ただその見込みについては、まったく未知数だけどな」

わたしは自分を抑えることができなかった。「あなたの仕事でしょう、人びとを守ることは?」

「おれの仕事は、市民を守ることだ。有権者を。あいつらイタリア人ときたら、この国で金を稼いで、故郷の村に帰ることしか考えちゃいない。あいつらはなじまない、投票しない、アメリカ人にはならない。教えてほしいね、どうしてアメリカ人があいつらのために手間暇かけなきゃいけない?」

サリヴァンはウィスキーを飲み干し、ナプキンで口許をぬぐった。「おれの話はこれで終わりだ、マイケル」そう言うと彼は立ちあがり、ビーハンの肩を叩いた。「善人でいることだな。ただし、むりはするな。できるかな?」

ビーハンはにっこりと笑って答えた。「教会で会おう、ジョー」

「腹が立つ。軽蔑するわ。思いあがって。弱い者いじめじゃない」

わたしたちは四十丁目に近づきつつあった。ステーキハウスを出るとき、ビーハンに言われていた。「いまのうちに口に出しておくといい」三ブロックも歩くと、罵り言葉は底をついた。

「食い意地を張っちゃって。お金目当てのくせに」

「サリヴァンには、要求に応えてやらないといけないお友だちが〈タマニー・ホール〉に大勢いるし、ふたりの女性を養うのはたいへんだからね……」（慈善団体のタマニー協会が活動の拠点にした〈タマニー・ホール〉は、アイルランドからの移民がニューヨークでのしあがっていくための足がかりとなった。のちに、汚職などで富を蓄えた）

「浮気者。それと……それと……嘘つき」わたしは足を止め、ビーハンと向き合った。「あなたもわかっているはず。彼は嘘をついている」

ビーハンは両手をコートのポケットに突っこんだ。「ぼくにはわからない」

「ソフィアが誘拐事件に関わっていたとかいうことも？」

「じっさい、彼女は関わっていたじゃないか。まあ、フォルティ一家の息子に、だけど。ほかにどうすれば、彼女みたいな子がチャールズ・タイラーに注目されるだろう？　いのちが危険にさらされているのでなければ、どうしてタイラーは彼女をロング・アイランドに閉じこめておくと思う？」

「ええ——彼女のいのちは危険にさらされていた。とても立派な行為のおかげで」

「それから、どうしてニューヨークにもどってくるんだろう。モレッティのところで働いている男に会うために。じつは危険でないとちゃんとわかっていたなら、話はべつだ。また〈ブラック・ハンド〉に協力するようになり、彼らの望みどおりに動いたというのなら」

ビーハンはそういったことをぜんぶ、頭のなかで考えただけだ。でもわたしはいまでも、芝の上で赤ん坊に子守歌を歌っていた若い女性と、〈ブラック・ハンド〉の共犯者とを結びつけられずにいた。哀しい気持ちで、ソフィアが最後に言ったことを思いだした。〝そう、いっしょにいるけれど、でも……一員ではないの。ちょうど中間ね。こっちでもないし、あっちでもない。誰でもないってこと〟

「なんらかの形で、フォルティの息子の誘拐事件に関わっていたかもしれない。でも、フレディさまのことには……」

「彼女が窓をあけておいたんだよ、ミス・プレスコット。信じられないくらい不注意だったか、それとも、グルだったのか。ぼくの考えでは、きみの子ども時代のだいじなお友だちが、ソフィアの喉を切ったんじゃないかな」

「サンドロは、彼女が死んだと知っておどろいていた。彼が殺したはずない」

「彼女が死んでおどろいたかなんて、わからないよ。彼女が死んだことを、きみが知っていたからおどろいたのかもしれない——しかも、追いかけてきたから。でなければ、ボスの恋人とややこしい関係になっていて、気が気でなかったのかも」

「ソフィアはモレッティの恋人なんかじゃない。あんな話は嘘よ」

「ああ、わかったわかった。聞きたくないことを聞かされたら、サリヴァンは嘘をついていることになるんだね。でも、彼女をヒロインに仕立てようとすれば、真実を言っていることになる、と」

「チャールズさまは、モレッティの恋人なんて女性を雇うことはないわ」

「チャールズ・タイラーについては、きみはなんと言っていたっけ？　自分に仕えるひとの悪い話は信じないんだろう？　不思議なくらい純真だと、きみはそう言ったんだよ、ミス・プレスコット。たいそうおもしろい記事が書けそうだ。〝〈ブラック・ハンド〉、ニューヨーク市警のヒーローの家に侵入〟なんて」

「そんなこと書かせない」

彼はわたしの先を大股で歩いた。「ミス・プレスコット、きみはぼくが生計を立てるのに必要なことを、いつもすっぱりと切り捨てるね」

「あなたの仕事上の評判には、たっぷりと敬意を払っていると思うけど」わたしがそう言うと、ビーハンは噴きだした。「子どものいのちを救った女性のことで嘘の記事を載せたら、世間はどう思うかしら？」

ビーハンはふり向いた。「嘘じゃないよ、ミス・プレスコット。おとぎ話でも、ブギーマンの物語でも、純真さに対する中傷でもない。たしかに、イタリア人のなかにも善良で誇り高いひとたちはいる。そして、そういう善良で誇り高いひとたちを餌食にして生活している集団が存在するのも事実だ。脅し、こわがらせ、苦労して稼いだ金を巻きあげる。言うことを聞かなかったら殺してしまう。悪いやつらなんていないと言い募ったところで、善良なひとたちを助けることにはならないんだ」

わたしは黙った。ビーハンの反対意見はもちろん、感情も顕わにそれを披露する彼の勢いに、口をふさがれた。ビーハンもやはり途方に暮れているようだったけれど、やがて言った。

「ベンチリー家に帰る？」

わたしはうなずいた。

「送っていくよ」

わたしたちはタイムズ・スクウェアを通った。前世紀には、ロングエイカー・スクウェアという名前で知られていたところだ。当時、このあたりは輸送関連の産業が栄えて賑わっていた。〈ブルースター〉や〈スチュードベイカー〉といった馬車製造業者が工場を構えていたのだ。一方、ヴァンダービルト家が馬の取引所を運営し、おかげで蹄鉄工や馬小屋や革製品に関する事業が育った。それに、肥やしに関する事業も。その結果、たいへんな発展を遂げ、ボードビルや音楽ホール、それに劇場が現れるようになった。

最初に劇場をオープンさせたのは、ロジャースやカーンと組んで『王様と私』や『サウンド・オブ・ミュージック』など、多くのミュージカル作品を生みだした、脚本家で作詞家のオスカー・ハマースタイン二世の祖父だ。彼のオリンピア劇場を皮切りに、ほかの劇場も次つぎにオープンした。わたしたちは、そういった劇場のひさしの下を歩いた。そのひさしは、ジョン・バリモア主演の『アナトゥール氏の情事』が上演予定であることや、ローレット・テイラーという名の期待の新人が出演した『楽園の鳥』が、つい先日まで上演されていたことがわかった。新聞の《ヘラルド》紙の名を冠したヘラルド・スクウェアがあるなら、《ニューヨーク・タイムズ》紙にもできるはずと発行人のアドルフ・オークスが決意し、ここはタイムズ・スクウェアと名を変えた。一九〇四年、《タイムズ》紙はこの地に新社屋を移し、大晦日には盛大なパーティを開いた。近くの悪名高い大歓楽街、テンダーロインほどではないけれど、ここタイムズ・スクウェアもいまだに娼館やアヘン窟があるし、酔っぱらいやスリも多い。さっきまで意見を対立させていたけれど、ビーハンはわたしにぴたりと寄り添い、どの通りを行くか慎重に選びながら歩いた。

いくつも並ぶ、観劇の前後に訪れるひとたちのためのレストランを通りすぎた。ちょうど休憩ちゅうらしく、ウェイターたちが食事をしたり、外でタバコを吸ったりしていた。あるカフェの前を通りかかると、何かを引っかくような蓄音機の音が聴こえた。つづいてオペラ歌手、エンリコ・カルーソーの歌声が流れてきた。その歌を理解できるほどのイタリア語は知らないけれど、言葉ひとつひとつの文字どおりの意味を気にする必要がないから、とても気持ちが満たされた。カルーソーの声は急流のようで、聴いているひとをその流れに巻きこむ。わたしもくるくると回され、目眩《めまい》がして、すっかり夢中になった。

そこへビーハンの声が聞こえてきた。「そういえば、シニョール・カルーソーのことでおもしろい話がある」

隙を見せないようにして、わたしは尋ねた。「どんな話？」

「六年ほどまえだ。ハンナ・グレアム夫人とかいう女性が幼い息子を連れて、セントラル・

パークのモンキー・ハウスに行くことにした。ふたりでチンパンジーやヒヒやなんかを見ていたら、彼女はたまたま、口髭が印象的な小柄な男が立っているのに気づいた。その男も、サルにとても興味を示していた。とつぜん――グレアム夫人は感じるはずのない手の感触を感じた。息子がトイレに行きたいと言っているのでもない。彼女はとなりの男のほうを向いて言った。〝ちょっとお尋ねしますけど。ここには何をしにいらしたんです？〟すると男は答えた。〝わたしじゃありませんよ。あのサルです！〟」

わたしは笑った。「カルーソーはお目玉をもらわずにすんだの？」

「いや、それがね、彼は逮捕されたんだよ。何やら危ないことをしている外国人だと思われてね。誰もが、彼の前途はなくなったと思った。ところがそのつぎにメトロポリタン歌劇場の舞台に立つと、家柄もよく品のある大勢の観客から、スタンディング・オベーションを浴びることになった」

そんな話をしているうちに五番街まできた。そこでビーハンは言った。「まあ、そういうことさ。サルの住みかにいる髭をたくわえた男性には気をつけて」

「ご忠告、ありがとう」

険悪なムードはなくなっていた。わたしたちは、また友だち同士になった。それでも、まちがいなくビーハンがすでに頭のなかで書いている記事のことを考えずにはいられなかった。それがタイラー家に――そして、アナやその家族のようなひとたちに――もたらす痛みのことを。白黒をきっちりとわける線に、それが善意なのかひとの犯す過ちなのか、意見をはさむ余地はない。すべてが悪質で愚かで……欲得ずくの外国人の集団と、善意にあふれ騙されやすいアメリカ人との闘いということになるのだ。

わたしは訊いた。「サリヴァンが話してくれたことは事実だと、ほんとうに信じてる？」

「彼にはウィスキーを三杯飲ませた。公正さを求めるにはそれでじゅうぶんだろう。彼の話はあり得ないと、きみは本気で思ってる？」

「ソフィアも共犯なら、どうして殺されたの？」

「復讐と、何もしゃべらせないようにするため。〈ブラック・ハンド〉は、密告者には容赦ないからね。彼女は以前も裏切っている。どうしてまた、信用できるというんだい？〈ブラック・ハンド〉は彼女に窓をあけさせた。彼女を利用して、あの屋敷の各部屋の配置をつかんだ。それから……」ビーハンは自分の喉の前で指を振った。「ソフィアにもタイラーにも、復讐したんだ。メイベルが警報装置を鳴らさなかったのは、いま思えば賢い判断だった」

「それであなたは、サンドロもこの一件に関わっていると考えているのね？」ビーハンはうなずいた。「でも、殺されるとわかっている女性と、どうして会う約束をしたりしたのかしら？」

「それは、サリヴァンの説が当てはまるんじゃないかな。彼女を黙らせておくためだ」彼には、続きをまた口にしないだけの機転があった。「もし、タイラーの赤ん坊が誘拐されていたら、すぐに彼女に疑いがかかる。だから、あの屋敷から逃がすし隠れ家も用意すると、

〈ブラック・ハンド〉は彼女にそう思わせたんだ。それに、アナは正しいかもしれない。サンドロは愚かだから、何もかも知らされているわけではないんだろう」

この意見にどう反論しようかと考えていると、ビーハンはつづけて言った。「さっき話した友人のカルーソーから、〈ブラック・ハンド〉のことで聞いた話がある。数年まえ、あるギャングが彼に〝マーノ・ネーラ〟、つまり〈ブラック・ハンド〉の名で脅迫状を送って、二千ドルを要求したことがあった。彼は支払った。そのあと、どうなったと思う？」

「どうなったの？」

「さらに脅迫状が届いた。有名なオペラ歌手が金を渡してくれるんだ、誰が手を引っこめる？　あるギャングは一万五千ドルを要求した。そのときになって、カルーソーはようやく警察に行くことにした。決められた金の受け渡し場所にふたりのビジネスマン――まあ、ビジネスマンということにしておこう――が現れると、警察は彼らを逮捕した。でも、そのふたりがたまたまイタリア人だったというのは、まあ、ただの偶然なんだろうね」

「アイルランド系のギャングもいるものね」そうは言っても、頭に浮かんだアイルランド系ギャングの名前は、ポール・ケリーだけだった――そして彼の本名は、パオロ・アントニオ・ヴァッカレリ、イタリア人だ。

「アイルランド系のギャング？　ぼくらは素人だよ。靴を磨いていたのはぼくらなのに、ずっとむかしにイタリア人にその仕事を取られた」

ベンチリーの家が近づいてくると、脇に新聞の束を抱えた少年がいた。眠そうにしていて、目が半分しかあいていない。わたしたちに気づくと、その少年は期待をこめて言った。「夕刊はどうです、だんな？」

「その新聞は四時間まえのものだろう」ビーハンはそう言いながらもポケットに手を入れ、少年にいくらか代金を払った。それから、新聞を束ごと受け取って言った。「家に帰るんだ」

少年が通りをぶらぶら歩いていくのを見ながら、わたしは言った。「はじめて訊くけど、ちっちゃなビーハンはいるの？」

「まだまだ、子どもを残せるほど余裕ある立場じゃない」そう言って彼は、新聞の束から一部を抜いた。

わたしはそれを受け取った。「ベンチリー氏にはどう話すつもり？」

「誰を信用していいかというタイラー氏の判断は、彼が思っていたほど正しくはなかった、とでも。どうして——きみなら、なんて話す？」

「そもそも、どうして話さなくちゃいけないの？　イタリア人は乱暴な犯罪者で、チャールズ・タイラーはおばかさんだと、あなたが世間に暴露してくれるんだったら」

「これは休暇じゃないからね、ミス・プレスコット。ぼくは編集長のために記事を書かなくてはいけない。長い夜になりそうだ」

「あすには記事になる？」

「それか、あさって。〝〈ブラック・ハンド〉、使用人に死という報酬を支払う〟。タイラーの名前は出さない……」

「お願いよ、ミスター・ビーハン」

彼はわたしの手を取った。謝っているのか、さよならのつもりなのかはわからなかった。

「おやすみ、ミス・プレスコット。ルイーズ・ベンチリーには、しあわせを」

14

階段をのぼったことは憶えていない。着ているものを脱いだとき、新聞が床に落ちてかさかさと音を立てたことは、ぼんやりと憶えている。〈タイタニック〉号で亡くなったひとへ敬意を：女性のために自らのいのちを犠牲にした男性を、真のアメリカ人として称える〟。見下ろした紙面にはそう書いてあった。このままにしておいてはいけないと思い、あした片付けることにした。

ベッドに横になったことも、目を閉じたことも憶えていなかった。でも、見た夢のことははっきりと思いだせた。暗がりのなかで、からだが浮いているような感覚があった。何もないところを、くるくると回っていた。スカートが大きく膨らんでは、両脚にまとわりつく。髪は逆立ち、腕は動かそうとするとすごく重かった。水のなかにいるとわかった。そうわかったとたん、息ができないと感じた。

わたしは手を伸ばした。指を広げ、ここから逃れて空気に触れたいと願いながら。でも、水をつかむことしかできなかった。わたしは飛んだ——両方の腕を上げたり下げたりして、目は光があるはずのほうに向けた。でも、暗闇しか見えなかった。肺が締めつけられ、両腕は疲れたけれど、わたしは浮いていた。

見えたわけではない。でも、この暗闇のどこかで、母と妹がいっしょにいるのがわかった。心のなかで呼びかけた。でも、ふたりは海に沈んで死んでいるから、わたしの声は届かない。自分も死んだのかもしれないとふと思ったけれど、それなら、ふたりにはわたしの声が、ちゃん聞こえるんじゃないの？

黒い影が目の前で形をとりはじめ、心臓がさらにいっそう激しく打った——悪くすれば溺れるし、最悪の場合、食べられる。そう思った。でも、その影は迫りくる海の怪物ではなく、人間の形をしていた。わたしとおなじように、髪が水中で逆立っている。男のひとだ。水が彼のコートの裾をなびかせ、ズボンはゆらゆらと揺れている。生地はごわごわしたウール生地だと、わたしは知っていた。以前、その生地をしっかりとつかんだことがあったから。

彼の腕が伸び、それをつかもうとわたしも腕を伸ばした。水を蹴って近づこうとした。でも、彼のほうに行こうとすればするほど、彼は離れていった。わたしは彼をつかみそこね、水のなかで腕や脚を大きく揺らして、またつかもうとした。置いていかれないように。ひとりきりで沈まないように。そうやってもがいているうちに、その考えが心に浮かんだ。もし彼をつかんだら、ふたりの体重が合わさって重くなる。早く沈むことになる。太陽の光をまた見ることはできない。でも、どのみち、そんなことはどうでもいい。もう息ができないし、からだじゅうが痛かった。

死ぬのは痛い。からだが膨れ、破裂しはじめる。骨は砕け、そして心臓の最後の鼓動を耳にする……。

夢が陰鬱になりすぎるとき、そこには真意があると思う。死が身近に迫っているのだ。ただ、からだはそれに抵抗する。上体を勢いよく起こして上掛けをはぎ、片手を心臓に当てた。肋骨にぶつかるほどに鼓動していた。大きく深呼吸をした。一回、二回、あと何回か。そうして、ちゃんと空気があることを自分にわからせた。わたしはベンチリー家の自分の部屋にいる。そしていまは、真夜中というだけのこと。はかり知れない深さの海のなかではない。ドアにノックの音がした。エルシーの鼻にかかった声がわたしの名前を呼び、わたしは返事をした。「はい？」

彼女が顔をのぞかせた。「叫んでいましたよ」

たしかに。夢のなかで、わたしは叫んでいた。冷たくてしょっぱい海の水を思いだすと、口のなかがその味であふれた。床に落ちている新聞に目をやった。「〈タイタニック〉号の記事を読むのはやめないといけないわね」

「わたしもそう思います！」エルシーは北西部出身らしい発音で、腹を立てたように言った。農場の女主人が、するべきでないことをしていた使用人を見咎めたときのように。その声は、耳に心地よく響いた。まちがったことをきちんと正すには率直に非難すればいいという、単純な世界に通じている。

「起こしてしまって、ごめんなさい」そう言いながら、わたしは髪をなでつけて目をこすった。もう起きる時間に思われた。窓の外は、ピンク色の朝焼けだった。

エルシーは椅子の端にちょこんと腰をおろした。「気にしないでください。わたしも、アイダホであったいやなことを、いまでも夢に見ます。もう、そこにはいないのに」

「ご家族が恋しい？」エルシーから家族の話を聞いたことはなかった。わたしは、彼女はべつに恋しく思っていないと見当をつけていた。

「そうですね。両親はわたしを、近所に住むおじいさんと結婚させたがっていました。そのひとは奥さんを亡くしていて、こんなことを言うのはなんですけど、死人みたいなにおいがしました。わたしは結婚したくないと抵抗しました。結婚するつもりはない、と。人生ではじめて、両親に口答えしたんですよ。そうしたら、こう言われました。それなら、どうにかしてお金を稼いでもらおう、と。だからわたしは、わかった、仕事を見つけると答えました」

「それでニューヨークにきたのね」

「両親にはほんとうに腹を立てていましたから、できるだけ遠くに行こうと考えたんです。そうしたら、ふたりとも悪かったと思ってくれるんじゃないかと期待して」そこでエルシーは鼻に皺を寄せた。「若いときは愚かなんですよね、知ってました？」

若いときとエルシーが言ったのは、ほんの半年前の彼女自身のことだ。でも、その言葉は事実だった。はじめてベンチリー家にやってきたときのエルシーと、いま話しているこの少女との間には、大きなちがいがある。

エルシーは話をつづけた。「両親といるのがどんな感じか、わかりますよね」

「わからないわ」

「え、孤児なんですか？　お気の毒に」

「孤児」――自分で自分をそんなふうに思ったことは一度もなかった――「というわけではないけれど」わたしは正直に言った。「母はずいぶんまえに亡くなった。でも、父はまだ、生きてるんじゃないかしら」わたしはにっこり笑った。何か愉しい記憶を思いだしたみたいに。「三歳のとき、父にベンチに置き去りにされたの。わたしのコートの後ろに、メモを留めて」

エルシーは口をぽかんとあけた。「探そうと思ったことはありますか？」

ソフィアが丸で囲んでいた新聞の個人広告のことを思いだした。〝何年もまえに船着場に娘を置き去りにした紳士の方、もう子どもではなくなったその娘と再会することが適切だと思ったら……〟

わたしはかぶりを振って話題を変えた。「それで、その奥さんを亡くしたおじいさんとは結婚したくなかった」わたしがそう言うと、エルシーは鼻に皺を寄せて舌をぺろっと出した。

「ほかに結婚したいお相手がいたのね？」

エルシーはすこし視線を外した。「ひとりだけ、いました。でも彼は、べつのひとが好きだったんです。ふたりは結婚したんじゃなかったかしら」

「それは残念ね」

彼女は肩をすくめ、それから訊いた。「タイラー家のお屋敷で誰かが殺されたというのはほんとうですか？　だんなさまが電話でそう話しているのを、バーナデットが立ち聞きしたんです」

いつかベンチリー氏がすばやくドアをあけて、バーナデットがクビにされる日がくるかもしれない。とはいえ、タイラー家のニュースは遅かれ早かれ広まるだろう。こうして話しているあいだにも、ビーハンはまちがいなく、事件の記事をタイプしているはずだ。

「ほんとうよ。タイラー家の使用人の若い女性が殺されたわ」

こういう発言のあとには、ふたつの質問がつづく。エルシーはまず、「どうやって？」と訊いた。わたしは彼女に話した。

それからエルシーは、ふたつ目の質問をした。「犯人はわかったんですか？」

「まだ、わからないの。みんな、ちがうことを考えていて」

「あなたはどう考えています？」エルシーが訊いた。

「そうね、あのお屋敷には、彼女に好意を寄せていた使用人がいるの」

「でも、彼女はその気がなかったんですね？」

「そうよ」

「わたしの故郷でも、おんなじことがありましたよ」エルシーは言った。「ウィラ・ターナーという名前でした。サム・バードックが彼女のことを好きで、ウィラもしばらくはデートしてました。でも、彼女はダニエル・ミーチャムとつきあいはじめて、それなのにサムにそのことを言い忘れてたんだと思います。サムは、ものすごく怒りました」

「それで？」

「それで、彼は……」

エルシーは片手を喉元に当ててからつかんだ。

「殺したの？」

彼女はうなずいた。「すごく哀しかったです。彼はぜったい、そんなことをしなかったと思うんです、ウィラがちゃんと――」

「なんですって？」

エルシーは肩をすくめた。「だって、ふたりの男のひととデートをするなんて、いけないことじゃないですか。でも、どうにかなると考えてしまうんです。そんなことをされたら、相手はすごく怒りますよ。とくに、サムは。彼はいろんなことを深刻に考えるタイプなんです。ウィラに、ちゃんと分別があればよかったんですよ」

「サムはどうなったの？」

「町を離れました。みんな、そうするのがいちばんだと思ってたんじゃないでしょうか。サムには不思議だったはずなんですけど、ダニエルはダニエルで、教会でウィラの家族と顔を合わせることに耐えられないみたいでした。ウィラの家族も居心地悪そうにしてましたし。とにかく何もかも……めちゃくちゃでした。わかります？　だってよく考えたら、三人の人生がだめになったんですから」

そのうち、ひとつのいのちは失われた。サムはひとりの女性を殺したのに、エルシーから

——そして、町からも——憐れに思われている。でも、どうしてウィラは、分別がなかったからという理由で何も報われないのだろう。わたしはエルシーにそう訊きたかった。でも、やめておいた。わたしは彼女を起こしてしまった。それでじゅうぶんだ。

「警察はサムを逮捕しようとはしなかったの？」

「どうしてです？　ごく私的な問題ですから、そこに法律を持ちこむのはどうなんでしょう。サムは危険人物というわけではなかったんです。ただ、愛情が悪い方向に行っただけで」

愛情？　愛。その言葉は頭のなかで奇妙に反響した。エルシーはまちがった単語をつかったの？　でなければ、このところのわたしがおかしくなくらい、愛というものに心を奪われているの？

エルシーの一日がはじまろうとしていた。彼女は顔を洗って着替えるために、部屋にもどった。わたしはあくびをしながら、水が必要だと思った。顔に直接、水をかけたい。水差しや洗面器、それにクロスの置いてある小さなテーブルまで行き——ベンチリー家は住みこみの使用人には個室を用意してくれていたけれど、水回りに関しては共用で、それは廊下の先にあった——ボウルに水を入れて顔に浴びせた。それから何回か、目をぱちぱちさせた。ふと、ビーハンはいま何をしているかしらと思った。すこしは眠れた？　それとも、徹夜で記事を書いていた？

やっとのことで服にからだを押しこんだところで、階下《した》からエルシーに呼ばれた。「奥さまから電話です、ミス・プレスコット」

急いで階下におり、受話器を取った。「奥さま?」

「ああ、ジェイン! ジェイン、すぐにもどってきてちょうだい――」

「わかりました、午後の列車でもどります」

「だめ、いますぐ!」夫人は泣きながら訴えた。「いますぐ、もどってきて」

「どうしました? 何があったんですか?」

「あの子がやってしまったの! あの愚かな娘はやってしまったのよ。もう、どうしたらいいか――」

「何をやってしまったんです、奥さま? どなたが何をやってしまったんですか?」

「ルイーズよ! あの子、婚約を解消したの。結婚式はしないと言っているわ。いまも、この先もずっと! それで、荷づくりをしているの――自分で荷づくりをしているのよ、ジェイン! ――まさに、いま。きょうのお昼にはこのお屋敷を出ると言い張ってる。たとえ、駅まで歩かなくてはならなくても。ジェイン、いますぐきて。一分もむだにできないの!」

15

こうしてわたしは、プレザント・メドウズにもどった。列車のなかで、何がルイーズをそれほどまでに思い切った行動に走らせたのかを探ろうとした。母親ふたりの言動が、とうとう彼女をがまんの限界まで押しやったの？　ウィリアムの母親が、何か許せないようなことを言ったの？　あるいは、ウィリアム本人が？　ルイーズはずっと神経を張りつめていたから、ちょっとした軽口でも耐えられないほど残酷に響いて、彼女のなかに留まっているのかもしれない。

何が引き金になったにしろ、婚約を解消した理由は、ルイーズが結婚を怖れているからだという気がしてならなかった。わたしがプレザント・メドウズを離れていたのはほんの一日だけれど、彼女が最悪のイメージをどんどん膨らませてしまうには、一日でじゅうぶんだったはず。旅行かばんのなかで何枚もの衣類の下に忍ばせてある、『すべての母親が知っておくべきこと』のことを考えた。あの冊子が、ルイーズの抱える問題に答えてくれるとは思えない。

列車を降りると、救難信号はほかに向けても発信されているとわかった。ウィリアムの妹のビアトリスがプラットフォームに立ち、タイラー家のシャラバンを待っていたのだ。

ビアトリスのことは好きだけれど、彼女とベンチリー家とのこれまでの歴史は、その複雑さと恨みとで、とてもひと言では説明できない。ビアトリスは背が高く、目や髪の色は黒い。何年ものあいだ、ノリー・ニューサムの将来の花嫁だと思われていた。ノリーといっしょになって、自分たちの住む世界の礼節を軽んじた。人生の大半でずっと劣勢に甘んじていると、卑屈さが身についてしまうひともいる。でも、ビアトリスには気概があった。とはいえ、ノリーの死を哀しむ気持ちがその気概にも大きな打撃を与え、以前は陽気なウィットにあふれていたのに、このところはただ辛辣《しんらつ》な物言いをするだけになっていた。

わたしとビアトリスは、知り合って十年ほどたつ。そしていま、彼女はこちらに近づいてきて言った。「どれくらいひどい状況なの、ジェイン?」

「わかりません。わたしはニューヨークにいたので。奥さまから、すぐにもどってくるようにと電話がありました」

「わたしもおなじ、お母さまから電話があったの。ルイーズを説得して、なんとか結婚式までこぎつかせてほしいと思っているみたい。エミリーにもそう期待しているの。お母さまったら、わたしたちに何ができると考えているのかしら」

ルイーズがタイラー家の姉妹を怖れていることを気に留めながら、わたしは言った。「ルイーズさまは、タイラー家のみなさんに受け入れられるかどうかに、多少の……」

「よろこんで受け入れるとは言えないわね。ルイーズ自身は、そんなにひどいひとじゃないことはわかってる。だからといって、彼女を愉しい話し相手だと評することはできないわ。お母さまは、ベンチリー家の財産を使うことを考えてわくわくしているかもしれないけれど、あの厚かましくて意地の悪い妹のシャーロットと――ええ、知ってる。あなたは、彼女にも仕えているのよね――、この結婚式のあともあらゆる家族の集まりで顔を合わせると思うと、それだけでわたしは、ミシガン州のカラマズーに引っ越して山羊でも育てていたい気持ちになるわ」

わたしは方針転換した。「ルイーズさまは、ウィリアムさまをしあわせにします」

「そうかしら?」そう言ってビアトリスは、車道のほうに目をやった。「いまのところ、そんなふうには見えないけど。まあ、兄はタイラー家の救済者を気取りたいのかも。でもね、あなたはほんとうに、あのふたりがうまくやっていけると思ってる?」

慎重に言葉を選びながら、わたしは答えた。

「おふたりとも、親しいひとたちから軽く扱われたらどんな気持ちになるか、よくおわかりです」

「ふたりとも、ごくごくふつうのひとなのよね」ビアトリスはふざけたように言った。「ちょっと、そんな目で見ないでよ。ごめんなさい。あなたがルイーズのことを大切に思っているのは、ちゃんとわかってるから」

予定の時間より遅れて、アルドーの運転するシャラバンがやってきた。わたしと彼は互いに視線を避け、ニューヨークで会ったことなどなかったようにふるまった。そこで、ビーハンが書く記事のことを考えた。紙面に載ったら、どんなことになるだろう？　チャールズはまちがいなく、イタリアにルーツを持つ使用人全員を解雇すべきというプレッシャーを感じるはず。チャールズがアルドーに対して急に冷たくなると思っても、ぜんぜんうれしくない。この二十四時間で、わたしの考えがすっかり変わったということだ。ベンチリー家を説き伏せて、アルドーを雇ってもらうのもいいかもしれない。いまの運転手のオハラよりも、よくやってくれそうだ。

お屋敷に近づいてくると、ビアトリスは顔をあげて建物の最上階を見た。「気の毒な子が死んでいたのはあそこね？」

アルドーの存在を意識して、わたしは答えた。「そうです。哀しいことですが。彼女はとても魅力的でした」

「ベンチリー家では、結婚式のまえに誰かが死ぬのがお決まりみたい、そう思わない？」

玄関でタイラー夫人がビアトリスを迎え、そのままなかに連れていった。シャラバンの後部にまわると、アルドーが荷物をおろしていた。ビアトリスの旅行かばんはわたしが部屋まで運ぶと申し出ると、彼は素っ気なくうなずいた。ビーハンが彼にぞんざいな態度を取るままにさせていたことが、急に申し訳なく感じられた。

でも、彼は旅行かばんを渡しながら、ためらいがちに口を開いた。「ミス・プレスコット？」

「何？」

彼はにじり寄ってきた。「ソフィアのことだけど。何かわかった？」

その目は不安げで、口調も心配そうだった。それでもやはり、わたしはためらった。自分がまだ信じられないでいる話を聞かせたくはない。

わたしは訊いた。「彼女がどうしてタイラー家で仕事をするようになったのか、知ってる？」

「いや。でも……おれの考えはある。彼女がここにきたとき、ものすごく怯えていた。いつもいつも――」彼は神経質そうに、あたりをうかがうようなしぐさを見せた。「彼女は賢かった。でも、何に怯えていたかを忘れた。だから、あいつらに殺されたんだろう？」

彼の声には、どこかおかしなところがあった。まるで、自分の言っていることを肯定してほしいと思っているような。ソフィアが〈ブラック・ハンド〉に殺されたというニュースが、どうして慰めになるの？　そこでわたしは、実体のあやふやな、彼の恋敵のことを思いだした。

「そうね。彼女には、ダンテ・モレッティ以外に男性との浮いた話はなかった」彼はサンドロ・アルディートのことを知らなくていい。

浮いた話はなかったと聞いても、アルドーはとくに元気づけられなかったようだ。そこは評価していい。ほとんどひとり言のように、彼は言った。「彼女はいい子だった。教えてくれてありがとう、ミス・プレスコット」

「どういたしまして、ミスター・グリマルディ。あと、ごめんなさい」――これから口にすることはすこし、ややこしい。だから、わたしはつっかえながら言った。「ソフィアが亡くなったことは、ほんとうに残念だわ。それと、あなたに対するわたしの友人の態度は、申し訳なかったと思ってる」

アルドーは短く笑った。それからシャラバンにもどった。

使用人用の玄関からお屋敷にはいると、厨房には何を考えているのかわからないブリッグズ夫人がいた。彼女は食品庫の在庫を確認していたけれど、わたしに気づいて言った。「やっともどってきたのね。さあ、ベンチリー夫人のところに行ってちょうだい、いますぐ」

「ルイーズさまのところではなく？」

ブリッグズ夫人は缶の数を数えるのに、しばらく間を置いた。何があっても、このハウスキーパーが勤めをおろそかにすることはないようだ。「ルイーズさまはいま、ここにはいらっしゃいません。ほとんど〝外〟でお過ごしです」

ルイーズらしくないけれど、なかなかうまく立ち回っているようだ。答えが返ってこないと思いつつ、わたしは訊いた。「何があったんですか？」

「わたしの口からは言えません。ベンチリー夫人にお尋ねなさい」

なんだかよくわからないまま、わたしは階段に向かった。

ベンチリー夫人はベッドに横になっていた。わたしが部屋にはいっていくと、彼女はどうにか枕から頭をあげ、ささやくような声で言った。「ジェイン、もどってきたのね！」わたしは清潔な布片を手に取り、ラヴェンダー水をさっとふりかけた。それから椅子を引き寄せて腰をおろし、思い切って言った。「何もかも話してください、奥さま」

「そうね」夫人は言った。「すべてのはじまりは音楽だった。いえ……そうじゃない。そう、わたしたち、話してたのよ──タイラー夫人とわたしと、それにルイーズで。あの、気の毒なお嬢さんのことを話してたの、イタリア人のお嬢さんのことを。それで、わたしは提案したのね。結婚式までは彼女の話題を持ちださないよう、使用人たちに伝えましょう、と。そうしたらタイラー夫人は、あの娘の下品なスキャンダルを話題にするべきではないなんて、わざわざ言われなくてもよくわかってますよ、なんて言うのよ。あなたも知ってるでしょう、ジェイン。彼女って、いつもそうなの。いつも、何か言われたら言い返さないと気がすまないのよ」

「そうですね、奥さま」

「それからね、わたしは言ったの。披露宴のあいだに〈タイタニック〉号の事故の犠牲者のために寄付金を募ろうと考えていた、と。ボーチャーリング夫人といっしょに活動してる委員会のことは、あなたも知っているでしょう」

「ええ、奥さま」

「でもタイラー夫人はね、お金を要求することはできないなんて言うのよ。そのうえ、結婚式で死について話題にするのはふさわしくないと、そんな話をしていたんじゃありません？　なんて。だから、それとこれとはまったくべつの話です、と答えたの。あのイタリア人のお嬢さんのことは、誰も知らないんですから、と。そのときよ、どうしてだかわからないけれどルイーズが自制心をなくして、わたしたちはみんな、怖ろしいと言ったの」

夫人は涙に濡れ、苦悩でいっぱいの目をわたしに向けた。「信じられる、ジェイン？　タイラー夫人はね、それほど繊細な問題だなんて思わないと言ったの。そうしたら、ルイーズが――わたしのかわいいルイーズが、よ――叫んだの。繊細な問題に決まっているでしょう、女性がひとり亡くなったのよ、と。だからわたしは、そうね、そのとおりね、と言ってなだめたの。それから、とんでもなくむずかしいこの状況を乗り切るにはどうすればいちばんいいのか、いろいろ探っているところよ、とも言ったわ。でも、あの子はわたしが話すそばからあれこれ言ってきたの。こんなの……こんなのまちがいだし、見せかけにすぎないし、わたしたちみんな、偽ってるだけじゃない、と」

わたしは眉をひそめた。「偽ってる、ですか？」

「あの子がどういう意味で言ったのかは、わからない。かわいそうに、ルイーズったら感情を高ぶらせてたわ」

ベンチリー夫人は、ベッドの上掛けをハンカチでぱしっと叩いた。「そう、まさにそのときよ。自分は結婚式をするつもりはない、誰かがそうウィリアムに伝えてくれたら、すごくありがたい、と言ったのは」

わたしはそのことをよく考えた。「それで、ウィリアムさまには伝わっているんですか？」

「とうぜんよ！」

「ウィリアムさまはルイーズさまとお話しされました？」

「彼をそばに近づけようとしないの。ウィリアムもかわいそうに。ルイーズの父親がきて、道理を言って聞かせてほしいと願うばかりよ。でも、あのひとはいまワシントンDCにいるの、よりにもよって！」

「奥さま、ルイーズさまはいま、どこにいらっしゃいます？」

「えっと、わからないの。海のほうじゃないかしら。ずっと、そこで過ごしているみたいよ。本を読みながら！」夫人は言った。最後は、ルイーズがまるで放蕩《ほうとう》三昧しているとでも言いたげな口調だった。

「ルイーズさまのところに行ってみます」

ベンチリー夫人の片手がわたしの手に置かれた。「お願いね、ジェイン。あの子がちゃんと話を聞くのは、あなただけだもの」

丘を下って水辺に向かいながら、言えたらいいと思うことを頭のなかでおさらいした。〝見せかけ〟とか〝偽ってる〟とかいう言葉を口にしていたことからすると、ルイーズは気づいてしまったのかもしれない……ウィリアムがタイラー夫人と話しているときにわたしが聞き取った、彼の迷いを。そんなものは、花嫁なら誰だって受け入れられないだろうけれど、とくにルイーズのように敏感な女性にはきついはず。それでも、ショックがそこまで大きくなければ、結婚まえに神経が過敏になることはよくあることだし、大目に見てもいい落ち度だと言って、彼女を説得できるような気がした。

ルイーズは、わたしとビーハンが並んで坐ったのとおなじベンチに坐っていた。近づいていくと、向こうからビアトリスが歩いてきた。わたしの視線に気づいた彼女は、ひと言だけ口にした。「がんばって」

わたしに気づいて、ルイーズはにっこりと笑った。わたしは言った。「最後の請願者が参りました」

先ほどの笑みがさっと消えた。「あら、ということはわたしの気持ちを変えさせようとしてやってきたのね」

「そのつもりでした」わたしは認め、地面に目をやった。なるほど、たしかにルイーズはずっと本を読んでいたようだ。女性は結婚するしかないという、十九世紀末のアメリカの上流社会の人間模様を描いた、ウォートンの『歓楽の家』を。

ここにきた目的はともかく、わたしも腰をおろしていいかと訊いた。彼女は、どうぞと答えた。

「ビアトリスさまとお話しされました？」

「話したわ」

「お話しして、いくらか元気が出ました？」

「彼女、ひとを元気づけるタイプじゃないわね。でも、話は聞いてくれた」わたしは、何か非難される覚悟をした。

「彼女、ノリー・ニューサムのことをとても愛していたの。知ってた？」

わたしは知っていた。だから、そう答えた。

「わたしは知らなかった。いいえ、彼女はノリーと結婚するつもりだったのに、そうならなくてがっかりしたことは知ってる。でも、それを愛だとは考えなかったの。だから、わたしと彼女には共通点がある。失うとわかっていても、そのひとを愛してしまうの」

「ノリーさまとウィリアムさまは、まったくべつの男性です。ノリーさまには立派なところなどありませんでした。彼にも立派なところがあったと、そうビアトリスさまが思いこんでいたら、ご自身の知性に対する侮辱です」

ルイーズはしばらく黙ってから言った。「それで、あなたはウィリアム・タイラーのことを立派な男性だと思っているのね？」

「思っています」

「彼の妹はそう思っていないと聞いたら、おどろくかしら？」

「いいえ。ビアトリスさまは、どなたのことも高く評価したことはありませんから」

「では、わたしがそう思っていないと聞いたら？」

答えないことが答えだった。

ルイーズはスカートの端をつまんで、脚を地面の上におろした。「そうよ、わたしもウィリアムは立派な男性だと思う。でも、それと同時に彼は……」ルイーズは適切な言葉を探して、むずかしい顔をした。「弱い。彼にそんなつもりはないけれど。あと、彼は自分の失敗をすぐに認める。ほとんど、早すぎるくらいに。でも、自分にはその失敗を乗り越えられる力があると、どこまでも信じているの」

「では、ルイーズさまはそう信じていないのですね」

「わたし、なんでもちゃんと見えるようになりたい。愉しいことではないけれど、準備ができていないときに何かショックに襲われるよりは、よっぽどましよ」

「ということは……ショックを受けるようなことがあったのですか？」

「ウィリアムががっかりしそうなときは、ずっとわかってたわ」

そんなことを言いだしたら、とんでもなく窮屈だ。すべての男性――ついでに、すべての女性も――、どうしたって相手をがっかりさせてしまう可能性はあるのだから。男性も女性もみんな、期待しすぎるという可能性があるのとおなじように。そう言おうとしたところで、ルイーズが言った。「ウィリアム自身が、わたしにそのことを気づかせようとしたの」

赤裸々な事実を話す時間がきたようだ。「何があったんです、ルイーズさま？」

「彼のことを悪く言いたくない。あなたが言うとおり、彼は評価されてとうぜんだもの」

「でしたら、ウィリアムさまはその評価を失うようなことをするべきではないですよね？」

ルイーズは話してくれた――そして、わたしがある程度、怖れていたことは事実だったとわかった。

ルイーズのそばから追い払われるようにして、ウィリアムはタイラー夫人といっしょに、ビダーフォード家に身を寄せていた。ということは、関節から引き抜いたウィリアムの腕を振りあげ、彼自身の頬を打つことはできない。お屋敷まで歩いてもどるあいだ、そんな考えが頭のなかをずっと占めていた。彼がここにいないということで、よけいに腹が立った。状況は切迫しているけれど、治療法がないわけではないのに――ウィリアムがやってくれれば。母親のタイラー夫人に助けを求めることは、その治療法のうちにはない。

暑い日だった。ルイーズとの話し合いがうまくいかなかったこともあり、お屋敷までもどると、軽く息が切れた。アルヴァがポーチに坐り、刺繍《ししゅう》をしていた。白いリネンのドレス姿で、髪は頭の高い位置で印象的にまとめられていた。いつもより気楽そうだった。〝元にもどった〟――そんな言葉が頭に浮かんだ。ここにいる女性は型破りで、妻であり母親でもある。怖れや不安を持って生きてきたけれど、それに屈することはなかった。彼女に近づきながら、わたしは声をかけた。「アルヴァさま？」

「ジェイン。おかえりなさい。ニューヨークはとんでもなく暑かったんじゃない？」そう言って彼女は、麦藁《むぎわら》帽子で自分をあおいだ。「ここでさえ、息苦しいほどなのに」

「空気はこちらのほうがいいですね」わたしはステップをあがりながら答えた。アルヴァはひと縫いに苦戦していた。針を刺し、やはりそこも位置がちがうと気づき、針を抜く。それからまた、針を刺す。何度も失敗するせいでいらいらするのか、手の震えが大きくなった。彼女は意味もなく針を引き抜いた。そうすれば、糸が言うことを聞いてくれるとでも思っているように。片手を拳に握り、もう片方の手の指は刺繍枠をしっかりとつかんでいる。

「お手伝いしましょうか？」わたしは訊いた。「新人メイドに任せていいときもありますよ」

アルヴァは大きくため息をつき、刺繍枠をわたしに渡した。「刺繍ってうまくできたためしがないし、これからうまくなることもなさそう」

糸のもつれを解きながら、これは〝愛しい子〟という文字を花で囲んだ図柄だとわかった。

「でも、とてもすてきですよ。いい腕をお持ちじゃないですか」

「ありがとう。これはメイベルに、と思って。あの子とフレディをここから遠ざけて、すごくひどいことをしたように感じているわ。メイベルはどうしてなのか、よくわかっていないの。だから、もし——」

「ご自分たちの安全のためだと、メイベルさまはちゃんとわかっていますよ」

「ひょっとしたら、あの子がわかっていないのは、そもそもどうして危険にさらされているのかという点かもしれないわね。でもそれを言うなら、わたしもおなじだわ」

辛辣さを払い落とすようにかぶりを振り、アルヴァは言った。「あら、ずいぶんきれいに直してくれたのね、ありがとう」アルヴァはわたしから刺繍枠を受け取った。「これ以上ひどいことにならないうちに、しばらく置いておこうかしら。さて、あなたはわたしの刺繍を直しにきたわけじゃないわよね。ルイーズは見つけられた？」

「はい」

「それで？」

わたしはためらった。「アルヴァさまに話していただきたいと思っていました」

アルヴァはおどろいたようだ。「ルイーズがわたしの意見を聞きたいとは思えないわ。かわいそうに、彼女は周囲が考えていることにうんざりしているのよ」

「結婚するとはどういうことかを、アルヴァさまならお話しできるのでは、と」

しばらく間があった。助けになると期待していた提案は、実現しないのだろうか。

「アルヴァさま、あなたには勇気があります。ですがルイーズさまは、いまだに持てずにいるんです。できれば――」

アルヴァは美しい目でわたしを見た。「結婚をこわがる必要はないとルイーズに話せばいいの？　でも、どうしてこわがってはいけないのかしら？　それこそ、彼女にはすぐれた知性がある証拠だと思うけれど」

「でも、アルヴァさまとチャールズさまは、たいへんお似合いです」

一瞬の間をおいて、彼女はうなずいた。「そうね。だからといって、どの若いお嬢さんに向かっても、結婚生活が何かを保証してくれるだなんて、気軽に言えないわ。そのお嬢さん自身に収入があって、夫に頼る必要がない場合は、とくに」

「ルイーズさまが話してくださったところによると、些細な過ちとはいえ、許せないことがあったということでした。ウィリアムさまは、たいへん反省しているとルイーズさまに伝えられたようですが」

アルヴァは何も答えない。やがて、こちらを見ずに言った。「反省していると伝えるだけでは、ちゃんと告白していることにはならないんじゃないかしら。いつも不思議に思うの、そのひとはちゃんと――心から――自分が何を反省するべきか、理解しているのかしら、と」

「でも、ウィリアムさまはご自分がなさったことを認めたんです」

アルヴァは興味を惹かれたような表情でわたしを見た。「認めたの？」

アルヴァがどうしてそんなことを訊くのか、わたしにはわからない。こちらからはなんと質問しようかと言葉を探しているうちに、アルヴァはキンギョソウを飾ればディナーの席が映えることに気づいたようで、わたしたちの会話は終わった。

その夜、まだ捨てていない新聞はあるかとブリッグズ夫人に訊いた。彼女はかすかに笑みを浮かべながら、いくつか渡してくれた。それから、探るように言った。「メイベルさまがサラトガに行ってしまったいま、また、こんなことを頼まれるとは思っていませんでしたよ」

マイケル・ビーハンの記事はどこにも載っていなかった。まちがいない、彼はまだ書いている。

16

つぎの日、エミリー・タイラーがプレザント・メドウズにやってきた。ヴァッサー大学の春学期に通っている彼女は考えが浅いところがあり、自分のことだけで頭がいっぱいだ。女性たち――ベンチリー夫人、タイラー夫人、アルヴァ、ビアトリス、そしてエミリー――がそろったところで、ビーチでのピクニックが提案された。〝ピクニック〟というのはもちろん、誰かへの全面的な干渉を礼儀正しく表した単語だ。お屋敷のそばでは、そこまであけすけに相手と触れ合うことはできない。それに、エミリーがしきりに海を見たがった。というわけで、女性陣は南のほうの海岸に車で向かった。

はじめてルイーズに会ったとき、彼女は自分のことを、怯えて尻込みする女の子だったと言った。その一方で、妹のシャーロットは大胆で、夏の休暇で海に行ったときはまっすぐ波に飛びこんでいった、という話をしてくれた。そんなことを思いだしながら、わたしはルイーズの水着をかばんに詰めた。ルイーズは神経をとがらせ、何かを警戒しているかのように柳細工の椅子に坐っていた。

「あなたもいっしょに行かないと」ルイーズは言った。「誰かがわたしのそばにいてくれないといけないわ」

こうしてわたしは、縫い物をするという名目で、ビーチに敷いた毛布の上に腰をおろすことになった。一行からはほんのすこし、距離を置いて。年嵩《としかさ》の女性たちは、わざわざ水着に着替えることはしなかった。めいめいが白いドレスに身を包み、大きな帽子をかぶっていた。その帽子は、強い海風が吹くと後ろのほうに飛ばされた。若い女性たちは、白いパイピングが施された青色の水着に着替え、長い靴下を穿《は》いて脚を隠していた。みんなが準備運動ともいえる儀礼的なおしゃべりをするあいだ、わたしは一面に広がる海を眺め、水平線までまっすぐに泳いでいったら、その向こうには何があるのかしらと考えた。すぐに、そんなことは不可能だと思ったけれど、やってみたくて仕方ない。人類がはじめから、海を渡ることに駆り立てられたのもうなずける。ヴァイキング船《ロングシップ》に乗って、ほかの船を襲ったヴァイキングたち。インド亜大陸を探しもとめたコロンブス。きょう、波は高い。そびえるほどの高さにまでなってから砕けている。その音はとてつもなく大きくて荒々しく、復讐心を燃やす神が思いだされた。ポセイドン、ネプチューン……それに、大地や海から生まれたティーターン十二神。〈タイタニック〉号は、この神の名前にちなんで名付けられた。海とは冒険であり、チャンスであり――墓地でもある。わたしの母は、どこかの海で眠っている。それに、妹も。でも、考えても意味がない。わたしは頭のなかから物思いを追いだし、みんながルイーズを説得するようすに耳を傾けようとした。でも、ルイーズへの干渉はエミリーのせいで遅れた。彼女がこのピクニックの目的がよくわかっていなかったのと、ほかにもっとおもしろいことがあるから、ルイーズのことは無視しようと決めていたからだ。そのおもしろいことというのは、つまり、エミリー自身だ。デイジーで花輪をつくったり、陸軍士官学校《ウエスト・ポイント》の若者たちとダンスをしたりする合間に、彼女は社会学やデュルケームという社会学者について学んでいる。母親のタイラー夫人によれば、その社会学者はエミリーが結婚したがるタイプではないらしい。

「まあ」アルヴァから小さな皿を受け取りながらエミリーが言った。「すべては、社会と文化と集合意識ということよ」

「集合」ビアトリスがサンドウィッチにかぶりつきながら言った。「それってちょっとばかり……社会主義っぽく聞こえない？」

「ちがうわ」エミリーはばかにするように言った。でも、社会学と社会主義のちがいを説明してほしいと頼まれたら、彼女は答えるのに四苦八苦しそうな気がした。「わたしが学んでいるのは、社会をひとつにまとめているものは何か、についてよ。独立した個人でいられるのと同時に、大きなものの一部にもなれるのはどうしてか、ということ」

「それで、どうしてなの？」ベンチリー夫人は礼儀正しく訊いた。

「えっと、それはですね……共通の認識があるからです。みんな独立しているから、望むものはそれぞれちがいます。その一方で、おなじものをほしがったり、その集団のなかで何かしらの任務があったり、演じるべき役割があるということに同意していますから」

「なんだか本末転倒していない？」ビアトリスが〝本末転倒〟の母音を長く伸ばしながら訊

いた。

「いいえ、していない。何かあったら、〝それはよかった〟とか〝なんてこと〟と言うだけではだめなの。その出来事を、社会学の観点から観察しないといけないわ。どこかの国、そうね、たとえばアフリカではふつうのことでも、この国ではとんでもないことかもしれないでしょう。そして、その逆も真実なのよね。それに、いまは基準から外れていると思われていることでも、百年たてばまったくふつうになっているかもしれない」

アルヴァはすっかり刺繍に集中していた。ベンチリー夫人の笑顔は、ずいぶんとぎこちない。ビアトリスはビスケットに手を伸ばした。ルイーズはつま先で砂を掘っていた。タイラー夫人は、いまにも口を開こうとしていた。まちがいなく、娘にその口を閉じなさいと言うつもりだ。そんなとき、エミリーが言った。「デュルケームは、犯罪だっていいことだと言ってるのよ」

みんながおどろいた表情を浮かべたことに満足しながら、彼女は言い足した。「犯罪は、わたしたちの社会のどこがいけないかを示し、いやでも変化を起こさせる、とも。社会規範に挑戦する方法だと」

わたしは興味を引かれた。でもほかの女性はみんな、エミリーはやりすぎたと思っている。無難な会話という境界線を越えてしまった。もう、仕方なく聞くというふりさえしない。だからエミリーは、わたしに向かって言った。「すごくわくわくしない、ジェイン？　最悪の犯罪さえも、社会に恩恵をもたらす可能性があるなんて」

「恩恵ですか、エミリーさま」

「そうよ。だって、共通の信念で結びついた理想の社会では、そのなかでの役割に誰もが満足するの。アルヴァおばさまは、妻や母親という役割に満足する。わたしは、学生という役割に満足する。あなたは、メイドという役割に満足する。でも、わたしたちがいまいるような現代社会では、それをしたからといって満足できるわけではない仕事をさせられるのよね」

あの、エジプトという〝現代〟社会でピラミッドを建築した古代イスラエル人は、どれほど満足していたのか。そのことを訊きたいという思いが頭に浮かんだ。でも、エミリーのいつもの調子を乱したくはない。

「だから、誰かが罪を犯したら、それは社会秩序に対する抗議で、何かがまちがっていると警告しているということなの。変化はそうやって起こるの」

ビアトリスが言った。「ということは、わたしたちみんなが寝ているときにジェインに殺されたら、彼女はじゅうぶんなお給金をもらっていないということね」彼女はバターナイフをわたしの手の届かないところに動かすという、芝居がかったことをしてみせた。

「そこまでいかないうちに、ベンチリー夫人はジェインのお給料を上げることを考えたほうがいいですよ」エミリーはそう言い、抜かりなくバターナイフを元の位置にもどした。

ベンチリー夫人がわたしを見た。「あなた、自分のお給金に満足してるわよね、ジェイン？」

「はい、奥さま」

ビアトリスが異議を唱えた。「ということは、ひとは誰も、立派な理由なく罪を犯さないということ？」

わたしの理解では、エミリー——でなければ、デュルケーム——は、犯罪には社会的価値があるということだけを言いたいわけではなさそうだ。でも、彼女はこの餌に食いつき、すまして答えた。「そうね、わたしの口からは言えないわ。あなただったら、何がきっかけで罪を犯すと思うの、ビアトリス？」

「そんなもの、あるはずないわ」アルヴァが言った。

「はっきりはわからないわね」ビアトリスはそう答え、ルイーズをちらりと見た。「誰もがみんな、ときどきは冷静さをなくすものでしょう。ある感情がとてつもなく激しく掻きたてられて、何か行動を起こさなくちゃならなくなるときが」

「わたしは一度も、そんなことになるまでにひとつの感情に衝き動かされたことはないわ」

ベンチリー夫人は言った。

「ほんとうに？　怒ったりしないんですか？　ねたんだりとか。つまり——嫉妬ですね。裏切られたと感じるじゃないですか、誰かに何かを奪われたら」

ビアトリスはシャーロットにノリー・ニューサムを奪われたことをほのめかしていると、誰にも想像がついた。長く重い沈黙がつづいた。

それを破ったのはルイーズだった。「嫉妬を感じるのは、ほんとうにつらいわね」

この話題を終わらせようと、アルヴァはうまく会話の流れを止めた。「だからどの女性も、そんなことで一秒の時間もむだにするべきではないわね」

エミリーが言った。「アルヴァおばさまは、一度も嫉妬したことがないんですか？　チャールズおじさまはとてもハンサムですよね。わたし、女性たちがおじさまのご機嫌を取っているところを見たことがありますよ」

「ないわ。これまでもなかったし、これからもない」アルヴァはそう言いながら、ずっと視線を下げたままだった。「悪い影響を与えるしかない気持ちになるなんて、信じられない。嫉妬や怒りや後悔——そういった感情が何のためになるというの？　ただ自分の内面を蝕《むしば》むだけじゃない」

非難されたと感じたのか、ビアトリスが反論した。「そういう感情を持ちたくないと思っていても、いつもいつも、そうできるわけではないわ」

「いいえ、できるわ。そう望めば」アルヴァはルイーズを見た。「そうするだけの価値があれば」

つづけてビアトリスが言ったことは、わたしたちみんなに向けられたものだろう。「へえ、おばさまはわたしたちみたいなふつうの布から切り離された、上質の布といったところですね」

「アルヴァおばさまを大統領に！」エミリーが言った。「女性参政権のためのデモには参加します？」彼女は熱を込めて訊いた。「ヴァッサー大学からもたくさんの学生が参加しますよ」

アルヴァは首を横に振った。「このところ、それほど気力がないの。デモなんて、とんでもないわ」

おばに断られ、エミリーのきらきらした表情が曇った。彼女はからだの向きを変えると、膝を抱えながら海をじっと見つめた。

そんな話をしているうちに、ベンチリー夫人はだんだんとおちつきをなくしていった。そしてついに、こう口走った。「ルイーズ、いいから考え直しなさい」

ほぼ同時に、アルヴァが割ってはいった。「男性はわたしたち女性とはちがう。そのことは忘れないで。あのひとたちは弱いのよ」

タイラー姉妹の父親のことを言っているように感じられて、気まずい雰囲気が漂った。ビアトリスはへどもどした。「わたしたち女性のほうが弱いと思っていました」

「くだらない」タイラー夫人がぴしゃりと言った。「女性のことになると、男性はまったく愚かになるのよね。ルイーズにとってはいまが、そのことについて学ぶいい機会じゃないかしら」

ルイーズがどんな〝教育〟を受けたのか確認するかのように、みんなが彼女を見た。これまでのところ、黙って頬を赤らめるくらいしかしていないけれど。

ようやく、彼女は小さな声で言った。「学んでもいいわ。でも、好きになる必要はないわよね。というか、がまんする必要はないわよね」

ベンチリー夫人は息をのんだ。ほかの全員は黙っている。ルイーズは、自分の人生は自分のものだという型破りな立場を取ってきた。彼女が新しい一面を見せ、誰もがどうしていいのかわからずにいた。

わたしは言った。「ちょっと、よろしいでしょうか……」

「どうぞ」と「ジェイン、よろしく」という声がコーラスになって響いた。

「ルイーズさまは、わたしたちを相手にこの話をするものではないと思います」アナがずっと以前に、そんなことを言っていたと思いながら、わたしはつけ加えた。「けっきょくのところ、ルイーズさまはこのなかの誰かと結婚するわけではないのですから。わたしたちの考えはたいして重要ではありません」

ルイーズの顔が青ざめた。「ウィリアム・タイラーとはもう二度と、話したくないわ」

「お話しなさるべきです」わたしはルイーズに言った。「ルイーズさまにはその義務があります。そうしないのは……」新しいルイーズをその気にさせるような言葉を必死に探した。

「不誠実ではないでしょうか。結婚する必要はありません。でも、ウィリアムさまのお話もちゃんと聞いてください。そうしたほうが、これからどうするにしても、事情を知っておくことができます……」

おかしな言い回しがふと頭に浮かんだ。「証拠はすべてそろっている、と」

しばらくのあいだ、わたしたちは黙ったままだった。それぞれが物思いに沈んだ。やがて、エミリーが口を開いた。「バビロニアの神話では、海は女性だと信じられていたんですって。

存在するあらゆるものを誕生させた女神、ティアマトね」彼女は鼻に皺を寄せ、にっこりと笑った。「まあ、かんしゃく持ちではあるけれど。生みだした子どもたちに困らせられると、その全員を殺そうとしたんですもの」

アルヴァが刺繍針を刺しそこねた。「こわい話ね」

「そうかしら？　その復讐のために、息子は母親であるティアマトを真っ二つにした。彼女の半分は空に、もう半分は大地になったのよ」エミリーは雲を見上げた。それから立ちあがり、脚から砂を払い落とした。「自分のしたいようにすればいいわ、ルイーズ。結婚したくないなら、しなくていい。わたし、ちょっと泳いでくる」

タイラー夫人が言った。「泳ぐには早すぎるんじゃないかしら。水はとっても冷たいわよ」

でも、エミリーはすでにビーチに向かって歩きはじめていた。そのすぐあと、ルイーズも立ちあがってつづいた。ビアトリスは、母親とおばとベンチリー夫人を見た。それから、先を行くふたりに加わった。

その日の午後、ルイーズは部屋にこもって過ごした。そこなら、どんな議論もしないですむ。おつきあいしますと申し出たけれど、その必要はないと言われた。だからわたしはわたしで自分の部屋にこもり、ソフィア・ベルナルディ――というか、ロザルバ・サルヴィオ――の生と死についてじっくり考えた。彼女がどんな人物だったのか、よく知っているひとたちもいるようだ。彼女に何があったのかも。わたしは何度も何度も、自分が知り得たことをパズルのピースのようにはめていき、そのひとたちが見た光景を見ようとした。でもそのたびに見えるのは、いくつもの空白と、そこにうまくはまらないピースだけだ。見えない部分も見ないといけないのに。

部屋を出て、こんなふうに考えるのはばかげていると自分に言い聞かせた。わたしは、ソフィアについて何もかも知っているわけではない。でも、誰が彼女を殺したかはわかっている。ビーハンが言ったように、〈ブラック・ハンド〉について書かれた記事が愉しく読まれているからといって、それが架空の話というわけではない。それでもわたしは歩きつづけ、ついにこぢんまりして幅のせまい階段をのぼりはじめた。のぼった先は、保育室のある翼《よく》だ。ドアはすべて閉められていた。その静けさは、平穏というより陰気に感じられた。誰もいない静けさ。子ども部屋は、お屋敷のべつの場所にすっかり移されていた。アルヴァさえもここを離れて、彼女の母親の住むサラトガに行くのではないかという話も聞かれた。とはいえ、その計画にはチャールズがおおいに反対しているらしかった。

ソフィアの部屋だったところに向かい、ドアノブをまわした。

使用人の部屋というのは、つねに興味深い。だいたいは誰かに仕えているひとたちのための部屋で、雇い主がその使用人をどれだけ大切に思い、評価しているかを示すものだから。アームズロウ夫人のところでメイドとして仕事をはじめたとき、わたしはふたりのパーラー・メイド（来客の取り次ぎや接客、給仕をするメイド）とおなじ部屋で寝起きしていた。アームズロウ夫人に直接、仕えるようになると、ふたり部屋を使うことが許された。夫人の公式のレディーズ・メイドには代々、個室が与えられていたのに。そして、〝ミス〟と呼ばれていたのに。いま、わたしはそう呼ばれている。はじめて個室が与えられたのも、ベンチリー家にきてからだ。誰かの住まいに用意された他人のためのスペースというのは、じつに多くのことを物語る。

ソフィアは個室を与えられていたけれど、そこは最上階にある部屋のなかでもとくに小さかった。フレディの部屋には、ゆうに三つは収まってしまいそうだ。メイベルの部屋にならふたつ。ソフィアの部屋には、小さくて丸い窓がひとつあるだけだった。その窓をあけようとしたけれど、しっかり閉められていた。ソフィアはフレディの広々とした部屋で、ふたつある窓をあけ放して眠るのが好きだったのだろうか。わたしはそんなことを考えた。

それでもソフィアの部屋は、質素だけれど居心地のよさそうな空間だった。窮屈というよりはちょうどいい広さで、無地の白いベッドカバーに覆われた大きなベッドが、でんと置いてあった。そのすぐそばに、バラの模様のカバーがかけられた肘掛椅子がある。頑丈そうな化粧台の右側の扉の前には、洗面器と水差しが置かれていた。抽斗をあけると、私物は片付けられたあとだとわかった。残されているものといえば、色あせた衣類――子ども用のロンパースや、メイドのエプロン――で、お直しをするかぼろ入れ袋に入れるか、どちらとも決めかねるものだった。べつの抽斗には、とにかくぞっとするような銀器、またべつの抽斗には、欠けた刺繡枠や、刺繡の途中で放りだされた布片がはいっていた。簞笥を探ってみたけれど、似たり寄ったりのものしか見つけられなかった。流行遅れのワンピース、透かし模様のはいった黄ばんだ紙類、汚れた靴。ソフィアの部屋は、タイラー家が必要としなくなったものの、まだ捨てられずにいる品々を入れておく収納庫になっていた。そこからわかることは何もない。がっかりしながらベッドに腰をおろし、いっしょに散歩をしたあの若い女性のことを思いだそうとした。彼女は不安そうにしていた。いま、それがはっきりわかる。最初は、アルドーのことをこわがっているからだと思った。でもここにきて、いろいろ考えた。彼女はなんと言っていたっけ？　そして不意に、ソフィアの声がはっきりと聞こえた。

〝ああ、彼も友人だ。いいやつだからね、信頼してる。彼女もいいひとだ〟。そう言うチャールズのことを、相手を信じすぎると言っていた。だから、彼にはこう話したと。〝一度、伝えようとしました。チャールズさま、そのひとを信じたいと思っても――〟

〝彼女もいいひとだ〟という言い方。その彼女とは、ソフィア自身のことだったの？

チャールズに、自分のことを信じてはいけないと伝えようとしたの？

階段がきしむ音はほとんど聞こえなかったけれど、ふと、ドアのところに誰かいるのがわかった。わたしはベッドから立ちあがり、ドアをあけた。

「ウィリアムさま。こんなところで、何をなさっているんですか？」

ウィリアムは部屋のなかにはいり、ドアを閉めた。「ぼくもわからないよ」彼はそう答え、抽斗を見下ろした。「なんでもいいから、ソフィアが残したものを見たいと思ったんだ。アルヴァおばは、何もかも捨てたみたいだけど」

わたしは訊いた。「どうしてそう思ったんですか、ウィリアムさま？」

彼はわたしと目を合わせ、それから逸らした。

「どうしてだろう」ようやく彼は言った。「みんな、どうして何かをするんだろうね？」

「答えになっていません」

ウィリアムは腕を組み、壁にもたれた。「ただ――」

「ただ、なんです？」そう言ってから、ひとは相手が口をはさむと、何も打ち明けてはくれないことを思いだした。

彼は大きく息を吸った。「何週間かまえの夜、ソフィアはフレディをベッドに寝かせてから、芝の上を歩いていた。彼女はときどき、そういうことをしていたよ」

はじめてここにきた日の夜、月の光のなかで見た人影のことがよみがえった。真夜中に散歩をしていたのは、ソフィアだったのか。

「ぼくも散歩してたんだ。法律事務所で仕事をはじめることで、母と口げんかしたばかりだったから、なんだか気分が――」

わかったというように、わたしはうなずいた。

「美しい夜ですねとかなんとか、ソフィアはそんなことを言っていた。だからぼくは、そうだね、と答えた。それから彼女は、眠れなくて困っていると言った。アルヴァおばが窓をあけておくのをいやがるから、息が詰まる、と。この屋敷に捕われているような気がするときがあると、そんなことも認めていたよ。ぼくは、彼女の気持ちがわかると答えた。それから、ふたりでおしゃべりをはじめたんだ。愉しかったよ。きみと話すみたいにね、ジェイン。彼女には、ほんとうは弁護士になんてなりたくないという話もした。そうしたら、どうしてなる必要があるのかって訊かれた。だってあなたは――」

ここまで話して、ウィリアムは顔を真っ赤にした。

「裕福な女性と結婚するのに？」わたしは想像して言った。

「そう。それから彼女は、あら、もしかしたらあの女性と結婚したくないのかしら、なんて言うんだ。だからぼくは、そういうわけじゃないと反論した。ぼくはルイーズを愛している、と。ただ――」

「ただ――」たちまち、この単語が大嫌いになった。どうして男性は、とても愛している女性がいると言ったそばから〝ただ――〟なんてつづけたら、目の前の女性に自分にもチャンスがあると思わせてしまうということがわからないの？　それとも、じつはちゃんとわかっているとか？

わたしの非難を感じ取ったのか、ウィリアムは壁からからだを離し、すぐにまた、いらだったようにもたれた。「ぼくは何もしていないよ、ジェイン！　しないと決めたことは何もしていないし、するべきでないことは何もしていない。チャールズおじを見てごらんよ。彼はすると思われたことは何ひとつしてこなかったし、しないと思われたことは山ほどしてきた。彼は真の成功者だ。自立した男だ」

ウィリアムはがっくりとうなだれた。「ぼくはまだ、あんなふうになることを諦めきれずにいる」

「諦める必要なんてありません」わたしは言った。

「そうかな？　この国を飛行機で横断したり、南極探検隊に加わったりしたら、いったいそれはどんな夫だ？　ごめん、ぼくは弁護士にはならない、その代わり西部に行ってバッファローを仕留めるよ、なんて言ったら？」

ウィリアムはけっして、そういったことはしない。そしてしない理由は、ルイーズではない。でもいまは、それを伝えるべきときではない。「それで、何があったんですか？」

「それで、ぼくは愚かにもこう言ったんだ。知ってる？　ぼくがキスしたことがあるのはルイーズだけなんだ、と。そうしたらソフィアは、それはまちがっています、と言った。わたしにキスしてみてください、正しくできているかどうか教えてあげますよ、と」

ウィリアムの片方の靴が、床の上を大きく動いた。

そのテストがどの程度のものだったのか、尋ねようとは思わなかった。友人同士が交わす軽いものから、本格的でみだらなものの間の、どんなキスであってもおかしくない。それも、このタイラー家の芝生で。わたしはおどろかなかった。男性は自由を手放すまえに、最後に情事を愉しむものだ。とはいえ、ウィリアムがそういうタイプだとは思っていなかった。彼はつねに無難で従順な——そして、貧しい——タイラー家のお坊ちゃんだったから。ロマンティックなことに気を向けるよりも、家族が望むことだけを優先してやってきた。正しい紳士としてどうふるまうべきかというおじの指南に従い、挑発されてもばかにされても、変わらず礼儀正しくしてきた。パーティでは、五十歳より上の女性たちに大人気で、二十一歳より下の若いお嬢さんたちからは避けられていた。彼を言い表すのによく使われる言葉は〝思いやりがある〟だ。わたしも、よく使う。

わたしがアルヴァに憧れたのとおなじく、ウィリアムもチャールズのような、活動的で勇敢な男性になりたいと切望していた。ただ、アルヴァやチャールズのようなひとたちは、男性でも女性でも、他人のことは考えない。そしてルールを破る。そういうところもまた、ふたりのようなひとたちを、大胆ですばらしく見せるのだ。

でもわたしはなんとしても、ウィリアムはソフィアと関係を持ったのではなく、いっしょにロデオをしただけだと聞きたかった。

「なるほど」わたしは言った。そのひと言で彼を許していることは、自分でも気づいていた。

「それにしても、どうしてルイーズさまに話したんですか?」

「話してない。誰かが見ていて――それとも、憶測したのか――そのひとが、ルイーズはほんとうのことを知らなくてはならないと思ったにちがいない」

親切にもそんなことを知らせてくれたのは誰だったのか、ルイーズに訊いてみよう。それから、もしできるなら、その人物の首をねじ折ろう。

「ウィリアムさま、ニューヨークに行くことになっていましたよね。けっきょく、行かれませんでしたけれど――あれは、ソフィアに会うためではなかったんですね?」

「まさか!」彼は心からおどろいているように見えた。それから、きまり悪そうにした。

「法律事務所のパートナーのひとりと食事をする予定だったんだ。母がお膳立てしてね。法律の道に進みたいのか、自分でもよくわからないと話していたのに。ぼくの気持ちなんか問題じゃない、と言われてしまってね。それからソフィアが……亡くなって、ここであったいろんなことや、ルイーズがぼくをすごく必要としていることを考えたら、彼女をひとりにはしておけないと、そう自分に言い聞かせたんだ。そうしたらパートナーは母に電話をして、ぼくが現れなかったと伝えた。それで母は腹を立てた、というわけさ」

タイラー夫人と口げんかしたと、さっきウィリアムはそう言った。ウィリアムはルイーズとの結婚ではなく、弁護士としての将来に二の足を踏んでいたのだ。そうわかって、安堵の気持ちが波のように押しよせてきた。それでも、わたしは胸につぶやいた。このひとはルイーズに疑念を抱かせた、と。

「ウィリアムさま、ルイーズさまと結婚なさりたいですか？　理由を教えてください」

「もちろんだよ」

「もちろん、なんておっしゃらないでください」

「だって……彼女はかわいらしいし……思いやりがあるし……」

「ちがいます、理由です。ほんとうのことを。お金のためだとおっしゃってもかまいませんよ」

ウィリアムは不思議そうにわたしを見た。それから口をひらいた。「まあ、そう言ってもらえると助かる。でもね、ルイーズといると、ぼくはひとりぼっちじゃないと思えるんだ。彼女はぼくの味方だ、と。たとえ口に出さなくても、ぼくにはわかる。それに、そういうひとがぼくのことをよく思ってくれれば、自分だってそれほど役立たずじゃないと感じられるんだ」

「ルイーズさまはウィリアムさまのことが大好きですから」

「だったらどうして、ぼくと口をきこうとしないんだろう？　自分のしたことは悪いと思ってるって、彼女に伝えたのに」

伝えたですって？　アルヴァが口にした、おかしな疑問が心のなかに漂った。彼女は「認めたの？」と言って、その点は疑っていたようだった。わたしも疑うべき？

「ルイーズを傷つけたことは、それもひどく傷つけたことは、ちゃんとわかってる。でも、あんなことはもう二度としないと、それはぜひ、わかってもらいたい」

声には誠実さがあふれていた。そしてじっさい、彼は誠実だった。ウィリアムが自分のことを知っている以上に、ルイーズが彼のことを知る機会はあるだろうかと考えて、わたしは不安になった。でも、ウィリアムはまちがいを正したがっている。それに、彼はそうするチャンスを持つにふさわしい人物のはずでは？

わたしは言った。「ルイーズさまには、ほんの些細な過ちだと話してくださいますね？この世でいちばん大切に思っているのはルイーズさまだけだと、そう話してくださいますね？」

ほんのかすかに、ためらいがあった。「ああ、もちろん」

「ルイーズさまに伝えておきます」

ルイーズにはその夜、夕食のあとで話すつもりでいた。でも、夕方になって彼女はニューヨークにもどると宣言した。考えるため、ということだった。

17

つぎの日の朝、ルイーズはまだ出発する準備ができていないと、ベンチリー夫人がみんなに伝えた。準備が遅れている理由は、はっきりしない。荷づくりはわたしがしたけれど、何かを忘れているような気がしているらしかった。夫人はそれから、体調がよくないと言った。頭が痛むのかお腹が痛むのか、自分でもよくわからないということだった。それから、列車は昼間にグランド・セントラル駅に到着するので、通りはどこも混雑している、だから午後の遅い時間に着く列車に乗るのがいいのでは、と言った。でも、お勤めのひとたちの帰宅時間よりはまえで……ああ、それならつぎの日にすればいいだけじゃない。そんな具合だった。ルイーズには、そんな母親の不安はよくわかっていた。でも彼女自身は、予定どおりに出発するつもりだった。

ルイーズが従順でないことで、ベンチリー夫人の宇宙の秩序という感覚はおおいに掻き乱された。そのせいで夫人はからだを休ませなくてはならなくなり、翌日、出発することになった。わたしとルイーズのふたりで駅に向かったのは、こういうわけだ。

「よかった」車のなかでルイーズは言った。「あなた、列車ではお母さまの席に坐って」

旅行かばんを列車に積みこみながら、こんなことになったのもウィリアムの責任だと思わずにはいられなかった。ルイーズもおなじことを考えていたにちがいない。列車が動きだすと、こう言った。「ウィリアムは駅までいっしょに行きたがっていたわ。でも、きてくれないほうがいいと断ったの。そんなことをされたら、よけいつらくなるだけですもの」

何がつらいのかはあかされなかった。だから、わたしは訊いた。「婚約を解消することが、ですか？」

「決めることよ……心を」彼女は不安げだった。「ウィリアムから何か聞いている？」

「はい」

「それで？」

わたしが話すあいだ、ルイーズはひと言も口をはさまなかった。視線を逸らし、何を考えているのかはわからない。話の終わりに、わたしはこう言った。「ウィリアムさまはルイーズさまのことを愛していると、わたしは信じています。それに、もう二度とルイーズさまを傷つけはしないとおっしゃっているのも、ほんとうだと思います」

ルイーズはわたしを見た。何かを期待しているようだ。だから、言い足さなければならなかった。「でも、ウィリアムさまはまだお若いですし、よくわかっていないところもおありです。世界のことや、ご自身について。ルイーズさまも、ご自分に訊いてみてください。ウィリアムさまが、またまちがうところを見ることに耐えられますか、と」

わたしは正しく思いやりのない質問をした。ルイーズは苦しそうに、顔をくしゃくしゃにした。「わからない」

「では、ウィリアムさまを諦めることに耐えられますか？」

「わからない」

「それでしたら」わたしはためらった。「下品なことを申し上げるのをお許しください――ですが、結婚というものはルイーズさまの社交界での立場を確かなものにしてくれます。タイラー夫人になるのですから」

「それって誰？」ルイーズはおちつかなげに、座席に深くもたれかかった。「ルイーズ・ベンチリーはどうなるの？　その子が、ウィリアム・タイラーと結婚したということ以外には？　ウィリアムは、自分はたいしたことをしてきていないと言うの。でも、わたしなんて何もしていないのよ」

野心的なことを言うルイーズに、わたしはたじろいだ。「何をなさりたいですか？」

「それが問題なの。何をするべきか、何も思いつけないんだもの。それって、結婚しない女性にとっては、すごく怖ろしいことよね」

わたしは窓の外を流れていく景色に目をやった。それからルイーズのほうに向きなおって訊いた。「どうして怖ろしいんでしょう？　結婚しないのはわたしたちだけとはかぎりません。このことは、べつの観点から見るべきです。わたしたちは、既婚女性ができないことはなんでもできるかもしれないんですから。アマゾン川を船で下ったり、南極を目指したり。たしか、昨年の五月にドイツの探検隊が出発しましたよね。でなければ、何かを学べばいいですわ。パリで犯罪科学とか……」このあたりで想像力が限界を迎えた。「おならをするとか！」わたしは意気揚々と話を終えた。

ルイーズはおどろいて、悲鳴のような笑い声を洩らした。

わたしは声を抑えて言った。「肝心なのは、あなたはすばらしい可能性を秘めた女性だということです……」

「でも、知性はちょっぴりよね」

わたしは彼女を睨むふりをした。「わたしは、可能性がちょっぴりしかない女ですけど……」

「でも、知性はたっぷりよ」

「女性にできることは、たくさんあります。それはそれは、たくさんのことが」

彼女は笑った。「その考え方、好き」

それからしばらく、ルイーズは窓の外を眺めていた。まるでそこに、自分の未来が映しだされているとでもいうように。ひとしきり眺めると、彼女は口をひらいた。「ジェイン？」

「はい、ルイーズさま」

でも彼女は、するつもりだった質問は訊くほどのことでもないと思ったようで、かぶりを振った。わたしは、ウィリアムの情事のことをどうして知ったのかを訊くつもりだった。でも、哀しい記憶のなかに、彼女をまた突き落としたくはない。

将来について話していても、これからもいっしょにいてほしいとは一度も言われないことには、いやでも気づいた。ルイーズがウィリアムと結婚して——でも、新居でもメイドとして仕えてほしいと言われなかったら、どうしよう？　シャーロットとずっといることになるのだろうか？　それは安定した立場には思えなかった。何よりも答えのわからない疑問。それは、自分はどうしたいかということだ。

もしルイーズに何も言われなければ、おじのところにもどろうと思った。おじのために働こう。お給金はもらえないけれど。でも、それがわたしの人生だ。そんな未来も悪くないと、自分に言い聞かせようとした。負けたような気がした。

昼間の駅の混雑を心配していたベンチリー夫人は正しかった。構内から通りへ出るのに、わたしとルイーズはずいぶんと苦労した。外に出ると、オハラが迎えにきていた。車でベンチリー家までもどるのにも時間がかかり、家に着くころには、ルイーズはぐったりしていた。いろいろなことを忘れるには何をすればいいか——昼寝をする、お茶を飲む、お風呂にはいる——あれこれ考えていると、ドアがあいてシャーロットが現れた。

「おばかさんのお帰りね」彼女はそう言って姉を迎えた。

わたしは仕事から解放された——といっても、その日のうちだけ。シャーロットの声に表れていた冷たさは、もし彼女がしたいようにすれば、わたしのことなど、このままドアから通りに放りだしてしまうと暗に言っていた。法的な手順に反して、わたしがどんな性質の罪を犯したかに関しては、何も教えられなかった。ただ、ルイーズを教会の祭壇に連れていけなかったからか、そもそも、そこに向かう道に立たせてしまったからか、そのどちらかが理由だろう。それはともかく、午後はずっと自由の身だ。だからといって、愉しい気持ちにはなれないけれど。シャーロットの不機嫌さは、わたしのメイドとしての将来がどうなるかを思い知らせたから。わたしはぶらぶらと階段をおりた。すると、掃除機を引っぱってはどこかにぶつける音が、くり返し聞こえてきた。その音に合わせて、けんかを売るようなため息が、だんだんと大きくなっていく。それから、何かが割れる音。それから、呪いの言葉。こうした音からわかった。バーナデットは掃除機と格闘し——負けたのだ。

応接室に行くと、バーナデットが息を弾ませながら割れた皿を睨みつけていた。けがをしたらしく、親指を口にくわえている。彼女は下品な言葉を並べて、この状況を説明した。新しい掃除機を買うか、ほうきで掃いたりはたきをかけたりという、むかしながらのやり方にもどるのがいいのではと言おうとしたところで、わたしは気づいた。バーナデットの問題は、手段の問題をはるかに超えていると。

「辞めるべきよ」

あいかわらず親指をくわえたまま、バーナデットはわたしを見た。その顔はおどろいているようだ。

「あなた、この仕事をするには頭がよすぎるのよ。もう、辞めたほうがいいわ」わたしは膝をつき、割れた皿の破片を集めはじめた。

これから何年もいっしょに仕事をしなくてはいけないかもしれない女性に対して、口調がきつすぎた。バーナデットはバーナデットでわたしの侮辱を、兵士が闘いのはじまりを知らせるために吹くラッパのようなものだと受け取ったようだ。わたしは気持ちを引き締めた。でも、バーナデットは掃除機をぎゅっと握っていた手をゆっくりとゆるめ、ベンチリー夫人のクッションに腰をおろした。「誰が雇ってくれるというの？」彼女は言った。「それに、何をすればいいわけ？　わたしが学校に通ったのは十歳までよ」

「あなたは賢いわ、バーナデット。何か見つけられるはず。わたしのおじはたくさんの女性たちを教えて、彼女たちは新しい職に就いたもの」

「わたしは、そのひとたちとはちがう」かつて売春をしていた女性たちと自分を比べられたことに、ひどくショックを受けているようだった。

「新しい仕事に就いたほうがいいわ、そう思わない？　ねえ、思うでしょう？　おじのところにいた女性たちだって、秘書や電話のオペレーターになれるのよ。どうしてあなたにできないの？」

わたしは皿の破片を持って立ちあがった。「厨房に行って、これを捨ててくるわね」

厨房では、ミューラー夫人が鍋をごしごし洗っていた。彼女はテーブルの上に積まれた封筒に向かってうなずきながら言った。「お給金よ」わたしは自分の分の封筒を取り、ポケットに入れた。

きょうの新聞が何紙か、おなじテーブルに置かれていた。そのなかに《ヘラルド》紙もあった。ビーハンの記事。もう載っているはずだ。もしかしたら、書きあげるのに一日、余分にかかったかもしれないけれど、彼は筆の速い、いい記事を書く記者だ。わたしは痛烈な見出し――たとえば、〝〈ブラック・ハンド〉の情婦、チャールズ・タイラーの屋敷で死亡！〟――を見るだろうと覚悟して、《ヘラルド》紙を手にした。

一面よ、その記事は一面に載っているはず。もしかしたら、ちがうかも……。そう思いながらいくつか見出しを確認していくと、チャールズ・タイラーにも〈ブラック・ハンド〉にも触れられていないことがわかった。わたしはさらに、ぱらぱらとページをめくった。そして、安堵のため息を洩らした。ビーハンはまだ、記事を書いている。つまり、彼に気持ちを変えさせるだけの時間があるかもしれないということだ。「ミューラー夫人、ちょっと出かけてきます」

サンドロがいつもどのルートで配達をしているのかは知らない。というか、そんな決まったルートがあるのかどうかも。でも、マルベリー通りからはじめるのがいちばんいいような気がした。誰かがわたしのことを、ナスを手にしていた女性だと憶えていたとしても、この時間だと忙しすぎて気づかないかもしれない。スタビル銀行《バンカ・スタビル》までもどったけれど、彼を見つけることはできなかった。でも、まえにサンドロと話していた男のひとがいて、彼はブルーム通りで仕事をしていると教えてくれた。そこに行ってみると、サンドロは荷馬車に荷物を積んでいるところだった。誰かが引越しをするようだ。持ち物がいくつあれば、新しい住まいは自分のものに思えるのだろう。そんなことを考えた。わたしに気づいたとき、サンドロはちょうど大きな木箱を抱えていた。でなければ、また走って逃げていたかもしれない。木箱を荷馬車の後ろに積みこみながら、彼はがっくりと肩を落としていた。それから後部ドアをしっかりと閉めると前方にまわり、御者台に坐った。

「サンドロ」

彼はわたしを無視して、鞭《むち》を手に取った。荷馬車はいまにも走りだそうとしていた。わたしはその進路に立ちふさがった。彼はすぐに馬を引き、荷馬車は大きく跳ねて停まった。彼は前を向いたまま坐っていた。目を合わせるつもりはないらしい。関節が白くなるくらい、鞭をぎゅっと握っている。

「そこをどいてくれ」

「あなたと話がしたいの」

「何も話すことはない」

わたしは荷馬車に乗りこもうと、ステップに片足をかけた。「だったら、わたしも乗るまでよ」

となりに腰をおろすまで、ちゃんと見ていてくれたような気がした。荷馬車から突き飛ばすとか、脅すとかもできたはず。でも、彼はそうしなかった。その代わり通りに目をやり、誰かに見られていないかを確認した。とくに気になる人物はいなかったようで、彼は鞭を振りあげ、わたしたちは動きはじめた。小さな丸石の上で、荷馬車は跳ねるようにして進んだ。わたしは、しっかりとつかまっていなければならなかった。

ブルーム通りからじゅうぶんに離れると、彼は言った。「あんた、アナの友だちだろう。あそこの……」

「売春宿じゃないわよ」わたしは答えた。その言葉はベンチリー家の、あるいはタイラー家のひとたちと、もっといえばビーハンといるときでさえ、けっして口にしないだろう。「そんなこと言うつもりじゃなかったのに」

「いいえ、そのつもりだった」

「バーニョと言うつもりだった」彼はにっこりと笑った。「イタリア語で娼館という意味だから、おなじものだ。でも、こっちのほうがすこしは響きがましだろう。〝風呂屋〟という意味もある。念のため、教えておくよ。誰かに誘われて、心配になったときのために」

わたしたちはすでにリトル・イタリーを離れ、ハウストン通りに向かっていた。サンドロは細い通りを選んで進んだ。いまにも壊れそうな家のそばを通りかかると、すぐ近くの家畜用の檻から、ブタの鳴き声が聞こえてきた。ジム・ブロディとかいう男性が飼っているブタで、ごみをきれいにするために通りに放すらしかった。多くのひとは、そんなやり方で都会の公衆衛生を保つなんて、と反対した。でも、ブタたちは自らの任務に全力で取り組み、通り道にあるものは何もかも食べつくした。カビの生えたパンもタバコの吸い殻も――そして、一度だけではなく――切断された指も。ただ、ニューヨーク市の焼却炉が受け持つごみを燃やす割合はかなり増えていて、ほとんどのブタはいま、自分たちの務めは人間の夕食になることだとわかっていた。でもこの特別なブタは、ブロディが元々、飼っていた群れの子どもたちで、彼は手放すのを拒んでいた。

むかしの話をするのが賢明なことのように思われ、わたしはこう切り出した。「おばさんたちはお元気?」

「おばさんたちはおばさんたちだ。元気だよ」サンドロはこちらに、ちらりと目を向けた。「ぼくのことを告げ口しないでいてくれたことに、ちゃんとお礼を言ってなかったよね。あの、通りでのこと」

べつの荷馬車を横切らせるため、サンドロは自分の荷馬車を止めた。彼がまた馬を歩かせはじめると、わたしは訊いた。「どうしてアナに暴力をふるったの?」

「それは、そうしなければ……ぼくのことを叩きのめすって、兄さんが言ったから。それに、あのころぼくは、アナのことが好きじゃなかった。いつも、怒鳴られてばかりだったから」

「でも、いまは好きなのよね」

サンドロは顔に笑みを浮かべて答えた。「そうでもない」

わたしは声を出して笑った。「アナに会うと、わたしが何をしても何を言っても、まちがっているような気になるの」

「ああ、ぼくたちはみんな、まちがっている。ぼくもそう言われたよ」

「でも、頭はぶたれないでしょう」

「そうだね。でも、ぼくだってアナをぶたない」

その点は認めて、サンドロはうなずいた。それから何ブロックか荷馬車を進め、ハウストン通りに出た。このあたりの交通量は多く、ひとも大勢いるし建物も高く、ある程度のプライヴァシーを守るにはじゅうぶんだった。サンドロが訊いた。「彼女に何があった？」感情を見せまいとして、彼の首はぴんと緊張していた。彼が訊いているのはアナのことではないとわかる。「こないだ、話したとおりよ」

「ニューヨークで殺されたの？」

「ロング・アイランドでよ」わたしがそう言うと、サンドロはかぶりを振った。混乱し、気分が悪くなったようだ。「あなたは、彼女がニューヨークにくることを知っていた。彼女に会うつもりだったのよね」

「ああ」

「どうして？」

サンドロは頭を横に振った。

「何か知っていたら、たとえそれがよくないことでも、警察の助けになるかもしれないの」

「警察の力になるとかそんなこと、ぼくにはどうでもいい」

「そう。でも、わたしは誰が彼女を殺したのかを知りたいわ。そうしたら、ずいぶんと助かるから」

彼はまた、かぶりを振った。「何かを知るのは、いいことばかりじゃない。そのことに対して、何もできないなら」

「何かできる誰かに情報を渡すことは、できるんじゃないかしら」

「へえ、そうなの？　たとえば、チャールズ・タイラーとか？　あのひと、彼女のことはしっかりと守っていたんだよね」

「どういうこと？」

「なんでもない。忘れて。彼は……ミスター・人類の守り神だ。彼のところで仕事をしていたんだから、彼女も無事でいられたはずなのに」

その考えは理にかなっている。でも、サンドロがチャールズをばかにするその裏には、何かがあるような気がしていた。

「彼女がどうしてタイラー家で仕事をするようになったか、知ってる？」サンドロは答えない。「彼女の身を守るため？」

彼は御者台の上でからだをもぞもぞと動かした。「守れなかったけどね。だろう？」

「でもあなたは、彼女がタイラー家で仕事をする前から、彼女のことを知っていたのよね」

彼はまっすぐ前を見た。「あなたは、ロザルバ・サルヴィオを知っていた」

「たぶんね。なんでそんなことが気になるの？」

「ロザルバ・サルヴィオのことを知りたいからよ。彼女がどんな女性だったのか、何をしたのか。どうして、そんなことをしたのかを。だって彼女は亡くなって、引き取り手がいないまま、遺体安置所で横たわっているんだから。すくなくとも、彼女が存在していたと知るひとたちがいていいはずだもの」

彼は目の前に延びる道を睨みつけるように見つめていた。それから、かすれ声で言った。

「彼女、あの男の子にはほんとうにやさしかった」

「エミリオ・フォルティね」

サンドロはわたしをちらりと見た。「どうして知ってる？」

「あなたはどうして知ったの？」

サンドロは大きなため息をついた。「いいか、ぼくはただ、あの子をあそこまで連れていっただけだ。彼をさらったことには何も関係していない。ロザルバのおやじさんの店は十一番街にある。彼女はその店で働いていた。警察はマルベリー通りあたりを捜索するのに必死で、アップタウンのことはまったく考えていなかった」

「どうしてエミリオをそこに隠そうとしたの？」

「ロザルバのおやじさんは、モレッティに金を払っていろんな問題を解決してもらっていた」

「どんな問題？」

サンドロは肩をすくめた。「わかるだろう」わたしはわからなかった。彼もわかっていなかった。そんな問題はない。ゆすり行為を、商売上の取引と見せかけているにすぎなかったのだから。

「でも、彼女もお父さんも、誘拐そのものには関わっていないのね？」

「関わっていないよ、いいひとたちなんだから。でも、おやじさんのアルベルト・サルヴィオは弱いところがあるし、臆病なんだ。だから、言われたとおりのことをする。ロザルバがぼくを好きだったことなんて、一度もなかった。だって……おやじさんから金を回収していたのはぼくだったんだから。でもあの男の子が現れると、彼女はすごい顔をして言った。ぼくなんかまるで——」

サンドロはがっくりとうなだれた。彼ははっきり口にしなかったけれど、わたしには聞こえた。獣《けだもの》だ、と。くずだ、悪党だ、と。

「でも、ぼくはすごく悪いことをしている気がしたから、ときどき、ようすを見にいった。あの子は、正気をなくすくらいに怯えていた。家族は身代金を払っていなかったし。だから、モレッティがあの子をどうするつもりなのか、わからなかった」

「ロザルバはどこまで知っていたの？」

「そうだね、移民を乗せた船から降りたばかりの、市民権証明書のない子どもでないことは、すぐにわかったみたい。彼女は、そう聞かされていたんだけどね。で、世間で話題になっている誘拐された子どもだと気づくと、彼女を冷静にさせておくのはむずかしくなった。家族が身代金を払えなかったらモレッティは何をするのか、あの子はどうなるのかと、何回も何回も訊かれた。子どもを傷つけることはないと、ぼくの口から言わせたかったみたいだ。でも、そんなことは言ってあげられなかった」

「だから彼女は警察に行ったのね？」

彼は大きくため息をついた。「そう、彼女は警察に行った」

彼のことを見ずにすむよう、わたしはついてもいないごみをスカートから払うふりをしながら訊いた。「警察は、彼女がダンテ・モレッティとつき合っていたと考えているわ」

サンドロはぐるりと目を回した。一瞬、アナとそっくりに見えた。「まあ――つき合ってたよ。いまぼくが、この馬の尻を見てるのとおなじくらいには。彼女の店に行くときにダンテもついていきて、彼女と話そうとしていたことはあった。ダンテは相手かまわず言ってたよ。ああ、あの娘はおれに夢中なのさ、って。おれの頼みはなんだって聞いてくれる、とか。ロザルバも、ときどきは感じよくしようとしていた。だって――いや、なんでもない。それで、彼女が警察に行くと、ダンテはみんなに言われたんだ。あの娘、おまえのことを愛してたんじゃないのか、どうなってるんだ、って。わかるだろう、そうやってばかにされたんだ。だからダンテは、ロザルバがほかの女のひとに嫉妬したという話をでっちあげた」

わたしはうなずいた。「そしてチャールズ・タイラーが彼女に仕事を与えて、ニューヨークから出したのね」

「誰が息子のことを警察に通報したか、ダンテの父親がわからないでいたと思う？　それにぼくだって、ちょくちょく彼女のところに行ってたと知られていたら、きみは樽に詰められたぼくを見つけることになったかもしれない」

「でも、彼女はここにもどってきた。どうして？」サンドロは頭を横に振った。「あなたに会うため？」

サンドロは目を逸らした。首も頬も赤くなっている。ロザルバと何があったにしても、そのことについては話したくないらしい。わたしたちは何もしゃべらないまま、何ブロックか進んだ。ふたりの間で、空気がハミングしているみたいだった。

しばらくしてサンドロが言った。「彼女はどこか西のほうに行ったと聞いてた。でもあるとき、チャールズの奥さんとその娘といっしょにいるところを見かけたんだ。セントラル・パークに行くところらしくて……」

「それで、彼女もあなたのことを思いだしたのね」サンドロはうなずいた。「そして、あなたに会うためにもどってきた」

「ああ、ぼくはそんなに悪いやつじゃないとわかってくれたんだと思う。で、新聞の広告欄を通じて連絡を取り合うようにした。誰にもわからないからね。聖書から引用するようにと言われたよ。そうすれば、その広告を出したのはぼくだとわかる、って」

「でも、すごく危険だったんじゃ……」

サンドロはいらいらしたように、勢いよく手綱を引いた。「彼女はひとと会わなくちゃならなかった。自分のことを知っているひとと話さなくちゃならなかった。自分の国の言葉でしゃべらなくちゃならなかった。わかるだろう？　彼女は孤独だった。タイラー家に住んでたって、あそこは彼女の家じゃない。ロザルバは——」

彼は不意に口をつぐんだ。「どうしたの？」

「気にしないで。彼女は死んだから、もう、どうでもいいことだ」

「ロザルバはタイラー一家のことが好きだった？」わたしは思わず、そう訊いていた。

「子どもたちのことは大好きだった。いつもいつも、子どもたちのことばかり話してたよ」

そう言って彼は、歪んだ笑顔を見せた。

「サンドロ、誰が彼女を殺したと思う？」

「もう知ってるくせに」彼は口をぎゅっと結んだ。「ロザルバとあの男の子のところに行ってたとき、ここを離れようと話すことがあった。西に行くのもいいかな、とか。彼女はカリフォルニアを見たがってた。ぼくがべつの仕事について――」

彼はまた口をつぐんだ。ふたりで話し合ったことを思いだしたのだろう。いろいろと思い描いた、ふたりの未来を。そんなことを考えて、わたしはどうしようもなく哀しくなった。

「あなた、カリフォルニアに行くべきよ。そこで、べつの仕事を探して」

「そうだね、簡単なことだよね」

「おじさんがレストランをやっているじゃない。そこで雇ってもらえば」

「雇ってくれたよ。で、どれくらいつづいたと思う？　一週間だ。注文を憶えられなかったんだよ。そしたらおじさんは、ぼくに皿洗いをさせることにした。でも、思ったんだ。一生、皿洗いをつづけるのはいやだ、って。で、ある日、仕事に行かなかったら、クビになった。いま、おじさんはぼくと口をきこうとしない。ぼくに仕事をさせている人物のせいで。

イタリアでは、あちこちに看板があった。アメリカに行こう、そこには仕事がある、みんな、きみたちを必要としている、とかなんとか。でも、じっさいは誰もイタリア人を雇いたがらない。アメリカにきた最初の日から、自分はトラブルの元なんだと思い知ったよ。学校から帰るときは、アイルランド系のひとたちが住むあたりを通ってたんだけど、ぼくたちが通りかかると、どの家の母親もみんな、窓を閉めるんだ。きれいな家に、ぼくらみたいなごみを入れたくないからね。おまけとして、そのブロックの端まで行くと、子どもたちに頭を殴られたものだよ。日曜日に教会に行けば、地下に閉じこめられる。くさいからだと言われ、汚いと言われて。英語がよくわからないと、教師からはばかだと決めつけられた。まあ、教師の彼女が言うんだから、それは正しかったんだろうね。たいてい、自分のことをばかだと思ってた。だから学校をやめた。で、靴磨きなんかをはじめる。つまり、自分の飲み代は自分で払うようになる、ということだ——でも、警察官の靴はただで磨いてやらないと——頭にけがをする。つぎに、側溝工事の仕事につく。でも、雇い主のドイツ人が仲間を連れてきたら、その仕事からも追いやられる。おじさんの友だちのために荷物を運ぶ仕事につくと、その友だちが言うんだ。悪いね、もうすぐいとこがやってくる。この仕事、そいつにやらせるから、と。

で、ある日、兄さんが言う。おい、まぬけ。おれの知ってるひとのところで仕事をしろ。簡単な仕事だ、おまえにだってできるさ、と。食品を決まった住所に運ぶだけだ。届け先の住人がドアをあけたら、なかを見ろ。立派な家で、置いてある家具なんかもいいものだったら知らせてくれ」

そうやってモレッティは、ゆすったり盗みにはいったりする先の名前や住所を手にしていたのだった。

「ぼくは言われたとおりのことをする。で、兄さんが知ってる男から、よくやった、助かったよ、なんて感謝されて、もらえると思っていた以上の金をもらう。で、さらに仕事を言いつけられるんだ。ある家族の荷物を新しい家に運んだとき、銀器がいくつかなくなった。でも、ボスはその家族が新しい家を見つけるのを手伝ったはず、だから銀器はそのお礼だったんだと、自分に言い聞かせるようになる」

まっすぐ前を向いたまま、サンドロはほとんどささやくように話した。「ある日、なんだか重いかばんを渡される。気づいたときには、母親を恋しがって泣き叫ぶ子どもを倉庫に運んでいた。それで理解するんだ。絨毯を盗んだり、店主たちを困らせたりする仕事から昇格した、と。で、その子どもの家族が身代金を支払わないと……そのつぎにどんな仕事をするのかは、わかるよね」

サンドロは手綱をきつく引き、馬は脚を止めた。「ここで降りたほうがいい。アナによろしく伝えて。姉さんに……なんて言えばいいか、悪かったって伝えて」

それからサンドロは角を曲がり、彼の荷馬車は車や歩行者やほかの荷馬車のなかに紛れた。弟にとんでもなく腹を立てているアナはここにいないから、彼の言葉を伝えるのは自分の役目だと承知した。サンドロは、それまで兄に言われたことは何ひとつうまくできなかった。それなのに、どうしてはじめての仕事はきちんとできたの？　どうしてソフィアといっしょに逃げなかったの？　子どもを連れていくことも、どこを探せばいいのか警察に話すこともできたはず……。

ただ、ふたりにはお金がなかった。ニューヨークの外に住む家族がいないから、逃げる先もなかった。だからふたりは決断した――というか、自分たちの代わりに相手に決断させた――そしていま、にっちもさっちもいかなくなっている。〝いっしょにいるけれど、でも……一員ではないの。ちょうど中間ね。こっちでもないし、あっちでもない。誰でもないってこと〟そう話していたソフィアの、窓が閉め切られた小さな部屋を思いだした。自分を知っているひと、ほんとうに自分のことを知ってくれているひと、自分とおなじ言葉を話すひとに会うため、これが自分だと感じるために、それほどの危険を冒してニューヨークにもどってきたのも、むりはない。それに、ウィリアムといちゃついたことも。一瞬でも過去から解放され、自分は可能性にあふれた人生を送る、かわいらしい女性だと思いたかったのだろう。汚い仕事をするイタリア人でもなければ、〈ブラック・ハンド〉の共犯者でもなく、肌の色の濃い死の使者でもない、と。ただただ子どもたちが大好きで、カリフォルニアをその目で見ることを夢見る、気立てのいい女性だと思いたかったのだ。それほど心躍るような話ではない。誰も、読んでみようとは思わないかもしれないけれど……。

かすかにぼんやりしながら道路標識を見上げ、行き止まりだと気づいた。十三丁目。ヘラルド・スクウェアのすぐ近くだ。《ニューヨーク・ヘラルド》紙の社屋が真ん中に立っているから、そう呼ばれているところ。

スカートの両端をつまみ、わたしは走りはじめた。

18

《ニューヨーク・ヘラルド》紙は、紙面四ページの新聞として創刊された。ほかの新聞よりも規模は小さいけれど、あらゆる階級の出来事を伝え、〝政治的派閥〟からは距離を置くと読者に約束していた。創刊者の構想では、《ヘラルド》紙の価値は〝勤勉さ、良識、簡潔さ、論点、小気味よさ、そして価格の安さ〟にあるという。富裕層の話題を報道するために彼らに気軽に近づき、生々しい記事を書くことをためらわない。ある評論家に、〝売春婦のためのお役立ち日刊紙〟と言われたこともあった。

そんな評判にふさわしく、三十五丁目と六番街が交差する、三角に切り取られた一角のちょうど真ん中にある社屋はカラフルで、ほとんどけばけばしいと言える。ヴェニス風の邸宅を真似た建物は、半円形のアーチにぐるりと囲まれた二階建てだ。ふたつの時計がさながら目玉のように、買い物客や通りすぎる路面電車を見つめている。発行人はフクロウがお気に入りで、ビルの壁面のあちこちにはフクロウが描かれていた。玄関の上には、女神ミネルヴァが腕にフクロウをのせて誇らしげに立っている。新聞そのものが、はかり知れない英知にあふれていることを象徴するように。

ビルに着いたころには、すでにあたりは暗くなっていた。でも、わたしはついていた。ビーハンがちょうど通りに出てきたのだ。彼はひとりで、ありがたいことにほかの記者たちはみな、帰ったあとらしいとわかった。

わたしは彼に駆けよった。「あの話は書かないで」

「ミス・プレスコット。あいかわらず、ぼくを救貧院に送りこむつもりなんだね」

「書いちゃだめ。事実じゃないもの。わたし――」サンドロが話してくれたことを手っ取り早くまとめるにはどうしたらいいか、必死で考えた。そんな方法はなかった。「べつの話を聞かせてあげる」

「わかった」

「ここでは……」

頭の上の時計が鳴りはじめ、ビーハンはそれをきっかけに、そろそろ夕食の時間だな、と言った。いらだちを覚えながら、わたしは思った。彼はどうやってサリヴァンに口を開かせた？　お金よ。ビーハンはお金を使った……。

わたしはかばんに手を入れた。お金はあった。

「ミスター・ビーハン。いっしょに夕食をどうですか？」

わたしは彼を〈ランツァ〉というレストランに連れていった。錬鉄製の階段を一階分おりた、地下にあるレストランだ。テーブルは八卓だけで、こぢんまりとしている。なかにはいると、ウェイターがカウンターを布巾で拭いていた。男性客がひとり、店の奥のほうに坐り、ものすごい集中力で子牛の肉を食べていた。五人連れの家族は、ちょうど食事を終えたところだった。

「イタリア料理はきらいだ」どこに向かっているかわかると、ビーハンはそう言った。

「ちょうどいいわ、イタリア料理のことをよく知るチャンスよ」

ウェイターはよろこんで、赤と白のクロスのかかったテーブルのひとつに案内してくれた。彼は注文を取ろうとビーハンのほうを向いたけれど、アイルランド人の胃袋をおどろかすことのなさそうな料理――ニョッキ、ポレンタ、マリナラ・ソースをかけたジーティ（マカロニよりも大きめの穴あきパスタ）――を、わたしが注文した。あとは、エンダイブを使ったひと皿も。それは、わたしが好きだから。ニンニクとオリーヴオイルとトマトでつくったソースが、マリナラと呼ばれる。船乗り《マリナラ》の夫の船が船着場に近づくのが見えてからでも、妻はすぐにつくることができるからだ。そういう妻のことを考えながら、自分はビーハンの妻を不安にさせているかもしれないと思った。「ミセス・ビーハンはお元気？」

椅子にゆったりとからだを預け、ビーハンは答えた。「ミセス・ビーハンは……疲れている。頭が痛むらしい。脚も。ミセス・ビーハンは、ぼくとはたまに会えればいいみたいだ。でも同時に、ぼくの姿を見るのはがまんできない。すくなくとも、このまえ会ったときはそうだった。ミセス・ビーハンの存在は合理的な疑いをはさむ余地なく証明されているから、この話題は打ち切ろう」

ウェイターがやってきて、いくつかの皿をテーブルに置いた。いっしょに、ワインのグラスもふたつ。首元にナプキンをたくしこみながら、ビーハンは言った。「妻は元気にしている、おかげさまで」

彼はエンダイブから食べはじめた。フォークいっぱいにすくって口に運ぶと、激しく咳きこんだ。それから口のなかのものをナプキンに吐きだし、息を切らしながら言った。「おいおい、シチリア人が尻の穴に詰めて海を渡ってきたにんにくのひとつひとつが、ぜんぶここにはいってるみたいだ」

わたしはビーハンをじっと見つめた。

「すまない」彼はそう言い、ゆっくりとワインを飲んだ。「ほんとうに、すまない。薬味にしては、ぼくにはきつすぎた」

わたしは待った。

「それに、失礼なことを言ったことも申し訳なく思う」

わたしはそのままでいた。

ビーハンは声を落として訊いた。「ウェイターと、あそこに坐ってる客にも謝らないといけないかな?」

わたしはうなずいた。

ビーハンはカウンターのほうを見て、反省の気持ちを示すかのように片手をあげた。ウェイターはあからさまに彼を無視し、男性客のほうも——じっさいに——皿の上の子牛の肉に集中しつづけた。家族連れの子どものひとりがテーブルに水をこぼし、大人たちはてんてこ舞いをしていた。

「きみはイタリア人にずいぶんと肩入れするね、ミス・プレスコット」

「わたしは、誰かをばかにしないひとに肩入れするの。とくに、その誰かの国の料理を食べているときは」それからすこしためらったけれど、思い切って言った。「まだ子どもだったころ、アナの家族はわたしを家に迎え入れてくれた。あなたはなんてことないと思うかもしれないけれど、〝堕落した女のひとたち〟と暮らしている女の子に興味を示すひとは、ほかに誰もいなかったのよ。アナのおばさんたちはいろいろな料理を食べさせてくれたし、親切にしてくれた。お皿だって洗わせてくれたんだから」あのときのおかしな誇らしさを思い浮かべながら、わたしはにっこりと笑った。「アナでさえ許されていなかったのに、わたしは洗わせてもらったの。だって、わたしはプレムローゾだから。周りのひとに気を配ったり、注意を向けたりできるという意味よ」その言葉は喉に引っかかり、わたしは皿からエンダイブを取った。「だから、寛大になれるひとたちに対してドアを閉めてしまうのが、わたしには不思議なの」そう話しながらエンダイブを食べた。「あと、にんにくの量はちょうどいいわね」

ビーハンは黙っていた。それから皿を一枚、自分の前に引きよせて訊いた。「それで、これは何？」

「ポレンタよ」

ビーハンは食べた。フォークですくった量は、考えられるなかでいちばん少なかったけれど。でも、つぎに口にした量はずっと多かった。ふたりともしばらく、食べることに集中した。

それからわたしは言った。「ソフィアのことを書かないでいてくれて、ありがとう」

ビーハンはワインを飲んだ。「ああ、じつは書いたんだ。きのう。十七ページに載ってる」

「でも――」

「読んでないの？　〝オイスター・ベイで女性の死体が発見される〟。ページの右側、下から五、六センチのところに。〝死んだ犬、小さな棺に納められる〟のすぐ近く」

「あなたが書く記事の見出しは、いつももっと大げさじゃない」

「最大限に力を発揮したわけじゃないからね」

「誰にでも調子の悪い日がある、というところかしら」

「まさに」

「どうして調子が出ないのか、訊いてもいい？」

「ネタをあれこれあてがわれるのは好きじゃないと話したことは憶えてる？」わたしはうなずいた。「それで、サリヴァンから聞いたことを書きはじめたときのことだ。少しばかり、うんざりしていた。はっきり言えば、むかついていた。で、おなじ教区のひとたち何人かに尋ねたら――サリヴァンとチャールズ・タイラーは同僚だったと知ってた？　あのふたり、おなじ警察管区にいたんだよ。サリヴァンなんて、いっときは――」

家族連れが店を出ようと、席を立った。ビーハンは表現を柔らかくして話をつづけた。

「ある特定の地区の犯罪を集中して取り締まるチームにはいっていた」

「それは知らなかったわ」

「あと、タイラーには大勢のファンがいたが、サリヴァンにはひとりもいなかったとも聞いた。タイラーは移民たちとすこしばかり仲良くしすぎている、ほんもののアメリカ人のために使うほうがいい人材をむだにしていると、サリヴァンはそう思っていたらしい。そんな考え方だから、やつがチームを追いだされたのはおどろくことでもない。だから、ぼくはすこし待つのがいいと考えたんだ。つぎに何が起こるかを確かめようと。きみのほうは、何か新しいことはあったかい、ミス・プレスコット？」

「あったといえば、あったわね」

慎重に言葉を選び、名字――モレッティやフォルティ、それにタイラー――には触れないように気をつけながら、わたしはサンドロから聞いた話を伝えた。

「彼は頭脳明晰ではないけれど、アナが思っているよりも賢いわ」わたしは言った。「それで、自分も関係していると認めたからには、彼がロザルバの件では無実だということを示す、いちばんの拠りどころにしていいと思うの」

いやいや食事をはじめていたビーハンは、いまは何を口に入れても自然に食べている。そうしてワインをもう一杯注文し、パンで皿のソースを拭ってから言った。「窓があいていたことは？」

「わたしが思うに、彼女は新鮮な空気を入れたかったのよ。警察は、計画段階からあのお屋敷は見張られていたと考えている。犯人はたぶん、彼女が窓をあけておくことに気づいたんじゃないかしら。そんな不注意だったソフィアの力になろうとしたからといって、チャールズさまがおおっぴらにばかにされていいとは思わない。今回のことはともかく、ソフィアは誘拐された六歳の子を救っているんだから」

口をもぐもぐ動かしていたビーハンが、また顔をしかめた。

「どうしたの?」

彼は皿を指さした。「こんどはなんだ?」

「マリナラ・ソースをかけたジーティというパスタよ」

「うまい」

「それで?」

「それで、イタリア人を好きになりはじめている気がするよ、ミス・プレスコット」彼は姿勢を正した。「もし、こっちがソフィアの死とは無関係だったら――」ビーハンは指をくねくねと動かして、〈ブラック・ハンド〉の〝手《ハンド》〟を表した。

「よくわからないんだけど」

「自分で言ってたじゃないか、彼女は魅力的な女性だったと」

わたしは笑いそうになった。「チャールズさまは欠点も多いけれど、アルヴァさまのことをとても愛しているのよ」

「そのアルヴァさまは、子どもを生んだばかりじゃなかった？」

「そうよ。でも――」

「妻は出産を終えたばかりで弱っていた。かわいらしく健康な子をまたひとり、家族に加えた」

「だから、言ってるでしょう。あなたはまちがっている」

「きみが男性に寄せる信頼感にはほろりとさせられるよ、ミス・プレスコット」

「わたしが男性に寄せる信頼感は、そうしてとうぜんのものよ、ミスター・ビーハン。チャールズさまとソフィアの間に、情事はなかった。だって、アルヴァさま以外の女性に目を向けるにしたって、彼はチャールズ・タイラーなのよ。自分の魅力にひれ伏すひとたちが大勢いるなかで、どうしてナニーに色目を使うの？　それに、都合よくちょっとした情事を愉しんでいたなら、どうして殺す必要があるの？」

「彼女が都合悪くしてしまったとか？」

「チャールズさまの寝室はお屋敷の端にあるの。だからメイベルさまは、お父さまでなくわたしを起こしにきた。あの夜、チャールズさまは保育室の近くにはいなかったわ」

「では、ウィリアム・タイラーの寝室はどこ？」

話題がとつぜん変わって面食らい、返事をするのにすこし時間がかかった。「ばかなこと言わないで」

「どうして？」

「だって……」だってそんなこと、わかりきっているじゃない。「彼は一週間もたたないうちに結婚するのよ」

「結婚というものをどう考えているのか知らないけど、ミス・プレスコット——馬の遮眼帯よろしく、目の前の女性しか見えなくするものではないんだよ」

いいえ、ウィリアムにはもちろん、情事なんてなかった。それでも失礼を承知で言えば、彼は立派な馬小屋を必要としている馬だ。そしてその馬小屋を与えるのがルイーズ。もし、ルイーズが彼を許すことにしたなら。そのためには、芝生の上にぴょんとおりてくれさえすればいいと思ったなら……。

いいえ。やっぱりばかげている。あの窓から飛びおりるなんて……道を外れて人を殺すなんて考えるのは、いくらなんでもいきすぎだ。それに、どうして彼がそんなことまでしないといけないの？

「ウィリアムさまはいいひとよ」わたしはゆっくりと言った。そうすればビーハンも、この簡単な言葉の意味をちゃんと理解できるだろう。「よく知られた、ハンサムな男性だからというだけで……」

「彼をハンサムだと思うの？」

「ええ、だってハンサムだもの」

「ソフィアも、彼をハンサムだと思っていた？」

しまった。

「そう思っていた、だろう？」

たしかにそうだった。それに彼女は、ウィリアムの結婚相手に興味を示していた。〝ウィリアムさま、彼はすごくいいひとです。彼の家族のなかにひと殺しがいると思うと、わたしはいやです〟と言っていた。それに彼女はすこしばかり……ひとの気持ちに冷淡だったような気がする。アルヴァには手厳しかった。わたしはそのことを、口うるさい雇い主に対する自然な反感だと思った。でも、ソフィアはやさしかった。サンドロが彼女について話していたことを思い返しながら、必死で考えた。将来を壊すと言って、若い男性を脅すタイプではない。

わたしは気をとり直した。「彼女はウィリアムさまをハンサムだと思っていた。だって彼はハンサムだもの。わたしが言いたいのは、まさにそれよ。たしかに、わたしは記事になりそうな話を否定したけれど、だからといってウィリアムさまのことでべつの話をつくりあげないでちょうだい。わたしとこの先も口をききたいなら、そんなことはしないで。フォルティ家の誘拐事件の陰のヒロイン——それがあなたの書く記事でしょう。とはいえ結婚式が終わるまで記事にするのを待ってくれたら、とっても感謝するわ」

ウェイターがビーハンに伝票を持ってきた。わたしはこれ見よがしにそれを手に取り、ポケットから財布を出してお札を数えはじめた。ビーハンは居心地が悪そうに見つめている。

「ミス・プレスコット」名前を呼ばれても、わたしは手を止めなかった。「ジェイン」

「わたしが誘ったのよ、ミスター・ビーハン」財布のなかは空《から》になったけれど、テーブルにお金を置くと大きな歓びを覚えた。ニョッキとポレンタを食べさせたあとで、ビーハンにはまちがった記事を書かせればいい。

レストランを出ると、ビーハンが言った。「ところで、きみの友人のアナが〝マーノ・ネーラ〟について話していたことは正しかったよ。いや、とりあえず名前については。ある記者が名付けたんだ」

「そうなの？」

「《ニューヨーク・ヘラルド》紙の記者だ。それが、女性なんだけど。彼女が目にした脅迫状の一通に、黒い手が描いてあったらしい。だから彼女はそれを、イタリア語で〝マーノ・ネーラ〟と呼ぶようになった。ギャングたちはその音の響きが気に入って、採用したというわけだ」

それから彼は何も言わずに、駅に向かって歩きはじめた。駅のそばで〝女性参政権のためのデモ行進、五月四日！〟と書かれたポスターの前を通りすぎた。すでにぼろぼろで、卑猥な落書きまでされていた。

殺人や不貞といったことから話題を変えたくて、わたしは訊いた。「どうしてルーズヴェルトを支持しているの？」

「そんなことはひと言も言っていないよ」

駅に着き、階段をおりた。

「電車のなかで彼に投票するのかと訊いたら、〝いいんじゃないかな〟と答えたじゃない」

わたしがそう言うと、ビーハンは肩をすくめた。「彼に投票するんでしょう?」

食い下がられておどろいたのか、ビーハンは言った。「きみが気にすることではないと思うな」

「わたしは投票できないからと言うつもりなら、あなたはぜったい投票してね」いらだちを募らせてわたしは先をつづけた。「すごく込み入っていて複雑な過程で、わたしにはとうてい理解できないと言うなら、投票するという特権を与えられている誰かが——あなたにはちゃんとした候補とそうでない候補とを区別するだけの考えも、そうするための手段もあるんだから——その責任を果たしてちょうだい」

すでにプラットフォームで電車を待つひとたちのなかに分け入るように進みながら、ビーハンが言った。「きみは投票できないとは言っていない」

あいまいな言い方に、わたしは励まされた。「それなら、女性参政権運動を支持してるのね」

列車がプラットフォームにはいってきて、わたしたちは乗りこんだ。車内はぎゅうぎゅう詰めに混んでいて、ふたりとも立っていなくてはならなかった。列車が揺れた拍子に吊り革から手を離した男性の肘が背中に当たり、女性の帽子の羽根飾りに頬をくすぐられ、車体が揺れるたびに足を踏まれそうになった。混雑する地下鉄のことを陽気に歌った『サブウェイ・グライド』という最近の曲が頭のなかを流れた。周りのみんなと押し合いへし合い……地下鉄に、地下鉄に乗っていると……。

するると、皮肉たっぷりのビーハンの声が聞こえてきた。「ちょっと教えてほしい。投票したら、きみはドレスの裾をうまくかがれるようになるの？」

一瞬、どう答えていいのかわからなかった――投票することが、自分の仕事の助けになるとは思っていなかったから。だからわたしはこう言った。「投票したら、樽のなかでひとの頭部が見つかった記事を書くときに役立つの？」

ビーハンは頭に血をのぼらせていた。「男性と女性とはちがうんだよ、ミス・プレスコット」列車が急カーヴを曲がり、乗客みんなの足元がふらついた。わたしは足を踏んばり、口で誰かの羽根飾りを味わった。わたしとビーハンとのすきまはほんのすこししかなく、ふたりがぶつかると彼の姿が見えなくなった。不思議に思ったのもつかの間、わたしのおでこは彼の胸の上にあり、指は彼のコートをつかんでいた。そして抜け目なく、彼の心臓が激しく鼓動していることに気づいた。気づいたと言ったけれど、混乱したというほうが近い。わたしをしっかりと立たせようと、ビーハンは腕を伸ばした。彼の手が、わたしの腰を支えた。

わたしは後ずさり、彼の言ったことに答えた。「よくわかってるわ、ミスター・ビーハン」

彼は反論した。「女性がしないことを男性はする。男性は戦争で戦い、警察官になる。男性は守るんだ――」

「だったら、兵士と警察官だけが投票すればいいじゃない」わたしの後ろに立つ男性が新聞のページをめくり、その肘がわたしのあばらに当たった。

ビーハンは声を低くしてつづけた。「男性は……世界のなかに立っているんだ、ミス・プレスコット。ぼくたち男性は人生の現実と向き合っている。それこそ、女性なんかとはちがって――」

わたしはアルヴァのことを思い浮かべた。出産や母親としての責任感で、すっかり気弱になってしまった。ルイーズのことを思い浮かべた。いろいろなことに挑戦しなくてはと考えて、怯えきっている。ソフィアのことを思い浮かべた。いまとなっては、彼女にはどんな機会もない。背後の男性のからだの軟らかいところを肘で軽く押しかえし、わたしは言った。「この世界に生まれることが、最初の人生の現実なんじゃないかしら?」

五十丁目までくると、列車のドアが滑るように開いた。列車の立てる大きな音が消え、〝生まれる〟という言葉が静けさのなかで反響したように思えた。じっと見つめられているのがわかる。ビーハンは小さな声で言った。「ミス・プレスコット」それから前のほうを指さし、ここが降りる駅だと教えてくれた。ビーハンと議論して言いたいことを言ったおかげで、悔しさとうれしさの両方を感じながら――すこしばかり声が大きかったけれど――わたしは先に立って歩いた。

五番街にさしかかったところでビーハンが言った。「きみは五月四日のデモ行進に参加するよね」

「結婚式から数日後よ。眠っていると思うわ」

「こうしよう。きみがぼくの代わりに投票するんだ。大統領選挙の日は、ぼくが眠ってることにする」

「いいわね。でも、わたしはウィルソン候補に投票するかもしれないわ」

「ぼくの投票権を、ウィルソンなんかでむだにしてほしくないね」

「でも、投票するのはあなたじゃないのよ、ミスター・ビーハン」

「ああ、そうだった」ビーハンはにっこりと笑った。

ベンチリーの家に着くと、ビーハンはまじめな顔でうなずきながら言った。「夕食をごちそうさま」

「新聞の十七ページのこと、ありがとう」

わたしは裏の使用人用の階段をのぼりはじめた。それから、ふと足を止めた。

「ところで――ウェディング・ドレスだけれど」

ビーハンがこちらを見上げた。山高帽の下で目が輝いている。

「シャルル・フレデリック・ウォルトのデザインよ。表は斜文織り、裏は繻子《しゅす》織りになったクリーム色のシルク製。首から肩にかけてのひだには、手製のブリュッセル・レースが使われているわ。両袖には、先が真珠で留められた房飾りがついている。ヴェールは足元まで届く長さで、頭にのせるのは蠟《ろう》でつくったオレンジの花環。おやすみなさい、ミスター・ビーハン」

わたしは家のなかにはいった。羽毛の襟巻を巻いたリリー・ラングトリーが〈キーンズ・ステーキハウス〉のドアを通るときのように、ほんのすこしだけ気取って。

つぎの日、ルイーズとシャーロットの姉妹は黙々と朝食を食べた。ベンチリー夫人は、昼食までにはもどってくることになっている。階下《した》におりていくと、バーナデットがやる気なさそうに掃除機をかけていた。廊下の絨毯のうえで掃除機を四、五センチほど前後させるだけで、頭はダイニング・ルームの閉じたドアのほうに傾けている。厨房ではエルシーがスウィング・ドアのところに立っていた。トレイを手に持ち、表向きは、呼ばれるのを待っているといったようすだ。ミューラー夫人だけが自分の仕事に没頭していた。フライパンのなかの卵の焼き加減に気を配りながら、ベーコンの位置を調整する。わたしはテーブルについて坐り、とてもおいしそう、と彼女に言った。それからエルシーのほうを見ると、彼女はかぶりを振った。そのすぐあと、やはりいらだったようすのバーナデットが、スウィング・ドアを通って厨房にはいってきた。そして猛烈な勢いで、トーストにかじりついた。

エルシーがわたしのところまでやってきて、声をひそめて言った。「取りやめたんですか？」

「考えていらっしゃるところよ」わたしは答えた。

「中止にして、どうしたいのかしらね？」バーナデットが訊いた。「きのうの晩のルイーズさまは、信頼だとか敬意だとか言いながら、ただただ泣いていたわ。お姉さまはタイラー夫人になるのだから、誰もがそのことに敬意を払うようになると信じていいのよ、とシャーロットさまは慰めてた」そこまで話して、バーナデットはコーヒーを飲んだ。

「どうして中止するのか、知ってますか？」エルシーにそう訊かれて首を横に振ると、彼女は言った。「わたしが思うのは、べつの女のひとがいた、とか」

「いつもいつも、それが原因というわけではないわよ、エルシー」自分で意図したよりも、きつい口調になってしまった。

「でも、だいたいいつも、そうですよ」エルシーは言い張った。「だいたいいつも、べつの女のひとのことです」

ちょうどそのとき、玄関のベルが鳴った。「やだ、奥さまだわ。こんなに早く」エルシーはそう言うとスカートをなでつけ、メイド・キャップの位置をまっすぐに直した。

ベンチリー夫人を迎えるためにエルシーが厨房から出ていくと、わたしは身構えた。夫人が家にもどるたび、彼女はいつもいらいらを爆発させるから。でも、今回はそれがなかった。時計に目をやると、正午まではまだまだ時間がある。この時間に着くなら、夫人はずいぶんと早くプレザント・メドウズを出発しなければならなかったはず。それに、夫人は早めに目的地に着こうとするタイプではない……。

そのときダイニング・ルームのドアがあく音が聞こえ、エルシーが知らせた。「ウィリアム・タイラーさまがいらっしゃいました、ルイーズさま」

ルイーズが息をのみ、そのあとシャーロットの声がつづいた。「応接室で待ってもらって、エルシー」

ルイーズは小さな声で言った。「だめよ！」

「待つように言って」

わたしは椅子から立ちあがり、厨房のドアをあけた。エルシーには、そこにいるようにと手で示した。できるだけしずかに廊下を進むと、ウィリアムは応接室のドアの前に立っていた。わたしは急いで彼を応接室に入れた。「どうして、ここにいらっしゃったんですか？」

「ルイーズと話をするためだ」そう言ってウィリアムは、手のなかで帽子をくるくると回した。エルシーが預かっておかなければならなかったのに。わたしが片手を差しだすと、ウィリアムは帽子を渡した。そうよ、とわたしは思った。安心していい。これが……ウィリアムだ。不器用で、背が高すぎ、お人よし。そして、そう、やさしい。ウィリアム・タイラーというひと。

「何をお話しするんですか？」わたしは訊いた。

「去年の夏に言ったのとおなじことだ。ぼくの妻になってください、と」

「それから？」

何を言うか、もっと考えている。ウィリアムにそう言って安心させてもらうよりも先に、ルイーズがドア口のところに現れた。

「ウィリアムさまの帽子をお預かりしようと思って」わたしは彼女に説明した。

「そんなこと、しなくていいわよ」ルイーズが言った。

ウィリアムに帽子を返し、彼を応接室から出しなさい。わたしのなかの礼儀は、そう言っていた。でもどうしていいかわからず、わたしはウィリアムとルイーズの間で帽子をささげるようにして持った。するとすぐに、ウィリアムが帽子を手に取った。

でも、彼は立ち去らなかった。「セントラル・パークに散歩に行かない？　ひょっとしたら、アバナシー夫人にばったり会うかもしれない」

ルイーズは、笑ったのかどうかわからないほどに小さく微笑んだ。「ウォレスに会えなくて、ほんとうに寂しく思ってる」

「それなら……ウォレスのためにということで、どう？」

床板がぎいっと鳴り、それからスズランの香りが漂ってきた。妹が近づいてくるけれど、ルイーズは自分でなんとかしようとした。「ジェイン、コートと帽子を持ってきてくれる？」

「かしこまりました」

ルイーズは一瞬、いっしょにきてほしいと言いたそうにした。いつものように。わたしは断る口実を頭のなかで考えた。

でも、彼女はすぐにきっぱりと言った。「ありがとう、ジェイン」

ウィリアムとルイーズは、かなり長い時間、出かけていた。昼食もどこかで食べたので、ベンチリー夫人が帰ってきたときも、まだ家にいなかった。でも、ふたりがもどってきたときはちょうど、夫人は応接室で目に涙をためていた。

「お母さま、いったいどうしたの？」ルイーズが訊いた。

ベンチリー夫人は暖炉のそばでむせび泣いていた。膝の上に新聞をのせている。ふたたび姿を現した未来の義理の息子の存在を確認して、一瞬、泣きやんだけれど、また涙を流しはじめた。「災難よ！」

「何がですか？」ウィリアムが訊いた。

「これ」夫人は泣きながら、新聞を指さした。「ほら、ここ。読んで……」


挙式で着用されるウェディング・ドレスはウォルト！

袖の真珠の飾りにいたるまで、詳細が明らかに！


わたしは息をのんだ。マイケル・ビーハンはすばらしい記憶力の持ち主だ。何ひとつ、忘れていない。きのうの夜は、彼の思いやりに感謝するにはドレスのことを教えるのがいちばんだと思えた。でもいまは、災厄の予感しかしない。わたしはルイーズのほうを見た。どんな反応をするのか心配だった。

曲げた指を口許にあて、ルイーズは微笑んでいた。それから、くすくすと声を出して笑った。そのあとすぐ、どっと笑いをあふれさせた。

「ルイーズ！」ベンチリー夫人が声をあげた。

「わかってる、わかってるわよ。そう……ひどいわよね。ほんと……ひどすぎる。なんだか……」

でも、笑いすぎて声になっていない。ルイーズは横ざまに倒れるようにして、椅子に坐りこんだ。あいかわらず、騒々しいまでに笑いながら。ウィリアムはウィリアムで、片手で口許を覆っていた。その表情は心配しているように見えるけれど、彼もやはり笑っているとわかる。

その日の夜、ルイーズは予定どおりに結婚式を行うと宣言した。翌日、わたしたちはプレザント・メドウズにもどることになった。

納得がいかないようだけれど、シャーロットのもどる先はフィラデルフィアだった。彼女の荷造りと合わせて、ベンチリー夫人の荷造りもまた、しなくてはならなかったものの、プレザント・メドウズにもどる道中は気楽だった。最初のときと今回とでこんなにもちがうのかと、おどろかずにはいられない。ウィリアムは年配の女性ひとりの手助けをするだけでよく、ルイーズは沈黙の世界に引っこむことはなかった。そしてもちろん、駅で迎えてくれたのはアルドーだった。

アルドーは断ったけれど、わたしは彼がシャラバンから荷物をおろすのを手伝った。ご機嫌うかがいをすると哀しげに笑い、それ以上、言葉は返ってこなかった。ルイーズの旅行かばんを部屋に運び、それから自分の分を取りにもどった。アルドーは、わたしの旅行かばんはひとりでおろすと言い張った。それから名前を呼ばれた。「ミス・プレスコット?」

「何かしら、ミスター・グリマルディ?」

「あの夜のことは憶えてる?」

「忘れるのはむずかしいわ」

「そうだな」彼は口唇をぎゅっと結び、それからため息とともに言った。「正しいことなのかどうか、わからない。あんたに話すことが」

ちょっと待って。何かまた、ウィリアムに関することではないわよね。そう思いながら、わたしは言った。「正しいわよ」

「ひとつのことが、どうしても気になって。あの夜、屋敷のほうを見てて、それで気づいたんだ……」

「十一時に窓があいてたのよね」

わたしが口をはさむと、彼は戸惑ったような顔をした。「ちがう――そんなことは言ってない」

「いいえ、言ったわよ。あなたはそう警察に話したと、ウィリアムさまから聞いたわ」

「警察にそんな話はしていない」わたしはおどろいた。「チャールズさまに話したんだ。おれは……ふつうの警察官は信用していないから。おれが動揺してたから、チャールズさまは自分が警察に話しておくと言った。だから、あんたがそのことを気にする必要はない」

わたしは思った。わざわざ警察委員に何か訊こうとするひとなんていないわよね。「ということは、殺人の起こるまえに窓があいていたところは見ていないのね」

「見てない。でも、明かりはついてた」

「保育室の？」

アルドーは首を横に振った。そして、指さした。理解するのにすこし時間がかかった。

「それに、ほとんど真夜中に近かった。そう言えるのは、そのとき思ったからなんだ。おいおい、こんな時間ならもう寝てなくちゃいけないだろう、って」

あの日の夜の出来事を思い返す。寝ているところを起こされた。メイベルは、まず弟の泣き声が聞こえたと言った。「でも、メイベルさまは……」

「そう」アルドーは言った。「だから、こうして話してる」

19

子どものころ、ベッドにはいるまえに『マザー・グース』のお祈りの言葉を唱えていた。「目覚めることなく死んだら」という一文は、ぜったい好きになれなかった。人生を途中で終わらせると、神に同意したような気分になるから。でも朝になり、こんなお祈りは唱えたくないと勇気を出しておじに言うと、おじはやさしく答えてくれた。「神にはおまえの同意は必要ないんだよ」

お祈りの言葉を毎晩、唱えることはもう、していない。でもその夜、わたしは全能の神におかしなお願いをした。神よ、お願いです。ブリッグズ夫人を不眠症で悩ませないでください。アーメン。

自分の部屋を出て、使用人用の部屋が集まる一角を歩く一歩一歩は、永遠につづくように思われた。それに、どれだけそっと足をおろしても、床が抵抗するようにギシギシと音を立てた。でも、ベッドの上掛けをはねのける気配はないし、とつぜん、ドアの下から明かりがもれてくることもないし、「誰かいるの?」と呼びかけられることもなかった。廊下の端まできると、わたしはほっとして大きくため息をついた。

こうなったら、チャールズが書斎のドアに鍵をかけていないことを願うだけだ。ナイトガウンの袖で手のひらをくるみ、わたしはドアノブを回した。

それは簡単に回り、ドアはあいた。古い蝶番が音を立て、通れるだけのすきまができると、すばやくからだを滑りこませた。それから数分は、すみの暗闇に立っていた。物音を聞きつけたチャールズが、何事かとやってきたときに備えて。

でも、彼は姿を現さなかった。

暗闇と静けさが、想像力を自由にする。日中にはあれほどはっきりと見える平凡な現実が、見えなくなってしまう。月明かりのなかで、長く湾曲した角《つの》のあるアメリカアカシカの頭部の剝製《はくせい》が聖書に出てくる悪魔のように見えて、どうもおちつかない。クマの剝製は、いまにも息を吹き返してうなり声をあげそうだ。残忍そうなくちばしと広げた翼を持つハゲワシのそばを通るときは、近づきすぎないように気をつけた。探しているものを見つけられるとしたら、そこは一カ所しかない。チャールズの机だ。

その机のうしろに忍びよって慎重に椅子をどけ、まず真ん中の抽斗を引っぱった。鍵がかかっている。サイドの三つの抽斗もおなじだった。チャールズは鍵を自分で持っている。わたしは確信した。なるほど、わざわざ部屋に鍵をかけておかないわけだ。がっかりしながら椅子に腰をおろし、両手をぎゅっと握りあわせ、その手をじっと見た。

チャールズの机は、彼の性格をよく表していた。せわしなくて――散らかっている。ブリッグズ夫人がここを整頓することを許されていないのはあきらかだ。机の上は、何冊もの本やさまざまな書類で埋めつくされている。インク入れの蓋はあいたまま、ペンは書きかけの手紙の上に転がり、そこから落ちたインクが染みをつくっている。チャールズはこの手紙を書き直すことになりそう、とわたしは思った。殺人事件があってからの日々はひどく混乱していた。たぶん、きちんと仕事をする時間は取れずにいたはずだ。

そのときふと気になり、わたしは手紙に顔を近づけた。手紙を書いている途中で、インクの滴《したた》るペンを急に投げだすひとはいない――チャールズのように、何かと精力的なひとでさえ。

親愛なるグレイヴス

こんな夜遅くに、この手紙を書いている。真夜中を過ぎ、家の者はみんなベッドにはいった。だから、最近のモレッティの弁護士の発言に悩まされていると告白しよう。わたしを服従させることはできない。ただ、こうも思う。アルヴァと子どもたちを外国に行かせるべきだろうか？　その計画にはいくつか問題があるが、ここでは書くのは控える。だが、やはり心配だ……

手紙はここで終わり、あとはインクがこぼれたような跡が残っているだけだった。自分のなかの臆病さに気づいて嫌悪感を募らせ、ペンを投げだした？　でなければ、何か邪魔がはいった？

殺人事件のあった夜、チャールズは保育室の近くにはいなかったと、ビーハンには話した。保育室とは離れた自分の寝室で眠っていた、と。いま、そうでないことがわかった。彼はこの書斎にいた——息子の泣き声がじゅうぶん聞こえる近さに。もちろん、男のひとなら、泣き声に注意を払わないこともあるだろう。でも、ソフィアはぜったいに助けを呼んだはず。それならどうして、彼はそれに応えなかったの？

それとも、ちゃんと応えた？

それに、どこにいたとか泣き声を聞いたはずとかいう点で、警察に嘘をついたのはどうして？　自分を守るため？　でなければ……自分に近い誰かを守るため？

心臓が早鐘を打つ。ウィリアムがソフィアを殺すはずはない。百回も自分にそう言い聞かせた。たとえふたりが……何度も何度も……会っていたとしても、たとえソフィアが、そのことをルイーズに話すと脅したとしても。それはともかく、ウィリアムが犯人なら凶器に何を使うだろう？　彼には旅に出るときに武器を持つ習慣はない。ナイフも持っていない。ということは、厨房から一本、持ちだしたのかもしれない。それでひとりの女性を殺し、殺したあとは冷静にそのナイフをきれいにして、こっそりと階下《した》におりて元あった場所にもどす。だから、なんでもお見通しのブリッグズ夫人も、何かがおかしいとは気づかなかった？　いえ、ウィリアムは断じて、そんな血も涙もないひとではない。というか、そんな有能なひとでは。母親のタイラー夫人は有能だけれど、彼女なら使用人のことを自分の安全を脅かす存在だとは考えないだろう。クビにするかお金を渡して追いだし、友人たちにはその人物をぜったいに雇わないようにと、しっかり触れて回る——そういうことならしそうだ。でも、殺人は？　使用人相手にそこまでして、厄介ごとを抱えこむ意味はない。

チャールズ・タイラーは、自分の使用人のことをもっと大切に考えている。それよりも重要なのは、彼が嘘をついていたということ。そしてさらに重要なのは、彼は武器を持っているということ。

たしかに、チャールズは銃を持っている。でも、銃であんなにもすっぱりと喉を切ることはできない。そうするには、特殊なナイフが必要だ。血しぶきの飛んだ部屋のようすを見にいったとき、ビーハンとそんな話をした。わたしは月明かりに照らされた書斎のなかを見回した。グロテスクな死のなごりがあちこちに飾られているけれど、ナイフはない。動物の頭部、額に収められた新聞記事、そして家族の写真。そのうちの一枚に、若いころのチャールズが写っていた。どこか開けた場所に制服姿で同僚たちと並んで立ち、カメラに向かって笑顔を見せながら、羽根で覆われた髪飾りを高く掲げている。写真の下のほうに、彼の筆跡でこう書いてあった。〝第七騎兵隊、ウーンデッド・ニーの戦いにて。一八九〇年〟。チャールズの経歴を残しておく年代記編者は、メイベルだけではなかった。

そこで、殺人事件のあった夜にメイベルが見せてくれたスクラップブックのことを思いだした。世に知られた両親の写真が何枚も何枚も貼ってあった。いちばん新しく、いちばん立派なエピソードを伝える記事は、チャールズ本人の言葉を引用していた。〝フォルティ家の少年を救出。小さなエミリオは偉大な英雄の膝に坐り、卑劣な〈ブラック・ハンド〉から取りあげたナイフを愉しそうに振りまわす〟。

電話がないなら、スナウダー・ドラッグストアに行くといい。そこはオイスター・ベイ最古のドラッグストアで、この地域でいちはやく電話を引いていた。電話をかけにやってくるのは若者たちだと気づいた目利きの店主は、ソーダ・ファウンテンを設置し、店をみんなが集まれる場所にした。チャールズは自宅に電話を持っている。でも、誰にも話を聞かれないとは確信できなかった。だからわたしはつぎの日、スナウダー・ドラッグストアに行った。オペレーターに相手の番号を伝え、回線がつながるのを待つ。声が聞こえると、わたしは言った。「ビーハン、ジェインです」それからつけ加えた。「プレスコット」

間を置いてから、彼は言った。「あの記事、何も問題ないだろう？　きみはまだ、メイドの仕事をしてるよね？」

「ええ、だいじょうぶよ」早く用件を言わないといけない。「フォルティ家の誘拐事件の少年のことは憶えてる？」

「黒い瞳ですきっ歯を見せて笑うエミリオ少年だろう？　もちろん憶えてる」

「あの一家はまだ、ニューヨークにいるかしら？」

「見つけられると思うよ。見つけたとして、つぎはどうなるの？」

「誘拐の件で、いくつか訊いてほしいことがあるの」

「両親は話したがらないんじゃないかな。あの気の毒な少年は、とんでもなくつらい思いをしたんだから」

「わかるわ。でも、大切なことなの」

「何を訊きたい？」

わたしはビーハンに伝えた。

「それでぜんぶ？」

「それでぜんぶ」

「で……記事にするのは控えろ、と」

「残念だけど、そうしてちょうだい」


ガーデン・パーティを開くというのは、タイラー夫人の提案だった。自分の住まいの芝生に大勢のひとが集まるという考えに、アルヴァは乗り気ではなかった。三日後には結婚パーティがあり、また、芝生が踏み荒らされることになるのに。チャールズでさえ、義理の姉の提案には賛成しかねているようだった。でも夫人は、パーティといっても友人や隣人たちだけの小さな集まりで、自分と優秀なブリッグズ夫人だけで切り盛りできるので、アルヴァの負担になるようなことはまったくない、と約束した。タイラー夫人はさらに、メイベルとフレディをサラトガから連れもどしてもいいのでは、と提案した。危険はなくなったし、華やかな行事に合わせて帰ってくればふたりとも喜ぶだろう、ということだった。学校に通う兄ふたりも、週末なら帰ってこられる。チャールズはその点について——子どもたちを遠くにやることを、けっしていいとは思っていない――全面的に支持したけれど、とにかくあれこれと口を出した。

というわけで、わたしがここにもどってから五日後、青い空と日差しの下、テーブルが屋外に設置され、軽めの昼食が用意され、クロッケーの試合が企画された。何かと気を遣う社交的な催しは、ルイーズの上向いた気分を萎えさせるのではと心配したけれど、彼女はこのところ、新たな自信を得たようだった。婚約者と腕を取りあって歩いているところを眺めながら、おかしなことにわたしは考えずにはいられなかった。いちばんの怖れと向きあうことで、ウィリアムが笑顔で助けようとしてもできなかったことを、彼女は成し遂げたのだ、と。

いまのルイーズは……ずいぶんと輝いている。

けっきょくのところ、ウィリアム・タイラーの妻になると決めたのはどうしてですか。わたしはそう、ルイーズに尋ねていた。すると彼女は、ウィリアムはいつもわたしを口説こうと追い立てられている、なんとなくそう感じていた、と答えた。ただ、それはそもそも、彼の考えではないけれど、と（彼女がそう話すあいだ、わたしはずっと黙っていた）。率先してルイーズをニューヨークの街に連れだしたことで、彼は自分がいっぱしの男性だと示すことができたようだった――そして、結婚を強く望んでいることも。加えて、ふたりには犬のウォレスという存在があった。

「それに」とルイーズはつづけた。「わたしはいまでも南極に行けるし、アルヴァみたいにアマゾン川を下れるわ。じつは、ウィリアムもその考えにわくわくしてるの」

タイラー家には、〝贅沢な〟ことにはなんでもアレルギーがあるので、その日の午後のパーティは形式ばったものではなかった。わたしはルイーズに、青緑色のシルク製のドレスを着せた。控えめだけれど、かわいらしい一着だ。Vネックのデザインが肩幅を広く見せ、おかげでウェストが姿を現している。ひだになった襟にはスミレの刺繍がほどこされ、ボディスがスカートへとつながる部分には、ビーズで象《かたど》られたスミレが一列に縫いつけられている。袖は肘までの長さで、その先には白いグローヴを着けている。仕上げに、ピンクのバラでぐるりと囲まれた、すてきな麦藁帽子をかぶせた。全体的な印象は斬新で生き生きとして、そして希望にあふれていた。わたしが感じたよりも、ずっと大きな希望に。

ドレスの背中の皺を伸ばすと、ルイーズは言った。「あなたも参加してちょうだい、ジェイン。タイラー家のみなさんもきっと、気にしないと思うわ。じつはきょうの朝、メイベルに訊かれたの、ジェインに会えるかなって。かわいそうな子。たぶん、ソフィアが恋しいのよ。アルヴァはあの子にどう接すればいいのか、よくわかっていないみたいだし」

「メイベルさまに会うようにします」わたしは約束した。

パーティに加わるまえ、自分の部屋に行って髪を直した。鏡をのぞきこみながら、最後に自分の外見を気遣ったのはいつだったかと考えた。それほどひどくはないけれど、もっと手をかけてもいいだろう。

ノックが聞こえ、「どうぞ」と答えた。ドアをあけたのはブリッグズ夫人だった。手に折りたたんだ紙片を持っている。

「伝言ですよ」そう言いながら、紙片を渡してきた。

「ありがとうございます、ミセス・ブリッグズ」

夫人が行ってしまうと、わたしは紙片を開いた。内容は簡潔で、いつものビーハン流ではなかった。でも、これではっきりとわかった。哀しいくらいに。

20

わたしはすこし歩くことにした。考えないといけなくて、お屋敷から離れたかった。ぶらぶらと歩きながら敷地をぐるりと囲む森をじっと見つめ、ぼんやりとした人影が暗闇のなか、その森にはいっていったことを思い返した。それと、あいていた窓と、お屋敷に忍びこんだ人物……。

わたしがそう思うだけかもしれない。でも、危険はずっと、お屋敷のなかにあったのでは。チャールズは〈ブラック・ハンド〉から取りあげたナイフを、エミリオ少年にプレゼントした。でも少年の両親は、ナイフは危険だとか、つらい体験を思いださせるものだからいらないだとか考え、警察に返したかもしれない。ビーハンの伝言によると、そのナイフはいまどこにあるのか、わからなくなっているらしい。

ただ、わたしにはすくなくとも、心当たりがひとつあった。鍵のかかった三つの抽斗のどれかにはいっているのでは、と。そう、チャールズの机の抽斗の。

それでもまだ、いちばんの誇りと言ってもいい息子の世話をする若い女性を、チャールズが殺さなければいけない理由を思いつけなかった。自分が危険から救いだした女性なのに。

ビーハンが、馬の遮眼帯の話――結婚したからといって、目の前の女性しか見えなくなるわけではない――をしていたことを思いだした。でも、チャールズはアルヴァを愛しているだけでなく、崇《あが》めている。それに彼は、家族の庇護者という自らのイメージも、おなじくらいだいじにしている。もし彼が〈タイタニック〉号の乗客だったら、アルヴァと子どもたちを救命ボートに乗せ、自分は笑顔で葉巻をふかしながら、海に沈んでいったことだろう。それは、はっきり言える。

でも、書斎のほんのひとつ上の階の保育室で、ひとが争う音をチャールズが聞いていないということはありえない。それに彼は、警察に嘘をついた。殺人の起こるまえに窓はあいていた、と。そう、わたしがソフィアを見つけたとき、窓はあいていた。たぶん、彼自身がそこを通って部屋から出たのだろう。おじに感心してもらいたいと願ったウィリアムが、窓や胴蛇腹を足がかりに使って壁をのぼりおりしたという話を、チャールズにもしていたのはまちがいない。

でも、どうして？　このお屋敷で、何があったの？

いらだちのあまり芝生を蹴りつけながら歩くうちに、あの暖かな日にソフィアと並んで坐ったベンチのある木のところまできていた。遠くに、間に合わせにつくられた例の墓地が見える。近づいていくと、不器用に建てられた木の十字架が地面に刺さっていた。青いペンキで〝バンカム〟と書いてあった。しおれたデイジーの花束が、十字架の足元に置かれている。メイベルが話していた、死んだ犬の墓にちがいない。花束も、あの子が供えたのだろう。

ふたつ目の墓標に気づくと、わたしはそれ以上、丘を下ることができなくなった。犬の十字架とはずいぶんとちがう。こちらは大理石の独立した小さな立方体で、スピーチするときに乗る台くらいの大きさだ。墓碑銘にはこう書いてあった。

愛しい息子
ジョニー・アルジャーノン・タイラー
一九一〇年三月十四日生
一九一一年四月十七日没

痛ましい生没年に、目を奪われずにはいられなかった。そして、息がつまるほどの哀しみに襲われた。とても短い一生、簡潔に記すことのできる人生。この子は、ようやく生きることをはじめたばかりだった。しあわせな赤ん坊は、ゆっくりと探検に出ようとしていたのに、その旅はあっけなく終わってしまった。そう考えてわたしの目に涙があふれるなら、赤ん坊の母親の気持ちはどれほどのものだろう？　だからたぶん、あの墓標はお屋敷からずいぶんと離れたところに建てられたのだ。すぐに行くことができるけれど、毎日、目にはいるわけではないところに。

それにしても、最近、誰かがここにきたようだ。黒いリボンで縛られたブルーベルの束が、墓標の上に置かれている。

花のようすからすると、やってきたのは一週間ほどまえだろうか。わたしは記憶をたどった。いろいろなことがあったなかで、誰かがあえてこの墓を訪れた。もちろん、一周忌だからということもある。でも、ソフィアが亡くなった日にあまりにも近い――

いいえ、彼女が亡くなった日じゃない。

わたしは足を止めた。このお屋敷にはじめてやってきて歓迎を受けた日にあったすべてのことを、頭のなかでおさらいした。チャールズが言っていた。「ここは愉しいところですよ!」笑顔と心からの笑い声、ウィリアムとルイーズへの祝杯、新しくやってきたひとに対する、ちゃめっ気のある詮索。

それに、涙だ。そう、涙。すばらしい家族のなかにある問題のせいで流される涙。それほどおかしなことではない。ただ、息子の命日の夜に、息子以外の理由で涙を流さないといけないとなったら、話はべつだ。とはいえ、その理由については何も耳にしていない。使用人からさえ、何も。そのことについては、ほんのすこしでも話すのを禁じられているかのようだ。オレンジの花の終わりのない可能性について、笑いながら議論をくり広げ、その一方で心のなかで血を流すというのは、どんな感じだろう?

そろそろ時間だ。パーティに顔を出さないと。

メイベルは集まったひとたちの周りをぶらぶらと歩いていた。着ているドレスの黄色いサッシュは幅広で、袖は短い。かわいらしく、元気が出そうな装いだ。じっさい、メイベルはかわいらしく元気な子だけれど、このときは元気がなかった。うつむき、あてもなく腕を前後に振っている。つまらなそうに木のあたりに向かい、投げやりなようすでその樹皮を叩いた。

わたしは彼女のところに行って訊いた。「何か飲みますか？」

「いらない。でも、ありがとう」

いっしょにいてほしくないとほのめかされたら、そのひとのことはそっとしておく。わたしは、そうすることにしている。でもメイベルはふだん、ひとりぼっちになるのを好まない。

「よかったですね、お兄さまたちがもどってこられて」

メイベルはうなずいた。「お兄さまたちにもソフィアのことを話したわ」

「おふたりはご存じなかったんですか？」

「知ってるって言ってたけど……」メイベルは顔をしかめた。「その話はしないの。だからわたしは、知らないと思ったの。誰もその話はしない」

「そうですね」

「おばあさまもやっぱり、ソフィアのことを話したがらなかった。笑いなさいって、ずっと言われてたわ。笑いたい気持ちじゃないって言ったけど、そういうことじゃないの、と言われて。みんな、ソフィアがここにいたことを忘れちゃったんだと思った」

わたしは木にもたれかかった。「よろしければ、ソフィアの話をしましょう。彼女のことで、いちばん最初に憶えていることはなんですか？」

メイベルも、わたしと並んで木にもたれた。樹皮でドレスが汚れないよう、両手を背中に回している。「歌を歌ってくれたこと。大好きだった」

「わたしもです。どんな歌でしたっけ？　フィ・ラ・ニンナ……」

「ファよ」メイベルが訂正した。

「ファ・ラ・ニンナ、ファ・ラ・ナンナ――」

メイベルは低音で歌おうと声を低くした。「ニン・オー、ニン・オー」

「それです。ニン・オー……」わたしは声を低くしすぎて咳きこんだ。

メイベルは笑った。「ぜんぜん歌えてないじゃない」

「だめですね。ソフィアは上手に歌えました」

「それに、笑ってた。あと、いろんなことを教えてくれた。ほんとうのことを。ある日ね、はっきりと言ったの。メイベルさま、きょうはとんでもない日ですね。わたしはあなた以外、みんなのことが大嫌いです、って。でも、フレディのことは好きだって言ってたわ。ただ、ときどき……叫びたくなるって。はしたないってわかってても」

「なるほど――」

そのときとつぜん、チャールズが木の後ろから現れ、メイベルを高く抱きあげた。いかにも彼らしい。わたしはにっこりと笑った。メイベルも笑うものだとばかり思った。チャールズがゾウの真似をして、メイベルのことをその鼻だとでもいうように、ゆらゆら揺らしているのだから。「アフリカゾウがやってきたゾウ、何か飲みたいゾウ。水はあるかな？」チャールズはメイベルを地面におろして、すぐにまた抱きあげた。「ここにはないゾウ。こっちにはあるかな?」彼はまた、メイベルをおろした。「よかった、よかった。ここにはあるゾウ……」

メイベルは父親から逃れ、手の届かないところに移動した。

「ゾウさんごっこをするには、もうお姉さんすぎるかな?」チャールズは言った。「老いぼれゾウさんは気の毒だね。では、ダンスをしないか?」

「けっこうです、お父さま」メイベルがうつむいたまま言った。「あんまり気分がよくないの」

「おや」いつもとちがってごっこ遊びを嫌がられたことと、気分がすぐれないと言われたことが合わさって、チャールズはすっかり途方に暮れている。「そういうことなら、この木の下は陰になっているから、ここにいるのがいいかもしれないね。ジェインにレモネードでも持ってきてもらって……」

「レモネードはいらない」メイベルは言った。

「わかったよ」チャールズがそう答えるのに、少し間があった。それから娘の髪に触れながら、やさしく言った。「わたしのお嬢さんがレモネードはいらないと言うなら、それを飲ませようとするのは法に反するね」

チャールズはメイベルの髪をなでた。すこし長すぎるくらいに。うつむいた頭のてっぺんを、心配そうに見つめながら。わたしはチャールズに微笑みかけ――世話の焼ける子どもがふたり、と思いながら――彼も短い笑みを返してくれた。それから彼はメイベルに言った。

「好きにしなさい」

チャールズが行ってしまうと、わたしは訊いた。「メイベルさま、お父さまに腹を立てているんですか？」

「ううん」メイベルはそう言って、木にもたれかかった。視線は遠くに向けたままだ。

「ソフィアなら、そう言うかもしれないと？」

長い間のあと、木のあたりから声が聞こえた。「お父さまはソフィアを助けなかったもの」

「まあ、メイベルさま」

「お父さまはみんなを助けるの。それがお仕事だから。あの男の子のことも助けたのよ。知らない子だったのに。ソフィアのことだって助けてあげなくちゃいけなかった。ソフィアはずっと、お父さまに助けてって言ってたのに、お父さまはこなかったの」

「ソフィアは、お父さまに助けを求めていたんですか？」

メイベルはうなずいた。

「ソフィアが……こんなことを訊くのはおかしいですけれど、ソフィアがなんと言っていたか、聞こえたとおりに教えていただけます？」

メイベルは教えてくれた。心臓が、しばらく鼓動を止めたように感じられた。

「どうしてお父さまはこなかったの？」いまやメイベルは涙声になっている。「おとなの男のひとは、みんなを助けることになってるのよ」

「メイベルさま」

「何、ジェイン？」

「わたしがほんとうに考えていることを申しあげてもいいですか？」

「どうぞ」

「みんながいつも、誰かを助けるわけではないんですよ。みんな――おとなの男のひとみんな――は、メイベルさまを助けにこないこともあります。助けようとしても、いつも間に合うとはかぎりません。できないときだってあります。それに、助けようとしないことさえあるでしょう。それは……」声が詰まった。「それは、期待していいことではないのです。メイベルさまは、ご自分のことはご自分でしないといけません。いまは、ちがいますよ。でもこの先、おとなになったら。ただ、こわがることはありません。メイベルさまはとても賢いです。それに、とても勇敢です。ミスター・ビーハンが言っていたことを憶えています？メイベルさまはフレディさまを救いました。なんて勇敢なんでしょう」

フレディには助けが必要だったのか、もうわからなくなっていた――すくなくとも、わたしたちみんなが聞かされたような状況では、必要なかった。でも、いまはメイベルにわからせなければならない。ほかのひとが強いからという理由で、自分のことを弱いと思ってはいけないと。遠くから、ハンティングの話をしてパーティの招待客を愉しませるチャールズの声が聞こえてきた。「……トラが――もろに体当たりしてきたんだ。目をギラギラさせ、牙をむきだしにして。体重は二百キロ以上、あったはずだ。わたしは足を踏んばって、ちょうど眉間に弾を撃ちこんだ。あんなにすばらしい生き物を殺さないといけないなんて、なんとも残念だ。そんなこと、したくなかった。でも、するしかない。その顔に危険を感じたら、破壊しないとね」

メイベルが言った。「わたし、ミスター・ビーハンが好き。彼に会いに、新聞社に行けるわよね？　おいでって言ってたでしょう？」

「そのうち、連れていってもらえますよ。たぶん――」

「ちがうの、わたしはジェインと行きたいの。またあのひとに会えるわよね？　ウィリアムの結婚式のときに？」

あなたの世界とそこにいる誰もが、いまにも変わろうとしている。それに、わたしがあなたに約束できることはほとんどない。そのふたつを、この少女にどう伝えればいいだろう。でも、ふと思った。もしかしたらメイベルは、すでにわかっているのではないか、と。

わたしはお屋敷のなかにもどり、しなければいけないとわかっていることをする勇気を奮い起こそうとした。それは、何人かのしあわせを壊すだけではすまないだろう。ソフィアのことをしっかりと憶えておきたくて、保育室のある四階に向かう。階段をのぼりきったところで、怖ろしさと不安を感じながらしばらく考えた。だめ。ここを離れなさい。何がわかるというの？　ほんとうに知る必要があるひとなんて、誰もいないのに。

でもそのとき、ソフィアの手のことを思いだした。けっして届かない、数センチの隔たりがあった。彼女と、彼女が心からだいじに思っていた赤ん坊との間に。彼女と、彼女を助けにくるひとととの間に。それから、あの子守唄。憶えるのに苦労した、あのおかしな歌。ソフィアのことは、かわいらしいと記憶している。でも、彼女の顔のどこを見てそう思ったのかは、うまく説明できない。声は低かった。わたしは知っている。でも……もしかして低くなかった？　誰もが記憶から、あっという間に消えていく。わたしたちは簡単に失う。

ドアノブを回し、ドアを押しあけた。保育室はもう、ただの空間になっていた。絨毯ははがされ、壁はいいかげんに磨いてある。毛布やおもちゃは持ちだされ、ベビーベッドもなくなっていた。

そしてもちろん、窓は閉まっている。カーテンはまっすぐに吊るされ、窓の両サイドにまとめてある。窓が外からあけられた痕跡があるかも。あるいは、侵入者が窓枠を壊したのに、気づかずそのままになっている部分が見つかるかも。そんなことをぼんやりと考えながら窓に近づき、上下左右に目を走らせた。以前目にしなかったものは、何もなかった。ただの閉まった窓だ。外に目をやり、その下に広がる芝生を見下ろす。遠くに、侵入者が姿を消したという森があった。

いらだってため息をつき、窓辺に置かれた長椅子に腰をおろした。そのとき、見えた。窓の真下に。宝石のきらめきと金の輝き。

滑るようにして長椅子からおり、もっとよく見ようと屈んだ。ネックレスにしては小さすぎるから、ブレスレットにちがいない。繊細なつくりで、女性のほっそりした手首を覆うほどのものではない。でも、つけたひとが気だるく腕を動かすたび、その宝石は——サファイアのようだ——手首を優雅に滑るだろう。ブレスレットの持ち主の瞳がたまたま青かったら、その瞳とよくお似合いですねなどという、ありきたりのほめ言葉は控えなければならない……。

でも、青緑色の瞳なら。

保育室にはぜんぜん、きませんから……。

背後でドアの閉まる音がして、わたしはあわてて立ちあがった。アルヴァ・タイラーが打ちひしがれたように、じっとこちらを見つめていた。それから彼女は片方の手でお腹をぎゅっと押さえ、もう片方の手を口許に持っていった。これから吐こうとでもするかのように。

「なんてこと」彼女はささやくように言った。「なんてこと、ジェイン……」

何も考えずにといったようすで、アルヴァはよろよろとドアのほうに向かった。でも、それは閉まっているとわかり、手探りしながらおむつ替え台のほうに方向転換した。その台を片手でしっかりと握ると、からだをふたつに折って大声で泣いた。こんなにも絶望している女性に、脅威は感じなかった。わたしは彼女を揺り椅子に坐らせた。

「水をお持ちしましょう」

「いらない！」アルヴァはわたしの手首を思い切りつかんだ。「水はいらないから、ここにいて、お願い。いいから……いいから、どうか……」

「黙っていますね」わたしはそう言って、彼女を安心させた。「このまま、じっとしていましょう。何かする必要はありません」

小刻みに震える彼女の口許が、どうにか笑みをつくる。そのあとすぐ、涙が頬を落ちはじめた。わたしは彼女が涙を流すあいだ、となりでじっとしているという約束を守った。どんな感情も顔には出さず、冷静な表情を保った。やがて彼女は口を開いた。「とてもひどいことに思えるわよね――いえ、とてもひどいことよ――いのちを奪うのは。でも、ほんとうにほんとうに、あのときはこうするしかないと思ったの。こうすることでしか……正せないと。選択肢なんてないように思えた」

アルヴァは窓のほうに視線を向けた。「いまとなっては、自分に言い聞かせてるわ。あら、じつはあんなことはしていないわ、って。でも、わたしはしたのよ」そう言って彼女はまた、わたしの手をぎゅっと握った。「あとを追うつもりだった。ひとりぼっちで行かせることはしない。最後はいい母親でいようと、そう誓ったの」

言葉は彼女の口から息つく間《ま》もなくあふれ、その言葉の奥にある真実がうまく語られないから、まったくべつの〝殺人〟について話していると理解するのに、すこし時間がかかった。アルヴァはささやくように言った。「ジョニーのときみたいでなく。あの子だって、ひとりぼっちで死ななくてもよかったのに。フレディのことはぜったい、ひとりぼっちにしない」

言いたいことがひとつだけあったけれど、どうしても口にできなかった。「どうしてですか?」

アルヴァは遠くを見つめながらまばたきをした。一瞬、どこかに行ってしまったのかと思ったけれど、彼女はこう言った。「わたしはナニーが必要だなんて思っていなかった。いやだったの……誰かがこの家にいるのが。ブリッグズ夫人はいいひとよ、理解があるもの。でも、じっと観察されるのはいや」

そうね、とわたしは思った。ひどく繊細なひとにとって、プライヴァシーは欠かせない。

「それに、メイベルのことも自分で世話をしたかった。でも、あなたはまちがっていると、誰からも言われたわ。チャールズの妻と、息子ふたりの母親という二役をこなすには、しなくてはいけないことが山ほどでてくる。だから、みんな口をそろえて言ったの。くたびれちゃうわよ、と。でもわたしは、くだらないって思ってた。わたしはアルヴァ・タイラーよ。ジョニーが生まれたときも、フレディを妊娠しているときも、いいえ、わたしはだいじょうぶ、と思ってた。あの春、メイベルは五歳だった。わかるでしょう、五歳児というものはとても強情なの。子どもなりに断固とした意志がある。そしてジョニーは、歩きはじめたばかりだった」

歩きはじめたばかり。ほかの母親たちからも、やさしさと懐かしさをこめて聞かされたことがあるフレーズだ。でもこのときわたしは、これほどまでに不吉な予感のする言葉を聞いたことがないと思っていた。

「いつも、ふたりを芝生の上で遊ばせていた。ただ……好きなところを走りまわるの。暖かい日だったわ。いまとなってはもう、名前も忘れてしまったけれど、キッチンメイドのひとりが、水をはった桶で洗い物をしていた。それで彼女は、何かを取りに家のなかにもどったの。わたしは……」そのときのことを思いだしたのか、アルヴァは目を閉じた。「わたしはメイベルといっしょに、表の芝生にいた。すこしだけ……気分が悪かった。メイベルは何かでかんしゃくを起こしていて、わたしは叫んでしまわないよう、必死でこらえていたわ。自分がなんと言ったのかは憶えていないし、メイベルが何にそんなに腹を立てていたのかも憶えていない。憶えているのは、芝生の上に立っていたことだけ。手を握って口許にあて、周りでは世界が揺れていた。すべてが終わるような気がしていた。気分が悪いのも、叫びたくなるのも、それに……」

アルヴァはそこで、わたしをしっかりと見た。「それで、忘れたの。ジョニーのことを忘れたの。キッチンメイドがもどってきて、それであの子を見つけて……」

彼女の声は、ぼろきれをぎゅっと絞ったような、ゆがんだ声になった。「あの子は……」

「もうけっこうです、アルヴァさま。わかりましたから」

「わたしはいなかったの」あふれる苦悶を吐きだすように、彼女は言った。「わたしはその場にいなかった。そして、あの子は死んだ。たったひとりで死んだのよ。わたしは母親なんかじゃないわ、ジェイン。かわいそうに、うちの子たちには母親がいないの。チャールズに何度も言おうとしたの、でも、耳を貸してはくれなかった。フレディが生まれると、彼は言ったわ。赤ん坊がもうひとり。わたしたちにはこれが必要だったんだよ、アルヴァ、と。

愛すべき新しい赤ん坊が、と。でも、わたしには必要なかった。愛せないもの。子どもを愛せない母親以上にひどいものってある？　子どもたちに与えられるものといったら……弱さしか持っていないのに。それと、絶望」

「それ以外のものをお持ちですよ、アルヴァさま」

「以前はわたしも、そう思ってた。メイベルが生まれたとき」――そこでアルヴァは、心からの笑みを見せた――「わたしは思った。わたしの娘、愛しい娘。世界じゅうのすべてを見せてあげる。いっしょにすることも、うんとたくさんある、と。いろんな場面が思い浮かんだわ。ふたりで馬に乗っているところ、岩山を登っているところ、そういうことまでしなくても、ただ並んで坐っているところ、将来についてばかげた夢を語っているところ。でも、本気でかなえたいと思っている夢よ。あの子のために願ったわ。その夢はぜったい現実になると。あの子はなんでもできる。あの子は解放される――」

「ええ、メイベルさまにはできますよ、アルヴァさま」

「でも、そんなことを言いながら、わたしは疲れてしまったの。以前のようにではなく……すっかりくたびれ果てたの。からだを流れる血が鉛になったみたいに。わたしは起きあがれなくなった。ほとんど一年、ベッドのなかで過ごしたわ。上の息子ふたりは、チャールズといっしょだったり学校に行ったりすれば、それでよかった。でも、かわいそうなメイベル！　あの子はわたしの部屋のドア口に現れては、本を読んでだの、髪を三つ編みに結ってだの、トランプをしようだのと言ってきた。でも、わたしはできなかった。してあげたかったわ、とても。でも、わたしは疲れていてできなかった。あの子の声を聞くと、心臓が痛んだ。何かしたいとあの子が関心を持つことが、わたしをバラバラにしてしまう気がしていた」

「メイベルさまはお母さまを愛しています」わたしは言った。それが慰めになるようにと思いながら。

「わかってるわよ」アルヴァはいらだたしげに言った。「でも——あなたは子どもがいないから理解できないでしょうけれど、ときどき感じるのよ。あら、あの子たちがほんとうに必要としているのはわたしじゃないわ、と。子どもたちは、わたしのことなんか知らないの。このひとは〝お母さま〟と呼ばれていて、あれやこれや、してほしいことをしてくれることになっている。そういう存在として知っているだけで」アルヴァはこめかみに拳をぎゅっとあてた。「わかるでしょう？　そうやってわたしは、おかしくなったの」

アルヴァは長いこと、押し黙った。それから、まだからだを屈めて床を見つめたまま、低い声で言った。「フレディを生まないことも考えたわ。考えていたのよ……こんなこと、言いたくないけれど、でも……ジェイン、あなたはとても知性のある女性だから、わたしの言っていることがわかるわよね」彼女の口が嫌悪感でゆがんだ。「でも、そうしなかったわ。気の毒に、わたしはあの子をこの世に誕生させてしまった。誰も望んでいなかったのに」

メイベルはフレディを愛している、とわたしは思った。それに、ソフィアも愛していた。でも、アルヴァがソフィアのことをどろぼうと呼んだときは、こういう意味で言ったのかもしれない。ほんとうなら自分のものだったフレディの人生の一部をソフィアが盗んだ、と。

アルヴァには、それが自分のものだと主張できなかった。

「まちがいなく、チャールズさまはフレディさまを愛しています」

「チャールズが？」彼女は悲しそうに笑った。「ねえ、ジェイン、ほんとうに？」

どういう意味でそんなことを言うのか、よくわからなかった。でもアルヴァはあきらかに、そんなあたりまえのことを説明する必要はないと思っている。

「あの夜、何があったのですか、アルヴァさま？」

「あの夜、わたしは眠れなかった。あの日は……」

「命日の翌日でした。墓標を見ました」

「ジョニーのことを考えるのをやめられなかった。丸々として、とってもかわいらしい坊やだった。喉をがらがら鳴らして、ご機嫌な子だった。髭のないチャールズだと、みんなに言われたわ。わたしは」——そこでアルヴァは息をのんだ——「わたしは、何日も眠れなくなっていた。あの子が死んでから、眠れていないという気がするときがあるの。敷地内を散歩することもある。警備のひとたちが見ていたら、なんと思われたでしょうね。なるべく、建物の裏にいるようにしていたけれど」

このお屋敷にはじめてきた日の夜に見かけた人影も、アルヴァだったのかもしれない。

「あの夜、建物の裏側を歩いていると、フレディの泣き声が聞こえたの。その声を聞いて、心臓がはりさけそうになった。わたしがいらないと思ったことをあの子はわかっていると、そう確信したわ。それで、考えたの。そんなことに耐えさせてはいけない、と。死ぬほうがましだ、と。何もかもからあの子を連れだして……いっしょに、自分の人生も終わらせようと思った。とんでもなくひどい話に聞こえるわよね。でも、そう考えてどれだけわたしがほっとできたか、あなたには想像できない。飛行機で遠くに行くことも考えた。どこかしずかなところに行って、あの子を抱えて……」

窓の下の足跡。男性のものにしては小さすぎる足跡。あれは、アルヴァの足跡だったのだ。

「わたしはほとんど、保育室まで駆けあがっていた。もちろん彼女は、わたしがたどりついたときにはもう、そこにいたわ。わたしは言ったの。わたしに任せて、わたしがあやすから、と。彼女はフレディを渡そうとしなかった。だいじょうぶですからと言いつづけ、わたしにはベッドにもどるように言ったのよ」

アルヴァがどれほどひどい精神状態にあったのか、思い浮かべることができた。ソフィアがフレディを渡すのをためらったのもとうぜんだ。木の下で、ソフィアと話したことを思いだした。わたしがタイラー家のことをどれくらい知っているか、あれこれ質問された。アルヴァがこれほど病んでいることに、本人以外の誰かが気づいているか、探ろうとしていたのだ。ソフィアはチャールズに、誰のことも信用しないよう伝えようとしたと言っていた——男のひとも、女のひとも。わたしは、アルドーのことを言っていると思った。でなければ、ソフィア自身のことを。でも彼女は、チャールズの妻の話をしていたのだ。彼が腹を立てるのもとうぜんだ。

「ついには、彼女に向かって声を張りあげなければならなくなった。わたしの息子よ、いますぐ渡しなさい！ 彼女は渡してくれたわ。でも、部屋を出ていこうとしないの。ふたりきりにしたくないから、と。わたしは感じよくしようとして言ったわ。ねえ、あなたの言うとおりね。赤ん坊にとってこの部屋は、ほんとうに暑いわ。それでわたしは窓をあけて……」

ここでアルヴァの表情がまた、壊れはじめた。口唇が震え、涙が頬を伝う。「何をするつもりかと訊かれたわ。だから答えたの。窓をあけるだけよ、と。そうしたら……よくわからないんだけど……彼女はわたしの前に立って、フレディを返すようにと言ったの。わたしは、そこをどきなさいと言ったわ。彼女を押しのけることもしたかもしれない。それでもみ合いになって、フレディが床に落ちた。あの子、ものすごい叫び声をあげて……」

「アルヴァ」

跳びあがるほどにおどろいた。チャールズがドアのところに立っている。その瞬間、不意にわたしは理解した。何がわかったのか、よくわからなかったとはいえ。

おちついた声でチャールズは言った。「アルヴァ、おいで」

アルヴァはしばらくのあいだ、夫を見つめていた。「チャールズ、意味がないわ」

「きみは疲れているんだ。ジェインとのおしゃべりはやめて、ほら、わたしといっしょに行こう」

「こんなこと、もう、たくさんなの。わたしたち、ほんとうのことを話しましょう。あなたは、ほんとうのことを話さないといけないわ……」

わたしにはわかった。ただそこに立っているだけで、チャールズはあの夜の真実をあきらかにした。

わたしは立ちあがった。「アルヴァさま、チャールズさまのおっしゃるとおりです。お寝《やす》みにならないと」わたしはチャールズに辛辣な視線を向け、彼とはいまや敵同士だということを知らせた。それから、アルヴァに言った。「いろいろとたいへんだったと思います。もう一分もつづけられないと感じても、それはとうぜんですよ」

「ほんとうに、そのとおりだ」チャールズは部屋にはいってきてアルヴァの腕を取り、彼女を椅子から立ちあがらせながら言った。「眠ろう。ベッドに連れていくよ。招待客にはぼくからひと言、言っておく。きみは心配しなくていい」

アルヴァはわたしに絶望のまなざしを向けた。裏切られたと思っているのがはっきりとわかる。でも、アルヴァをひとりにしておくわけにはいかないこともわかっていた。

「ブリッグズ夫人に付き添ってもらいましょうか？　すくなくとも、眠るまでは？」アルヴァが混乱したようすを見せたので、わたしは言い足した。「夫人はアルヴァさまのことを、たいへん大切に思っています。力になりたいと思うはずです」

「それはいい考えだ」チャールズが言った。「ジェイン、ブリッグズ夫人を呼んできてくれないか。わたしは妻を部屋まで連れていく」

急いで厨房までおりながら、自分は仮定の話に賭けている、と考えていた。もしまちがっていたら、もうひとつのいのちが失われるかもしれない、とも。息を切らしながら厨房にはいり、わたしは声をかけた。「ブリッグズ夫人……」

夫人は一覧表を手に、食器棚のなかの瓶の数を数えていたけれど、わたしの声に何かを感じ取ったらしく、こう答えた。「何かありました？」

「アルヴァさまのところへ行ってください」

目と目で通じ合った。夫人は一覧表を置き、エプロンで手を拭うと、決然とした表情で厨房のドアに向かった。

「どれくらいお悪いの？」

「とても。ひとりにしておいてはいけません」

「チャールズさまはご存じ？」

「ええ」

お屋敷の奥にある階段の下まできたところで、ブリッグズ夫人が言った。「このことは誰にも話さないでちょうだい。それに、アルヴァさまのことも非難しないで。あの気の毒な女性がどれほどのことを体験してきたか、あなたは知らないのだから」

「知っていることもあります」わたしは言った。「でも、ええ――非難はしません」

21

階段のところでチャールズを待った。ガーデン・パーティにきているひとたちの愉しそうな笑い声や、おしゃべりする声が聞こえてくる。わたしは、階上《うえ》にいる哀しい女性のことを思った。メイベルのことを思い、誰かがちゃんとあの子の世話をしていますようにと願った。チャールズの足音が聞こえてもこわいし、彼を見逃してすごすごと退散することになったらと心配もした。

でも、チャールズ・タイラーは自分の存在を気づかせないような男性ではない。彼はわたしを見ると、誰もが知る笑みを浮かべ、何も問題はないというように両手を打ち合わせた。それから、わたしなどそこにいないとでもいうように、そのまま通りすぎようとした。

「チャールズさま?」

「あとにしてくれ、ジェイン」

「申し訳ありませんが、どうしてもお話ししたいことがあります」

「いや、話すことなどないと思うよ。失礼――」

彼は行ってしまう。ここから出ていく。逃げていく……。

わたしは彼の背中に呼びかけた。「あの手紙は書き終えたほうがいいと思います」優秀なハンターの勘は鋭い。危険がおよぶより先に、兆候を察知する。チャールズは優秀なハンターだ。このとき彼は、自分が危険にさらされていることをわかっていた。チャールズは半分だけふり返りながら言った。「私的な手紙を読んだのか？」

「一通だけです。それも、書きはじめのところと日付だけを。最初にあなたは、遅い時間だと書いていました——〝真夜中を過ぎ〟と。日付も言いましょうか？」

チャールズは黙っている。

「あの夜、あなたは眠っていなかった。書斎にいたからです」

出し抜けに腕をつかまれ、引きずられるようにして廊下を進み、チャールズの書斎に連れていかれた。自棄《やけ》になった男性の暴力的なふるまいに、身の危険を感じた。でも、自分は正しかったという高揚感は強く、彼は何を言うだろうという、荒々しいまでの好奇心で頭はいっぱいだった。チャールズはドアを閉めた。大きな窓からはパーティのようすが見わたせた。すくなくとも五十人ほどが、すぐそこにいる。そのとき、気づいた。彼がハーヴァード大学のボート部で使っていたオールが壁にかかっている。それも、すぐ手の届くところに。ベルトに教えられたようなほうきではないけれど、おなじように役立ってくれるはず。

チャールズはどっしりとしたオーク材の机の向こうに避難していた。革製のデスクマットの上に両手をぺたんと置きながら、彼は言った。「それで、わたしがここにいたとしたら、どうだというんだい？」

「この書斎と保育室は、とても近くにあります。ソフィアが助けを求めたら、その声が聞こえたはずです。ちがいますか？」

チャールズは答えない。

「ソフィアはあなたに助けを求めました。アルヴァさまともみ合っているときです。アルヴァさまがしようとしていることを、なんとか止めようとして。フレディさまは床の上です。そこにいたら危ないとソフィアにはわかっていました。なんといっても……はっきり言います、殺されようとしているのですから。でも、アルヴァさまの手から逃れると、彼女にはわからなくなりました。フレディさまを抱きあげるほうが先か。それとも、アルヴァさまが飛びおりようとしているのを止めるほうが先か」

チャールズは目を閉じた。

「それが、アルヴァさまがしようとしていたことです。ちがいますか？　フレディさまを抱いて飛びおりようとしていたんですよね？　おふたりでいっしょに、死のうとしたんですよね？」

「妻は正気ではなかった。何をしようとしていたのか、誰にわかるというんだい？　彼女自身にさえ、わかっていなかったさ」

「いいえ、アルヴァさまはよくわかっていらっしゃいましたよ、チャールズさま。それで、損なわれてしまったんです。罪の意識や哀しみは、健全な心や偉大な精神を蝕みます。アルヴァさまには助けが必要です」

チャールズは片手をぎゅっと握った。「わたしが気づいていなかったとでも思っているのか?」

「いいえ、あなたは気づいていたと思います、チャールズさま。何年も、アルヴァさまを救おうとしてきたのでしょう。妻は元気だ、何も問題ないと、そう言い張っていただけだとしても。〝ちょっと休みが必要なだけだ〟と、そうおっしゃったんですよね? ソフィアを雇ったときに、アルヴァさまにもそうおっしゃったんですよね? そうすれば休めるから、と。元気をとりもどせる、と」

「妻には休息が必要だった。あんなことがあったあとでは……」

「ええ、ジョニーさまが亡くなったあとでは。でも、それ以前から、アルヴァさまはご自分を強いとは感じていませんでした。それに、その死はご自分のせいだと思っていた」わたしは息をついた。「そんな必要なかったのに。ちがいますか?」

この点は、わたしもはっきりわからないことだった。でも、チャールズは弱々しく答えた。

「もちろん、そんな必要はなかった。あのとき、アルヴァは屋敷の表側にいた。ジョニーのそばにはいなかった。そうやって、ことは起きた。誰も気づかなかった。事故だったんだ。とてもひどいし、悲劇的な事故だ。でも、彼女は自分を責めた。くそっ、彼女は自分を責めたんだ。わたしはニューヨークにもどりたかった。いろんな記憶から離れたかった。でも、アルヴァはわたしの意見を聞こうとしなかった。あの子をまたひとりにするなんてできない、それが彼女の言い分だった。フレディが生まれると、手伝いが必要だとわたしは強く言った。

ナニーを雇おう、そうすれば重荷から解放されると……」

でも、ソフィアを目にするたびに、子どもたちの世話をできるほど自分は強くないと、アルヴァは思い知らされたにちがいない。彼女のような地位にある女性のほとんどは、ナニーを雇うことをなんとも思っていないのに。ソフィアがこのお屋敷にいたのは、アルヴァが……疲れていたからだ。具合がよくなかったから。健康でなかったから。疲れたり弱ったりすることを許されないお屋敷にいたから。どうしようもできなかった？　アルヴァ・タイラーでも、それはできなかっただろう。

「アルヴァは甘やかされることをいやがった」不意に激しい調子でチャールズが言った。「彼女がそんなことをさせないんだ」

「もしアルヴァさまが脚を折ったら、そのまま歩かせますか？　甘やかすこととはちがいますよ、チャールズさま。アルヴァさまはご病気なんです」

それからわたしは、苦々しい思いで訊いた。「あなたはソフィアのことが好きでした。やさしくしてくれると、ソフィアも言っていました。どうしてです？」

「わたしは彼女にやさしく接した。彼女の身に危険が迫っているときは、あの下水道のようなところから連れだし、安全な場所で仕事を与えた」

「あなたのお屋敷で」

「そのとおり」チャールズは答えた。わたしの皮肉には気づいていない。「ほかの誰が、〈ブラック・ハンド〉とつながりのある娘を雇って自分の子どもの世話をさせる？　彼女がちゃんとしているということはわかっていた。たいへん誠実だ。すくなくとも、以前はそうだった」

「では、どうして彼女の喉を掻き切ることができたんですか？」

チャールズは何度も瞬きをした。ほとんど、けいれんしているみたいだ。

「わたしは……きみが言ったように……あの夜は書斎にいた。手紙を書いていた。そうしたら、聞こえてきたんだ。彼女の声が。ソフィアの声。大声でわたしを呼んでいた。わたしは、わたし……」彼はがっくりとうなだれ、すこしのあいだ、机の上をじっと見つめた。「保育室に行くとアルヴァが取り乱していて、ソフィアは彼女の腕をつかんでおちつかせようとしていた。フレディは床の上だった。アルヴァがかなりの不安を感じていることは、わたし自身もわかっていたと思う。むら気を起こすときがあった、発作のようなもので……」

むら気。また現れるとアルヴァが心配していたのは、むら気だったということ？　自分でも止められないと、子どもたちを傷つけるのではと心配していた〝あれ〟とは、むら気だったの？　だから、子どもたちをこのお屋敷から遠ざけたのだ。ようやくわかった。アルヴァは子どもたちを誘拐犯からではなく、自分自身から守ろうとしていたのだ。

わたしは言った。「ジョニーさまの命日の翌日でしたよね」

「そうだ」彼は簡潔に認めた。「わたしはアルヴァに言った。いまは、いっしょにきなさい、と。あすになって気分がおちついたら、そうしたらフレディのところにもどろう、と。そうして寝室に連れていき、眠れるようにと薬を服《の》ませた。彼女はずっと言いつづけていた。フレディを自由にしてあげるの。チャールズ、それだけよ。あの子を解放してあげるの、と。それから、わたしと彼女自身のことも解放するとかなんとか言ったんだ。わたしは、意味のないことを言うのはやめようと諭した」

「それで？」

チャールズはめいっぱい口を開いたけれど、先をつづけることをためらった。「とうぜん、フレディのようすを見にいった。ソフィアは赤ん坊をあやしていたが、すぐにアルヴァのことであれこれ言いはじめた……ぞっとするようなことを。とんでもなくひどいことを。アルヴァのことがこわいとまで言った。赤ん坊を怯えさせる、と」

「ソフィアは以前、それについてあなたに話そうとしたのではないですか？」

「そんな言いがかりをつける権利などないと言った。この部屋の外でそんな話をひとことでもしたら、こんどのイタリア行きの船に乗せる、ともね。でもあの夜は、ソフィアも感情的になっていた。わたしがなんとかしなければ、警察に通報すると言ったんだ」

自分がその警察なのに、とでも思ったのだろう。チャールズは声を出さずに笑った。

「その時点で、堪忍袋の緒が切れたんだと思う。このところ、わたしもずっと緊張にさらされていたことは認めよう。裁判があったし、アルヴァの……不安のことも。悪い方向に行ってしまったんだ。とてつもなく悪い方向に」

「それも、とつぜん」

「そうだ」

「怒りが募り、誤った判断をした瞬間に」

「わたしは妻のことを気遣っていた」チャールズは食いしばった歯のあいだから声を絞りだすように言った。

「ええ、そのとおりです。とても心配なさっていたから、アルヴァさまを寝室に残し、書斎に行ってナイフを手にしてから、保育室にもどったんですね。ご自分の家族が〈ブラック・ハンド〉に脅されていることを、あなたはよくわかっていた。誘拐された少年を救ったから――これだって誘拐未遂に見せかけられるのでは？　そう思った。しかも、彼らのナイフも持っている。そのナイフはいまどこにありますか、チャールズさま？」わたしは机に向かってうなずきかけた。「真ん中の抽斗ですか？　いちばん下？」

「真ん中だ」彼は力なく笑った。「すっかりきれいにしてあるよ、言っておくけど」

「〈ブラック・ハンド〉が子どもを誘拐しようとして、殺人事件に発展した。世間はそう信じるでしょうね。わたしもそう思っていました。あなたは窓があいているのを見て、アルヴァさまが何をしようとしていたのか、すぐにわかったのですよね。そんなことが知れわたったら、それこそアルヴァさまはおしまいです。でも、〝怒りが募り、誤った判断をした瞬間〟は、そのときではありません。あなたには時間がありました。アルヴァさまの病気を世間に公表しようと、ソフィアが本気で考えているとわかるだけの時間が。そして、そんなことをさせないための方法はひとつしかないと考える時間が」

おかしなものだ――ソフィアが殺されたのは、子どもを守ろうと警察に通報したことへの報復だと考えていたなんて。ほんとうは、子どもを守ろうとまた警察に通報しようとして、そうさせまいと殺されたのだ。

「アルヴァの苦しみはほかの誰でもない、わたしたちだけの問題だ。わたしはあの娘に、この屋敷にはいることを許した。仕事を与えた。彼女のことを信頼していた——見返りなど求めなかった。それなのに、わたしがいなければ死んでいたくせに、わたしの家族を壊すことで、彼女は報いようとした」

「ソフィアには、それがあなたの息子を救う方法だと思えたのでしょう」わたしはしずかに言った。「フレディさまはどうして床の上に?」

「ソフィアはあの子を抱いていた。放そうとしなかった。赤ん坊を連れていくとわたしが言い張ったら、彼女は何かおかしいと思っただろう。だから……背後で動いた。ソフィアは倒れるときに、あの子を落とした。わたしはそのままにしておいた、なぜなら……」

なぜなら、そのほうが誘拐犯説を補強できるから。そのとき、気づいた。わたしはいま、わが子を抱いていた女性の喉を掻き切った男性とふたりきりでいることに。真実があきらかになったら、誘拐されたフォルティ家の少年を救ったヒーローを称賛する母親たちは、どう思うだろう?

「アルヴァさまはご存じなのでしょうか……あなたがソフィアにしたことを?」

「アルヴァはわかっているよ。人生では、自分を守るために行動を起こさないといけないときがあるんだ。何かあったあとにあれこれ言うのは、ほんとうに意味がない」

「ウィリアムさまの軽率な行動について、詳しいことをルイーズさまに伝えたのはあなたですか、それともアルヴァさま？」

どちらが伝えたにしても、ソフィアが殺されたことにウィリアムを巻きこむつもりだったのだろう。ただ、チャールズが自分の甥に、そんなことをするはずがない。彼の戸惑ったような表情からも、それがわかる。伝えたのはアルヴァだ。わたしは思った。心配しているようで、じつに効果的だ。「ねえ、ルイーズ。結婚というものは険しい道のりなのよ」とでも言ったのだろう。彼女でなければ、ブリッグズ夫人かもしれない。自分が献身的に仕えている家族への脅威を察知したこと、ソフィアをひどく嫌っていたこと、死んだのは価値のない人物だということを、はっきりさせたかったのかも。

「これからどうしましょうか、チャールズさま？」

何かを訴えるように、チャールズはわたしを見た。でも彼には、忘れてほしいと口にしないだけの冷静さがあった。

「わたしが誰かに話さなくても、アルヴァさまがこれ以上、こんな状態に耐えられるとは思えません。しかも、あの夜にあったことをわかっている。あなたのことを守ろうとするはずです。でもそのせいで、アルヴァさまは壊れてしまうかもしれません」

チャールズは何も言わなかった。机の上で手をぎゅっと握り、うなだれている。それから疲れ切ったようにうなずいて、わかったということを示した。

彼はかすれ声で言った。「わたしの子どもたちは、そんな恥辱を背負って生きていくんだね」

「ほかのことも憶えていますよ。メイベルさまのスクラップブックには――」

チャールズは頭を激しく振った。話せるようになると、こう言った。「兄の家族にあったことを、わたしは忘れない。だからいつも思っていた。兄より自分のほうが優れていて、強くて……」

だからあなたは、強いひとたちに囲まれていたかったのね。怖れたり疑ったりしない、強くて、健全で、良識のあるひとたちに。ためらったりあがいたりすることなく、明るい未来に向かって、果敢に大きく足を踏みだすひとたちに。でも、チャールズにはこれ以上、自分を責める理由は必要ない。

「あなたはお兄さまより強い。責任についても、ちゃんとおわかりです。ご自分のすべきことをしました。悪意があったわけではなく、アルヴァさまを守るために」

わたしはそれ以上、言わなかった。妻の病気を認めることができたら、彼女を――それに自分のことも――スキャンダルから隠すために、ひとりのいのちを奪おうと考えさえしなければ、あなたはほんとうの意味で強かったのに、とは。

「わかるはずがない」彼のぴんと張った指が、わたしに向けられている。「誰もアルヴァの苦痛をわかるはずがないんだ。わたしがしたことは、狂気に駆られての結果だ。理由はけっして説明しない。世間には、好きなように結論を出させておくよ」

もちろん、世間はそうするだろう。わたしは思った。そして、世間はそれほどやさしくない。

「あなたはアルドーのことも守りました。彼のせいにすることもできたのに。そうしてもよかったのに。おかげで、あなたへの評価は高まりましたが」

チャールズが、わたしのささやかな赦《ゆる》しを受け入れたとしても、それとわかるようすは見せなかった。「でも同時に、あなたはロザルバの名前を汚しました。わたしがニューヨークにもどった日、あなたはサリヴァン刑事に電話しましたね？」チャールズはうなずいた。

「あなたは彼を使って、頻繁にマスコミに情報を流していた。そうですね？　勇敢な警察委員の英雄譚《たん》を。そのときは、少年を誘拐する犯罪者に手を貸した、愚かな若い女性についての情報だった。彼女はその犯罪者に恋をしていて――そして冷たく振られると、彼を裏切った、と。どうしてそんな話をしたんですか？　どうして彼女の顔に泥を塗るような真似をしたんですか？」

「ソフィアがニューヨークに行こうとしていることを知った。でも、誰と会うのかはわからなかった。もし、アルヴァの苦しみが世間に知られたら……彼女の評判が落ちると、そう思った」

窓の外で笑い声がどっとあがり、チャールズはパーティのようすをじっと眺めた。「挙式の予定はそのままで」彼は言った。「そのあと、警察に出頭するよ」

不安に思ってわたしは言った。「挙式まであと三日です」

「だから？」チャールズは顎をさすった。

チャールズの友人たちは世界各地にいることを考えた。ここから逃げて姿を隠せるくらい、遠いところに。「先送りにはできませんなんて、きみが思ってるだけだ」彼はおもしろがっているかのように、わたしの言葉をくり返した。

「いえ、ちがいます」

「警察につき出すと脅しているのか?」

「どんなことでもあなたを脅しません。そんなことをするのは、ひどく不適切です」わたしは書斎のドアのほうに移動した。「でも、三日は長すぎます。ロザルバ・サルヴィオは正義を待っています。もう、じゅうぶんすぎるほどに。彼女はあなたの息子を救いました、チャールズさま。誰からどのようにということについては、世界じゅうが知らなくても、です。彼女は、勇敢な人物として記憶されるにふさわしい女性です。下品な不祥事のなかで殺された」――タイラー夫人はどう表現していたっけ?――「よくいる、卑しいイタリア人としてではなく」

けっきょく、三日はかからなかった。わたしが書斎をあとにしてからおそらく十五分ほどで、チャールズもそこを出た。その日、チャールズと話をした誰もが、彼が自分のお屋敷でひとりの若い女性を残酷に殺したことを告白したなどとは思わなかっただろう。最愛の妻といっしょに彼が笑うところを見ていた誰もが、ふたりがこの数年にわたって、鉛の鎖で首を縛られているような苦悩のなかにいたとは気づかなかっただろう。足の上にのせた娘の小さな手を、自分の大きな手で包んでダンスを踊る彼を見た誰もが、彼のいのちが尽きるなどと疑いもしなかっただろう。

だからそのつぎの日、チャールズ・タイラーがハンティング中の事故で亡くなったと知ると、世間はおどろいた。チャールズはアフリカで野生動物を撃ち、ロッキー山脈でツキノワグマを威嚇し、名保安官と言われたバット・マスターソン以外では、このアメリカで誰よりも銃のことを知っていた――その彼が、自らのライフルの暴発で死んだ？

チャールズの新しいウィンチェスター・ライフルは、以前のモデルと比べて動作が不安定だと、非公式ながら指摘するひとたちもいた。チャールズはもう若くなかった。そのライフルは、彼の手に負えなかったのかもしれない。私有地の森のなかを歩いていて、ひょっとしたら何かにつまずいたのかも。新型のポンプアクションのライフルは、簡単に弾が発射されるから。新聞の死亡記事――どれももれなく、彼をほめそやしていた――は大げさな文章で彼の人柄を書きたて、フランス風の身振りを好んでいたことに触れ、あからさまな中傷はなかったけれど、その気性にはわずかに不安定なところがあったとほのめかしていた。ある新聞は、チャールズの兄の悲劇的な生涯を読者に思いださせることがふさわしいと判断していた。でもその記事は、午後版の紙面からは消えた。

悲嘆にくれたチャールズ・タイラーの妻と子どもたちは、義理の姉であるタイラー夫人とその娘のビアトリスが、手厚く世話をした。ビアトリスはこの先の展開を見越して、プレザント・メドウズに滞在することになった。この悲劇を踏まえ、ウィリアム・タイラーとルイーズ・ベンチリーの挙式は、ベンチリー家でひっそり行われると発表された。

22

ルイーズのおもいつきで、メイベルにフラワーガールをお願いすることになった。ベンチリー夫人は最初、気が進まないようだった――「でもね、ルイーズ。あの子は喪に服しているところなのよ、黒い服を着て。すこしばかりおかしく思われないかしら？」

夫人の言葉に、ルイーズは答えた。「お母さま、若いレディが何を着ているかよりも大切なことって、たまにはあるのよ」

チャールズ・タイラーの葬儀もまた、身内だけで営まれることになり――そしてそれは、思ったよりもこぢんまりとしたものだった。誰もそのことに疑問を口にしなかったのは、遺された家族を覆う影の存在を、市《まち》じゅうのひとたちが感じとったからだろう。その影が、どこから現れたかはわからずにいたとしても。警察本部長と市長は参列したけれど、州知事は丁重に断ってきた。本部長は弔辞のなかで、チャールズはアメリカ的な男らしさと勇敢さと無私であることの真の模範であり、つねに国家と家族を第一に考えていた人物として記憶される、と述べた。場所はオイスター・ベイにある長老派教会だ。上の息子ふたりも、学校からもどった。でも、アルヴァは体調がすぐれず、メイベルとフレディは幼すぎるからと、それぞれ参列しなかった。その後、チャールズはプレザント・メドウズの、ジョニーの近くに埋葬された。

上の息子ふたり――十二歳のチャーリーと十歳のアーサー――は、父親とは似ていなかった。ただチャーリーのほうには、おどろくほどウィリアムを思わせるところがあった。アーサーは母親のアルヴァとおなじ、とび色の髪と青緑色の目をしていた。ふたりとも動揺して目を大きく見開いているけれど、そうなってほしいと父親が望んだであろう、いっぱしのおとなの男性のようにふるまおうと必死だった。教会での葬儀のとき、からだをこわばらせながら小刻みに震える手で祈禱書《きとうしょ》を握るふたりのようすは、メイベルより年上だとは思えなかった。チャーリーは泣くまいとして、口唇を細かくわななかせていた。アーサーは途中でお祈りの言葉を口にするのを諦め、うつむき、そしてしずかに泣いた。墓地に行くために乗る車に向かうとき、ウィリアムはあえてふたりの肩を抱いて歩いた。彼はそのまま、ふたりとおなじ車に乗った。ルイーズとわたしを乗せた車は、そのあとにつづいた。

「ウィリアムは打ちのめされているわ」ルイーズが言った。「あの子たちが、自分とおなじ経験をするところを見なくちゃいけないなんて。夏休みにはうちにきてもらおうと思っているの」

墓地に着くと、ふたりの息子にはウィリアムのほかに、ルイーズとアルドーが付き添った――それに、わたしも。棺《ひつぎ》の上に土を落とすという忌まわしい儀式を見ていると、チャールズが生前の姿のまま墓のなかから跳びだし、すべてはばかばかしいまちがいだったと、大声でわめきたてるところを思わずにはいられなかった。でも、棺はびくとも動かないし、蓋は閉じられたままだった。そこに土の塊が落とされる音が、陰気に響いた。

埋葬が終わると、ウィリアムの提案ですこし散歩をした。チャールズは自然が好きだったし、じっとしていることはなかった。彼を記憶に留めておくいちばんいい方法は、積極的にからだを動かすことのように思えた。讃美歌を歌うよりも、彼の魂にずっと近づけそうだ。ウィリアムとルイーズは、息子ふたりといっしょに歩いた。わたしとアルドーは、すこし距離を置いてそのあとを歩いた。

「それで、アルドー。調子はどう？」わたしは訊いた。

「混乱してるよ、ミス・プレスコット」そう言って、丘の上の少年ふたりをじっと見つめる。「ひとりの男性が、どうして偉大にも残忍にもなれるんだろうね？」

「火はいのちを与え、いのちを奪う」おじが言っていた言葉だ。「あなたが大切に思っていたひとをふたりも亡くしたのは、ほんとうに気の毒に思う。でも、殺人のあった夜、チャールズさまがどこにいたのかを教えてくれたことには感謝する。それで、個人的な質問をしていいかしら？」

アルドーはうなずいた。

「どうしてチャールズさまのところで仕事をするようになったの？」

チャールズが亡くなってからはじめて、アルドーは笑顔を見せた。「わからないかい？」

わたしは首を横に振った。「おれは警察官だったんだ。ニューヨーク市で、彼の下で任務にあたっていた。すごくよくしてもらったし、取り立ててもくれた」

「〈イタリアン・スカッド〉に?」

「〈スカッド〉を編成するまえは、アイルランド系の警察官を使って〈ブラック・ハンド〉を止めようとしていたんだぞ」そのやり方のばかばかしさを強調するかのように、彼は鼻を鳴らした。「チャールズさまはおれがイタリア系だと知っていた。それに、おれは正直だが、ほかのイタリア系の多くはそうでないこともね。で、言われたんだ。しっかり見張って、そういう警察官が誰なのか教えてほしい、と。おれはそうした。犯罪が起きるたび、いつもその近くにいるやつらの名前を伝えた。あるいは、誰かを逮捕しようというときにやたらと騒ぎたてるやつらの。そうやって騒いで警察がきたことを一帯に知らせ、犯罪者たちに逃げる時間を与えるんだ。

あるとき、街角でふたりの男を見かけた。いまはもう誰もが知ってるけど、勤め先から家に帰る途中の女性たちの足を止めては、給金を巻きあげていたやつらだった。でも、ついにある女性が、証言すると警察にやってきた。で、同僚のひとりに訊いたんだ。逮捕するか?と。そうしたらその同僚は、きみがやってくれと答えた。自分はイタリア語がわからないから、と。おれはチャールズさまに報告した。警察官たちは、やる気がないか買収されているかのどちらかです、と」

「それで、どうなったの?」

「どうなったかと言えば、おれが犯罪者にされたよ。チャールズさまの車に爆弾が仕掛けられていたのを憶えているだろう？」

チャールズの武勇伝のひとつだ。彼はすんでのところで死を逃れた。新聞のインタビューには、ずいぶんと無頓着を装って答えていた。

「彼の車を見張るのはおれの役目だった。だから、さっき話した同僚とそのお友だちは、おれの仕業に見せかけたんだ。あの日、おれは市長の事務所の外で、停めた車のそばに立っていた。〝何も見ていない〟警察官ふたりもいっしょに。そのうちのひとりが言った。おい、通りの向こうを見ろ、何かありそうだ、と。おれは、この車を離れられないと答えた。でもその警察官は、ずっと言いつづけるんだ。だからおれは、何かがおかしいと思いはじめた。それに、じっさいに何かが起こるとわかった。感じたんだ。だから、市長の事務所から出てきたチャールズさまに伝えた。車に乗ってはいけません。うしろに回ってください、べつの車を用意します、と。その直後だ——ボン！

ふたりの警察官はすぐさま、おれの仕業だと言った——このイタリア野郎です。見たんです。こいつはボンネットの下をのぞき、何かを仕掛けていました、と。チャールズさまにはそれが嘘だとわかったから、おれが逮捕されるようなことがあれば新聞に話すと言ってくれた。でも上司からは、おれをクビにするよう言われたんだな。それで、自分のところでしばらく働かないかと、声をかけてくれた」

彼はポケットからハンカチを取りだし、額《ひたい》の汗をぬぐった。「ソフィアが殺されたとき、こう思った。あの愚かな娘はニューヨークにもどり、自分から正体をばらして〈ブラック・ハンド〉に見つかった、と。おれは動揺した。まともに考えられなくなってた。そのほんの翌日、チャールズさまに言われたよ。アルドー、わたしはとてもつらい、と。事件のあった夜はベッドのなかにいて、ソフィアの声は聞こえなかった——チャールズさまにそう言われたとき、彼の書斎の明かりがついていたことを思いだしたんだ。それで、このひとは嘘をついているとわかった。でも、信じたくなかった……その嘘が、何を意味しているのかを。だからニューヨークに行って、誰か別人の犯行だという証拠を探そうとしたんだ。でも、直感はチャールズさまが犯人だと告げていた。それに、状況は何ひとつ、彼にとって有利でないこともわかった。あんなことをして、彼は生きていけない。彼は殺人者だ。その一方で、おれにはずっとよくしてくれた。だから、きみに話した。チャールズさまにではなく。おれは臆病者だ」

「あなたの直感はとても賢明ね」わたしは言った。「警察にもどったほうがいいんじゃないかしら」

彼の顔に影が射した。「こんなことを言うのはよくないけど、おれは警察を信じていない」

「だったら、〈ピンカートン探偵社〉とか。たぶん、ウィリアムさまはよろこんで推薦状を書いてくれるんじゃないかしら」

お屋敷にもどると、ルイーズはお茶を飲もうと、少年ふたりをなかにいれた。ウィリアムは外の芝生でぐずぐずしていた。保育室のあった翼《よく》に気を取られていたのだ——いまも勢いよく、旗がはためいている。もの思いにふけるままにしておこうと、わたしもお屋敷にはいろうとしたところで彼が言った。「チャールズおじが殺した。そうだよね?」

声の調子からすると、わたしにちがうと言ってほしいようだ。いいえ、ちがいます。チャールズさまではありません、と。

「はい。チャールズさまがソフィアのいのちを奪いました」

「おじのこと、ぼくはぜんぜん、わかっていなかった。そうだろう? ぼくの想像がつくりあげた虚像にすぎなかったんだ……あの英雄は」ウィリアムがわたしを見た。「どうしてだろう?」

わたしの一部は、自分はウィリアムのおじの苦しみをあきらかにする立場にはないと訴えていた。でも、ウィリアムに闇のなかをさまよわせておくのも、思いやりがない気がした。だからわたしは、真実のすべてを話した。自分が理解していることだけではあったけれど。チャールズが潔白だと言わなかった。でも話し終えると、すくなくともおじのなかに見ていたものはまちがっていなかったと、ウィリアムには感じられたようだった――ただ、すべてが見えていたわけではない、ということも。

そのあと、ウィリアムはしばらく黙ったままでいた。それから、こんなことを言ってわたしをおどろかせた。「正直に答えて。ぼくはルイーズを自由にしてあげるべきかな?」

「自由?」

「結婚をやめるんだ。こんなことがあったあとだから、誰も彼女を悪く言わないさ。ぼくが駆け引きに使えるものの半分は、家系だから」ウィリアムは苦々しげに肩をすくめた。「たいした駆け引きはできないけどね。悪い血だと言われるかもしれないし」

わたしにはじめてメイドの仕事を与えてくれた女性のことを考えた。ウィリアムの大おば、ラヴィニア・アームズロウ夫人だ。とてつもなく裕福で、かなりの財産を慈善団体に寄付していた。一度、こんなふうに言ったことがある。「もう、ティアラはじゅうぶんだわ」彼女は二回の卒中の後遺症を闘い抜き、亡くなる最後の一週間も、なんとか財政状況について指示を出していた。つぎに、ウィリアムの母親のタイラー夫人のことを考えた。夫の破滅にもかかわらず、名門一家の夫人として家族をしっかり支えている。

そして、チャールズ・タイラーのことを考えた。この世界に役立つ多くのことをした。かなりひどいこともした。そんなときでも、彼は自分がいいことをしていると思っていた。おかしな話だ。

わたしは袖をまくり、手首の内側をじっくり観察した。ウィリアムが訊いた。「何をしてるの?」

わたしは指で血管をたどった。「血の良し悪しを調べています」それから片腕をあげた。

「どう思います? 質はいいですか? 悪いですか?」

「ジェイン……」

「わたしは両親のことさえ憶えていません。両親については、あなたに何ひとつお話しできません。頼るのは自分しかいないんです、ほかには誰も。ウィリアムさまにも、おなじことができます」

ふたりでお屋敷にもどりながら、ほかに誰が、ソフィアを殺した人物の正体を知っているかと訊かれた。わたしとアルヴァ、それにアルドーだと答えた。

「それじゃあ、だめじゃないか。そう思わない？」

「お子さまたちのためです」わたしは答えた。この数日、そのことをずっと考えていた。

「ロザルバ・サルヴィオの父親は、またべつのことを考えているかもしれませんが」

娘に何があったのか、真実をけっして知ることはないロザルバの家族のことを考えながら、わたしは〈社会主義労働者党〉の事務所にアナを訪ねた。彼女は机に向かい、タイプされたスピーチについてのメモを取っていた。彼女はペンを走らせながら言った。「坐って。もう終わるから」それから、紙に向かってこぼした。「もう、どうして彼はいつも――」猛烈な勢いで余白に何かを書き、それからペンを置いた。「これで、よし」

「サンドロに会ったわ」

彼女の手がまたペンをつかみ、親指と人差し指の間でくるくると回した。「それで？」

「彼は――」わたしはサンドロのことを、いい子だと言おうとした。でも、それほどでもないかもしれない。いまのところは。「わたしは彼のこと、好きよ。そんなにおばかさんじゃないと思う」

「ひとは学ぶからね。そういうことだよ」

「モレッティから引き離したほうがいいと思う」

「そうしたら何ができるって言うの？」

「カリフォルニアに行きたがっていたわ」

「へえ、それはいいね」アナはうなずいた。サンドロは中国に行きたがっていた、と聞かされたみたいに。

「あちらに知り合いはいないかしら。お金ならわたしもすこしは……」

アナはぴしゃりと言った。「カリフォルニアに行くのに、お金がすこしって」

それから彼女は片手をあげ、自分を抑えた。「ごめん。謝る。サンドロが変わるには、あの子にはない脳みそか、あたしが持っていないお金が必要だね。あの子のために何をしてあげられるか、わからないんだ。それで、つらくなる」

「……おじさんに頼むのは？」

「おじさんは、おばさんふたりの面倒も見ないといけない。それに、店で働いてるひとたちのことも」

アナは額をこすった。もう片方の手は、お腹のあたりをしっかりと押さえている。無力感は、じっさいにからだの痛みになって現れるのだ。話題を変えようと、わたしは言った。

「あなたは女性参政権のデモには行かないのよね」

アナは声を出して笑い、お腹にあてた手をゆるめた。「そう、あのベルモント夫人のとなりでは行進しないよ。スミスフィールドの缶詰工場で働く女のひとたちと、先に約束したんだ。どうしてそんなことを訊くの？　あんたは行くの？」

わたしは肩をすくめた。たぶん、行かない。

するとアナは言った。「心配しないで。女性も参政権を手にできる。あたしたちが投票することになる候補五人が選ばれるかぎり、デモをする意味はないけどね。で、どうして行かないの？」

わたしは訊こうとした。そんなに意味がないなら、どうしてデモをさせないように必死になっているの？　でも、アナが言いそうなことはわかっていた。そして、それに答えて自分が何を言うかも。わたしたちはつきあいが長いから。

わたしは立ちあがった。「サンドロのこと。もし、何か必要なら……」

アナは顔をあげた。笑っている。「わかってる」

「マリアとテレサに伝えて、ふたりのことを思っていると」

「おばさんたちはあんたのことを思ってるよ」


つぎの日、ウィリアムはニューヨークに向かい、ラインランダー・ウォルド警察庁長官の代理人と面会した。のちに彼が話してくれたけれど、先方は、チャールズに賛辞を贈ることについて話すために訪ねてきたと思っている節があったらしい。勲章を授けて追悼の徴《しるし》としよう、ということを。でもウィリアムが訪ねたのは、まったくべつの理由だった。代理人は、彼の話を深く憂慮するべきものと受け取った。本部長に詳細を報告し、もしかしたら告訴されることもありうる、と告げた。長官のところに行ったほんとうの目的はそれだったと、ウィリアムは言った。でも、死者に敬意を払い、どのように手続きを進めるのがいちばんかを決定するまでは、誰も何も言わないということになった――自らの罪に対して、チャールズはすでに、考えられるなかでこれ以上ない罰を受けているのだから。また連絡します。そう言って面会は終わった。

連絡はこなかった。ウォルド警察庁長官は、翌年、解任された。反社会的組織を取り締まるチーム、〈ストロング・アーム〉の英雄であるべき警察官のひとりが、証拠を隠滅したり、つぎに捜査が行われる日を教えたりする見返りに、ギャングから二百万ドル近くを受け取っていたことが発覚し、長官の前途は絶たれた。不思議と証拠が消えた事件のなかには、エミリオ・フォルティ誘拐事件もふくまれていた。重要な目撃者のひとりが亡くなっているため、裁判では検察側がどんな意見を述べてもむだに終わった。ダンテ・モレッティは無罪とされ、自由の身になった。彼の父親は、息子が家にもどってきてうれしいと、嬉々として新聞に語った。

いわゆる〝平凡な水夫がマストを立てられるようになるまでに二年〟という教えのとおり、手のかかる男児は航海に送りだされることがある。たいへんな困難とつらさがついてまわる務めのなかで、彼らは一人前になる――でなければ、すくなくとも、恵まれた人生を与えられたことにいっそう感謝するようになると思われている。フィラデルフィアでおばの世話をしたことで、シャーロットにもあきらかに、似たようなことが起こっていた。挙式当日の朝、ルイーズのドレスを整えていると――贅沢にシルクを使ったそのドレスは、ルイーズの部屋を優雅に占めていた――ドアをノックする音が聞こえ、シャーロットがはいってきた。

「わたしに感謝して」シャーロットはルイーズに向かって言った。「たったいま、お母さまをチェルムスフォード侯爵夫人に紹介したの。わたしがそうしないかぎり、誰も追い払えなかったから」

それから、値踏みするような目をルイーズに向けた。わたしは心の準備をした。

しばらくしてシャーロットは言った。「やだ――完璧じゃない」そしてふたりの姉妹は笑顔になった。

シャーロットはつづけて、きびきびと言った。「ところで、ちょっと決めたことがあるの。ジェインもお姉さまといっしょに行かせてあげる。それはすばらしいことだけれど、でも……ジェイン」

ルイーズはわたしをちらりと見た。「それはすばらしいことだけれど、でも……ジェインに訊くべきじゃない？」

わたしは戸惑い、ベンチリー姉妹の間で視線をさまよわせた。それから、こう言った。

「ルイーズさまといっしょに、うまくやっていけると思います」

ルイーズはベンチリーの家で、しずかに式を挙げた。

招待客の数は減ったものの、内容の濃い式だった。メイベルはとても真剣に、そして達人といえるほどの正確さで、バラの花びらをヴァージン・ロードにまいた。ベンチリー氏の腕に手を添えて階段をおりてきたときのルイーズの笑顔は、写真には残っていないけれど、きょうのこの日まで、わたしの記憶のなかに留まりつづけている。

おどろくことではないけれど、式は社会的な関心も集めた。ウィリアムのいとこのチェルムスフォード侯爵夫人が、式がどこで行われようと参列すると決意して、イングランドからはるばる、船に乗ってやってきたからだ。そして彼女は、シャーロットのことをすっかり気に入ってしまった。

「なんと美しくすてきなお嬢さんでしょう」彼女はベンチリー夫人に言った。「ヨーロッパに連れて帰らせてちょうだい。してあげられることが、うんとあるわ」

ルイーズとウィリアムはロンドンへとハネムーンに向かった。〈タイタニック〉号の英雄、ジョン・ジェイコブ・アスター四世がトリニティ教会の墓地に埋葬された日、わたしはメイベルを連れて《ニューヨーク・ヘラルド》社を訪ね、編集室でいろいろと説明を受けた。メイビーハンが同僚に、この少女には特別な待遇をするようにと知らせていたのだろうか。それとも、メイベルの着ていた黒いドレスと、世に知られた名前がヒントとなり、記者や編集者や印刷工たちがいちように姿を現してメイベルの質問に答え、話の要点について考えようと思ったのだろうか。この新聞社のはじめての女性編集者、エマ・バグビーに会えるかと訊いたときだけは、メイベルもがっかりした。男性社員たちは互いに目くばせをして、困ったような顔をした。やがてそのなかのひとりが勢いよく指を鳴らし、ミス・バグビーの机はべつの階にあるんだよ、と言った。編集者でも女性は、編集室にはいることを許されていなかった。

帰るころになって、ビーハンが〝M〟と彫られた金属製のブロックをメイベルにプレゼントした。彼が父親から譲り受けていたものだ。しばらくは、メイベルの手元に置いておくのもいいかもしれない。わたしはそう思った。でも、ビーハンは言った。「この新聞社に初出社したときに返してもらう。いいね？」メイベルは約束した。

アルドーが通りまで車を回すのを待つあいだ、メイベルはわたしを見上げて訊いた。黒い麦藁帽子のつばの下の目は、気がかりがあると訴えていた。「お母さまはフランスに行きたがってるの。でも、わたしとフレディは、フローレンスおばさまのところにいなくちゃいけないって」

暗い記憶を置いて、プレザント・メドウズを離れたいアルヴァの気持ちは理解できる。でも、娘のメイベルにとってはずっとむずかしいだろう。「たぶん、それがいちばん、いいかもしれませんね。フレディさまはまだ赤ちゃんですし、お兄さまたちは学校がありますし」

「夏になったら会いにいってもいいんですって。でもそれって、お母さまはずっとフランスにいるということでしょう？」答えるべき言葉がなかった。「もどってこなかったら、どうしよう？」

「どうして、もどってこないなんてことがあるでしょう？」

メイベルのつぶらで鋭い目が、わたしをじっととらえた。この子は、ソフィアにほんとうは何があったかを知ってはいけない。そう思う一方で、彼女の死も、父親の死も、母親がアメリカでの生活を捨てようとしていることも、すべてがもつれあって喪失というみじめな混乱状態にあると、ちゃんと理解しているのではという痛ましさを感じた。わたしは膝をついて、メイベルをぎゅっと抱きしめた。こんなことをしても、しあわせの代わりにはとうていならない。でも、メイベルは細い腕をわたしの首にまわし、頭を強く押しつけてきた。

涙声にならないようつばを飲みこみ、メイベルのコートの襟を直しながら言った。「ではフランスに行かれたら、パリの流行について、いろんなことを手紙で教えてくださいね。ルイーズさまはメイベルさまのいとこと結婚なさったから、最新のおしゃれについて知っておかなくてはなりません。ルイーズさまに、流行遅れの服を着せるわけにはいきませんもの」

メイベルは笑いながらも、なんだか気が進まなそうに鼻に皺を寄せて言った。「ほかのことも書いていい？」

「もちろんですよ」

アルドーの姿が見えると、メイベルの顔はぱあっと明るくなった。アルドーはドアをあけ、メイベルを乗せた。メイベルに対する彼の態度はやさしく、些細なことまで心配していると言ってもよかった。彼はイタリア語と英語を混ぜて、新聞社のなかはどうだったかと尋ね、ビーハンからもらったブロックをすばらしいと言った。さようならと手を振りながら、アルドーなら行くべきところにメイベルを連れていってくれるのではと、そんなおかしな考えが頭に浮かんだ。彼女のおばやいとこたちも、おなじことをしてくれるだろう。ふたりの乗った車が見えなくなると、ビーハンがヘラルド・スクウェア・パークに行ってその美しさを愉しまないか、と訊いてきた。高架鉄道と市電の線路の間に押しこまれた公園だ。半円形のベンチのせいで芝生がえぐれ、ひどいありさまになっている。わたしは、ぜひ行きたいと答えた。

彼はサーモスにはいったコーヒーを持っていた。それと、黒パンにバターとウースターソースを塗り、コールドビーフをはさんだサンドウィッチも。「最初は〈キーンズ〉で、今回はこれね」わたしは言った。でもサンドウィッチはとてもおいしく、わたしはミセス・ビーハンを称えた。

新聞配達の少年が通りかかった。ジョン・ジェイコブ・アスター四世の葬儀に関する最新情報が載っていると、大きな声で触れまわっている。わたしはよく聞こうと、そちらに顔を向けた。それに気づいたビーハンが言った。「おや、きみは他人の悲劇を娯楽として消費する女性のようには見えないんだけれども――」

「それって、切り裂かれた喉や切断された頭部についての記事を読むひとたちとは、流れている血がちがうという意味？」わたしは訝《いぶか》しんで訊いた。

「関係はあるだろうね。でも、誰か特定のひとの死に涙を流すというのは、なんだか不思議だ」――彼は一面に掲載されているアスター四世の写真に手を振ってみせた――「毎日、何百人というひとが死んでいるのに。その死が新聞の端っこのほうにでも載ったら、それはラッキーだ」

「ロザルバ・サルヴィオみたいに」

「たとえば、ね」

彼はわたしの言葉を待った。わたしは待たせたままにした。

しばらくしてから続きを話した。「彼女は、自分を殺した男のせいで有名になるべきじゃない。彼女がしたことで知られるべきよ」

ビーハンは指を一本、立てた。「そういえば先日、サリヴァンに会った。きみがよろしくと言っていたと伝えておいた、もちろんね。で、彼が言うには、最近、ウィリアム・タイラーが訪ねてきたらしい。彼は逮捕されていない。それに、国外に出ることも許されている。だから、警察では彼を犯人とは考えていないんだね」

「ウィリアムさまは犯人じゃないもの」

「でも、犯人とは何かしらつながりがある。いや……あった」

「メイベルさまのことを忘れないで」

「忘れないよ」そう約束したあと、ビーハンは訊いた。「どうして彼は、あんなことをしたんだろう？」

「それって、おかしな質問ね。そう思わない？　誰かが殺されると、みんな決まって訊くわ――どうして？　まるで、ちゃんとした理由があってとうぜん、と思っているみたい」

「ちゃんとした、とは言っていないよ。ひとはふつう、ある朝目を覚まし、誰かのいのちを奪って自らの人生も終わらせようとは考えない、と言ってるだけだ。そういう習慣がないのなら。だったら、どうして彼はあんなことをした？」ビーハンはおなじ質問をくり返した。まるでそれが、チェスの指し手だとでもいうように。

わたしは新聞に目をやった。「〝世界で最も裕福な男性のひとりは、ほかの乗船客たちのいのちを救おうと、自らを犠牲にした〟。チャールズさまはアルヴァさまを愛していたわ」わたしは言った。「彼女を守ることが自分の務めだと、そう思っていた――何を犠牲にしても」

「ということは、あれは恋愛感情のもつれだったんだね」

わたしは首を横に振った。タイラー家の苦悩やチャールズの冷酷さを、どう説明すればいいのかわからなかった。あのことを秘密にしておくのに、破滅的なまでに長い道のりを歩まなければならないことを。

ようやく、こう言った。「〈タイタニック〉号の傲慢さを考えてみて。あの船を造ったひとたちの思い上がりを。自分たちが造った船はこんなにも壮大で立派だから、自然にも立ち向かえると考えていたのよ。救命ボートはいらない。海がこの船をしのぐことはないのだから、と」ペンシルヴェニア鉄道の社長、アレクサンダー・カサットがイースト川の下にトンネルを通そうと、川面を蹴散らしながら進んでいくところを思い浮かべた。「傲慢さがわたしたちを前に進ませてくれる。それってすてきなことよ。でも、無知であるのといっしょ。弱さには耐えられないんだもの。そして、従わせることができなければ、自然は――あるいは人間は、ほかのものでも――凶暴になりうる」

「でも、いまは船の話はしていない」ビーハンは穏やかに言った。

「ええ、ちがうわ。ひとりの女性の話よ。それと、子どもたちの。それと、誕生の。もろくて愚かなものの話——著名な誰かには関心がない」

ビーハンは眉根を寄せた。「何を言おうとしてる、ミス・プレスコット?」

「誰も聞く必要のないかもしれない話よ。すくなくとも、《ニューヨーク・ヘラルド》紙の記者さんは」

ビーハンは長いこと黙っていた。「わかった。でも、いちおうは聞かせてほしい」

だからわたしは、知っていることを話した。どうして窓があいていたかを説明していると、ビーハンがそれを遮った。「ちょっと待って。きみが言っているのは——」

「よく考えてちょうだい、ミスター・ビーハン。アルヴァさまが、どれほどの罪悪感にとらわれていたかを。自分の息子の死に、自分の娘の世話をできないことに、また母親になりたくないと、気も狂わんばかりに望んだことに。彼女は疲れ果てていたの。正気ではなかったのよ。あの夜、あの瞬間、こんな自分を母親として生きるよりも、フレディさまは死んだほうがましだと、アルヴァさまはそう考えたの。そして、自殺することでジョニーさまの死を償い、不幸な女性になってしまった自分から、チャールズさまを解放しようとした。いつかまた、勇敢な女性にもどってくれるようにというチャールズさまの期待から、自らを解放しようとした。チャールズさまが結婚したのは、若くて物怖じなどしない、彼といっしょにどこへでも行けるし、なんでもできる女性よ。考えてみて。ベッドから起きあがる気力もないときに、夫にキリマンジャロに登ることを期待されるの。きみはアルヴァ・タイラーだ、なんだってできる、と言われて。でも彼女は、洗い桶で溺れる息子を助けることができなかったのよ」

ビーハンの息が荒くなった。行き交う車をじっと見つめる目は険しい。「ちがう」彼は言った。「正当化してはいけない……」

「正当化はしていない。でも、憶えておいて。アルヴァさまは誰も殺していない」

「ソフィアはまた、ちがったことを言うかもしれない」そこで彼は新聞記者としてのプロ意識を取りもどして言った。「ソフィアにしゃべらせないよう、チャールズ・タイラーが彼女を殺したんだね？」

「そうよ。それに、聞きたくないことを聞かされたから殺したとも思ってる。つまり、あなたの妻の病気は本物だ、ということを。チャールズさまのお兄さまはうつで苦しみ、自らいのちを絶ったわ。そのせいでチャールズさまは、心が病んだひとのことを怖れるようになった。あれほどの重要な立場にいなければ、アルヴァさまの苦しみも認められたかもしれない。でも、彼はチャールズ・タイラーだった。だからこそ人生がばらばらになったとき、彼は自分のことも滅ぼしてしまったのよ。失敗するより死んだほうがいい、と。

これが真実よ。いまとなっては、罰を与えられる相手といえば、アルヴァさまとお子さまたちだけ。ただ、彼女たちもじゅうぶんに苦しんだと言われるでしょうけど」

ビーハンが言った。「メイベル・タイラーに会った印象からすると、あの子も真実を知りたいんじゃないかな」

「たぶん。でも、それを伝えるのはわたしの役目ではないわ。それに、あなたの役目でも。ほんの六歳の彼女に、いま伝えることでもない」

ビーハンはため息をついて、かぶりを振った。「きみのベンチリーのお嬢さまが嫁いだのは、たいした一族だな」

その言葉に何も返せず、ふたりでずいぶんと長いあいだ、そこに坐っていた。わたしは、けんかをしたりふらふらと歩きまわったりするハトを観察した。知らず知らず、あの夜の記憶で頭がいっぱいになっていた。わたしがショックで呆然とし、ブランディを手に坐りこむ一方で、タイラー家のひとたちはどうするべきかという問題と格闘していた。安全を確保することにとりつかれていた彼らに、わたしは呆れていた。あんなことがあったのに憤らない彼らを、ソフィアの代わりに不愉快に思った。裕福なひとたちにありがちな虚栄心だということは理解していた。殺人犯が部屋のなかにいるというくらいでは、死んだ女性のために正義を行おうとは考えないのだ。

どちらかといえば、閉めることに躍起になっていた窓があいていたことや、警備をやぶって何者かが侵入したとか護衛担当が頼りないということのほうを、おおいに気にしていた。入れてはいけない人物を誰かがお屋敷に入れ——暴力と不幸な結果がつづいた。外からの侵入者の犯行だと、わたしたちはいとも簡単に信じてしまった。もちろん、そうにはちがいない。アルヴァの〝むら気〟が姿を見せなければ、あんなことはけっして起きなかったのだから。わたしがどれほどすまなく思っているか、アルドーにちゃんと伝えただろうか。そんなことをぼんやり考えていた。

ビーハンの声が聞こえた。「で、最近のきみはひまなのかい、ミス・プレスコット?」

「ベンチリー家に仕えている女性で、そんなひとはひとりもいないわ、ミスター・ビーハン」わたしは彼を見て訊いた。「あなたはどうなの? もうサリヴァン刑事から情報を仕入れていないなら、つぎは何について書くつもり?」

彼は両脚を伸ばし、のんきにうろついているハトを追いやった。「まあ、何かネタを見つけるよ、ミス・プレスコット」

「見つけられるわよ」

そのとき、言うことにした。ビーハンが最初にプレザント・メドウズに現れたときから、ずっと心にあったことを。

「最後の手紙に返事を書かなくて、ごめんなさい」

「そうだっけ?」ビーハンはわたしを見た。「いや、返事をもらっていないな、とは思ってた。正直、憶えていない……どのみち。だから、謝ることはないよ」

ビーハンは半分だけ、笑っていた。それで、彼はきまり悪い思いをしているとわかった。やり取りした手紙を、わたしは心のなかでさも重要なものに仕立てあげていた。彼にとっては、なんの意味もないということを知らずに。取材相手を待つあいだに、おもしろ半分に書いていたのだろう。それで返事がくれば、また愉しい暇つぶしになる。返事がこなくても、彼の手元にはいつも、タバコがある。

それに、と思った。わたしが仕えているのは、かつて世間を騒がせたことのある、裕福な一家だ。ビーハンはたぶん、わたしのような立場のひとに手紙を書くのだ。ホテルの従業員や、ウェイターや、ハンサム馬車の御者に。ちょっとした情報や、新しいネタを提供してくれそうなひとなら、誰にでも。

「そう聞いて安心したわ」何を言っているのか自分でもわからないまま、わたしは単語を並べた。「この話はもう終わったから、奥さんはあなたといっしょに夕食を食べられるわね」

「妻にはいいニュースではないかもしれないね。ミセス・ビーハンにとって夕食の準備をするのは、エリー運河建設とおなじくらいの一大事業だから。くたびれさせるだけだ。不機嫌だと思うひともいるかも」

彼がおもしろおかしく話しているから、わたしは笑顔を見せた。でもそのとき、空《から》になったサーモスのカップのことを考えた。それから、さっき食べたばかりのサンドウィッチをくるんでいたワックスペーパーのことも。ブリッグズ夫人のことを考えた。仕事のしすぎで腕が凝っている。ミューラー夫人はパン生地をこねている。バーナデットは重い足取りでとぼとぼと歩き、エルシーは籠にはいった、洗って干すばかりのシーツの重さに悪戦苦闘している。マリアとテレサのことを考えた。家族の伝統を守り、忍耐づよく、一度に一枚ずつ皿を洗っている。それから、アルヴァ・タイラーのことを考えた。娘のかんしゃくをなだめ、それと同時に心の奥では、さらにか弱いもうひとりの子どもがいなくなるという、不吉な前兆を感じている……。

「そうね、ミセス・ビーハンが疲れているなら、お手伝いに女学生を雇うべきよ。毎日は必要ないでしょうから、そんなにお金もかからないわ。夫に食事をさせ、清潔な衣類や下着を用意し、家をきれいにしておくというのは、かなりの重労働よ。お手伝いを雇えば、奥さんもあなたといっしょにいるのを、もっとよろこんでくれるんじゃないかしら」

「男は陽が出てから沈むまでのあいだだけ働けばいい。でも、女の仕事は終わりがないからね」

「まあ、わたしの仕事はそうね。でも、わたしは結婚していないし、お給金をもらっているわ。女学生を雇って、ミスター・ビーハン」そこでわたしは立ちあがり、片手を差しだして言った。「さようなら」

彼はわたしの差しだした手を握った。「さようなら、ミス・プレスコット」

歩きかけたところで、ビーハンの声が聞こえた。「シニョール・カルーソーがこんどニューヨークにきたら、きみにチケットを用意できないか、知り合いの音楽評論家に訊いてみるよ。彼はいま、ロシアにいるけど。出版社に髪を切るように言われて、拒否したんだ。それで、モスクワに向かったそうだ。いや、シベリアだったかな」

わたしはにっこりと笑った。そうしているあいだに、頭のなかでリストをつくった。新聞は毎日読もう。朝食の席で話題になっていることを信じるのではなく。エルシーに何か講演を聴きに行きたいか、それとも映画を観に行きたいか、それともダンス・ショーがいいか、尋ねてみよう。自分の休みの日には、おじの避難所で秘書の講座を取ろう。フランス語を学ぶのもいいかもしれない。

そして、ウィリアムとルイーズに願いでよう。お給金を上げてほしい、と。

気持ちのいい日だったので、ヘラルド・スクウェアからベンチリーの家まで歩いて帰った——とはいえ、いまはベンチリー家の面々はいない。ルイーズはハネムーンに、シャーロットはチェルムスフォード侯爵夫人と〈ウォルドーフ〉ホテルへ食事に出かけ、ベンチリー氏は仕事で、ベンチリー夫人は〝〈タイタニック〉号追悼を支援する婦人たちの会〟の会合に出席するため、それぞれ家を空けている。使用人たちはいつもと変わらず、厨房で食事をしていた。でもそこには、ほとんど仕事をサボっているとも言える、怠惰な雰囲気があった。ベンチリー家はひっそりとして——まもなくこの家を出ていくことになるわたしには——見捨てられたように思えた。空気が変わったような気がした。みんな、料理をするとか配膳するとかテーブルを片付けるといった、決められた役割を果たしていなかったから。

「いつ、新しい家に移るんですか？」皿を洗っているときにエルシーが訊いた。

「あと二、三週間したらおふたりがもどるから、それからね。とはいえ、新居の準備が整うまで、おふたりはタイラー夫人のところで過ごすのよ」ルイーズには〝持参金〟として、東二十丁目のタウンハウスが渡されていた——それにウィリアムには、ベンチリー氏の会社での職が用意された。その話をしているとき、娘がいまの住まいから一キロ以上も離れたところに引っ越すと知り、ベンチリー夫人は悲嘆にくれた。でもルイーズはベンチリー氏に駆けより、頬にキスをした。それから、もう一度。そしてさらに、もう一度。

その音をいちばんに聞きつけたのは、地獄耳のバーナデットだった。でも彼女が顔をあげた瞬間、わたしにも聞こえた。湧きあがる、興奮した群衆の叫び声。そして遠くでは、馬のひづめの音とドラムの音。建物の奥にある厨房にいたから、外で何が起こっているか、みんな気づいていなかった。

何も言わないまま裏口から外に出ると、通りを埋めつくすたくさんのひとたちと対面することになった。交通巡査は群衆を押しとどめるのに苦労していた。近づいてくる行進のようすをもっとよく見ようと、人びとは規制の柵を突破しては通りになだれこんでいた。

「見えますよ」エルシーが叫んだ。彼女はこのなかで、いちばん背が高い。「見えます！」

わたしはつま先立ちになり、エルシーが指さすほうに注意深く視線を向けた。バーナデットもそちらを向いていた。とはいえ、つとめて興味なさそうに見せようとしている。ミューラー夫人はエプロンで手を拭いた。彼女の気持ちが、流しのなかの皿と、コンロの火を消したかどうかに向いているのはまちがいない。そんな夫人も、よく見ようとして首を伸ばした。通り沿いのあちこちの窓からは、人びとが身を乗りだしてハンカチを振っている。最初のグループが行進してくると、周囲で愉しそうにおしゃべりをしていた見物人たちの声が、うなり声に変わった。行進を先導するのは、星条旗を持って馬にまたがった女性たちの一群だ。彼女たちがかぶっている黒い麦藁帽子には、〈女性政治同盟〉と書かれた帽章がつけられていた。第一合衆国義勇騎兵隊に所属していた夫を持つノブロック夫人から十四歳のフィリス・ミューラーまで、年齢層は幅広かった。先導隊のなかには、〝リトル・ミス・メイベル・リー〟もいた。《ニューヨーク・トリビューン》紙が〝投票する権利を求める中国人の少女〟という見出しでメイベル・リーのプロフィールを紹介したときに、彼女はそのニックネームをつけられた。

先導隊の女性たちのうしろでは、〈オールド・ガード・バンド〉を名乗るバンドの金管楽器の音が鳴りひびいている。そこから何ブロックにもわたって白いドレスに身を包んだ女性たちがつづき、その列には終わりがないように思われた。トランペットの演奏に合わせるかのように、群集を押し分けて通りに出た数人の若い娘たちが、行進に加わった。

「終点はカーネギー・ホールよね」バーナデットがばかにしたように言った。「どれだけ行進するつもりなんだか」

それでも彼女は残っていた。そして、わたしも。みんな残って行進を見た。目の前に広がる光景にくぎ付けになっていたから。考えられることはひとつしかなかった。女のひとがいっぱい。

わたしは女性たちのなかで人生を送ってきた。最初はおじの運営する、女性のための避難所。そのつぎに、アームズロウ家とベンチリー家。自分の時間を、数えきれないほどの部屋で過ごした。女性たちだけで。それなのに、ひとがつくる川が目の前を流れていくのを見つめながら、こんなにもたくさんの女性がいると、ようやく理解しようとしていた。この通りにだけでなく、目の届く範囲のあちこちに広がっている。ニューヨーク市に。この国に。世界じゅうに。はじめて海を見て、〝広大な〟という言葉のほんとうの意味がわかりはじめたのに似ている。

波が押しよせるように、女性たちはやってきた。社交界の女性たちは白いドレス姿だけれど、工場で働く女性たちは白いブラウスを買うのが精いっぱいだったようだ。かつてのヴァンダービルト夫人で、いまは銀行家の妻になっているベルモント夫人は、黒いリボンのついたシルク製の白いスーツ姿で、〈政治的平等同盟〉のメンバーたちと行進していた。八十七歳になろうとするアメリカではじめての女性牧師、アントワネット・ブラウン・ブラックウェルは、ライラックとハナミズキに覆われた馬車に乗って参加していた。年配の女性たちが杖をつく一方、いちばん若い参加者たちは母親の押す乳母車に乗せられて行進した。参加者たちは職業によって分けられていた。わたしはその場で呆然となった。自分たちには何ができ、自分たちは何者であるか、あらゆることがわかったから。わたしたち女性は医師で、弁護士で、事務員で、帽子職人で、速記者で、書店経営者で、役者で、労働組合員で、捜査員で、そして学生だった。全員が制服を着た看護婦たちが、横断幕を広げながらやってきた。そこにはフローレンス・ナイチンゲールと、アメリカ赤十字社の設立者、クララ・バートンの名前が記されていた。そのあとにつづく医師たちの横断幕は、パリ大学で最初に医学を学んだ女性、メアリー・パットナム＝ジャコビ医師を称えていた。それから、ルイーザ・メイ・オルコットとハリエット・ビーチャー・ストウの名前が記された旗を掲げて、作家たちがやってきた。そのあとには、はじめて公の場で政治的演説を行った自由黒人、マリア・スチュワートに扮した女性が、演劇集団を率いてつづいた。彼女はジャンヌ・ダルクのように全身を鎧《よろい》でかため、白い馬にまたがっていた。フォーラ・ラ・フォレットは、シェイクスピア劇で名を馳せた役者、ヘレナ・モジェスカとサラ・シドンズ、それにシドンズの弟のジョン・ケンブルの名前が記された横断幕を持っていた。裁縫師たちはミシンを描いた横断幕、料理人たちはやかんを描いた横断幕を持っていた。この行進の影響力の大きさは、歩道の見物人の数と一致した。女性も男性も——この日このニューヨーク市で、いちばんの重要人物たちが意味のあるただひとつのことをしているとでもいうように、行進する人たちに目をしっかりと据えていた。そこへ、社会主義者たちがやってきた。彼らはフランス国家の『ラ・マルセイエーズ』を歌いながら通りすぎた。よくわからないまま、わたしの顔はにやけた。

静かにしろという声や、非難するような声があがった。でもそんな声は、とても無作法で痛々しく響いた。ところどころで、血の気の多い群衆のひとりが行進の行く手に飛びだし、馬をおどろかせようとしたり、デモの参加者を追い散らそうとしたりした——警察は止めなかったけれど。でも、参加者たちは断固として追い散らされたりしなかった。子どももたくさんいた。手書きの看板には、〝ママたちが投票できますように！〟と書いてある。ほかにも〝銃弾《バレット》ではなく、もっと投票権《バロット》を！〟というものや、〝世界じゅうで食事を用意する女性には、食品の値段を抑えるために投票権が必要！〟というものもあった。男性たちもおなじように行進していた。〈女性参政権のための男性同盟〉の代表者たちだ。大学を代表して参加している若者たちもいた。そのことにわたしは心を動かされ、ずいぶん勇気があると思った。いくつかのブロックではヤジを浴びせられもしていたけれど、べつのところでは拍手で迎えられた。

大学の教授たちの姿が見えるようになると、ひときわ大歓声があがった。何人かは学校の式服を着て、モルタルの板を持っていた。群衆のなかの少女たちは、知っている顔を見つけると興奮して大きな声で呼びかけた。「アッカーリー教授！」「ルルド教授！」そのあとには彼女たちの教え子が、それぞれの大学から持参した横断幕を持ってつづいた。スクールカラーの濃いピンクとグレイの横断幕を持ったヴァッサー大学の一団が通りかかると、エミリー・タイラーの姿が見えた。彼女はベンチリーの家に目をやってから、わたしのほうを見て呼ばわった。「ジェイン！」そして大きく手を振った。

わたしは申し訳なさそうに微笑んだけれど、エルシーが言い張った。「行きましょう。わたしたちも行進しますよ」

ミューラー夫人は異議を唱えるように片手をあげ、バーナデットは言った。「あら、わたしはやめておくわ」

エルシーはわたしをふり返った。「ミス・プレスコット、行きますよね？　わたしも、ひとりはいやです」

習慣から、やめておくと言いそうになった。でも、そこで実感した。そうしない理由を、自分は何ひとつ思い浮かべられない。

「どうして行かないんですか？　わたしたち、みんな参加するべきです。行きますよ、バーナデット。ミューラー夫人も」

ミューラー夫人は気がかりがあるようすで、手で示しながら言った。「家が……」

「ドアを閉めたとき、ちゃんと鍵をかけていました。それに、コンロの火も消していました。心配しないでください。ほら。いずれ、お孫さんたちにも話して聞かせてあげられる一大事ですよ」

待ち望んでいる孫の話が出て、それだけでミューラー夫人にはじゅうぶんだった。渋々ながらもエルシーにつづき、人混みのあいだを縫うように歩きはじめた。バーナデットはバーナデットだった。最後まで抵抗していたけれど、ついには肩をすくめてから進みでた。

通りに足を置いたとき、わたしはとてつもない怖ろしさを感じた。歩道にもどれとか、自分がしていることをわかっているのか？　とか言って怒鳴られるのではと思った。ずいぶん出遅れたし、デモ参加への署名もしていない。白い服も着ていないし――おまけに、三十九セントの帽子もかぶっていない。それに、わたしたちが出てきた家。こんな立派な家で仕事をしているのに？　ようやく、手を使って仕事をしている女性たちの一群を見つけた。工場から家庭内まで、さまざまな仕事をしているひとたちだ。元気いっぱいのグループだった。ひとりの女性がすぐさま、戸惑うバーナデットの腕を取った。ミューラー夫人は厨房のことを忘れ、満面の笑みを浮かべながら、少し先を行くバンドの演奏に合わせてハミングし、エプロンを揺らして進んだ。エルシーはほとんどスキップしていた。そしてしょっちゅう立ち止まっては、わたしの腕をつかんで言った。「すてきですよね？　そう思いません？」

わたしは目の前に海のように広がる女性たちと、あとにつづく女性たちを見わたした。ベルト・フレーリッヒのことを考えた。彼女の傷だらけのたくましい腕が、ほうきを振り回していた。マルベリー通りで会った女性のことを考えた。ユーモアたっぷりに、ナスを高く掲げていた。それから、ルイーズのことを考えた。彼女はいま、タイラー夫人になろうとがんばっている。アナのことを考えた。いつもとおなじように、きょうも熱心に仕事をしている。忙しすぎて、デモ行進などというつまらないことには参加しない。ソフィアのことを考えた。彼女はもう、あすという日を見ることはない。メイベルのことを考えた。小さいけれどしっかりした足どりで、車に乗りこんでいた。ビーハンにもらったブロックをしっかりと握りしめて。そして、メイベルの母親のことを考えた。勇敢で、すばらしく、壊れてしまった女性。アルヴァもいつか――どうか、そうなりますように――また笑えるようになるだろう。

「ええ」わたしはエルシーに答えた。「ほんとうにすてき」

エピローグ

先日、娘といっしょにメトロポリタン美術館に行った。彼女がまだ小さかったころ以来だ。そのときはギリシア彫刻を見せようと思っていたけれど、娘はとても現実的な子で、芸術には興味を示さなかった。大人になったいまも、それほど興味はなさそうだ。展示室をいくつか回ったところで、自分はカフェにいるから、印象派の展示室で落ちあおうと言われた。

おかげでわたしは、エイキンズやサージェントの絵を好きに見ることができた。その日は『ストークス夫妻の肖像画』の前で足を止めた。アームズロウ一家の友人として記憶している、アイザック・ニュートン・フェルプス・ストークスとエディス・ミンターンの夫妻だ。絵のなかでエディスは夫より前方でポーズを決め、新しい女性というイメージを醸していた。すこし傾けた腰のあたりに麦藁帽子を持ち、片方の眉をあげ、偽りのない笑みを見せながら。習作として描かれた彼女は、白と黒の服を着ている。降ったばかりの雪のような白いスカートが、くっきりとした黒いジャケットと好対照だった。白い襟に映える黒い蝶ネクタイが、おおいにアクセントになっている。絵のなかの相棒として、グレートデーンが彼女のうしろで相対的な影になって収まるはずだったけれど、最後の最後で夫が代役を務めることになったのだった。

エディスをじっと見つめながら、わたしはアルヴァ・タイラーのことを考えた。もう何十年も、彼女を思いだすことはなかった。わたしも関わったさまざまな出来事のあと、まもなくして彼女はフランスに渡った。子どもたちはいっしょに行かずにアメリカに残り、おばにあたるウィリアムの母親やブリッグズ夫人が世話をした。戦争がはじまると、フランスを離れるようアメリカ大使館から助言されたけれど、アルヴァはそのまま留まった。そして〈アメリカン・ホステル〉という、難民のための施設で仕事をした。そのあとは、戦争で肉体的にも精神的にも傷を負った男性のための病院での仕事に人生をささげた。夫を自殺で亡くした女性が、けが人や精神的に不安定なひとたちのなかに逃げこむなんてとおどろくひともいたけれど、おおいに理解を示したひともいた。アルヴァの病気は気質からくるもので、当時はその症状がいちばん表れていた。一九一二年のさまざまな出来事のあと、精神的な苦痛感じているひとたちといっしょにいることで、彼女はいくらかの安心感を覚えたのだろう。その病院は精神疾患の事実を率直に受け入れ、理解してくれるところだった。だから彼女も、他人に奉仕することで自身の心も慰めることができた。一九三六年に亡くなるまえに、彼女は勲章を受けている。

ストークス夫妻の肖像画をあまりにも長く見つめていたせいで、一瞬、自分がどこにいるのかがわからなくなった。ふり向くと、半ズボンにサンダル姿の大柄な男性が、その肖像画の写真を撮っていた。

となりの展示室を回っていると、母娘を描いた絵と対面した。心を揺さぶられるほどの一枚だ。母親は縫い物をしている。集中するあまり、頭は傾いていた。小さな娘はおそらく五歳くらいで、母親の膝に寄りかかったまま、視線をこちらに向けている。片手に顎をのせ、丸々とした指をバラ色の頬に押しつけながら。白いスモックを着て、好奇心にあふれる表情をしていた。

母親が縫い物をするこの部屋に現れた人物は誰だろう？　なんの用があったのだろう？　少女に贈りものを持ってきたところだろうか？

この絵は以前、プレザント・メドウズでも見ていた。でも、少女がじっさいに、母親の縫っているものの上に寄りかかっていることに、そのときまで気づいていなかった。縫われた生地は母親の膝に広がっている。ほんとうならそこは、自分のための場所だと少女は思っているかもしれない。それでも、このふたりはそれぞれべつのことに関心を向け、とてもリラックスしているように見える。母親は縫い物に、少女は部屋に現れた人物に。絵の右下に、画家の署名があった。メアリー・カサット。美術館が用意した説明をよく見れば、この絵がメイベル・タイラー・フォーブスから寄贈されたものだとわかる。わたしはときどき、考えた。この絵を見ながら、メイベルは誰のことを思っていたのだろうか、と。自分の母親のことか――でなければ、ロザルバ・サルヴィオ。この母親の、高いところで結った黒い髪や大きめの鼻、穏やかにひとつのことに夢中になっている雰囲気に、彼女の面影があった。ロザルバが殺された事件は、多くのひとたちの記憶のなかでは、新聞の十七ページ目に載った小さな記事でしかない。簡単に見過ごすことができるし、あっという間に忘れられた。タイラー一家の歴史が書かれるようになると、その件は何かしらの注意を引いた。栄華を誇った一族のある家族に起きた、世にも怖ろしい事件として扱われたけれど、だんだんと話題にのぼることはなくなった。一九五〇年代になると、ひとりの作家がその事件にとり憑かれ、チャールズ・タイラーは自殺するまえに、イタリア人女性を殺していたと確信した。著書のなかで作家は、お屋敷の入り組んだ見取り図を描き、正体不明の誘拐犯の犯行とされている説は事実ではないと示した。でも、動機ははっきりしないままだった。そして、ほかにもっと有名な一族の誰かとの関係についての話でなければ、チャールズ・タイラーに関心を持つひとは誰もいなかったので、その本は売れなかった。

「かわいらしい絵じゃない」娘がそう言いながら、背後から現れた。

「かわいらしいというのはほめ言葉？」わたしは訊いた。

「そうでもないかな」

「だったら、ほかの言葉を選んで」そう言ってわたしはまた、絵をふり返った。

「この絵はきわめて重要です、革新的です、由々しい作品です、とでも言えばいいのかしら？」

「あなた、システィナ礼拝堂のことはなんて言ってた？　アダムに生命を与えた神のイメージだって、そう言ってたでしょう。この絵もおなじようなことが試みられてるわ」娘の表情を見れば、気の利いたことを言っているけれど説得力はないと思っているのがわかる。「この絵を描いたひとのお兄さんが、ペンシルヴェニア駅を建てたって知ってる？」

「初代のペンシルヴェニア駅？」ここにきて娘は興味を持ったようだ。「いいえ、知らなかった」

「アレクサンダー・カサット。彼の像は以前、駅の構内にあったのよ。三メートルもの高さで、台の上からわたしたちを見下ろしていたの。通りかかるたび、あの像と議論しているように感じたものよ」

「駅がなくなったとき、あの像は溶かされたと思ってた」

「そうじゃないのよ」

ふたりで隣の展示室に移動して、さっきの肖像画とは作風のまったくちがう絵の前に立った。イギリスから貸し出されている作品だ。兵士たちが一列に並び、それぞれが前のひとの肩に手を置いている。目を布で覆っている彼らには、足元に倒れている大勢の兵士のことがわからない。倒れている兵士たちはみな、死んでいるか死にかけている。第一次世界大戦でマスタードガス攻撃を受けた兵士たちを描いた、『毒ガス』というタイトルの絵だ。娘は、芸術にはがまんできないところがあるけれど、証言者としての力にはたいへんな敬意を払っている。彼女はしばらく、その絵の前から動かなかった。

「この戦争に行ったひとで、誰か知ってるひとはいる？」

「ふたりいるわ」そのひとりは、サンドロ・アルディートだ。彼はアルゴンヌの森の戦いでいのちを落とした。祖国だと一度も感じたことのなかった国のために戦って。たぶん、そんな国から自由になるには、そうするしかなかったのだろう。遺体はアナのもとには返ってこなかった。アナはサンドロに、お金持ちの実業家にさらにお金をもうけさせるための戦争に行くものではないと、必死に説得していた。もうひとりはチャールズ・タイラーの長男、チャーリーだ。彼は十八歳になるとすぐ軍に加わり、第二次マルヌ会戦で亡くなった。その会戦を戦ったアメリカ軍について、ある新聞記者はこう言った。「これほどまでに意気揚々と死に向かった男たちを見たことはない」チャーリーの父親なら、そんな賛辞をよろこんで受け取ったかもしれない。でも、母親はそうはしなかったはず。末っ子のフレディ・タイラーの華やかな人生と経歴については、わたしが何か言う必要はないだろう。彼には何年も会っていないけれど、メイベルは連絡を欠かさないでいてくれる。

わたしが投票できなかった（アメリカで女性参政権が認められたのは一九二〇年）ウィルソン大統領は、あの戦争では中立を保つと約束していた。でも、たいていそうであるように約束は破られ、男性たち――礼儀正しく、騎士道精神にあふれた一千万を超える男性たち――が、世界を遺体安置所に変えた。

展示室を出ると、高くそびえる像に目を留めた娘が言った。「感傷的にはなりたくないけど、初代のペンシルヴェニア駅を壊したのは犯罪ね。とくに、あとから建てられたものが醜いとしか思えないなら」

明るく広々としたホールで、いまは亡き勇ましいひとたちの像に囲まれ、わたしはペンシルヴェニア駅のことを考えた――そして、〈タイタニック〉号のことを〈ビーハンの言ったことは多くの場合で正しかったけれど、あの船の話はすぐに忘れられると言ったことはべつだ)。像になっていない、あの事故で亡くなったひとたちのことを考えた。アレクサンダー・カサットのことを考えた。初代のペンシルヴェニア駅は、彼の記念碑として長く語り継がれるだろう。とはいえ彼自身はいま、博物館でほこりをかぶっている。わたしは駅が壊されるようすを憶えていた。鉄球が壁という壁を打ちつけ、窓を粉々にした。驚異の建築物はがれきに変わり、廃棄物収集トラックに積まれて運ばれていった。

美術館を出るまえにもう一度、かわいらしいカサットの絵の前を通った。そのとき、絵のなかの子どもと視線が合った。「そういうことよ」わたしは言った。「建物は壊される。でも、ひとは前に進む」

娘はそのことを、よくもあり悪くもあることだと思ったようだ。それからわたしたちは、昼食に向かった。

訳者あとがき

《ニューヨーク五番街の事件簿》シリーズの二作目、『レディーズ・メイドと悩める花嫁』をお届けできることを、うれしく思います。

ジェイン・プレスコットは、ニューヨークのベンチリー家の姉妹、ルイーズとシャーロットに仕えるレディーズ・メイド。女主人の身の回りのお世話いっさいを引き受けています。前作では、妹のシャーロットの婚約が決まったものの、お相手が婚約発表のパーティで惨殺されるという悲劇が起こりました。でも、優秀なジェインは持ち前のするどい観察眼で、それこそ何も見逃さず、みごとに事件の真相をつきとめました。本作の舞台は、それから一年あまりたった一九一二年。こんどは、姉のルイーズが結婚することになります。お相手のウィリアム・タイラーは、前の雇い主に仕えていたころからジェインもよく知る好青年です。でも、妹のシャーロットほど世慣れていないルイーズは、結婚まえから不安でしかたありません。そんな彼女のために、ジェインはハレの日にご主人を輝かせるべく、レディーズ・メイドとして全力で彼女をサポートします。ところが、また殺人事件が起こり……。

今回は〈タイタニック〉号が沈み、ニューヨークじゅうがその事故の話題で持ちきりという場面からはじまります。ただでさえ結婚に不安を感じているルイーズは、あれほどの大惨事があったのに盛大な式を挙げることにためらいを覚え、式を延期したほうがいいのではと口にします。でも、母親のベンチリー夫人をはじめ、周囲は彼女の気持ちなどおかまいなし。とにかく式がぶじに、華やかに執り行われるということにしか関心がありません。そしてそれは、式の会場となるプレザント・メドウズのお屋敷で殺人事件が起こっても変わりませんでした。ルイーズだけが、殺されたソフィアのことを思って心を痛めるのです。ジェインはそう考えられるご主人に仕えることができて、自分は恵まれていると感じます。ルイーズの誠実な人柄や、ジェインの雇い主を慕う気持ちがよくわかる、すてきなエピソードです。

とはいえ、ルイーズは誠実ではあるものの、何かとひと(というか、ジェイン)を頼りにします。ところが、さまざまな出来事を経験したことで彼女にも自信がつき、ひとまわり成長しました。そして妹のシャーロットもまた、成長したところを見せます。姉にはつねに辛辣で皮肉な目を向けていた彼女が、挙式当日、ウェディング・ドレス姿のルイーズに「完璧じゃない」という場面で、そのことを実感できます。

前作でも、当時のアメリカが抱えるさまざまな社会問題がストーリー全体を貫いていました。本作ではそれが、移民に対する差別と女性参政権についてです。事件の背景にはその移民への差別問題がからんでいるようで、ジェインは前作でも息の合った（？）ところを見せたマイケル・ビーハンとともに、ニューヨークとプレザント・メドウズを行き来しながら、事件の真相に迫ります。ところがあきらかになった真実は、なんとも胸のふさがるものでした。訳していてもとてもやるせなく、どうしようもない気持ちになりました。と同時に、プロットの巧みさにうなりもしました。

著者のフレデリクスは、大学で歴史を学んでいたようです。物語に歴史上のじっさいの出来事をふんだんに取り入れるのも、そういうバックボーンがあるからでしょう。本作では、一九一二年にニューヨークで行われた、女性にも参政権を求めるデモのようすが詳しく描かれています。さまざまな職業に就く女性たちが意気揚々と行進するようすに、自分たちは何者にもなれるとジェインが思う場面は感動的です。この場面を読んで、元気づけられるひとがひとりでもいますようにと、願わずにはいられません。

さて、ルイーズが結婚したことで、ジェインは彼女についてあたらしいタイラー家に行くことになりました。ジェインのことですから、そこでもいっそう有能さを発揮して、若いタイラー夫妻の助けになってくれることでしょう。彼女のこれからの活躍も、愉しみに待ちたいところです。

今回、歴史上の出来事の事実確認には骨が折れることもありました。それでも、きっちりと確認してくださった原書房の善元温子さんに、この場を借りてお礼を申し上げます。ありがとうございました。

吉野山早苗

二〇二〇年二月

コージーブックス

ニューヨーク五番街《ごばんがい》の事件簿《じけんぼ》②

レディーズ・メイドと悩《なや》める花嫁《はなよめ》

著者　マライア・フレデリクス
訳者　吉野山早苗《よしのやまさなえ》

2020年3月20日　初版第1刷発行

発行人　成瀬雅人
発行所　株式会社　原書房
〒160-0022 東京都新宿区新宿 1-25-13
電話・代表　03-3354-0685
振替・00150-6-151594
http://www.harashobo.co.jp
ブックデザイン　atmosphere ltd.
印刷所　中央精版印刷株式会社

落丁・乱丁本はお取り替えいたします。
定価は、カバーに表示してあります。
 ISBN978-4-562-06104-4 Printed in Japan